〔宋〕釋惠洪 撰
周裕鍇 校注

石門文字禪校注

五

上海古籍出版社

卷十二

七言律詩

謁靈源塔〔一〕

高驅駕浪過南溟〔二〕，那料歸來掃此亭。桃李成陰春老大，谿山好在鬢凋零。瓦燈已照宮商石〔三〕，卵塔分藏服匿瓶〔四〕。春雪尚能知客意，蕩除毛孔瘴煙腥。

【注釋】

〔一〕政和八年二月作於洪州分寧縣黃龍山。　靈源塔：黃龍惟清禪師自號靈源叟，又號昭默堂，賜號佛壽，寂滅後骨石葬於普同塔。禪林僧寶傳卷三〇黃龍佛壽清禪師傳：「公遺言藏骨石於海會，示生死不與衆隔也。門弟子確誠克奉藏之，而增修其舊，不敢違其誠。」本集卷三〇祭昭默禪師文：「政和八年二月初六日，甘露滅致以香羞之奠，祭於佛壽靈源真歸無生之塔。」此詩作於同時。

〔二〕高颿駕浪過南溟：乘帆船渡南海，謂政和元年流配海南朱崖軍事。廓門注：「韓文二十一卷：『颿風一日，踔數千里。』注：『颿與帆同。』」

〔三〕瓦燈：陶製油燈。後漢書禮儀志下：「載以木桁，覆以功布，瓦鐙一，彤矢四，軒輖中，亦短衛。」瓦鐙，即瓦燈。　宫商石：疑指石磬，以敲擊而有宫商之聲，故云。宋釋贊寧大宋僧史略卷上別立禪居：「後有百丈山禪師懷海，創意經綸，別立通堂。……有朝參暮請之禮。隨石磬木魚爲節度。」

〔四〕卵塔：卵形無縫塔。此指普同塔，即衆亡僧骨灰合葬之塔，又稱普通塔、海會塔。錯按：卵塔爲宋代禪林喪葬制度之一。禪林僧寶傳卷二五雲居祐禪師傳：「疾諸方死必塔者，曰：『山川有限，僧死無窮，它日塔將無所容。』於是於開山宏覺塔之東作卵塔，曰：『凡住持者，非生身不壞、火浴雨舍利者，皆以骨石填於此。』其西又作卵塔，曰：『凡僧化，皆以骨石填於此。』謂之三塔。」或謂此制度創建於唐百丈懷海禪師，本集卷二二普同塔記：「百丈大智禪師以禪律之學，約之人情，折中而爲法，以壽後世。故其生，依法而住，謂之叢林；及其化也，依法而火之，聚骨石爲塔，號普同塔。」　服匿瓶：此指裝骨石之小甖。漢書蘇武傳：「於靬王愛之，給其衣食。三歲餘，王病，賜武馬畜、服匿、穹廬。」顔師古注：「孟康曰：『服匿如甖，小口大腹方底，用受酒酪。穹廬，旃帳也。』晉灼曰：『河東北界人呼小石甖受二斗所曰服匿。』」

春日會思禹兄於谿堂〔一〕

門前谿水蒲萄緑〔二〕，風掠松窗料峭寒〔三〕。忽憶十年同禍福，那知今日共盤餐。盡籤書策齊幽架〔四〕，已買漁舟泊小灘。君會不嫌村落僻，乘閑來此弄漁竿。

【注釋】

〔一〕大觀元年春作於臨川。思禹兄：彭以功，字思禹，惠洪宗兄。谿堂：謝逸所居處，在臨川。冷齋夜話卷七洪覺範朱世英二偈：「（謝逸）所居谿堂，生涯如老龐。」

〔二〕蒲萄緑：李白襄陽歌：「遥看漢水鴨頭緑，恰似葡萄初醱醅。」此借用其語。

〔三〕料峭：風寒砭肌貌，多形容春寒。

〔四〕盡籤書策齊幽架：謂架上書册卷軸皆繫牙籤爲標識，以便翻檢。韓愈送諸葛覺往隨州讀書：「鄴侯家多書，插架三萬軸。一一懸牙籤，新若手未觸。」參見本集卷三石霜見東吴誠上人注〔一二〕。

招夏均父〔一〕

北山深轉青松塹〔二〕，萬疊煙霏空翠堆。元亮果堪中路迓〔三〕，子猷那敢棹舟回〔四〕。

鳥工魂夢尋公去〔五〕，蟬蛻塵埃出郭來〔六〕。他日荆林談笑處〔七〕，行人應指兩翁臺〔八〕。

【注釋】

〔一〕政和五年二月作於江州，時惠洪證獄太原遇赦歸江南。夏均父：夏倪，字均父，時知江州。參見本集卷五予頃還自海外夏均父以襄陽別業見要使居之後六年均父謫祁陽酒官余自長沙往謝之夜語感而作注〔一〕。

〔二〕北山：指廬山之北山。青松壑：王安石自白門歸望定林有寄：「杳杳青松壑，知公在兩間。」

〔三〕元亮果堪中路竢：宋書隱逸傳陶潛傳：「陶潛字淵明，或云淵明字元亮，尋陽柴桑人也。……江州刺史王弘欲識之，不能致也。潛嘗往廬山，弘令潛故人龐通之齎酒具於半道栗里要之。潛有脚疾，使一門生二兒轝籃輿。既至，欣然便共飲酌，俄頃，弘至，亦無忤也。」東坡詩集注卷一八次韻答孫侔：「不辭中路伺淵明。」注：「按陶潛傳：王弘每令人候之，密知其當往廬山，乃遣其故人龐通之等齎酒，先於半道要之。潛既遇酒，先引酌野亭，欣然忘進。」　竢：同「俟」，伺，等候。

〔四〕子猷那敢棹舟回：世説新語任誕：「王子猷居山陰，夜大雪，眠覺，開室，命酌酒，四望皎然。

因起彷徨，詠左思招隱詩。忽憶戴安道。時戴在剡，即便夜乘小船就之。經宿方至，造門不前而返。人問其故，王曰：『吾本乘興而行，興盡而返，何必見戴？』」

〔五〕鳥工魂夢：喻己之遭難得脱。史記五帝本紀：「瞽叟尚復欲殺之，使舜上塗廩，瞽叟從下縱火焚廩，舜乃以兩笠自扞而下，去，不得死。」張守節正義：「通史云：瞽叟使舜滌廩，舜告堯二女，女曰：『時其焚汝，鵲汝衣裳，鳥工往。』舜既登廩，得免去也。」錯按：時惠洪於太原證獄遇赦，初歸江南。本集卷二四記福嚴言禪師語：「（政和五年）五月二十八日，太原造大獄，來追對驗。十月六日得放，夜宿溝鎮中，中夜行荒陂，陰晦，迷失道路，有光飛來照行，坐休則光爲止，起進則導之。至榆次，凡百里而曉，光乃没。於是口占曰：『大舜鳥工往，盧能漁父歸。神光百里送，鬼事一場非。』」

〔六〕蟬蛻塵埃：喻夏倪之志行高潔。史記屈原賈生列傳：「濯淖汙泥之中，蟬蛻於濁穢，以浮游塵埃之外，不獲世之滋垢，皭然泥而不滓者也。」

〔七〕荆林：指廬山荆林寺。説郛卷六四上廬山後録：「去觀五里，至荆林寺。是爲山北江州境。」

〔八〕兩翁臺：戲謂後人將以此命名己與夏倪今日登覽處，非荆林寺實有此臺也。

贈僧〔一〕

欹枕無人夢自驚，回廊廣殿午風清。已浮春露澆詩膽〔二〕，更炷水沉熏道情〔三〕。憂患撼牀聞蟻鬬〔四〕，功名殷鬢作蚊聲〔五〕。欲依淨社陪香火〔六〕，僻處安排折脚鐺〔七〕。

【注釋】

〔一〕作年未詳。

〔二〕春露：謂茶。詩膽：唐劉叉自問：「酒腸寬似海，詩膽大於天。」

〔三〕更炷水沉熏道情：謂炷沉香可熏參禪修道之情。本集卷六贈珠維那：「聊炷返魂梅，將以熏道情。」亦此意。鍇按：宋人以香通禪，黄庭堅爲其圭臬，如賈天錫惠寶薰乞詩予以兵衛森畫戟燕寢凝清香十字作詩報之之十：「當念真富貴，自薰知見香。」次韻答叔原會寂照房呈稚川：「坐有稻田衲，頗薰知見香。」題杜槃澗叟冥鴻亭：「少陵杜鴻漸，頗薰知見香。」皆用圓覺經「自薰成種」與佛書「解脱知見香」之語。

〔四〕憂患撼牀聞蟻鬬：謂因憂患而心悸。世説新語紕漏：「殷仲堪父病虚悸，聞牀下蟻動，謂是牛鬬。」參見本集卷一次韻胡民望小蟲墮耳注〔二〇〕。

〔五〕功名殷鬢作蚊聲：謂功名如鬢邊蚊雷之聲，微不足道。殷，雷震，喻蚊聲。莊子天下：「由天地之道觀惠施之能，其猶一蚊一虻之勞者也。」淮南子淑真：「毁譽之於己，猶蚊虻之一過也。」此用其意而形容之。

〔六〕欲依淨社陪香火：謂將加入淨土社，焚香火而念佛號。舊唐書白居易傳：「與香山僧如滿結香火社，每肩輿往來，白衣鳩杖，自稱香山居士。」

〔七〕折脚鐺：謂生活貧寒簡樸。已見前注。

資國寺西齋示超然二首〔一〕

對眠偶此風雨夕〔二〕，又近寒巖槲葉村㊀〔三〕。謝晝未焚風鑒在㊁〔四〕，韋郎不見語言存〔五〕。歲時暗覺持山去〔六〕，憂患空驚斫水痕〔七〕。緑髮彫零心已死，成蹊桃李落華芬（分）㊂〔八〕。

人間炊黍未及熟，萬事只今歸欠申〔九〕。已織青裾（駒）餞華騮㊃〔一〇〕，更披白帢稱閑身〔一一〕。遺編終不求甚解〔一二〕，故人但願長相親。去年此日瓊南岸〔一三〕，漲海翻天探騎塵〔一四〕。

【校記】

㊀ 槲：廓門本作「槲」，誤。

㊁ 晝：武林本作「畫」，誤。

㊂ 芬：原作「分」，誤，今改。參見注〔八〕。

㊃ 裾：原作「駒」，誤，今改。參見注〔一〇〕。

【注釋】

〔一〕政和四年五月作於筠州高安縣。　資國寺：即荷塘寺，在高安縣大愚山。寂音自序：「（政和四年）四月到筠，館於荷塘寺。」本集卷二一合妙齋記則稱：「華髮海外，翩然來歸，依資國寺，乞食故人，而老焉。」冷齋夜話卷一〇作詩准食肉例：「予還自朱崖，館於高安大愚。」所言實爲同一事。又本集卷一五有雪後寄荷塘幻住庵盲僧四首，卷一五書資國寺壁有「勿謂衲盲貧勝我」之句，資國寺衲盲即荷塘寺盲僧本明。正德瑞州府志卷一山川志：「大愚山，府治東南朝陽門外，有真如寺。」　超然：僧希祖，字超然，惠洪法弟。

〔二〕對眠偶此風雨夕：冷齋夜話卷二韓歐范蘇嗜詩：「東坡友愛子由，而性嗜清境，每誦『何時風雨夜，復此對牀眠』。」野客叢書卷一〇夜雨對牀：「人多以夜雨對牀爲兄弟事用，如東坡與子由詩引此，蓋祖韋蘇州示元真元常詩『寧知風雨夜，復此對牀眠』之句也。」惠洪與希祖爲同門師兄弟，故用此事。參見本集卷五次韻思禹思晦見寄二首注〔八〕。

〔三〕槲葉：山谷内集詩注卷七題鄭防畫夾五首之五：「子母猿號槲葉。」任淵注：「集韻曰：『槲，檞木名，音縠。』」

〔四〕謝畫未焚風鑒在：謂唐釋皎然未焚早年所作詩式，其品藻詩歌仍極具鑑賞力。宋高僧傳卷二九唐湖州杼山皎然傳：「釋皎然名晝，姓謝氏，長城人，康樂侯十世孫也。幼負異才，性與道合，初脱羈絆，漸加削染。登戒於靈隱戒壇守直律師邊，聽毗尼道，特所留心。於篇什中，吟詠情性，所謂造其微矣。文章儁麗，當時號爲釋門偉器哉。……所著詩式及諸文筆，併寢而不紀。因顧筆硯曰：『我疲爾役，爾困我愚，數十年間，了無所得。況汝是外物，何累於人哉？住既無心，去亦無我，將放汝各歸本性，使物自物，不關於予，豈不樂乎？』遂命弟子黜焉。至五年五月，會前御史中丞李洪自河北負譴，再移爲湖守，初相見未交一言，恍若神合，素知公精於佛理，因請益焉。先問宗源，次及心印，公笑而後答。他日言及詩式，具陳以宿昔之志，公曰：『不然。』固命門人檢出草本，一覽而歎曰：『早年曾見沈約品藻、慧休翰林、庾信詩箴，三子所論殊不及此。奈何學小乘褊見，以宿志爲辭邪！』」鍇按：此句以皎然比況希祖。冷齋夜話卷四五言四句詩得于天趣：「吾弟超然喜論詩，其爲人純至有風味。嘗曰：『陳叔寶絶無肺腸，然詩語有警絶者，如曰：「午醉醒來晚，無人夢自驚。夕陽如有意，偏傍小窗明。」王維摩詰山中詩曰：「溪清白石出，天寒紅葉稀。山路元無雨，空翠濕人衣。」舒王百家夜休曰：「相看不忍發，慘澹暮潮平。欲别更攜手，月明洲渚生。」此皆得于天趣。』予問之曰：『句法固佳，然何以識其天趣？』超然曰：『能言蕭何所以識韓信，則天趣可言。』予竟不能詰，歎曰：『微超然，誰知之？』」

〔五〕韋郎不見語言存：謂韋應物雖早已作古，却有五言詩留存世間。東坡詩集注卷一一和鮮于子駿鄆州新堂月夜二首之二：「獨作五字詩，清絶如韋郎。」李厚注：「樂天傳：『韋蘇州五言詩，高雅閑澹，自成一家之體。』」同書卷二九觀静觀堂效韋蘇州：「樂天長短三千首，却愛韋郎五字詩。」程縯注：「白居易吴郡詩有記，言韋應物爲蘇州牧，歌詩甚多，有郡宴詩云：『兵衛森畫戟，宴寢凝清香。』最爲警策。」李厚注：「舊唐書白居易傳云：韋蘇州歌行清麗之外，頗近興調。其五言又高雅閑澹，自成一家之體，今之秉筆者誰能及之。然當蘇州在時，人亦未甚愛重，必待身死後則愛之。」苕溪漁隱叢話後集卷三三引西清詩話：「韋蘇州詩如渾金璞玉，不假雕琢成妍，唐人有不能到。至其過處，大似村寺高僧，奈時有野態。」鍇按：或謂韋應物有詩寫朋友風雨夜對牀眠之境，見注〔二〕。

〔六〕歲時暗覺持山去：謂時間流逝，不可挽留。莊子大宗師：「夫藏舟於壑，藏山於澤，謂之固矣。然而夜半有力者負之而走，昧者不知也。」黄庭堅追和東坡壺中九華：「有人夜半持山去，頓覺浮嵐暖翠空。」此借用其語。

〔七〕憂患空驚斫水痕：謂憂患本如斫水，了無痕跡，何須驚懼。本集卷一七超禪師示衆云見聞覺知只可一度：「見聞覺知只一度，如刀斫水終不破。細尋痕迹了無有，謂無破處則不可。」禪林僧寶傳卷一六廣慧璉禪師傳贊曰：「廣慧機緣語句雖不多見，然嘗一臠知鼎味，大率如刀斫水，不見痕縫，真可謂作家宗師也。」

〔八〕成蹊桃李：史記李將軍列傳：「諺曰：『桃李不言，下自成蹊。』此言雖小，可以論大也。」司馬貞索隱：「案姚氏云：『桃李本不能言，但以華實感物，故人不期而往，其下自成蹊徑也。以喻廣雖不能道辭，能有所感，而忠心信物故也。』」　落華芬：蘇軾黄州再祭文與可文：

「再見京師，默無所云，杳兮清深，落其華芬。」芬，底本作「分」，涉形近而誤，今改。

〔九〕「人間炊黍未及熟」二句：枕中記載：盧生於邯鄲客店遇道士吕翁，生自歎窮困，翁探囊中枕授之曰：枕此當令子榮適如意。時主人正蒸黄粱，生夢入枕中，享盡富貴榮華。「盧生欠伸而寤，見方偃於邸中，顧吕翁在傍，主人蒸黄粱尚未熟。觸類如故，蹶然而興曰：『豈其夢寐邪？』翁笑謂曰：『人世之事亦猶是矣。』」此化用其意。已見前注。

〔一〇〕已織青裾餞華騮：此謂曾見達官貴人車馬。李賀高軒過：「華裾織翠青如葱，金環壓轡搖玲瓏。」此化用其意。「青裾」：原作「青駒」，廓門注：「青駒，未詳。恐是『青芻』字，或又『青緺』歟？老杜詩：『與奴白飯馬青芻。』韓文七卷注：『郭璞云：騂騮色如華而赤。騮，赤也。』見諸書。」似未解其意。鍇按：「青駒」不當爲「織」，所織者當爲「青裾」。元方回桐江續集卷九次韻張慵庵覲予奕棋：「戲拈玉子嗚飛雹，良喜青裾駐織葱。」今改。

〔一一〕白帢：同「白袷」，指白色夾衣，無功名士人所著。參見本集卷二贈王性之注〔一〇〕。

〔一二〕遺編：古人遺留後世之著作。終不求甚解：陶淵明五柳先生傳：「好讀書，不求甚解，每有會意，便欣然忘食。」

〔一三〕去年此日瓊南岸：政和三年惠洪尚在海南。瓊：瓊州。寂音自序：「（政和）三年五月二十五日蒙恩釋放。」

〔一四〕探騎：邊疆打探消息之騎兵。廓門注：「騎塵，未詳也。杜牧之詩曰：『一騎紅塵妃子笑，無人知道荔枝來。』」

贈寄老庵僧〔一〕

自憐玉鉢雙峰信，來訪牛頭懶比丘〔二〕。山色深濃過夜半，月華清亮近中秋。已欣境勝如龍阜〔三〕，更覺庵幽占鳳頭〔四〕。夢幻此身猶且在，杖藜（蔾）投老得追遊㊀。

【校記】

㊀藜：原作「蔾」，今從四庫本、武林本。

【注釋】

〔一〕政和四年八月作於筠州高安縣。寄老庵僧：高安龍城院僧志淳。本集卷二二寄老庵記：「高安，南州之屬郡，地連西山、廬嶽之勝。龍城院去郭餘一舍。有老僧志淳者，其爲人木訥而静深，易親而難忘。今結庵於鳳回峰之西，名曰寄老。」

〔二〕「自憐玉鉢雙峰信」二句：雙峰信指禪宗四祖道信，牛頭懶比丘指牛頭法融禪師，人稱「懶融」。景德傳燈録卷四金陵牛頭山六世祖宗：「第一世法融禪師者，潤州延陵人也，姓韋氏。年十九，學通經史，尋閲大部般若，曉達真空。忽一日，歎曰：『儒道世典，非究竟法。般若正觀，出世舟航。』遂隱茅山，投師落髮。後入牛頭山幽棲寺北巖之石室，有百鳥銜華之異。

唐貞觀中，四祖遥觀氣象，知彼山有奇異之人，乃躬自尋訪。問寺僧：『此間有道人否？』曰：『出家兒那箇不是道人？』祖曰：『阿那箇是道人？』僧無對。别僧云：『此去山中十里許，有一懶融，見人不起，亦不合掌，莫是道人？』祖遂入山，見師端坐自若，曾無所顧。祖問曰：『在此作什麽？』師曰：『觀心。』祖曰：『觀是何人？心是何物？』師無對，便起作禮。師曰：『大德高棲何所？』祖曰：『貧道不決所止，或東或西。』師曰：『還識道信禪師否？』曰：『何以問他？』師曰：『嚮德滋久，冀一禮謁。』曰：『道信禪師，貧道是也。』師曰：『因何降此？』祖曰：『特來相訪，莫更有宴息之處否？』師指後面云：『别有小庵。』遂引祖至庵所，繞庵唯見虎狼之類，祖乃舉兩手作怖勢。師曰：『猶有這箇在。』祖曰：『適來見什麽？』師無對。少選，祖却於師宴坐石上書一『佛』字，師覩之竦然。祖曰：『猶有這箇在。』師未曉，乃稽首請説真要。……祖付法訖，遂返雙峰山終老。」此以道信比老僧志淳，而以牛頭法融自比。

〔三〕龍阜：即獨龍阜，又稱獨龍岡，在金陵，梁高僧寶誌葬於此。本集卷三〇鍾山道林真覺大師傳：「帝昔與公（寶誌）登鍾山之定林，指前岡獨龍阜，曰：『此爲陰宅，則永其後。』帝曰：『誰當得之？』公曰：『先行者。』至是念公以此言，以金二十萬易其地以葬焉。」高僧傳卷一〇釋保誌傳、景德傳燈録卷二七寶誌禪師亦載其葬鍾山獨龍阜事，未如此詳。鍇按：惠洪嘗住鍾山定林寺，故以龍阜比龍城院之五龍岡。

〔四〕庵幽占鳳頭：即寄老庵記所言「結庵於鳳回峰之西」。明一統志卷五七瑞州府：「鳳凰山，在府治後。一名五龍岡，相傳唐武德時，應智頊作守，鳳凰集於此山。宋蘇轍詩：『山川蟠曲偶成形。』」鳳回峰當在鳳凰山之首，故稱鳳頭。

懷李道夫〔一〕

半篙晚漲緑楊灣，接翅鷗歸霧雨殘。數疊吴山圓楚夢〔二〕，一番花信釀春寒〔三〕。别時小語依然在，隔歲來書展復看。補衮胸中五色線〔四〕，只今應作怒蜺蟠〔五〕。

【注釋】

〔一〕大觀三年春作於江寧府。李道夫：即李孝遵，字道夫，一作字道甫，江寧人。古今合璧事類備要後集卷一〇、卷七八收葉集之送李道甫辟大名司録詩，此詩有「别時小語依然在」，可知其時已任大名府司録參軍。參見本集卷三七夕卧病敦素報云道夫已至北山遲遲未入城其意耽酒用其説作詩促之注〔一〕。

〔二〕數疊吴山圓楚夢：謂見吴山而滿足思鄉之夢。吴山，泛指江寧府一帶之山。楚夢，惠洪爲江西筠州人，古屬楚，故云。廓門注：「南唐近事曰：『馮僎，即刑部尚書謐之子也。僎一夕夢登崇孝寺幡刹極高處打方響。先是徐幼文能圓夢，遂詣徐請圓之。徐曰：雖有聲價至下地。』又見浩然齋視聽抄。又山谷詩十八卷：『茶夢小僧圓。』見注。」

〔三〕一番花信：山谷外集詩注卷一二元翁坐中見次元寄到和孔四飲王夔玉家長韻因次韻率元翁同作寄溢城：「葉暗黄鳥時，風號報花信。」史容注：「東皋雜録云：『江南自初春至初夏，有二十四風信。梅花風最先，楝花風最後。』」已見前注。

〔四〕補袞胸中五色線：山谷内集詩注卷七再次韻四首：「公有胸中五色線，平生補袞用功深。」任淵注：「杜牧之郡齋獨酌詩曰：『平生五色線，願補舜衣裳。』」鍇按：詩大雅烝民：「袞職有闕，維仲山甫補之。」毛傳：「有袞冕者，君之上服也。仲山甫補之，善補過也。」鄭箋：「袞職者，不敢斥王之言也。王之職有闕，輒能補之者，仲山甫也。」杜牧、黄庭堅詩皆本此。

〔五〕怒蜺蟠：廓門注：「『蜺』，當作『猊』歟？書史會要第五：『徐浩，字季海。傳曰：八體皆備，草隸尤勝。論者謂其力如怒猊抉石，渴驥奔泉。』」鍇按：猊，狻猊，即獅子。蜺，虹蜺，即虹霓。蟠於胸中者，當爲虹蜺之氣，而非狻猊。且上句「五色線」正可喻「五色蜺」。梅堯臣宛陵先生集卷五一還吴長文舍人詩卷：「噴吐五色霓，自堪垂典册。」彭汝礪鄱陽集卷一讀史：「丈夫松桂姿，直氣虹霓蟠。」底本作「蜺」不誤。

余所居連超然自見軒日多啜茶其上二首〔一〕

三生事辦吾知要〔二〕，一室香凝獨掩門。睡足便驚清晝夜，火紅消盡白灰存〔三〕。卷無俗駕蟻紛繞〔四〕，鄰有高人玉粹温〔五〕。隱比价膺猶可媿，會茶時復到幽軒〔六〕。功名今古一雞肋〔七〕，美味那知是禍根〔八〕。掃跡世途龜曳尾〔九〕，僻居煙霧豹埋文〔一〇〕。如期見訪穿窗月，不告而行出岫雲〔一一〕。火浴未爲無伴助〔一二〕，塔吾遺骨尚煩君〔一三〕。

【注釋】

〔一〕政和四年五月作於新昌縣。超然：即希祖。自見軒：當在新昌石門寺。參見本集卷一〇超然自見軒注〔一〕。

〔二〕三生事：猶三世事，指前生、今生、來生之事，即過去世、現在世、未來世之事。隋釋智顗摩訶止觀卷七下：「憶三世事不忘，名解脱無滅。」宋晁迥法藏碎金録卷四：「摩訶止觀論云：『憶三世事不忘，名解脱無滅。』又龐居士詩云：『緣覺若悮空，醒見三生事。』予以爲出纏在纏，繫乎真妄之心也。夫明静之性彌深者，雖宿生事，亦漸能記憶。昏亂之情益厚者，雖今生之事，亦轉多遺忘。考其物理，固當然乎！」

〔三〕火紅消盡白灰存：蘇軾書雙竹湛師房二首之二：「白灰旋撥通紅火，卧聽蕭蕭雨打窗。」此借用其語。

〔四〕巷無俗駕：山谷内集詩注卷一三次韻黄斌老晚游池亭二首之一：「路入東園無俗駕。」任淵

注：「文選北山移文曰：『請回俗士駕，爲君謝逋客。』」此借用其語。　蟻紛繞：俗人車馬之來來往往如螞蟻之紛紛擾擾。文選卷二〇孫子荊征西官屬送於陟陽候作詩一首：「吉凶如糾纏，憂喜相紛繞。」李善注：「神女賦曰：『紛紛擾擾，未知何異。』」五臣注「紛繞」作「紛擾」。

〔五〕玉粹温：形容超然之品德。詩秦風小戎：「言念君子，温其如玉。」清江三孔集卷一三孔武仲賀廖法曹啓：「恭以某人玉德粹温，龍章焕炳，少而好學，最博于藝文；長不諱窮，所守者道義。」

〔六〕「隱比价膺猶可媿」二句：謂己與超然每日於自見軒會茶，有愧於當年洞山良价與雲居道膺禪師忘情之行。禪林僧寶傳卷六雲居弘覺膺禪師傳：「禪師名道膺，幽州玉田人也，生於王氏。兒稚中骨氣深穩，言少理多。十歲出家於范陽延壽寺，又十五年，乃成大僧。其師使習毗尼，非其好，棄之。游方至翠微，會有僧自豫章來，夜語及洞上法席，於是一鉢南來，造新豐，謁悟本价禪師。价問：『汝名什麽？』對曰：『道膺。』价曰：『何不向上更道？』對曰：『向上即不名道膺。』价喜，以爲類其初見雲巖時祇對，容以爲入室。膺深入留雲峰之後，結庵而居。月一來謁价，价呵其未忘情，於道爲雜。乃焚其庵，去海昏，登歐阜。歐阜，廬山西北崦，冠世絶境也。就樹縛屋而居，號雲居。」此用其事。

〔七〕雞肋：喻乏味而又不忍捨棄之物。後漢書楊脩傳：「脩字德祖，好學，有俊才，爲丞相曹操主簿，用事曹氏。及操自平漢中，欲因討劉備，而不得進；欲守之，又難爲功。護軍不知進止何依，操於是出教，唯曰『雞肋』而已。外曹莫能曉，脩獨曰：『夫雞肋，食之則無所得，棄之則如可惜，公歸計決矣。』乃令外白稍嚴，操於此迴師。脩之幾決多有此類。」蘇軾次韻王滁州見寄：「笑捐浮利一雞肋，多取清名幾熊掌。」

〔八〕美味那知是禍根：呂氏春秋本生：「肥肉厚酒，務以相彊，命之曰爛腸之食。」漢枚乘七發：「甘脆肥膿，命曰腐腸之藥。」大寶積經卷三二出現光明會：「貪著美味，不知過患，爲魔得便，如龜墮網。」此化用其意。

〔九〕掃跡世途龜曳尾：莊子秋水：「莊子釣於濮水，楚王使大夫二人往先焉，曰：『願以竟内累矣。』莊子持竿不顧，曰：『吾聞楚有神龜，死已三千歲矣，王巾笥而藏之廟堂之上。此龜者，寧其死爲留骨而貴乎？寧其生而曳尾於塗中乎？』二大夫曰：『寧生而曳尾塗中。』莊子曰：『往矣，吾將曳尾於塗中。』」

〔一〇〕僻居煙霧豹埋文：劉向列女傳卷二陶答子妻：「妾聞南山有玄豹，霧雨七日而不下食，何也？欲以澤其毛而成文章也，故藏而遠害。」

〔一一〕出岫雲：陶淵明歸去來兮辭：「雲無心以出岫。」

〔一二〕火浴：僧人死後火化。林間録卷下：「嵩明教既化，火浴之，頂骨、眼睛、齒舌、耳毫、男根、數珠皆不壞。」本集卷一九郴州乾明進和尚舍利贊：「戲爲火浴，朽者明鮮。舍利粲粲，玉碎珠圓。」

〔三〕塔吾遺骨尚煩君：謂若日後火化，煩超然爲收遺骨入塔。此即韓愈左遷至藍關示姪孫湘「好收吾骨瘴江邊」之意。

徐師川罪余作詩多恐招禍因焚去筆硯入居九峰投老庵讀高僧曇諦傳忽作數語是足成之以寄師川師川讀之想亦見赦二首〔一〕

歸來卧起有餘適，老去消磨無雜緣。門外不知何歲月，夢中亦覺在雲泉。千年高道誰酬價，一世清閑我賣錢。安得道人江北去，此詩先録寄師川。

古書漫滅字斕斑〔二〕，眼倦頽然整頓閑〔三〕。以法爲親疏世相〔四〕，視身如幻寄人間。業緣有盡今脱手，老態無因日上顔〔五〕。已辦一瓢期澗飲，要刳餘潤到崑山㊀〔六〕。

【校記】

㊀餘：原作「余」，誤，今從四庫本、武林本改。參見注〔六〕。

【注釋】

〔一〕政和六年作於上高縣九峰。徐師川：徐俯，字師川，號東湖居士，洪州分寧人，黄庭堅外甥。詩入江西宗派，有東湖集。參見本集卷四勸學次徐師川韻注〔一〕。居九峰投老庵：本集卷四追和帛道猷一首序：「政和六年正月十日，余已定居九峰。」卷九有投老庵讀雲庵舊題拜次其韻二首。又卷三〇雲庵真淨和尚行狀：「於是浩然思還高安，即日渡江，丞相留之不可，遂卜老於九峰之下，作投老庵。」可知投老庵爲真淨克文故居。高僧曇諦傳：指梁釋慧皎高僧傳卷七宋吴虎丘山釋曇諦傳。

〔二〕漫滅：磨滅，模糊難辨。後漢書禰衡傳：「建安初，來游許下。始達潁川，乃陰懷一刺，既而無所之適，至於刺字漫滅。」斕斑：斑駁，色彩錯雜貌。此指字跡錯雜不清。

〔三〕頽然：衰疲貌。整頓：廓門注：「老杜洗馬行曰：『整頓乾坤濟時了。』此借用言也。」

〔四〕以法爲親：高僧傳卷四康法朗傳：「朗謂其屬曰：『出家同道，以法爲親，不見則已，豈可見而捨耶？』」隋釋灌頂隋天台智者大師别傳：「我與汝等因法相遇，以法爲親，傳習佛燈，是爲眷屬。」

〔五〕老態無因日上顔：白氏長慶集卷一一東城尋春：「老色日上面，歡情日去心。」山谷内集詩注卷一二謫居黔南十首之六：「老色日上面，歡悰日去心。」此化用其意。錯按：冷齋夜話卷三少游魯直被謫作詩：「魯直謫宜，殊坦夷，作詩云：『老色日上面，懽情日去心。今既不如昔，後當不如今。』『輕紗一幅巾，短簟六尺牀。無客白日静，有風終夕涼。』……魯直學道休歇，故其詩閑暇。」能改齋漫録卷三冷齋不讀書：「予以冷齋不讀書之過，上八句皆樂天詩，蓋是編者之誤，致令渠以爲山谷所爲。」

〔六〕「已辦一瓢期澗飲」二句：高僧傳卷七宋吳虎丘山釋曇諦傳：「晚入吳虎丘寺，講禮、易、春秋各七遍，法華、大品、維摩各十五遍。又善屬文翰，集有六卷，亦行於世。性愛林泉，後還吳興，入故章崐崙山，閑居澗飲二十餘載。以宋元嘉末卒於山舍，春秋六十餘。」太平寰宇記卷九四江南東道六湖州：「高僧傳云：『釋曇諦，姓康氏，吳興人。出家，居吳虎丘山，後入故鄣之崑山。』」可知「故鄣之崑山」即今本高僧傳「故章崐崙山」。　餘潤：指豐潤多餘之肌肉。世説新語排調：「范啓與郗嘉賓書曰：『子敬舉體無饒縱，掇皮無餘潤。』郗答曰：『舉體無餘潤，何如舉體非真者。』范性矜假多煩，故嘲之。」此言「刳餘潤」者，猶今言減肥去肉。

雲巖寶鏡三昧〔一〕

寶鏡當機不密傳，纖毫滲漏墮言詮〔二〕。圓伊三點分賓主〔三〕，妙挾雙明絶正偏〔四〕。暗裏丹青元異色，句中涇渭本同川〔五〕。嬰兒索物哆啝耳，與物寧瞋語未全〔六〕。

【注釋】

〔一〕作年未詳。　雲巖寶鏡三昧：禪林僧寶傳卷一撫州曹山本寂禪師傳：「禪師諱耽章，泉州莆田黃氏子。幼而奇逸，爲書生，不甘處俗。年十九棄家，入福州靈石山。六年，乃剃髮受具。咸通初，至高安，謁悟本禪師价公，依止十餘年。价以爲類己，堪任大法，於是名冠叢林。將辭去，价曰：『三更當來，授汝曲折。』時矮師叔者知之，蒲伏繩牀下，价不知也。中夜授章先雲巖所付寶鏡三昧、五位顯訣、三種滲漏畢，再拜趨出。矮師叔引頸呼曰：『洞山禪入我手矣。』价大驚曰：『盜法倒屙無及矣。』後皆如所言。寶鏡三昧其詞曰：『如是之法，佛祖密付。汝今得之，其善保護。銀盌盛雪，明月藏鷺。類之弗齊，混則知處。意不在言，來機亦赴。動成窠臼，差落顧佇。背觸俱非，如大火聚。但形文彩，即屬染汙。夜半正明，天曉不露。爲物作則，用拔諸苦。雖非有爲，不是無語。如臨寶鏡，形影相覩。汝不是渠，渠正是汝。如世嬰兒，五相完具。不去不來，不起不住。婆婆和和，有句無句。終必得物，語未正故。重離六爻，偏正回互。疊而爲三，變盡成五。如荎草味，如金剛杵。正中妙挾，敲唱雙舉。通宗通塗，挾帶挾路。錯然則吉，不可犯忤。天真而妙，不屬迷悟。因緣時節，寂然昭著。細入無間，大絶方所。毫忽之差，不應律呂。今有頓漸，緣立宗趣。宗趣分矣，即是規矩。宗通趣極，真常流注。外寂中搖，係駒伏鼠。先聖悲之，爲法檀度。隨其顛倒，以緇爲素。顛倒想滅，肯心自許。要合古轍，請觀前古。佛道垂成，十劫觀樹。如虎之缺，如馬之馵。以有下劣，寶几珍御。以有驚異，黧奴白牯。羿以巧力，射中百步。箭鋒相直，巧力何預。木人方歌，石兒起舞。非情識到，寧容思慮。臣奉於君，子順於父。不順非孝，不奉非輔。潛行密用，如愚若魯。但能相續，名主中主。』」又傳贊曰：「寶鏡三昧，其詞要妙，雲巖以受洞山，疑藥山所作也。先德懼屬流布，多珍秘之。但五位偈、三種滲漏之語，見於禪書。大觀二年冬，顯謨閣待制朱彦世英，赴官錢塘。過信州白華巖，得於老僧。明年，持其先公服，予往慰之。出以授予曰：『子當爲發揚之。』因疏其溝封，以付同學，使法中龍象，神而明之，盡微細法執，興洞上之宗，亦世英護法之志也。」錯按：寶鏡三昧之辭，惠洪之前，未見於禪籍記載，出處可疑。林間録卷上：「曹山躭章禪師初辭洞山悟本，本曰：『吾在雲巖先師處，親印寶鏡三昧，事窮的要，今付受汝。汝善護持，無令斷絶，遇真法器，方可傳委，直須秘密，不得影露，恐屬流布，喪滅吾宗。』」林間録成書於大觀元年，尚未記載寶鏡三昧之辭。故南宋釋祖琇僧寶王續傳卷七代古塔主與洪覺範書力辨其僞：「自述寶鏡三昧，則託言朱世英得於老僧。自解法華，輔成寶鏡之辭，置之九峰傳，則曰：『石碑斷壞，有木碑書。其略如此。』噫！茲可與合眼拏金而謂市人不見者併按也。夫『寶鏡三昧』，洞山雖云受之雲巖，蓋驗人親切之旨，未應作爲文具而傳之也。又佛祖之法，等心普施，雖異類不問，詎有同門學者竊聽之，而呪令倒痾。賢聖之心，果匾曲爾乎？又其辭曰：『重离六爻，偏正回互。疊而爲三，變盡爲五。』夫洞山傳達磨宗旨者也，重离卦則伏羲、文王之書。（果若此言，則是洞山□□林宗旨，而傳伏羲、文王之書，依仿離卦而建立五位。然洞山大宗師也，肯爾哉？）足下公然鑿空締立，而誣罔之，其罪宜何誅焉？大抵事有昧於實，害於教，人雖不我以，其如神明何！」

〔二〕「寶鏡當機不密傳」二句：謂此「寶鏡三昧」當禪機完整呈露之時，本無秘密可言，然若其有絲毫罅缺滲漏，便墮入言詮理路。禪林僧寶傳卷一撫州曹山本寂禪師傳：「三種滲漏其詞曰：『一見滲漏，謂機不離位，墮在毒海；二情滲漏，謂智常向背，見處偏枯；三語滲漏，謂體妙失宗，機昧終始。學者濁智流轉，不出此三種。』」參見日本釋慧印校訂撫州曹山元證禪師語録。

〔三〕圓伊三點分賓主：大般涅槃經卷二壽命品：「何等名爲秘密之藏？猶如伊字三點，若並則不成伊，縱亦不成。如摩醯首羅面上三目，乃得成伊三點。若别亦不得成，我亦如是。解脱之法亦非涅槃，如來之身亦非涅槃，摩訶般若亦非涅槃。三法各異，亦非涅槃。我今安住如是三法，爲衆生故，名入涅槃，如世伊字。」隋釋灌頂涅槃經會疏卷二：「乃指圓伊，而作依止。」景德傳燈録卷一六鄂州巖頭全豁禪師：「師一日上堂，謂諸徒曰：『吾嘗究涅槃經七八年，覩三兩段文，似衲僧説話。』又曰：『休休！』時有一僧出禮拜，請師舉。師曰：『吾教意如伊字三點，第一向東方下一點，點開諸菩薩眼；第二向西方下一點，點諸菩薩命根；第三向上方下一點，點諸菩薩頂。此是第一段義。』又曰：『吾教意如摩醯首羅，劈開面門，豎亞一隻眼。此是第二段義。』又曰：『吾教意猶如塗毒鼓，擊一聲，遠近聞者皆喪，亦云俱死。此是第三段義。』」同卷澧州樂普山元安禪師：「問：『圓伊三點人皆重，樂普家風事若何？』

師曰：『雷霆一震，布鼓聲銷。』」錯按：伊字三點畫作「∴」，亦稱圓伊。智證傳：「夫分賓主，如並存照用，如別立君臣。如從慈明曰：『一句分賓主，照用一時行。若會箇中意，日午打三更。』同安曰：『賓主穆時全是妄，君臣合處正中邪。還鄉曲調如何唱，明月堂前枯樹花。』如前語句，皆非一代時教之所管攝，摩醯首羅面上豎亞一目，非常目也。」

〔四〕妙挾雙明絶正偏：寶鏡三昧曰：「正中妙挾，敲唱雙舉。通宗通塗，挾帶挾路。」惠洪疏：「妙挾，語忌十成。雙舉，語有清濁。通宗，自受用三昧，機不昧終始。通塗，他受用三昧，賓主音信相通，血脈不斷。」智證傳：「洞山悟本禪師所立：正中妙挾，挾路通宗，通塗挾帶。傳曰：如言妙挾，則曰正中；如言挾路，則曰通宗；如言挾帶，則曰通塗。蓋本一挾帶，而加妙字耳。然挾帶之語，必有根本，大乘所緣緣義曰：言是帶己相者，帶與己相各有二義。言帶有二義者：一者挾帶，即能緣心親，挾境體而緣；二者變帶，即能緣心變，起相分而緣也。」

〔五〕「暗裏丹青元異色」二句：景德傳燈録卷三〇南嶽石頭和尚參同契：「當明中有暗，勿以暗相遇。當暗中有明，勿以明相覩。」智證傳：「首楞嚴曰：『諦觀法法何狀。』則知但自燈明，法自無暗。明暗俱空，無作無取。明若有作，不應容暗。暗若可取，不應受明。今觀夜室之暗，何自而來？忽有燈燄，暗何所往？石頭曰『當明中有暗』者，以明無作故；『當暗中有明』者，以暗無取故。」本集卷八游龍王贈雲老：「暗中明露涇渭分。」此反其意而用之。

〔六〕「嬰兒索物哆啝耳」二句：景德傳燈録卷一四潭州石室善道和尚：「十六行中，嬰兒行爲最，哆哆和和時，喻學道之人離分别取捨心，故讚歎嬰兒，可況取之。」元釋行秀從容庵録卷一：「哆哆和和，嬰兒言語不真貌。」本集屢用其喻，如卷一五與韓子蒼六首之三：「哆啝元不是無言。」卷一七日用：「嬰兒哆啝，語無背向。終必得物，人不敢詆。」卷一八六世祖師畫像贊初祖：「嬰兒索物，意正語偏。哆和之中，語意俱捐。」卷二八請悟老住惠林：「無生之句，善嬰兒哆啝法門。」鍇按：前引寶鏡三昧曰：「如世嬰兒，五相完具。不去不來，不起不住。婆婆和和，有句無句。終必得物，語未正故。」「哆啝」作「婆婆和和」，語本大般涅槃經卷二〇嬰兒行品：「所謂婆啝，啝者有爲，婆者無爲，是名嬰兒。啝者名爲無常，婆者名爲有常。」宋釋智圓涅槃玄義發源機要卷三：「婆和者，是小兒習語之聲，以喻方便小教也。」

過永寧寺〔一〕

已背荒南過永寧，犯寒呵手捉枯藤〔二〕。雪如鏡底頷絲白，山學誰家眉黛青〔三〕。射影風光知脱離〔四〕，伐冰門巷覺添增〔五〕。故人不用鶩風帽〔六〕，我是前身卧像僧〔七〕。

【注釋】

〔一〕政和四年初春作於湖南，時自海南北歸。寂音自序：「（政和）三年五月二十五日，蒙恩釋放。十一月十七日，北渡海。以明年四月到筠。」當於政和四年初至湖南境，姑繫於此。永寧寺：其地不可考。

〔二〕枯藤：指藤杖，手杖。

〔三〕山學誰家眉黛青：謂青山彷彿模仿美女之眉黛。唐張説奉和同玉真公主遊大哥山池題石壁二首之一：「池如明鏡月華開，山學香爐雲氣來。」此仿其句法。

〔四〕射影風光知脱離：謂已脱離南方風光險惡之地。射影：即短狐。陸璣毛詩草木鳥獸蟲魚疏卷下爲鬼爲蜮：「蜮，短狐也；一名射影。如鼈，三足，江淮水濱皆有之。人在岸上，影見水中，投人影則殺之，故曰射影也。南方人將入水，先以瓦石投水中，令水濁，然後入。或曰：含細沙射人，入人肌，其創如疥。」

〔五〕伐冰門巷覺添增：謂已覺伐冰人家漸多，當近北方。伐冰，指達官貴族。後漢書馮衍傳：「夫伐冰之家，不利雞豚之息。」李賢注：「言食厚禄不當求小利也。禮記曰：『畜馬（千）乘，不察於雞豚；伐冰之家，不畜牛羊。』伐冰，謂卿大夫以上，以其喪祭得賜冰，故言伐冰也。韓詩外傳曰『天子不言多少，諸侯不言利害，大夫不言委積。駟馬之家，不恃雞豚之息；伐冰之家，不恃牛羊之入』也。」　　鍇按：射影，南方之物；伐冰，北方之事。此一聯謂離南抵北。

〔六〕故人不用驚風帽：廓門注：「風帽，謂三祖禪師也。」錯按：此以三祖自比。本集卷一六至海昏三首之一：「前身定是赤頭璨，風帽自欹麻苧衣。久客瓊崖看詩律，袖中藏得海山歸。」又卷一八六世祖師畫像贊三祖：「但赤頭顱，特諱名氏。離見超情，欲盡世累。潛谿海山，麻衣風帽，翩然往來，被褐懷寶。」參見本集卷四大方寺送祖超然見道林方等禪師注〔一三〕。

〔七〕我是前身卧像僧：冷齋夜話卷八房琯前身爲永禪師：「東坡集中有觀宋復古畫序一首曰：『舊説房琯開元中宰盧氏，與道士邢和璞過夏口村，入廢佛寺，坐古松下。和璞使人鑿地，得甕中所藏婁師德與永禪師書，笑謂琯曰：「頗憶此耶？」因悵然悟前生之爲永禪師也。故人柳子玉寶此畫，蓋唐本，宋復古所臨者。』」

十一月十七日發豫章歸谷山〔一〕

急景窮冬一千里〔二〕，筍輿部曲去忽忽〔三〕。候船班草江津岸〔四〕，曝日探簷山店中。

袖手歸休今日是〔五〕，隔生冤債轉頭空〔六〕。湘西雪後青松徑，想見聲盤萬壑風。

【注釋】

〔一〕重和元年十一月十七日作於南昌。豫章：洪州南昌縣。谷山：在潭州長沙縣，位於湘江西岸。萬曆湖廣總志卷四五寺觀：「（長沙府長沙縣附）谷山寺，縣西北二十里。寶寧寺，縣谷山□十里。」佛祖歷代通載卷一九：「（惠洪）其同門友居谷山，及其嗣法在諸山者，皆迎師居丈室，學者歸之。」同門友居谷山者，當指希祖超然，續傳燈録卷二二真淨克文法嗣有谷山希祖，可證。

〔二〕急景窮冬：指冬日歲暮光陰急促。文選卷一四鮑照舞鶴賦：「于是窮陰殺節，急景凋年。」李善注：「禮記曰：『季冬之月，日窮于次。』神農本草經曰：『秋冬爲陰。』禮記曰：『仲秋之月，殺氣侵盛。』」

〔三〕筍輿：竹輿，竹轎。王安石臺城寺側獨行：「獨往獨來山下路，筍輿看得緑陰成。」部曲：指軍隊。後漢書光武帝紀「各領部曲」李賢注引續漢志曰：「大將軍營有五部，部三校尉。部下有曲，曲有軍候一人。」已見前注。

〔四〕班草：鋪草坐地。

〔五〕袖手：縮手於袖，表示不參預其事。晉書庾敳傳：「時越府多儁異，敳在其中，常自袖手。」本集卷一同彭淵才謁陶淵明祠讀崔鑒碑：「袖手歸去來，詩眼飽山翠。」

〔六〕隔生冤債：指無端入南昌獄事。寂音自序：「又爲狂道士誣以爲張懷素黨人，官吏皆知其誤認張丞相爲懷素，然事須根治，坐南昌獄百餘日，會兩赦得釋。」轉頭空：白居易自詠：「百年隨手過，萬事轉頭空。」蘇軾次韻和晁無咎學士相迎：「路旁小兒笑相逢，齊歌萬事轉頭空。」又西江月平山堂：「休言萬事轉頭空，未轉頭時皆夢。」此借用其語。錯按：本集卷一七八月十六入南昌右獄作對治偈曰：「自業成熟，現行會遇。受盡還無，無可措慮。」即「隔生冤債轉頭空」之意。

立春前一日雪〔一〕

明日立春今日雪，雪中殘響滴虚簷。方增謾説寒威在，不絶潛知暖氣添㊀〔二〕。客去旋開書對語，閑多偏與懶相兼。湘山自古愁眉淺〔三〕，縱御鉛華不到尖〔四〕。

【校記】

㊀知：石倉本作「和」，誤。

【注釋】

〔一〕宣和年間作於長沙。錯按：此詩用「尖」字韻詠雪，似有意仿蘇軾雪後書北臺壁二首之「尖叉」險韻。

〔二〕不絶潛知暖氣添：白居易溪中早春：「潛知陽和功，一日不虚擲。」

〔三〕湘山自古愁眉淺：蘇軾次韻送張山人歸彭城：「水洗禪心都眼淨，山供詩筆總眉愁。」

〔四〕鉛華：鉛粉，此喻雪。文選卷一九曹植洛神賦：「芳澤無加，鉛華弗御。」李善注：「鉛華，粉也。博物志曰：『燒鉛成胡粉。』張平子定情賦曰：『恐在面爲鉛華兮，患離塵而無光。』」

明年湘西大雪次韻送僧吴〔一〕

夜殘陡覺寒生骨，夢斷空驚月轉簷。瓶響卧聞秋蚓泣〔二〕，火紅起撥白灰添〔三〕。欲酬清景尋儂去〔四〕，更棹扁舟與子兼〔五〕。要倩新詩寫愁絶，笑呵凍硯蘸毫尖〔六〕。

【注釋】

〔一〕宣和年間作於長沙。此詩與前立春前一日雪用韻全同，當爲次韻之作。湘西：指長沙湘江西岸。「送僧吴」，疑有脱字。

〔二〕瓶響卧聞秋蚓泣：蘇軾次韻柳子玉二首地爐：「細聲蚯蚓發銀瓶。」此化用其意。參見本集卷一豆粥注〔一六〕。

〔三〕火紅起撥白灰添：蘇軾書雙竹湛師房二首之二：「白灰旋撥通紅火，卧聽蕭蕭雨打窗。」此借用其語。

〔四〕儂：自稱，吴語。

〔五〕更棹扁舟與子兼：用王子猷雪中乘船訪戴安道事，參見前招夏均父注〔四〕。

〔六〕笑呵凍硯蘸毫尖：開元天寶遺事卷四美人呵筆：「李白於便殿對明皇撰詔誥，時十月，大寒凍筆，莫能書字。帝敕宫嬪十人侍於李白左右，令執牙筆呵之，遂取而書其詔。其受聖眷如此。」

題清富堂〔一〕

此堂冠絶湘西勝，枯木名多道不窮〔二〕。用谷量雲當衣鉢〔三〕，以江盛月展家風〔四〕。買山歸隱真寒乞〔五〕，借竹爲軒落笑中。緑錦漲連青玉浦〔六〕，剪裁磨琢費詩工。

【注釋】

〔一〕宣和元年春作於長沙。　清富堂：在湘西嶽麓山頂，屬道林寺。本集卷二二忠孝松記：「宣和元年，余謁枯木大士成公於道林。是日，游客喧闐，喜氣成霧。余曰：『噫嘻！登高望遠，此日猶然，其荆楚舊俗哉！』成笑曰：『有異木産吾冢顛，非緣佳節也。』於是導余登清富堂，下臨瀟湘，如開畫牒，千里纖穠，一覽而盡得之。」此詩有「枯木名多道不窮」之句，當作於同時。

〔二〕枯木：法成禪師，號枯木，嗣法芙蓉道楷，屬曹洞宗青原下十二世，時住持道林寺。參見本集卷八游龍王贈雲老注〔一〕、〔九〕、〔一一〕。

〔三〕用谷量雲：謂以山谷計量雲，極言其多。參見本集卷六寄郤子中學句注〔四〕。

〔四〕以江盛月展家風：景德傳燈録卷二〇韶州龍光和尚：「問：『賓頭盧一身爲什麼赴四天供？』師曰：『千江同一月，萬户盡逢春。』」鍇按：龍光和尚爲洞山良价法孫，屬曹洞宗，故曰家風。

〔五〕買山歸隱真寒乞：用世説新語排調載支道林買山而隱事，參見本集卷四余將北游留海昏而餘祐禪者自靖安馳來覓詩注〔一三〕。寒乞，寒傖，寒酸。

〔六〕緑錦漲連青玉浦：喻春水初漲，如緑錦青玉。

湘西暮歸〔一〕

筍輿鼓角背層城〔二〕，湘水涸盡行沙汀。嶽麓雪雲獻樓閣〔三〕，橘洲煙雨學丹青㊀〔四〕。此生多艱付跛挈〔五〕，投老餘閑到寂惺〔六〕。蒼鬣萬身門窈窕〔七〕，歸來風葉掃空庭。

【校記】

㊀洲：廓門本作「州」，誤。

【注釋】

〔一〕宣和年間作於長沙。

〔二〕笥輿：竹輿，竹轎。

〔三〕嶽麓：元和郡縣志卷三〇江南道五潭州長沙縣：「嶽麓山在縣西南，隔湘江水六里，蓋衡山之足也，故以麓爲名。」　雪雲獻樓閣：謂雪雲散去而樓閣可見。山谷内集詩注卷一九勝業寺悦亭：「苦雨已解嚴，諸峰來獻狀。」任淵注：「王介甫詩：『木落岡巒因自獻。』」同書卷二〇贈惠洪：「眼横湘水暮，雲獻楚天高。」任淵注：「王介甫詩：『暮林摇落獻南山。』」下句頗采其意，言亂雲脱壞，星露天宇之高明。」此併採用王、黄詩意。

〔四〕橘洲：在長沙西湘江中。方輿勝覽卷二三湖南路潭州：「橘洲，類要：在長沙西南四十里湘江中，泗洲曰橘洲，曰直洲，曰誓洲，曰白小洲。江中水泛，惟此不没，上多美橘，故名。晉永興中生此洲。諺曰：『昭潭無底橘洲浮。』」已見前注。

〔五〕跛挈：禪門習語，足行不便貌，步履艱難貌，此指困窘蹇澀。語本景德傳燈録卷七定州柏巖明哲禪師：「藥山云：『跛跛挈挈，百醜千拙，且恁麽過時。』」又見同書卷一四澧州藥山惟儼禪師。後之禪籍多襲用，如圓悟佛果禪師語録卷七：「所以山僧到此，老老倒倒，跛跛挈挈，百事無能，向箇裏如何施設？」古尊宿語録卷四三寶峰雲庵真淨禪師住廬山歸宗語録：「歸宗亦有箇無位真人，憨憨癡癡，跛跛挈挈，且恁麽過時。」廓門注：「跛脚，謂雲門也。」不確。

〔六〕寂惺：亦禪門習語，寂静中之清醒。語本唐釋玄覺禪宗永嘉集奢摩他頌第四：「忘緣之後寂寂，靈知之性歷歷。無記昏昧昭昭，契真本空的的。惺惺寂寂是，無記寂寂非。寂寂惺惺是，亂想惺惺非。」唐裴休集黄檗山斷際禪師傳心法要：「所謂心地法門，萬法皆依此心建立，遇境即有，無境即無，不可於淨性上轉作境解。所言定慧，鑑用歷歷，寂寂惺惺，見聞覺知，皆是境上作解。暫爲中下根人説即得，若欲親證，皆不可作如此見解。」古尊宿語録卷八汝州首山念和尚語録次住廣教語録：「問：『如何是寂寂惺惺底人？』師云：『莫向白雲深處坐，切忌寒灰煨煞人。』」

〔七〕蒼鬣萬身：猶言萬株松樹。山谷内集詩注卷四送謝公定作竟陵主簿：「澗松無心古鬚鬣。」任淵注：「酉陽雜俎曰：『松言五粒者，粒當言鬣。自有一種名鬣，皮無鱗甲，而結實多。』」參見本集卷三泊舟星江聞伯固與僧自五老亭步入開先作此寄之注〔一〇〕。　窈窕：深邃貌。

效李白湘中體〔一〕

夕光江摇魚尾紅〔二〕，何處扁舟開晚篷（蓬）㊀。雁字初成春有信〔三〕，煙鬟空好雨無蹤〔四〕。荒寒數葦橘洲岸〔五〕，領略半窗湘寺鐘〔六〕。浦口行人已爭渡，林下歸僧欣一逢。

【校記】

㊀篷：底本、寬文本、廓門本作「蓬」，今從四庫本、武林本。

【注釋】

〔一〕作年未詳。李白湘中體：李白作湖南詩甚多，未詳所指。

〔二〕夕光江摇魚尾紅：蘇軾游金山寺：「微風萬頃靴文細，斷霞半空魚尾赤。」此化用其意。

〔三〕雁字初成春有信：廓門注：「東坡詩六卷『雁字一行書絳霄』之義。」

〔四〕煙鬟：以女人之髮髻喻雲霧繚繞之峰巒。蘇軾李思訓畫長江絶島圖：「峨峨兩煙鬟，曉鏡開新粧。」

〔五〕橘洲：參見前湘西暮歸注〔四〕。

〔六〕領略：約略，隱約。已見前注。

次韻王舍人蘭室〔一〕

起爇清香試返魂〔二〕，松花閑泛刷絲紋〔三〕。幽齋事業誰同辦？小斛蘭叢手自分〔四〕。家世到今猶玉食〔五〕，交朋强半在青雲〔六〕。笑談麈尾延僧宿，要聽清言洗俗氛。

【注釋】

〔一〕宣和七年夏作於湘陰縣。　王舍人：即王宏道，名不可考，時爲路分兵馬鈐轄。參見本集卷五題王路分容膝軒注〔一〕。

〔二〕起爇清香試返魂：東坡詩集注卷二五岐亭道上見梅花戲贈季常：「蕙死蘭枯菊亦摧，返魂香入嶺頭梅。」程縯注：「李夫人死，漢武帝念之不已，乃令方士作返魂香燒之，夫人乃降。」趙次公注：「十洲記：聚窟洲有大樹如楓，而葉香聞數百里，名曰返魂樹。死尸在地，聞之即生。」同卷次韻楊公濟奉議梅花十首之四：「臨春結綺荒荊棘，誰信幽香是返魂。」師尹注：「漢武帝令方士燒返魂香，以降李夫人之魂。」陳氏香譜卷三：「韓魏公濃梅香又名返魂梅。」　爇：焚，燒。左傳僖公二十八年：「爇僖負羈氏。」杜預注：「爇，燒也。」參見本集卷六贈珠維那注〔四〕。

〔三〕松花：此代指墨，即松煤。　刷絲紋：歙硯之名品。刷絲者，謂其石材紋理直如刷絲。苕溪漁隱叢話後集卷二九：「苕溪漁隱曰：新安龍尾石，性皆潤澤，色俱蒼黑，縝密可以敵玉，滑膩而能起墨，以之爲研，故世所珍也。石雖多種，惟羅紋者、眉子者、刷絲者最佳。」參見本集卷一一李師尹以端硯見遺作此謝之注〔二〕。

〔四〕小斛蘭叢：疑指石斛蘭，蘭科植物，夏日開花，以葉形如釵，故又名金釵石斛。供觀賞，花葉入藥。參見本集卷九夜坐分題得廊字注〔五〕。

〔五〕家世到今猶玉食：本集卷一九王宏道舍人贊：「韻收一代之風流，骨含奕世之富貴。」即此意。　玉食：珍美之食。書洪範：「惟辟作福，惟辟作威，惟辟玉食。」鍇按：王宏道爲琅琊郡王王審琦之後，故云。

〔六〕强半：大半，過半。　青雲：喻仕途得意。

次韻熏堂〔一〕

無言桃李已垂陰〔二〕，小雨南風自滿襟〔三〕。佳客偶來持茗盌，寶書看罷整瑶琴。未容絲竹陶閑適，盡把雲山付醉吟。圖畫麒麟他日事〔四〕，不將行樂負初心。

【注釋】

〔一〕宣和七年夏作於湘陰縣。此詩亦次韻王宏道，與前次韻王舍人蘭堂作於同時。

〔二〕無言桃李已垂陰：史記李將軍列傳：「諺曰：『桃李不言，下自成蹊。』」此借用其語以寫初夏之景。

〔三〕小雨南風自滿襟：廓門注：「使『南風薰』也。」鍇按：孔子家語辯樂解：「昔者舜彈五弦之琴，造南風之詩，其詩曰：『南風之薰兮，可以解吾民之愠兮。南風之時兮，可以阜吾民之財兮。』唯修此化，故其興也勃焉，德如泉流。」此以「南風之薰」暗寫熏堂之義。又新唐書柳公權傳載其與文宗聯句曰：「薰風自南來，殿閣生微涼。」此亦暗用其意。熏，同「薰」。

〔四〕圖畫麒麟他日事：謂將來定會建立豐功偉業，爲帝王股肱之臣。漢書蘇武傳：「甘露三年，單于始入朝。上思股肱之美，迺圖畫其人於麒麟閣。」顔師古注引張晏曰：「武帝獲麒麟時作此閣，圖畫其像於閣，遂以爲名。」三輔黄圖：「麒麟閣，蕭何造，以藏秘書，處賢才也。」

次韻寄傲軒㊀〔一〕

道夫飛鳥倦知還㊁〔二〕，一鉢安巢又故山㊂〔三〕。無累自然增逸興，有名終恐廢長閑。
背時生計風煙上〔四〕，隨意園林指顧間㊃。應笑市朝爭奪者，暗驚清鏡失朱顔。

【校記】

㊀次韻寄傲軒：宋高僧詩選續集作「寄傲軒」。

㊁夫：宋高僧詩選續集作「人」，石倉本作「逢」。

㊂又：宋高僧詩選續集作「入」。

㊃園：宋高僧詩選續集作「雲」。

【注釋】

〔一〕作年未詳。　寄傲軒：軒名取陶淵明歸去來兮辭「倚南窗以寄傲」之義。

〔二〕道夫：即李孝遵，字道夫，江寧人。參見本集卷三七夕臥病敦素報云道夫已至北山遲遲未入城其意耽酒用其説作詩促之注〔一〕。廓門注：「道夫，謂李道夫也。」鍇按：宋高僧詩選續集「道夫」作「道人」，據次句「一鉢安巢」之語，「道人」義更勝，今兩存之。　飛鳥倦知還：陶淵明歸去來兮辭：「鳥倦飛而知還。」

〔三〕一鉢安巢：山谷外集詩注卷九玉京軒：「野僧雲臥對開軒，一鉢安巢若飛鳥。」史容注：「傳燈録有道吾和尚一鉢歌。」此借用其語。　鍇按：本集「一鉢」多用於僧人，如卷一贈器之禪師：「器禪鄱水來，一鉢自笑傲。」卷二次韻權巽中送太上人謁道鄉居士：「清辰一鉢外，臥有三根椽。」卷四超然擕泉侍者來建康獄慰余甚喜作此：「一鉢游人間，不言行四時。」卷五次韻明應仲宗傳送供：「陪堂一鉢飯，不得日日供。」卷八楞伽端介然見訪余以病未及謝先此寄之：「楞伽劇談喜高笑，一鉢安巢在雲杪。」卷九出獄李生來謁出百丈汾陽二像爲示因而摹之作此時即欲還谷山：「一鉢寄城市，皤然鬚鬢長。」不勝枚舉。然亦有用於士大夫者，如卷一三再會莊德祖大夫：「平昔才名似孟宗，暮年一鉢並巖叢。」

〔四〕背時：違背時勢，不合時宜。

次韻吏隱堂二首〔一〕

拄笏西山爽氣新〔二〕，萬人如海一閑身〔三〕。堂中自蠟登山屐〔四〕，門外從增没馬塵〔五〕。美禄方辭緣肆志〔六〕，華軒偶羡見清真〔七〕。遺編半掩思標致，未必今人愧古人。

此堂華構面層城，意趣追回萬古情。落帽被嘲真有道〔八〕，買金償謗亦求名〔九〕。黄庭卷掩凝香縷〔一〇〕，畫戟門深列衛兵〔一一〕。安用山林笑朝市，戲將軒冕寄餘生。

【注釋】

〔一〕作年未詳。吏隱堂：九家集注杜詩卷二六院中晚晴懷西郭茅舍：「肯信吾兼吏隱名。」趙次公注：「汝南先賢傳：鄭欽吏隱於蟻陂之陽。」蔡夢弼注：「晉山濤吏非吏，隱非隱。」堂名取自此。

〔二〕拄笏西山爽氣新：世説新語簡傲：「王子猷作桓車騎參軍，桓謂王曰：『卿在府久，比當相料理。』初不答，直高視，以手版拄頰云：『西山朝來致有爽氣。』」此即爲吏而有隱逸之思。笏：官員所執手版。

〔三〕萬人如海一閑身：蘇軾病中聞子由得告不赴商州三首之一：「惟有王城最堪隱，萬人如海一身藏。」此化用其語以寫吏隱。

〔四〕堂中自蠟登山屐：世説新語雅量：「祖士少好財，阮遥集好屐，並恒自經營，同是一累，而未判其得失。人有詣祖，見料視財物，客至，屏當未盡，餘兩小簏著背後，傾身障之，意未能平。或有詣阮，見自吹火蠟屐，因歎曰：『未知一生當著幾量屐。』神色閑暢。於是勝負始分。」蠟屐：以蠟塗屐。　登山屐：南史謝靈運傳：「尋山陟嶺，必造幽峻，巖嶂數十重，莫不備盡登躡。常著木屐，上山則去其前齒，下山去其後齒。」此合二事而用之。

〔五〕没馬塵：蘇軾贈清涼寺和長老：「代北初辭没馬塵，江南來見卧雲人。」黄庭堅贈李輔聖：「肯使黄塵没馬頭。」此借用其語。

〔六〕肆志：史記魯仲連鄒陽列傳：「魯連逃隱於海上，曰：『吾與富貴而詘於人，寧貧賤而輕世肆志焉。』」司馬貞索隱：「肆，放縱也。」

〔七〕華軒：裝飾華麗之車，代指貴人車駕。陶淵明戊申歲六月中遇火：「草廬寄窮巷，甘以辭華軒。」

〔八〕落帽被嘲真有道：晉書孟嘉傳：「後爲征西桓温參軍，温甚重之。九月九日，温燕龍山，寮佐畢集。時佐吏並著戎服，有風至，吹嘉帽墮落，嘉不之覺。温使左右勿言，欲觀其舉止。嘉良久如厠，温令取還之，命孫盛作文嘲嘉，著嘉坐處。嘉還見，即答之，其文甚美，四坐嗟歎。」

〔九〕買金償謗亦求名：史記萬石張叔列傳：「塞侯直不疑者，南陽人也。爲郎，事文帝。其同舍有告歸，誤持同舍郎金去。已而金主覺，妄意不疑。不疑謝有之，買金償。而告歸者來，而歸金，而前郎亡金者大慙。以此稱爲長者。」蘇軾謂直不疑乃爲求名，東坡志林卷三曰：「曾子曰：『自吾母而不用吾情，吾安所用其情。』故不情者，君子之所甚惡也。雖若孝弟者，猶所不與。以德報怨，行之美者也。然孔子不取者，以其不情也。直不疑買金償亡，不辯盜嫂，亦士之高行矣。然非人情，其所以蒙詬受誣，非不求名也，求名之至也。太史公竊見之，故其贊曰：『塞侯微巧，周文處諂，君子譏之，爲其近於佞也。』不疑蒙垢以求名，周文穢迹以求利，均以爲佞。佞之爲言智也，太史公之論微，世無曉者，吾是以疏之。」此用其意。

〔一〇〕黄庭卷：此指王羲之所書黄庭經，宋人嘗摹刻石上，有拓本流傳，爲文人所玩賞。參見本集卷一〇竹爐注〔六〕。

〔一一〕畫戟門深列衛兵：韋應物郡齋雨中與諸文士燕集：「兵衛森畫戟，宴寢凝清香。」此用其意。

次韻集虛堂〔一〕

從來飽靚有仙風〔二〕，腦滿方知氣自沖〔三〕。萬事收藏微笑裏，十虛俱集一塵中〔四〕。

乾城不礙丹青色〔五〕，天女何殊大小空〔六〕。滿地落花春寂寂，岸巾時倚曲欄東〔七〕。

【注釋】

〔一〕作年未詳。集虛堂：廓門注：「集虛堂名本於莊子。」錯按：莊子人間世：「唯道集虛。虛者，心齊也。」郭象注：「虛其心，則至道集於懷也。」心齊，讀曰心齋。

〔二〕從來鮑靚有仙風：事具晉書鮑靚傳參見本集卷一一別子修二首注〔四〕。

〔三〕腦滿方知氣自沖：東坡詩集注卷一五和子由送將官梁左藏仲通：「南都從事亦學道，不恤腸空誇腦滿。」程縯注：「道家云：『欲得不死，腸中無滓；欲得不老，還精補腦。』」又蘇軾龍虎鉛汞說：「水火合，則火不炎而水自上，則所謂『龍從火裏出』也。龍出於火，則龍不飛，而汞不乾。旬日之外，腦滿而腰足輕。」

〔四〕十虛俱集一塵中：一微塵中聚集十方虛空，此以佛教義解釋道家「集虛」概念。楞嚴經卷三：「妙德瑩然，遍周法界，圓滿十虛，寧有方所。」

〔五〕乾城：乾闥婆城之略稱，以喻虛幻不實之相。唐釋慧琳一切經音義卷二二：「乾闥婆城：此云尋香城。謂十寶山間有音樂神，名乾闥婆。忉利諸天意須音樂，此神身有異相，即知天意，往彼娛樂。因以此事西域，謂諸樂兒，亦曰乾闥婆。西域樂兒多爲幻伎，幻作城郭，須臾如故。因即謂龍所現城郭爲乾闥婆也。」大智度論卷三六：「誑色者，如炎、如幻、如化、如乾闥婆城等，遠誑人眼，近無所有。」同書卷八九：「是法皆畢竟空無所有，衆生顛倒虛妄故，見似如有，如化、如幻、如乾闥婆城，無有實事，但誑惑人眼。」

〔六〕天女：代指侍女。維摩詰經卷中觀衆生品：「時維摩詰室有一天女，見諸大人聞所説法，便現其身，即以天華散諸菩薩、大弟子上。」大小空：代指侍者。事見景德傳燈録卷八潭州華林善覺禪師，參見本集卷一一妙高老人卧病遣侍者以墨梅相迓注〔五〕。

〔七〕岸巾：猶岸幘。推巾露額，形容衣著簡率不拘。黄庭堅書贈俞清老：「清老淹留京師，不偶，將復岸巾風月於江湖之上。」參見本集卷八至撫州崇仁縣寄彭思禹奉議兄四首注〔一一〕。

次韻宿東安㊀〔一〕

淡雲缺月兩微茫㊁，獨酌沽來竹葉香〔二〕。已把功名比雞肋㊂〔三〕，更驚世路似羊腸㊃〔四〕。心情老去俱消盡，詩律年來覺倍强。解誦東坡北歸曲㊄，此身安處是吾鄉〔五〕。

【校記】

㊀次韻宿東安：宋高僧詩選續集作「宿東安」。

㊁缺：石倉本作「疏」。茫：宋高僧詩選續集作「芒」，誤。

㊂肋：石倉本作「筋」，誤。

④路：宋高僧詩選續集作「俗」，誤。

⑤東坡北歸：石倉本作「賓州侍兒」。

【注釋】

〔一〕作年未詳。　東安：縣名，宋屬荊湖南路永州零陵郡。見元豐九域志卷六。廓門注：「東安縣，在順天府。」殊誤。

〔二〕竹葉：酒名。文選卷三五張景陽七命：「乃有荊南烏程，豫北竹葉。」李善注：「張華輕薄篇曰『蒼梧竹葉清，宜城九醖酒』也。」九家集注杜詩卷三〇九日五首之一：「竹葉於人既無分，菊花從此不須開。」注：「張景陽七命乃有『荊南烏程，豫北竹葉，浮蟻星沸，飛華萍接』。竹葉，酒名也。」

〔三〕雞肋：喻乏味而又不忍捨棄之物。語本後漢書楊脩傳：「夫雞肋，食之則無所得，棄之則如可惜。」已見前注。

〔四〕羊腸：喻指崎嶇曲折之危路。隋書崔賾傳：「從駕登太行山，詔問賾曰：『何處有羊腸坂？』賾對曰：『臣按漢書地理志，上黨壺關縣有羊腸坂。』帝曰：『不是。』又答曰：『臣按皇甫士安撰地書云：太原北九十里有羊腸坂。』帝曰：『是也。』」宋書樂志三魏武帝苦寒行：「北上太行山，艱哉何巍巍。羊腸坂詰屈，車輪爲之摧。」

〔五〕「解誦東坡北歸曲」二句：東坡詞定風波序曰：「王定國歌兒曰柔奴，姓宇文氏，眉目娟麗，善應對，家世住京師。定國南遷歸，余問柔：『廣南風土應是不好？』柔對曰：『此心安處，便是吾鄉。』因爲綴詞云。」其詞曰：「常羨人間琢玉郎，天教分付點酥娘。自作清歌傳皓齒，風起，雪飛炎海變清涼。　萬里歸來顔愈少，微笑，時時猶帶嶺梅香。試問嶺南應不好，却道，此心安處是吾鄉。」廓門注：「『東坡北歸曲』，筠溪集作『賓州侍兒曲』。」

次韻宿黄沙〔一〕

無計遮攔歲月飛，歲除江寺老垂垂。自圍紅火堆危坐〔二〕，熟讀黄沙感歎詩。已笑因山論肥瘠（脊）㊀〔三〕，更驚逢水説分離〔四〕。重湖去國三千里〔五〕，想見殘缸夢斷時㊁。

【校記】

㊀ 瘠：原作「脊」，誤，今從寬文本、廓門本、四庫本、武林本。

㊁ 缸：武林本作「釭」。

【注釋】

〔一〕作年未詳。　黄沙：地名，未詳所在。

〔二〕堆危：坐禪貌，跏趺端坐貌。參見本集卷一一海上初還至南嶽寄方廣首座注〔三〕。

〔三〕已笑因山論肥瘠：景德傳燈録卷九潭州溈山靈祐禪師：「時司馬頭陀自湖南來，百丈謂之曰：『老僧欲往潙山，可乎？』對云：『潙山奇絶，可聚千五百衆，然非和尚所住。』百丈云：『何也？』對云：『和尚是骨人，彼是肉山，設居之，徒不盈千。』」

〔四〕更驚逢水説分離：南朝梁江淹別賦：「春草碧色，春水緑波，送君南浦，傷如之何。」此化用其意。廓門注：「善慧大士傳曰：會有天竺僧嵩頭陀曰：『我與汝毗婆尸佛所發誓，今兜率宮衣鉢見在，何日當還？』因命臨水覩影，見圓光寶蓋。」鍇按：廓門所引善慧大士傳無説分離之意，今不取。或另有出典，俟考。

〔五〕重湖：疑指岳陽洞庭、青草二湖。宋張舜民畫墁集卷八郴行録：「湖之中有此洲，南名青草，北名洞庭，所謂重湖也。」方輿勝覽卷二九岳州：「形勝：左洞庭，右彭蠡，背衡嶽，面重湖。」

次韻雙秀堂〔一〕

窗户青紅花木繁〔二〕，午陰脩徑接深關。人如巢許逃名跡〔三〕，山學娥英露髻鬟〔四〕。
採菊悠然常獨見〔五〕，望雲時復對僧閑〔六〕。夜聞松雨驚飛瀑，疑宿匡廬黄石間〔七〕。

【注釋】

〔一〕作年未詳。雙秀堂：未詳所在。

〔二〕窗户青紅：指窗户彩色油漆。東坡樂府卷上水調歌頭黄州快哉亭贈張偓佺：「知君爲我新作，窗户濕青紅。」此借用其語。

〔三〕巢許：巢父與許由，爲堯時隱士。晉皇甫謐高士傳卷上許由傳：「堯又召爲九州長，由不欲聞之，洗耳於潁水濱。時其友巢父牽犢欲飲之，見由洗耳，問其故，對曰：『堯欲召我爲九州長，惡聞其聲，是故洗耳。』巢父曰：『子若處高岸深谷，人道不通，誰能見子？子故浮游，欲聞求其名譽，污吾犢口。』牽犢上流飲之。」

〔四〕山學娥英露髻鬟：喻山之雙峰如娥英二妃之髮髻，此雙峰當即雙秀堂取名之義。娥英：娥皇與女英，舜之后妃。劉向列女傳卷一有虞二妃：「有虞二妃者，帝堯之二女也，長娥皇，次女英。……堯試之百方，每事常謀于二女。舜既嗣位，升爲天子，娥皇爲后，女英爲妃。……天下稱二妃，聰明貞仁。舜陟方，死於蒼梧，號曰重華。二妃死於江湘之間，俗謂之湘君。」

〔五〕採菊悠然常獨見：陶淵明飲酒二十首之五：「採菊東籬下，悠然見南山。」此用其語意。

〔六〕望雲時復對僧閑：杜牧將赴吴興登樂游原：「清時有味是無能，閑愛孤雲静愛僧。」此化用其意。

〔七〕匡廬黄石：廬山記卷三叙山南：「永泰院其上有黄石巖。九江録云：『古招隱寺在黄石巖下。』此其事也。永泰之上，有道人庵，次聖僧巖，次善才巖，次羅漢巖。四庵巖相去在五里之間，瀑流之所過也。又五里皆登絶險，乃至黄石巖，俗傳黄石公所居，非也。其崖壁皆黄色，視前三巖特平廣，可容百餘人。永泰之前有文殊臺，與香爐雙劍峰相爲高下。」

次韻垂金館〔一〕

風簷負日背胡牀〔二〕，千顆初驚昨夜霜〔三〕。噀霧香爭和露擘〔四〕，過牆枝作照林光。佳名曾用題書尾〔五〕，小字仍呼背藥囊〔六〕。先與兒曹爲美兆，讀書窗映笏頭黄〔七〕。

【注釋】

〔一〕作年未詳。垂金館：未詳所在，館主亦不可考。張耒冬日懷竟陵管氏梅橘四首之一：「想見竟陵殘雪裏，新梅點雪橘垂金。」館名當取自此。廓門注：「『屋頭霜橘欲垂金』，故取以名館者歟？」鍇按：「屋頭霜橘欲垂金」，乃本卷題天王圓證大師房壁中之句，揆之情理，垂金館不當取自惠洪詩句。

〔二〕胡牀：坐具，即繩牀。演繁露卷一〇胡牀：「隋高祖意在忌胡，器物涉胡言者，咸令改之。其胡牀曰交牀，胡荽曰香荽，胡瓜曰黄瓜。然江都執帝者，乃令狐行達也。」學林卷四繩牀：「古人稱牀榻，非特卧具也，多是坐物。王羲之東牀坦腹而食；庾亮登南樓據胡牀，與佐史談咏；桓伊吹笛，據胡牀三弄；管寧家貧，坐藜牀欲穿……凡此皆坐物也。」

〔三〕千顆初驚昨夜霜：蓋霜後橘尤甜美，故稱霜橘。參見後注。

〔四〕噀霧香爭和露擘：東坡詩集注卷二五食柑：「清泉蔌蔌先留齒，香霧霏霏欲噀人。」同書卷九洞庭春色：「二年洞庭秋，香霧長噀手。」趙次公注：「洞庭秋，言柑也。太湖洞庭山上出美柑，所謂『洞庭柑熟欲分金』也。」噀，噴。鍇按：能改齋漫録卷九洞庭橘：「世以韋蘇州詩『書後欲題三百顆，洞庭猶得滿林霜』，以韋嘗守蘇，遂謂太湖洞庭山產柑橘，并以唐吴融序賦及王維送人赴越州詩『風樵若邪路，霜橘洞庭秋』、蘇子美姑蘇詩『洞庭甘熟客分金』爲據，而以洞庭湖爲非。其實不然，蓋洞庭見於吴、楚，皆産柑橘，第湖山爲異耳。觀襄陽記，李叔平臨終敕其子曰：『龍陽洲裏有千頭木奴。』及柑橘成歲，得絹數十匹。審此，則龍陽洲正在洞庭矣。又況晉張華詩云：『橘在湘水側，菲陋人莫傳。』劉瑾甘賦云：『傾予筲兮湖之區。』徐陵甘詩云：『江潭間修竹。』由古以來洞庭湖之有橘舊矣，故柳毅叩橘而書始傳。至若洞庭山之有橘，不讀唐吴融序賦，未必其名顯也。」

〔五〕佳名曾用題書尾：米芾書史：「又有唐摹右軍帖，雙鈎蠟紙摹。末後一帖是：『奉橘三百顆，霜未降，未可多得。』韋應物詩云：『書後欲題三百顆，洞庭更待滿林霜。』蓋用此事。」

〔六〕小字仍呼背藥囊：僮仆雅稱「橘僮」或「橘童」，蓋本自襄陽記「千頭木奴」之事。唐王棨詔遣軒轅先生歸羅浮舊山賦：「持青囊兮藥使旁隨，執絳節兮橘僮先遣。」龔明之中吴紀聞卷一陳君子載張伯玉贈詩曰：「小圃移花山客瘦，夜窗擣藥橘童寒。」

〔七〕「先與兒曹爲美兆」二句：謂讀書窗前垂金之橘爲兒輩之吉兆，預示將有手執官笏垂金拖紫之貴。

次韻贈慶代禪師〔一〕

蓮峰千葉吐晴煙，玉頰遥知一粲然。梅塢雪消香錯莫〔二〕，庵僧老盡氣完全。暗驚夢蝶人間世〔三〕，回看醯雞甕裏天〔四〕。誰見清言横麈尾，滿庭風露竹娟娟。

【注釋】

〔一〕作年未詳。慶代禪師：生平法系不可考。

〔二〕香錯莫：香氣紛雜交錯。王安石詠菊二絶之二：「院落秋深菊數叢，緑花錯莫兩三蜂。」蘇軾再和：「眼花錯莫鬢霜勾，病馬羸騶只自塵。」錯按：「錯莫」本形容目所見，此稱香錯莫，乃通感也。本集卷一六次韻張敏叔畫桃梅二首之二：「暗香錯莫知誰寫，多謝黄昏一陣風。」亦同此。

〔三〕暗驚夢蝶人間世：莊子齊物論：「昔者莊周夢爲胡蝶，栩栩然胡蝶也。自喻適志與？不知周也。俄然覺，則蘧蘧然周也。不知周之夢爲胡蝶與？胡蝶之夢爲周與？」又莊子有人間世篇，此借用其語。

〔四〕回看醯雞甕裏天：莊子田子方：「孔子出，以告顔回曰：『丘之於道也，其猶醯雞與？微夫子（老聃）之發吾覆也，吾不知天地之大全也。』」郭象注：「醯雞者，甕中之蠛蠓。醯，許西反，若酒上蠛蠓也。比吾全於老聃，猶甕中之與天地矣。」

次韻宿清修寺〔一〕

湘山也學廬山好，落瀑聲飛繡谷風㊀〔二〕。正欲來歸向兒説㊁，戲將收拾入詩中。浪驚醉枕寒松響，春滿茶鐺活火紅〔三〕。清景骨飛嗟未到，故應唯許夢魂通㊂〔四〕。

【校記】

㊀落　聲飛：石倉本作「雙」。聲飛：石倉本作「飛聲」。

㊁來歸：石倉本作「歸來」，天寧本作「求歸」，誤。

㊂唯：石倉本作「惟」。

【注釋】

〔一〕作年未詳。清修寺：在湖南益陽縣。方輿勝覽卷二三潭州：「小廬山，在益陽，似九江廬山，故曰小廬山。上有清修寺。」明一統志卷六三長沙府：「小廬山，在益陽縣南六十里。舊名清修山。」

〔二〕落瀑聲飛繡谷風：廓門注：「使錦繡谷也。」鍇按：廬山有錦繡谷及瀑布，清修山號小廬山，故借以喻之。

〔三〕火紅：謂炭之焰者，煎茶須用活火。參見本集卷九題夢清軒注〔三〕。

〔四〕「清景骨飛嗟未到」二句：本集卷六聽道人諳公琴：「骨飛不到夢所傳。」化用黄庭堅張益老十二琴銘舞胎僊：「肉飛不到夢所傳。」此又化一句爲兩句。骨飛：蜕骨飛升。本集卷二七跋東坡仇池録：「東坡喜學煉形蟬蜕之道，期白日而骨飛，竟以病而歿。」

次韻自清修過大潙亂山間作〔一〕

行盡湘南盡處山，愛公高韻不容攀〔二〕。會當拭目瞻雙闕〔三〕，應笑尋幽到百蠻〔四〕。甚欲解鞍休犖确〔五〕，更能揎手弄潺顏㊀〔六〕。定知醉看千巖曉，大字題名石壁間。

【校記】

㊀潺：武林本作「孱」。

【注釋】

〔一〕作年未詳。清修：即益陽縣清修寺。大潙：大潙山，在潭州寧鄉縣西一百四十里，禪宗潙仰宗之祖庭。已見前注。

〔二〕愛公高韻不容攀：謂其風韻如高峰，不可登攀。蘇軾病中獨游淨慈謁本長老周長官以詩見寄仍邀游靈隱因次韻答之：「我與世疏宜獨往，君緣詩好不容攀。」此化用其語意。

〔三〕瞻雙闕：指在京城爲官，可瞻望宮殿兩側高臺上之樓觀。唐釋皎然杼山集卷五五言送路少府使京兼覲侍御兄：「佇瞻雙闕鳳，思見柏臺烏。」

〔四〕百蠻：泛指西南方少數民族。杜甫峽口二首之一：「峽口大江間，西南控百蠻。」又悶：「瘴癘浮三蜀，風雲暗百蠻。」

〔五〕犖确：山不平貌。韓愈山石：「山石犖确行徑微。」王安石與徐仲元自讀書臺上定林：「横絶潺湲度，深尋犖确行。」

〔六〕潺顔：惠洪自創詞，猶潺湲，水緩流貌，代指緩緩流水。參見本集卷一〇晚步歸西崦注〔五〕。

次韻郴江有作〔一〕

持節南來喜欲狂，弄舟時得棹清湘。然膏獨宿率牛洞㊀〔二〕，枕玉曾眠錦瑟傍〔三〕。未可便尋閑作伴，不須先以醉爲鄉〔四〕。金城馳至陳方略，要指先鋒一破羌〔五〕。

【校記】

㊀率：四庫本、武林本作「牽」，涉形近而誤。

【注釋】

〔一〕作年未詳。　郴江：在荆湖南路郴州。方輿勝覽卷二五郴州：「事要：郡名郴陽、郴江。」又曰：「郴水，過郡城一里始勝舟。又北行四十五里，至鯉園步江口合東江，始爲大。郴江入耒水，方有水程。」秦觀踏莎行：「郴江幸自遶郴山，爲誰流下瀟湘去？」

〔二〕然膏：山谷外集詩注卷一〇寄李次翁：「然膏夜讀書。」任淵注：「進學解云：『焚膏油以繼晷。』」然，同「燃」。　率牛洞：在南嶽衡山。蘇軾率子廉傳：「率子廉，衡山農夫也。愚朴不遜，衆謂之率牛。晚隸南嶽觀爲道士。觀西南七里，有紫虚閣，故魏夫人壇也。道士以荒寂，莫肯居者，惟子廉樂之，端默而已。人莫見其所爲。然頗嗜酒，往往醉卧山林間，雖大風雨至不知，虎狼過其前，亦莫害也。」文繁不録，參見本集卷五次韻登蘇仙絶頂注〔一一〕。

〔三〕枕玉曾眠錦瑟傍：九家集注杜詩卷一九曲江對雨：「暫醉佳人錦瑟旁。」注：「錦瑟字，崔顥渭城少年行曰：『渭城橋頭酒新熟，金鞍白馬誰家宿。可憐錦瑟筝琵琶，玉堂清酒就君家。』則錦瑟者，寶瑟瑶瑟之謂也。或曰：是佳人名，如青琴、瑟玉、絳樹、緑珠之類。李商隱作錦瑟詩，其詞曰：『錦瑟無端五十絃，一絃一柱思華年。』說者云：令狐綯之妾名。」此化用其意。　枕玉：古以玉製枕，故云。

〔四〕醉爲鄉：白居易九日醉吟：「無過學王績，惟以醉爲鄉。」蘇軾次韻趙令鑠：「端向甕間尋吏部，老來專以醉爲鄉。」此借用其語。

〔五〕「金城馳至陳方略」二句：漢書宣帝紀：「西羌反，發三輔、中都官徒弛刑，及應募佽飛射士、羽林孤兒，胡、越騎，三河、潁川、沛郡、淮陽、汝南材官，金城、隴西、天水、安定、北地、上郡騎士、羌騎，詣金城。夏四月，遣後將軍趙充國、彊弩將軍許延壽擊西羌。六月，有星孛于東方，即拜酒泉太守辛武賢爲破羌將軍，與兩將軍並進。」金城：漢郡名，宋時屬西夏，故地在今甘肅皋蘭縣。廓門注：「三蘇文定第四卷蘇老泉上仁宗皇帝書曰：『國家用兵之時，購方略，設武舉。』」

次韻題罷徭亭〔一〕

聞君新構罷徭亭，邂逅河源又報清〔二〕。郡郭不輸天子賦〔三〕，谿山偏協野人情。唐虞暇日饒耕鑿〔四〕，秦漢當年浪戰爭。風月倚欄如可借，待攜斗酒話昇平。

【注釋】

〔一〕作年未詳。罷徭亭：爲罷免徭役而建，亭主不可考。罷徭，乃與民休養生息之舉。唐大詔令集卷八四大赦京畿三輔制：「然以王畿艱弊，矜恤疲人，蠲税罷徭，與之休息。」

〔二〕河源又報清：黃河水清，爲太平盛世之象徵。易緯乾鑿度：「天之將降嘉瑞應，河水清三日。」

〔三〕郡郭不輸天子賦：謂州郡不向朝廷輸送賦税徭役。

〔四〕唐虞：唐堯與虞舜，代指太平盛世。　耕鑿：耕田鑿井，形容辛勤勞動而生活安定。漢王充論衡感虚：「堯時五十之民擊壤於塗，觀者曰：『大哉，堯之德也！』擊壤者曰：『吾日出而作，日入而息，鑿井而飲，耕田而食，堯何等力？』」樂府詩集卷八三擊壤歌：「帝王世紀曰：帝堯之世，天下大和，百姓無事，有八九十老人擊壤而歌：『日出而作，日入而息，鑿井而飲，耕田而食，帝何力於我哉？』」

次韻題西林廓然亭〔一〕

堂堂葉脱露遥天，自炷臨軒一穗煙〔二〕。貴客獨游聊爾耳〔三〕，道人相見亦欣然。是身已悟浮漚久〔四〕，萬象中觀寶鏡圓〔五〕。寄語横機莫相試〔六〕，刻舟甘作小乘禪〔七〕。

【注釋】

〔一〕作年未詳。　西林：此指南嶽西林寺。南嶽總勝集卷中：「西林禪寺，去衡陽五十里，在嶽西南五十里。」本集卷一一南嶽法輪寺與西林比居長老齊公築堂於丈室之西名曰雪堂作此寄之：「坐令衡嶽爲嵩嶽，便覺西林近少林。」

〔二〕一穗煙：煙花一瓣如花穗，故稱。　山谷内集詩注卷三有惠江南帳中香者戲答六言二首之一：「一穟黄雲繞几，深禪想對同參。」任淵注：「傳燈録：『第二十二祖摩拏羅至西印土，焚香，而月氏國王忽覩異香成穗。』按韻書：『穗』亦作『穟』。」

〔三〕聊爾耳：暫且如此。世説新語任誕：「仲容以竿挂大布犢鼻幝於中庭，人或怪之，答曰：『未能免俗，聊復爾耳。』」黄庭堅德孺五丈和之字詩韻難而愈工輒復和成可發一笑：「且然聊爾耳，得也自知之。」

〔四〕是身已悟浮漚久：寒山詩集：「貪愛有人求快活，不知禍在百年身。但看陽燄浮漚水，便覺無常敗壞人。」施注蘇詩卷二二龜山辯才師：「羨師游戲浮漚間，笑我榮枯彈指内。」注：「楞嚴經：『空生大覺中，如海一漚發。有漏微塵國，皆依空所生。漚滅空本無，況復諸三有。』」

〔五〕萬象中觀寶鏡圓：宗鏡録卷八五：「體道者應須明鑒，如持寶鏡，普臨萬像。」

〔六〕寄語横機莫相試：蘇軾再和潛師：「故將妙語寄多情，横機欲試東坡老。」此用其意。横機，指縱横之妙語機鋒。

〔七〕刻舟甘作小乘禪：自謙語，謂己不辨機鋒，而甘爲刻板持律之小乘禪僧。東坡詩集注卷四次韻定慧欽長老見寄八首之一：「崎嶇真可笑，我是小乘僧。」李厚注：「傳燈録：圭峰云：『悟我空偏真之理而修者，是小乘禪。』」同書卷二〇悼朝雲詩：「駐景恨無千歲藥，贈行惟有小乘禪。」宋援注：「宗密禪師有小乘禪、大乘禪、最上乘禪之論。」本集卷二六題隆道人僧寶傳：「唐沙門道宣通兼三藏，而精於持律。持律，小乘之學也，而宣不許人呼以爲大乘師。……宣公甘以小乘自居，秉柏止以教乘自志，竟能爲百世師者，知宗用妙而已。」刻舟，已見前注。

次韻題方廣靈源洞〔一〕

萬峰剔卓起孤峰〔二〕，慚愧靈源與世通。花異空懷上林苑〔三〕，夢清疑宿廣寒宮〔四〕。泄雲吐雨遮金地〔五〕，濺雪跳珠落石□㊀〔六〕。忙裏爲君成妙語，豐碑正欲就崖礱〔七〕。

【校記】

㊀□：原闕一字，天寧本作「中」，乃妄補。

【注釋】

〔一〕作年未詳。　方廣：即南嶽方廣崇壽禪寺，已見前注。　靈源洞：在方廣寺後。南嶽總勝集卷中：「高臺惠安禪院，在後洞妙高峰下，與方廣比隣。山勢幽邃，景物與山前不侔。本朝賜今額。寺前五十步正險絶處，石上有迹如車轍狀。記云：『昔五百羅漢居此，聞惠思和尚將至，乃相謂曰：山主即至，我輩當避之。遂徙他所。』今轍跡尚存，記云：『乃鬼運糧以供厨饌。』又西有水源，自巖下出，莫知其所，自號靈源。宋宗炳有庵，在靈源之上，今芭蕉庵是也。尚存基址。寺有二石佛迹，各長尺八，顯六寸。足底有二隋求并印，皆如篆文，云自西來。衡陽令張鈞題高臺詩云：『萬仞孤高處，煙雲縹緲間。靈源聲不斷，轍跡蘚斕斑。山鳥應無畏，溪雲常自閑。凭欄長縱目，回首厭塵寰。』」

〔二〕剔卓：山勢卓立貌。或作「踢卓」，義同，參見本集卷六送悟上人歸潙山禮覲注〔七〕。

〔三〕上林苑：泛指帝王苑囿。三輔黃圖卷四苑囿：「漢上林苑，即秦之舊苑也。漢書云：『武帝建元三年，開上林苑，東南至藍田宜春、鼎湖、御宿、昆吾，旁南山而西，至長楊、五柞，北繞黃山，瀕渭水而東，周袤三百里。』離宮七十所，皆容千乘萬騎。」

〔四〕廣寒宮：月中仙宮。舊題柳宗元龍城録卷上明皇夢游廣寒宮：「開元六年，上皇與申天師、道士鴻都客，八月望日夜，因天師作術，三人同在雲上，游月中，過一大門，在玉光中飛浮，宮殿往來無定，寒氣逼人，露濡衣袖皆濕。頃見一大宫府，牓曰『廣寒清虚之府』。其守門兵衞甚嚴，白刃粲然，望之如凝雪。時三人皆止其下，不得入。天師引上皇起，躍身如在煙霧中，下視王城崔巍，但聞清香靄鬱，下若萬里琉璃之田，其間見有仙人、道人乘雲駕鶴往來，若游戲。少焉，步向前，覺翠色冷光，相射目眩，極寒不可進。下見有素娥十餘人，皆皓衣，乘白鸞往來，笑舞於廣陵大桂樹之下。又聽樂音嘈雜，亦甚清麗。上皇素解音律，熟覽而意已傳。頃天師亟欲歸，三人下若旋風，忽悟，若醉中夢迴爾。次夜，上皇欲再求往，天師但笑謝而不允。上皇因想素娥風中飛舞袖被，編律成音，製霓裳羽衣舞曲。自古洎今，清麗無復加于是矣。」

〔五〕金地：又名金田，佛寺之別稱，此指方廣寺。釋氏要覽卷上住處：「金地，或云金田，即舍衛國給孤長者側布黄金，買祇陀太子園建精舍，請佛居之。」

〔六〕石□：底本闕一字，疑爲「叢」字。

〔七〕豐碑正欲就崖礱：謂摩崖刻石爲碑。礱，磨。

次韻題高臺〔一〕

午梵知藏釋梵宫〔二〕，危臺遥喜石橋通。下無俗駕攀緣至〔三〕，中有高人笑語同。解執易爲摩詰語〔四〕，經行難續德雲風〔五〕。千巖萬壑吹松雨，替説儂家勝義空〔六〕。

【注釋】

〔一〕作年未詳。高臺：即南嶽高臺惠安禪院。參見前次韻題方廣靈源洞注〔一〕。

〔二〕午梵：寺院中午誦經梵唄之聲。釋梵宫：帝釋梵天之宫，代指佛寺。蘇軾東林第一代廣惠禪師真贊：「而使廬山之下，化爲梵釋龍天之宫。」本集卷二一潭州大潙山中興記：「疑師以三昧力搏取梵釋龍天之宫，置於人間。」

〔三〕俗駕：俗人車馬。南朝齊孔稚圭北山移文：「請回俗士駕，爲君謝逋客。」

〔四〕解執易爲摩詰語：維摩詰經卷中問疾品：「菩薩斷除客塵煩惱，而起大悲。愛見悲者，則於生死有疲厭心。若能離此，無有疲厭，在在所生，不爲愛見之所覆也。所生無縛，能爲衆生説法解縛，如佛所説：『若自有縛，能解彼縛，無有是處！若自無縛，能解彼縛，斯有是處。』是故菩薩不應起縛。何謂縛？何謂解？貪著禪味，是菩薩縛；以方便生，是菩薩解。又無方便慧縛，有方便慧解；無慧方便縛，有慧方便解。何謂無方便慧縛？謂菩薩以愛見心莊嚴佛土、成就衆生；於空、無相、無作法中，而自調伏，是名無方便慧縛。何謂有方便慧解？謂不以愛見心莊嚴佛土、成就衆生，於空、無相、無作法中，以自調伏，而不疲厭，是名有方便慧解。何謂無慧方便縛？謂菩薩住貪欲、瞋恚、邪見等諸煩惱，而植衆德本，是名無慧方便縛。何謂有慧方便解？謂離諸貪欲、瞋恚、邪見等諸煩惱，而植衆德本，迴向阿耨多羅三藐三菩提，是名有慧方便解。」同書卷下囑累品：「佛言：『阿難！是經名爲維摩詰所説，亦名不可思議解脱法門，如是受持。』」　解執：解脱拘執束縛之念。

〔五〕經行難續德雲風：華嚴經卷六二入法界品：「（善財童子）辭退南行，向勝樂國，登妙峰山，於其山上東西南北四維上下，觀察求覓，渴仰欲見德雲比丘。經于七日，見彼比丘在別山上徐步經行。見已往詣，頂禮其足，右遶三匝，於前而住，作如是言：『聖者，我已先發阿耨多羅三藐三菩提心，而未知菩薩云何學菩薩行？云何修菩薩行？乃至應云何於普賢行疾得圓滿？我聞聖者善能誘誨，唯願垂慈，爲我宣説：云何菩薩而得成就阿耨多羅三藐三菩提？』德雲比丘告善財童子：『善哉善哉！善男子！汝已能發阿耨多羅三藐三菩提心，復能請問諸菩薩行。如是之事，難中之難。所謂：求菩薩行，求菩薩境界，求菩薩出離道，求菩薩清淨道，求菩薩清淨廣大心，求菩薩成就神通，求菩薩示現解脱門，求菩薩示現世間所作業，求菩薩隨順衆生心，求菩薩生死涅槃門，求菩薩觀察有爲、無爲心無所著。』」文煩不録。經行：謂旋繞往返於一定之地，佛教徒作此行動，爲防坐禪而欲睡眠，或爲養身療病，或表敬意。已見前注。

〔六〕儂家：自稱，猶言我。寒山詩集：「儂家暫下山，人到城隍裏。」　勝義空：大般涅槃經所説十八空之一。勝義指勝於世間世俗義之深妙理，勝義空即涅槃之空性。參見本集卷六長沙邸舍中承敏覺二上人作記年刻舟之誚以詩贈注〔一二〕。

次韻題上封〔一〕

天柱唯連紫蓋峰〔二〕，路危不與衆峰通。瓢沽狹徑疑相值〔三〕，芋（芊）火何人想此風㊀〔四〕。借榻醉魂窺凍螘〔五〕，憑欄詩眼送飛鴻〔六〕。空嗟千偈出山去，半摺遺編看未終。

【校記】

㊀芊：底本、廓門本作「芋」，誤，今據寬文本、四庫本、武林本改。參見注〔四〕。

【注釋】

〔一〕作年未詳。　上封：即南嶽衡山上封寺。方輿勝覽卷二三湖南路潭州：「上封寺，在祝融之絶頂。早秋已冰，夏亦夾衣。木之高大者不過七八尺，謂之矮松。上有雷池，題詠甚多。」南嶽總勝集卷中：「上封禪寺，在廟北，登山三十五里，祝融峰下。按錢景衎勝概集云：『本朝賜額建也。』一云古先天觀，後改爲今寺。若煙雲稍開，四望千里，游賞騷人，題詠甚多。惟僧齊己詩云：『猿鳥共不到，我來身欲浮。四方皆碧落，絶頂正清秋。宇宙知何極，華夷見細流。壇西獨立久，白日轉神州。』寺有穹林閣。僧室未嘗去火，秋初早已冰凍，雖盛夏亦夾服。木之高大者不過六七尺，名之矮樹，萬年松亦不盈丈，蓋以極高至寒故也。其勢孤峭峙迥，禽鳥亦不能及，下視衆山，不復如坵壟，但髣髴如觴豆而已。寺之側有風湍穴、雷池、龍年堂、祝融廟基、青玉、白璧二壇，即是二福地也，今云羅漢行道壇是也。故畢田詩云：『既壯黄金宇，何言青玉壇。誰將應供者，又此易仙官。』」

〔二〕天柱唯連紫蓋峰：南嶽總勝集卷上：「天柱峰，高四千八十餘丈，其形如雙柱，兩頭端聳百丈。九域志云：『名山三百六十，中有八柱，此其六也。』」方輿勝覽卷二四衡州：「紫蓋峰，山海經：『山有玉牒，遥望如陣雲，有峰名紫蓋。禹治水，登而祭之，遇元夷蒼水使者，授金簡玉字，果得治水。』或曰：其形如蓋。」參見本集卷三游南嶽福嚴寺注〔二五〕。

〔三〕瓢沽狹徑疑相值：謂山行狹路，疑逢當年谷泉禪師以瓢沽酒歸來。禪林僧寶傳卷一五衡嶽泉禪師傳略曰：「禪師名谷泉，泉南人也。……造汾陽，謁昭禪師。昭奇之，密受記莂。南歸，放浪湘中。……後登衡嶽之頂靈峰寺，住懶瓚巖，又移住芭蕉。將移居保真，大書壁曰：『予此芭蕉庵，幽占堆雲處。般般異境未暇數，先看矮松三四樹。寒來燒枯杉，飢餐大紫芋。而今棄之去，不知誰來住？』住保真庵，蓋衡湘至險絶處。夜地坐祝融峰下。……以杖荷大酒瓢，往來山中。人問瓢中何物，曰：『大道漿也。』自作偈曰：『我又誰管你天，誰管你地。著箇破紙襖，一味工打睡。一任金烏東上，玉兔西墜。榮辱何預我，興亡不相關。一條拄杖一胡蘆，閑走南山與北山。』」

〔四〕芋火何人想此風：謂今日猶懷想懶瓚禪師糞火燒芋之高風逸韻。宋高僧傳卷一九唐南嶽山明瓚傳：「釋明瓚者，未知氏族生緣。初游方，詣嵩山，普寂盛行禪法，瓚往從焉。然則默證寂之心契，人罕推重。尋於衡嶽閑居，衆僧營作，我則晏如，縱被詆訶，殊無愧恥。時目之懶瓚也。……相國鄴公李泌避崔、李之害，隱南嶽，而潛察瓚所爲，曰：『非常人也。』……候中夜，李公潛往謁焉，望席門自贊而拜。瓚大詬，仰空而唾曰：『是將賊我。』李愈加鄭重，唯拜而已。瓚正發牛糞火，出芋啗之，良久乃曰：『可以席地。』取所啗芋之半以授焉。李跪捧盡食而謝。謂李公曰：『慎勿多言，領取十年宰相。』李拜而退。」林間録卷下：「唐高僧，號懶瓚，隱居衡山之頂石窟中。嘗作歌，其略曰：『世事悠悠，不如山丘。卧藤蘿下，塊石枕頭。』其言宏妙，皆發佛祖之奥。德宗聞其名，遣使馳詔召之。使者即其窟，宣言：『天子有詔，尊者幸起謝恩。』瓚方撥牛糞火，尋煨芋食之，寒涕垂膺，未嘗答。使者笑之，且勸瓚拭涕。瓚曰：『我豈有工夫爲俗人拭涕耶？』竟不能致而去。德宗欽嘆之。」

〔五〕借榻醉魂窺凍螘：謂借宿上封寺，醉眼下窺行人，儼若凍蟻。蘇軾雪齋：「君不見峨眉山西雪千里，北望成都如井底。春風百日吹不消，五月行人如凍蟻。」此借用其語意。螘，同「蟻」。

〔六〕憑欄詩眼送飛鴻：晉嵇康送秀才入軍五首之四：「目送歸鴻，手揮五絃。」此化用其意。

次韻邵陵道中書懷〔一〕

邵陵山水麗風光，游徧歸來夜話長。秋翠等閑開雉堞〔二〕，驚湍哀怨韻笙簧。隨鞍此景憑詩寫，他日塵紛一笑忘。上閣與誰同小立，墜金拄笏說三湘〔三〕。

【注釋】

〔一〕作年未詳。邵陵：即邵州，宋屬荆湖南路。輿地廣記卷二六荆湖南路：「邵州，春秋、戰國屬楚，秦屬長沙郡，二漢屬長沙、零陵二郡。吳寶鼎元年，分置邵陵郡，晉、宋、齊、梁、陳因之。隋平陳，郡廢，屬湘州。唐武德四年平蕭銑，置南梁州。貞觀十年改爲邵州，天寶元年曰邵陽郡，皇朝因之。」

〔二〕雉堞：城上短牆。文選卷一一鮑明遠蕪城賦：「是以板築雉堞之殷，井幹烽櫓之勤。」李善

注：「鄭玄周禮注曰：『雉，長三丈，高一丈。』杜預左氏傳注曰：『堞，女牆也。』」

〔三〕墜金拄笏：作朝官腰墜金印，手執笏版。　三湘：此泛指湖南地區。九家集注杜詩卷三六送魏二十四司直充嶺南掌選崔郎中判官兼寄韋韶州：「選曹分五嶺，使者歷三湘。」注：「三湘之名，按樂史寰宇記云：『湘潭、湘鄉、湘源也。』」方輿勝覽卷二六寶慶府（邵州）引僧希白開元寺塔記曰：「接九疑之形勢，據三湘之上游，土穰地靈，實南楚之望也。」

次韻雨中書懷〔一〕

剩雨殘晴暴所長，客窗花氣噀餘香〔二〕。每懷追逐雲泉慣，無計遮攔歲月忙。誰謂伐冰連戚里〔三〕，年來盡室泛沅湘〔四〕。詔書行看椎門至〔五〕，已覺眉間一點黄〔六〕。

【注釋】

〔一〕宣和七年夏作於湘陰縣。　此當爲次韻王宏道雨中書懷詩，時惠洪寓居湘陰，與宏道頗有唱和。參見本集卷五題王路分容膝軒注〔一〕。

〔二〕噀：噴。蘇軾食柑：「清泉蔌蔌先留齒，香霧霏霏欲噀人。」

〔三〕伐冰：伐冰之家，指達官貴族。禮記大學：「伐冰之家，不畜牛羊。」鄭玄注：「卿大夫以上喪祭用冰。」已見前注。　戚里：帝王外戚聚居之地。史記萬石張叔列傳：「於是高祖召其姊爲美人，以奮爲中涓，受書謁，徙其家長安中戚里。」司馬貞索隱：「小顔云：『於上有姻戚者皆居之，故名其里爲戚里。』長安記：『戚里在城内。』」鍇按：本集卷九王舍人路分生辰：「貴出賢王裔，宗連母后因。」王宏道爲琅琊郡王王審琦之後，且與徽宗王皇后同宗，故以「伐冰連戚里」稱之。又卷一九王宏道舍人贊云：「及其倦也，則浮沅湘，上衡霍，盡室行於山水。」與此詩「盡室泛沅湘」所寫相同，亦可證次韻對象爲王宏道。

〔四〕沅湘：沅水與湘水之並稱。楚辭離騷：「濟沅湘以南征兮，就重華而陳詞。」

〔五〕椎門：捶門，搥門。指送詔書之人捶門報捷。

〔六〕已覺眉間一點黄：謂面上已現喜色，預示赴闕詔書即將送達。東坡詩集注卷六軾以去歲春夏侍立邇英而秋冬之交子由相繼入侍次韻絶句四首各述所懷之一：「坐閲諸公半廊廟，時看黄色起天庭。」程縯注：「人面有天庭，相書以黄色爲喜色。退之詩云：『眉間黄色見歸期。』」同書卷一五送李公恕赴闕：「忽然眉上有黄氣。」李厚注：「退之詩：『城上赤雲呈勝氣，眉間黄色見歸期。』」

次韻題化鶴軒〔一〕

當年舉網得雙舄〔二〕，想見胎僊風度幽〔三〕。朱頂顧吾今未識〔四〕，長身意子是其流〔五〕。山家趣味無人共，王事經過作意游。千里帝城何日去，不妨佳處且遲留〔六〕。

【注釋】

〔一〕作年未詳。化鶴軒：晉陶潛搜神後記卷一：「丁令威，本遼東人，學道于靈虚山。後化鶴歸遼，集城門華表柱。時有少年舉弓欲射之，鶴乃飛，徘徊空中而言曰：『有鳥有鳥丁令威，去家千年今始歸，城郭如故人民非，何不學仙冢纍纍。』遂高上沖天。今遼東諸丁云：其先世有升仙者，但不知名字耳。」山谷内集詩注卷九次韻宋楙宗三月十四日到西池都人盛觀翰林公出遨：「人間化鶴三千歲。」任淵注：「神仙傳：蘇仙公者，桂陽人。育數十白鶴，降于門，遂昇雲漢而去。後有白鶴來止郡城東北樓上，人或挾彈彈之，鶴以爪攫樓板，似漆書，云：『城郭是，人民非，三百甲子一來歸。吾是蘇君，彈我何爲？』按洞仙傳：『仙公即蘇耽。』此引用以言東坡蓋神仙中人。」軒名或取自此。

〔二〕當年舉網得雙舄：後漢書王喬傳：「王喬者，河東人也。顯宗世，爲葉令。喬有神術，每月朔望，常自縣詣臺朝，帝怪其來數，而不見車騎，密令太史伺望之。言其臨至，輒有雙鳧從東南飛來。於是候鳧至，舉羅張之，但得一隻舄焉。乃詔上方診視，則四年中所賜尚書官屬履也。」藝文類聚卷九一引應劭風俗通作「一雙舄」。鍇按：雙舄乃雙鳧所化，此詠化鶴，事似不相侔。然後漢書王喬傳「或云此即古仙人王子喬也」注引劉向列仙傳曰：「王子喬，周靈王太子晉也。好吹笙，作鳳鳴，游伊洛間。道士浮丘公接上嵩山。二十餘年後，來於山上，告桓良曰：『告我家，七月七日待我緱氏山頭。』果乘白鶴駐山顛，望之不得到，舉手謝時人而去。」則王喬事與鶴相關，此連及之。

〔三〕胎僊：鶴之别稱。古因鶴有僊禽之稱，又相傳胎生，故名。黄庭堅張益老十二琴銘舞胎仙：「琴心三疊舞胎僊，肉飛不到夢所傳。白鶴歸來見曾玄，鼉頭松風入朱弦。」參見本集卷六聽道人諳公琴注〔一二〕。

〔四〕朱頂：即丹頂，鶴頭頂紅色，故稱。白居易同微之贈别郭虚舟鍊師五十韻：「朱頂鶴一隻，與師雲間騎。雲間鶴背上，故情若相思。」

〔五〕長身：廓門注：「長身謂鶴。」鍇按：杜甫通泉縣署屋壁後薛少保畫鶴：「低昂各有意，磊落如長人。」蘇軾書艾宣畫四首竹鶴：「此君何處不相宜，況有能言老令威。誰識長身古君子，猶將緇布緣深衣。」此用其語。

〔六〕不妨佳處且遲留：東坡樂府卷上水調歌頭：「故鄉歸去千里，佳處輒遲留。」此用其語意。

次韻題澹山巖〔一〕

華屋張燈展畫屏，當年纖手指巖扃〔二〕。宦游那料重湖隔〔三〕，醉裏空驚疊嶂青。繡口詞章人復見，筆華聲價夢通靈〔四〕。詩成獨立西風晚，滿眼歸心插羽翎〔五〕。

【注釋】

〔一〕作年未詳。　瀋山巖：即淡山巖，亦稱瀋巖，在荊湖南路永州。山谷内集詩注卷二〇題淡山巖二首題下注：「陶岳零陵記云：瀋山巖在永州西南，狀如覆盂。其地宜淡竹，故云。淡山中有巖空闊，可容數千人。東南角有缺處，仰望之如窗户，洞照甚明。」方輿勝覽卷二五永州：「瀋巖，在零陵南二十五里。巖有二門，中有瀋山寺，樓殿屋室，隱隙罅中，雖風雨不能及。四顧石壁，削成萬仞，傍有石竅，古今莫測其遠近，目之者有長往之意。大中張顥記云：『出乎天巧，盤伏於兩江之間，其形如龜，其勢如龍，周回二里，中有巖竇，可容萬夫。古有老人處其下，以瀋氏稱，因爲此山之名。秦有周君貞寔避焚坑之禍，隱于此，石牀、石井猶存。唐興，有僧到巖下，坐盤石，敷演法華真常妙理，見二蟒，各長數十尺，盤于前。師曰：若受吾訓，當釋汝形。頃化雙狐，能飛鳴，名曰訓狐。師居巖中凡五十年。』黄魯直詩：『去城二十五里近，與天隔盡俗子塵。春鼃秋蠅不到耳，夏涼冬暖總宜人。巖中清磬僧定起，洞口緑樹仙家春。惜哉次山世味顯，不得雄文鑱翠珉。』又詩云：『瀋山瀋氏人安在，徵君避秦亦不歸。石門竹徑幾時有，翠臺瓊室至今疑。洞中明潔坐十客，亦可呼樂舞翠衣。閬州城南果何似，永州城南天下稀。』」鍇按：山谷内集詩注末句作「永州淡巖天下稀」。

〔二〕巖扃：山洞之門，借指隱居處。杜甫橋陵詩三十韻因呈縣内諸官：「瑞芝産廟柱，好鳥鳴巖扃。」

〔三〕重湖：指洞庭、青草湖，已見前注。

〔四〕筆華聲價夢通靈：贊譽其才情横溢。開元天寶遺事卷二夢筆頭生花：「李太白少時夢所用之筆，頭上生花。後天才贍逸，名聞天下。」

〔五〕滿眼歸心插羽翎：杜甫彭衙行：「何當有翅翎，飛去墮爾前。」此化用其意。

次韻游浯谿〔一〕

浯谿山水今無恙，浪士曾爲爛熳游〔二〕。大字中興餘斷碣，小舟空此醉垂鈎。詞源不減無雙譽，人品當時第一流〔三〕。地坐摩挲增歎息，高標想見尚横秋。

【注釋】

〔一〕宣和二年九月作於永州祁陽縣。浯谿：方輿勝覽卷二五永州：「浯溪，在祁陽縣南五里，流入湘江，水清石峻。唐上元中，容管經略使元結家焉。結作大唐中興頌，顔真卿大書，刻於此崖。結又爲峿臺、㢈亭、石室諸銘。陳衍題浯溪圖云：『元氏始命之意，因水以爲吾溪，因山以爲吾山，作屋以爲吾亭，三吾之稱，我所自也，制字從水、從山、與广，我所命也。三者之自皆自吾焉，我所擅而有也。』」參見本集卷一同景莊游浯溪讀中興碑注〔一〕。

〔二〕浪士：元結自號。新唐書元結傳載結作自釋曰：「河南，元氏望也。結，元子名也。次山，結字也。……後家瀼濱，乃自稱浪士。」已見前注。

〔三〕「詞源不減無雙譽」二句：此指黃庭堅，嘗至浯溪，作書磨崖碑後詩，其詞曰：「春風吹船著浯溪，扶藜上讀中興碑。……斷崖蒼蘚對立久，凍雨爲洗前朝悲。」見山谷内集詩注卷二〇。後漢書黃香傳：「天下無雙，江夏黃童。」後世多用以稱譽姓黃者。東坡詩集注卷一六用和人求筆跡韻寄莘老：「江夏無雙應未去。」宋援注：「黃香能文章，京師號曰：『天下無雙，江夏黃童。』此以言魯直也。黃魯直，莘老婿。」鍇按：楊億武夷新集卷三妹婿黃補下第歸鄉：「家風早占無雙譽，鄉薦曾居第一流。」陳師道後山集卷一七請黃提刑口號：「當年天下無雙譽，此日朝中第一人。」此借用其句法。

次韻題南明山凌雲閣〔一〕

獨上凌雲百尺樓，欄干一曲一遲留。丁丁樵斧空山裏〔二〕，泛泛漁舟古渡頭〔三〕。蔽日緑陰鳴好鳥，際天芳草牧青牛。回頭城市分塵土，堪笑王孫取次游〔四〕。

【注釋】

〔一〕作年未詳。　南明山：有二處，均在浙江。明一統志卷四四處州府：「南明山，在府城南七里。有高陽洞，石崖上有宋米芾書『南明山』三字。又有葛仙翁隸書『靈崇』二字。山頂舊有千里亭，盡得遠近之勝。」同書卷四五紹興府：「南明山，在新昌縣治南。俗稱櫜駞卸寶山，又名石城山。晉支遁葬於此。」此未詳所指。　凌雲閣：失考。

〔二〕丁丁：象聲詞。詩小雅伐木：「伐木丁丁，鳥鳴嚶嚶。」毛傳：「丁丁，伐木聲也。」

〔三〕泛泛：亦作「汎汎」，漂浮貌。詩小雅采薇：「汎汎楊舟，紼纚維之。」

〔四〕堪笑王孫取次游：楚辭招隱士：「王孫游兮不歸，春草生兮萋萋。」此化用其意，蓋上文有「際天芳草」句。　取次：任意，隨便。

次韻言懷〔一〕

此身已覺此生浮〔二〕，去作雲山老比丘。古寺閉（閑）門人莫問㊀〔三〕，寒綃蒙首涕慵收〔四〕。道林風月心能了〔五〕，子美功夫志未酬〔六〕。爲問太原王處士〔七〕，一甌春露可同不〔八〕？

【校記】

㊀ 閉：原作「閑」，涉形近而誤，今改。參見注〔三〕。

【注釋】

〔一〕作年未詳。

〔二〕此身已覺此生浮：東坡詩集注卷二孟震同游常州僧舍三首之一：「年來轉覺此生浮。」趙次公注：「莊子：『其生若浮，其死若休。』」已見前注。

〔三〕古寺閉門人莫問：指睦州陳尊宿。本集卷五復和答之：「年來更欲學睦州，古寺閉門工織屨。」卷一〇送僧游南嶽：「古寺閉門聊作夏，秋來歸思謾迢迢。」卷一九游龍山斷際院潛庵常居之有小僧乞贊戲書其上：「龍興古寺曾閉門，斷際雲孫第十世。」卷一五太平有老僧頃見大本禪師掩門久不出乃書其壁：「跛脚阿師六世孫，毗陵古寺獨關門。也知祖是陳尊宿，平昔高風宛尚存。」禪林僧寶傳卷二韶州雲門大慈雲弘明禪師傳：「初在睦州，聞有老宿飽參，古寺掩門，織蒲屨養母，往謁之。……老宿名道蹤，嗣黄蘗斷際禪師，住高安米山寺。以母老，東歸，叢林號陳尊宿。」「掩門」、「關門」皆「閉門」義。鍇按：「閉門」可對下句「蒙首」，底本以「閑」字對「蒙」字，詞性不相稱。廓門注：「或曰：『閑』當作『閉』。」甚是。今據用事及詞性改。

〔四〕寒納蒙首涕慵收：用唐南嶽懶瓚禪師事。參見本集卷六次韻游衡嶽注〔一〇〕。

〔五〕道林風月：指隱逸山林，嘯詠風月。東晉名僧支遁，字道林，嘗隱居沃洲山。

〔六〕子美功夫：指作詩工夫。杜甫字子美，故云。

〔七〕太原王處士：本集卷二〇明極齋銘序：「太原王健伯强，名臣惠公之子，皇叔嘉王之壻，方壯年，則能棄官學道。」或指此人。

〔八〕一甌春露：黄庭堅阮郎歸效福唐獨木橋體作茶詞：「一杯春露莫留殘，與郎扶玉山。」春露，茶之美稱。

次韻宿聖谿莊〔一〕

家聲十輩擁朱輪〔二〕，更畜青牛解鬭犇〔三〕。應念高樓閑舞袖，故憑山月洗吟魂。助春泉落量雲谷〔四〕，輸税人歸吠甑村。被冷夜晴成好夢，馬隨香霧入修門〔五〕。

【注釋】

〔一〕作年未詳。聖谿莊：在潭州寧鄉縣大潙山。本集卷二一潭州大潙山中興記：「聖谿莊壟畝爲比鄰所吞，數世且百年，莫敢誰何。師云：『此唐相國裴公施以飯十方僧者，横目何德以堪之？不直而歸，是陷人入泥犁。』遣掌事執券證諸官，竟還二百畝，歲度一僧，上資睿算。」

〔二〕家聲十輩擁朱輪：東坡詩集注卷一六次韻送程六表弟：「君家兄弟真連璧，門十朱輪家萬石。」李厚注：「楊惲傳云：『乘朱輪者十人。』」

〔三〕更畜青牛解鬬犇：用王愷與石崇鬬富事。世説新語汰侈：「石崇爲客作豆粥，咄嗟便辦，恒冬天得韭蓱虀。又牛形狀氣力不勝王愷牛，而與愷出游，極晚發，争入洛城，崇牛數十步後，迅若飛禽，愷牛絶走不能及。每以此三事爲搤腕。」鍇按：本集卷一一上元京師觀駕二首之二：「青牛晝轂已爭奔。」

〔四〕量雲谷：可計量雲之山谷，極言谷中雲多。參見本卷題清富堂注〔三〕。

〔五〕馬隨香霧入修門：猶言入京師做官。香霧，京師塵霧之美稱，本集卷一〇上元宿百丈：「軟紅香霧噴京華。」修門，語本楚辭招魂：「魂兮歸來，入修門些。」王逸注：「修門，郢城門也。」柳宗元汨羅遇風：「南來不作楚臣悲，重入修門自有期。」後泛指京都城門。如宋劉摯忠肅集卷一七出都二首之二：「重入修門甫歲餘，又攜琴劍反江湖。」亦作陸游詩，見劍南詩稿卷一出都。

次韻拉空印游芙蓉〔一〕

翰墨平生氣吐霓〔二〕，詩成先喜示筠谿〔三〕。山中見客應偏好，筆力知公不肯低。夜寂據梧飢鼠出㈠〔四〕，巖空同聽怪禽啼〔五〕。上方聞說非人世，更陟緣雲第幾梯〔六〕？

【校記】

㈠據梧：武林本作「遽看」。

【注釋】

〔一〕宣和二年十二月作於潭州寧鄉縣大潙山。空印：法名元軾，號空印，住潭州大潙山密印禪寺。已見前注。芙蓉：山名。太平寰宇記卷一一四潭州寧鄉縣：「芙蓉山，在縣西，舊名青羊山。」名勝志：芙蓉山與大潙山相接，其中有芙蓉洞。」本集卷二六題浮泥壁：「空印禪師以宣和二年十二月，偕余謁從禪師於芙蓉峰。」卷一五次韻空印游山九首之四：「知有芙蓉更深秀，振筇何幸獲追陪。」卷二一潭州大潙山中興記：「芙蓉峰峻潙水長。」廓門注：「衡州府：芙蓉山，在桂陽，州西南。」殊誤。鍇按：此詩題中「拉」字疑誤，或爲衍文。

〔二〕翰墨平生氣吐霓：文選卷三四曹植七啓：「揮袂則九野生風，慷慨則氣成虹蜺。」蘇軾八月十五日看潮五絶之五：「海若東來氣吐霓。」已見前注。

〔三〕筠谿：惠洪自稱，以其故居在筠州新昌縣筠溪旁，故云。

〔四〕據梧：莊子齊物論：「昭文之鼓琴也，師曠之枝策也，惠子之據梧也，三子之知幾乎？」郭象注：「幾，盡也。夫三子者，皆欲辨非已所明，以明之故，知盡慮窮，形勞神倦，或枝策假寐，或據梧而瞑。」

〔五〕怪禽啼：唐賈島暮過山村：「怪禽啼曠野，落日恐行人。」

〔六〕「上方聞説非人世」二句：黄庭堅題落星寺四首之一：「不知青雲梯幾級，更借瘦藤尋上方。」此化用其意。　上方：地勢最高處。九家集注杜詩卷二〇山寺：「上方重閣晚，百里見纖毫。」趙次公注：「上方，言在山上之方境也。」杜詩詳注卷七山寺引邵注：「上方，謂僧之方丈在山頂也。」維摩詰經：『昇於上方。』」　緣雲：猶言攀雲，謂高入雲霄。文選卷一一王延壽魯靈光殿賦：「飛陛揭孽，緣雲上征。中坐垂景，頫視流星。」吕向注：「言飛道極高，緣雲上行，中坐俯視，下見星日。」同書卷三四曹植七啓：「華閣緣雲，飛陛陵虚。」李周翰注：「緣雲，陵虚，言高也。」廓門注：「『緣』當作『緑』歟？」蓋未明其意。

次韻縱目亭〔一〕

高情與客憑欄處，便覺身藏語笑中。已許此生當樂死〔二〕，不辭老去坐詩窮〔三〕。遥知兵衛戎衣盛，只欠花輪小袖紅〔四〕。絶境天藏今日獻〔五〕，千峰登睫豈人工〔六〕。

【注釋】

〔一〕作年未詳。　縱目亭：未知所在。

〔二〕已許此生當樂死：晉書王羲之傳：「羲之既去官，與東土人士盡山水之游，弋釣爲娛。又與道士許邁共修服食，採藥石，不遠千里，徧游東中諸郡，窮諸名山，泛滄海。歎曰：『我卒當以樂死。』」甘澤謠載陶峴語：「某嘗樂謝康樂之爲人云：『終當樂死山水間，但殉所好，莫知其他。』」

〔三〕坐詩窮：歐陽修梅聖俞詩集序：「予聞世謂詩人少達而多窮，夫豈然哉？蓋世所傳詩者，多出於古窮人之辭也。蓋愈窮則愈工。然則非詩之能窮人，殆窮者而後工也。」參見本集卷一贈汪十四注〔一二〕。

〔四〕花輪小袖紅：謂如花之紅粧美女圍繞環立。已見前注。

〔五〕絶境天藏：謂天然之勝景。本集好以「天藏」二字形容天然風景，如卷五寄題彭思禹水明樓：「議郎詩眼發天藏。」卷一一次韻敦素兩翁軒見寄：「天藏鍾阜一區勝。」

〔六〕千峰登睫：此言風景自行闖進詩人視野，非詩人有意觀風景。以「登睫」反寫「縱目」之意，以應亭名。鍇按：本集甚多「登睫」之描寫，參見卷二何忠孺家有石如硯以水灌之有枝葉出石間如巖硅狀爲作此注〔九〕。

次韻游鹿頭山〔一〕

吐詞秀似出盆絲〔二〕，好古幽情八詠思㊀〔三〕。論字來尋魯公碣〔四〕，因詩曾訪少陵祠〔五〕。留題楚俗爭傳去㊁，懶賦山靈必有詞〔六〕。定價文章比珠玉〔七〕，此篇不獨慰吾私。

【校記】

㊀八：武林本作「入」。

㊁去：武林本作「句」。

【注釋】

〔一〕作年未詳。　鹿頭山：在湖南桂陽軍。方輿勝覽卷二六桂陽軍：「鹿頭山，在東門，山有石如鹿。」

〔二〕吐詞秀似出盆絲：喻詩人作詩如煮繭抽絲，所織皆錦繡佳句。黄庭堅次韻子瞻贈王定國：「王子吐佳句，如繭絲出盆。」參見本集卷三贈癩可注〔二〕。

〔三〕好古幽情八詠思：東坡詩集注卷四虔州八境圖八首之一：「八詠聊同沈隱侯。」李厚注：「沈約爲東陽太守，作八詠，寫於樓上。約謚隱侯。」同書卷一六送呂昌朝知嘉州：「聊將八詠繼東吴。」趙次公注：「昌朝得宋復古畫八景圖，來嘉州，其目曰：洞庭晚靄、廬阜秋雲、平田雁落、遠浦帆歸、雨暗江村、雪藏山麓、泉巖古柏、石岸孤松。『八詠繼東吴』，則沈休文嘗有東吴八詠者也。」鍇按：明張溥編漢魏六朝百三家集卷八八梁沈約集録其八詠詩，其目曰：登臺望秋月、會圃臨東風、歲暮愍衰草、霜來悲落桐、夕行聞夜鶴、晨征聽曉鴻、解佩去朝市、被褐守山東。

〔四〕魯公碣：當指唐顔真卿書元結大唐中興頌之摩崖石刻。方輿勝覽卷二五永州：「浯溪，在祁陽縣南五里，流入湘江，水清石峻。唐上元中，容管經略使元結家焉。結作大唐中興頌，顔真卿大書，刻於此崖。」真卿嘗封魯郡公，世稱顔魯公。參見本集卷一同景莊游浯溪讀中興碑注〔一〕。

〔五〕少陵祠：輿地紀勝卷五五荆湖南路衡州古跡：「杜甫祠，在耒陽，又有杜甫墓。」又曰：「杜甫墓，寰宇記：在耒陽縣北三里。」鍇按：本集卷五、卷九均有次韻謁子美祠堂詩，可參見。

〔六〕懶賦山靈必有詞：東坡詩集注卷一五伯父送先人下第歸蜀詩云人稀野店休安枕路入靈關穩跨驢安節將去爲誦此句因以爲韻作小詩十四首送之之十：「却入西州門，永愧北山靈。」趙次公注：「蕭子顯齊書：鍾山在會稽郡北，周彦倫隱于此山，後應詔出，爲海鹽令。欲過此山，孔稚圭乃假山靈之意移之，使不得至，故云北山移文。其辭曰『鍾山之英，草堂之靈』云云。」參見本集卷一一妙高老人卧病遣侍者以墨梅相迓注〔七〕。

〔七〕定價文章比珠玉：蘇軾與謝民師推官書：「歐陽文忠公言：文章如精金美玉，市有定價，非人所能以口舌定貴賤也。」又太息送秦少章：「士如良金美玉，市有定價，豈可以愛憎口舌貴賤之歟？」此化用其意。

次韻題清風亭〔一〕

特築飛臺丈室旁〔二〕，便驚形勝發天藏〔三〕。登臨時作一聲嘯，已覺翛然兩袖涼。待月拭除昏霧色，看雲入得野花香。君看抖擻鈴幡意，欲替禪翁爲舉揚〔四〕。

【注釋】

〔一〕作年未詳。清風亭：未詳所在。

〔二〕丈室：方丈之室。

〔三〕形勝發天藏：謂此亭之形勢足可開發天然之勝景。參見前次韻縱目亭注〔五〕。

〔四〕「君看抖擻鈴幡意」二句：謂清風吹拂鈴鳴幡動，似在替禪師舉揚佛法。抖擻：抖動，振動。景德傳燈録卷二第十七祖僧伽難提：「他時聞風吹殿銅鈴聲，尊者問師曰：『鈴鳴耶？風鳴耶？』師曰：『非風非鈴，我心鳴耳。』尊者曰：『心復誰乎？』師曰：『俱寂靜故。』尊者曰：『善哉善哉！繼吾道者，非子而誰？』即付法。」同書卷五第三十三祖慧能大師：「師寓止廊廡間，暮夜，風颺刹幡，聞二僧對論，一云『幡動』，一云『風動』，往復酬答，未曾契理。師曰：『可容俗流輒預高論否？直以風幡非動，動自心耳。』」　舉揚：宋高僧傳卷一一唐趙州東院從諗傳：「凡所舉揚，天下傳之，號趙州法道語録大行，爲世所貴也。」

次韻法林禪寺〔一〕

聞道高人願力深，幽居端與法爲林。風泉松雨隨宜說〔二〕，密室晴軒共一音。意妙故應人不薦〔三〕，地偏還喜我相尋。夜闌更入詩三昧〔四〕，消盡平生未死心〔五〕。

【注釋】

〔一〕作年未詳。法林禪寺：萬曆新修南昌府志卷二三寺觀：「法林寺，在三十七都。」

〔二〕風泉松雨隨宜說：謂風聲、泉聲、松聲、雨聲皆可演說佛法。法華經卷一方便品：「諸佛隨宜說法，意趣難解。」黄庭堅題竹尊者軒：「平生脊骨硬如鐵，聽凬聽雨隨宜說。」此化用其意。

〔三〕不薦：難以得到。景德傳燈録卷一六撫州黄山月輪禪師：「師上堂謂衆曰：『祖師西來，特唱此事，自是諸人不薦，向外馳求。投赤水以尋珠，就荆山而覓玉。所以道：從門入者，不是家珍；認影爲頭，豈非大錯。』」

〔四〕詩三昧：詩之極高境界，如禪之正定，專注於一境。大智度論卷七：「何等爲三昧？善心一處住不動，是名三昧。」後或指奥妙，訣竅。宋晁沖之晁具茨先生詩集卷三送一上人還滁州瑯琊山：「上人法一朝過我，問我作詩三昧門。我聞大士入詞海，不起宴坐澄心源。」

〔五〕平生未死心：本集卷二三昭默禪師序：「今之學者多不脱生死者，正坐偷心不死耳。然非學者過也，如漢高帝詔韓信以殺之，信雖死，而其心果死乎？今之宗師爲人多類此。古之道人，於生死之際，游戲自在者，已死却偷心耳。」

次韻憑欄有作〔一〕

金殿誰焚南海香〔二〕，靄然芬馥撲回廊〔三〕。數枝銀燭高低照，兩箇清螢上下光。風度素秋驚宿鳥，水舂碧澗濯游舫。欄干獨倚無人問，細細孤吟月滿堂。

【注釋】

〔一〕作年未詳。

〔二〕南海香：泛指嶺南所産香料。太平御覽卷九八一引任昉述異記曰：「南海出千步香，佩之聞於千步也。今海隅有千步草是其種也，葉似杜若，而紅碧間雜。貢籍云：『日南郡貢千步香。』漢雍仲子進南海香物，拜爲涪陽尉。時人謂之香尉。日南郡有香市，商人交易諸香處。南海郡有香户。日南郡有千畝香林，名香出其中。香洲在朱崖郡洲中，出諸異香，往往不知名。千年松香聞十里，亦謂之十里香也。」

〔三〕芬馥：華嚴經卷八華藏世界品：「珍草羅生悉芬馥。」文選卷五左思吴都賦：「光色炫晃，芬馥肸蠁。」李善注：「芬馥，色盛香散狀。」

次韻渡江有作〔一〕

棄舟植杖首重回，隔岸遥聞津鼓催。淮上梅傳春信至〔二〕，江南山逐笑聲來〔三〕。行瞻瑞霧籠雙闕〔四〕，更看神光發五臺〔五〕。王事幸陪方外樂〔六〕，爲君點筆走風雷。

【注釋】

〔一〕政和五年二月作於江州。錯按：此詩當爲次韻夏倪作，倪時知江州。參見本卷招夏均父注〔一〕。

〔二〕淮上：此指淮南西路黄州、蘄州一帶，惠洪南歸當從黄梅縣獨木鎮渡江。

〔三〕江南：宋時江州屬江南東路。

〔四〕行瞻：方瞻。　雙闕：宮殿兩側高臺上之樓觀，代指京城。錯按：政和五年正月十五日惠洪嘗過京師，觀燈會。參見本集卷一一余昔居百丈元夕有詩後十年是夕過京師期子因不至注〔一〕。

〔五〕更看神光發五臺：本集卷二四記福嚴言禪師語：「五月二十八日，太原造大獄，來追對驗。十月六日得放，夜宿溝鎮中。中夜行，荒陂陰晦，迷失道路，有光飛來照行，坐休則光爲止，起進則導之。至榆次，凡百里而曉，光乃没。於是口占曰：『大舜烏工往，盧能漁父歸。神光百里送，鬼事一場非。』」惠洪將證獄太原視爲游五臺，如卷四余將北游留海昏而餘祐禪者自靖安馳來覓詩：「吾爲五頂游，税駕修水湄。」卷一一赴太原獄别上藍禪師：「明年五頂東游徧，來聽吴音發海潮。」故「更看神光發五臺」或指此事。五臺：元豐九域志卷四代州雁門郡：「五臺山旌異記云：雁門有五臺山，山形五峙。」

〔六〕王事：王命差遣之公事。詩小雅北山：「四牡彭彭，王事傍傍。」本集卷一六至海昏三首之三：「寄語故人休念我，幸因王事得游山。」此指赴太原證獄事。

題善化陳令蘭室〔一〕

種性難教草掩藏〔二〕，蒼然小室爲誰芳？解（槲）培几案軒窗碧㊀〔三〕，坐款賓朋笑語香〔四〕。糝地露英猶潔白〔五〕，快人風度更纖長。議郎嗜好清無滓，獨有幽蘭可比方〔六〕。

【校記】

㊀解：原作「槲」，誤，今改。參見注〔三〕。

【注釋】

〔一〕宣和四年夏作於潭州善化縣。善化：宋史地理志四：「（荆湖南路潭州）善化，元符元年以長沙縣五鄉、湘潭縣兩鄉爲善化縣。」陳令：即陳思忠，時爲善化縣令。參見本集卷六次韻思忠奉議民瞻知丞唱酬佳句注〔一〕。

〔二〕種性：佛教謂種子和性分，意即天生不改之本性。

〔三〕解培：謂蘭可培植於几案之上，與下句「坐款」對仗，蓋「解」與「坐」均爲副詞。底本作「槲培」，不辭，涉形近而誤。廓門注：「『槲』當作『斛』歟？」亦未明其意。

〔四〕款：款待，招待。

〔五〕糝地：散落地上。

〔六〕「議郎嗜好清無滓」二句：議郎，奉議郎之簡稱，此指陳思忠。本集卷九有陳奉議生辰，即爲思忠作，可證。孔子家語在厄：「且芝蘭生於深林，不以無人而不芳；君子修道立德，不謂窮困而改節。」此借其意以譽陳令。

快亭〔一〕

太丘作邑付絃歌〔二〕，剩得清閑可奈何。滿地棠陰驚晝永〔三〕，小亭詩眼覺天多〔四〕。

佳眠夏簟便光滑〔五〕，醉耳松風喜再過〔六〕。想見句成書棐几〔七〕，侍兒濃笑出微渦〔八〕。

【注釋】

〔一〕宣和四年夏作於潭州善化縣。鍇按：此詩亦爲善化縣令陳思忠作。

〔二〕太丘作邑：後漢書陳寔傳：「除太丘長，修德清静，百姓以安。」此以同姓古人事稱譽陳思忠。　付絃歌：代指禮樂教化。論語陽貨：「子之武城，聞弦歌之聲。夫子莞爾而笑曰：『割雞焉用牛刀？』子游對曰：『昔者偃也聞諸夫子曰：君子學道則愛人，小人學道則易使也。』」

〔三〕棠陰：喻官員惠政，本詩召南甘棠：「蔽芾甘棠，勿翦勿伐，召伯所茇。」此譽陳思忠。參見本集卷一一别子修二首注〔三〕。

〔四〕天多：猶言天寬。唐孫魴題金山寺：「天多剩得月，地少不生塵。」冷齋夜話卷五舒王山谷賦詩：「舒王宿金山寺，賦詩，一夕而成，長句妙絶，如曰『天多剩得月，月落聞歸鼓』，又曰『乃知像教力，但渡無所苦』之類，如生成。」此借用其語。

〔五〕夏簟：山谷内集詩注卷一八庭堅以去歲九月至鄂登南樓歎其制作之美成長句久欲寄遠因循至今書呈公悦：「雪筵披襟夏簟寒。」任淵注：「江文通别賦曰：『夏簟清兮晝不暮。』」

便：安適，安寧。楚辭大招：「魂乎歸徠，恣所便只。」王逸注：「便，猶安也。」

〔六〕醉耳松風：蘇軾定惠院寓居月夜偶出：「自知醉耳愛松風。」此借用其語。

〔七〕書棐几：晉書王羲之傳：「嘗詣門生家，見棐几滑淨，因書之，真草相半。」此借用其語。

〔八〕濃笑：大笑。李賀唐兒歌：「東家嬌娘求對值，濃笑書空作唐字。」　出微渦：頰上出現淺淺酒窩。參見本集卷六大雪寄許彥周宣教法弟注〔六〕。

次韻郤子中學句游嶽山攜怪石歸〔一〕

衡嶽乘春著意游，詩詞不獨錦囊收〔二〕。又攜峰頂雲房石〔三〕，歸致閑齋夏簟秋。麈下笑談且同夢，胸中涇渭自分流〔四〕。忽驚几案寒層出〔五〕，卧看令人憶故丘。

【注釋】

〔一〕宣和二年夏作於長沙。　郤子中：郤造，字子中，時爲長沙縣管勾學事，簡稱學勾。「句」同「勾」。參見本集卷六寄郤子中學句注〔一〕。

〔二〕詩詞不獨錦囊收：新唐書李賀傳：「每旦日出，騎弱馬，從小奚奴，背古錦囊，遇所得，書投囊中。未始先立題然後爲詩，如它人牽合程課者。及暮歸，足成之。非大醉、弔喪日率如此，過亦不甚省。母使婢探囊中，見所書多，即怒曰：『是兒要嘔出心乃已耳！』」

〔三〕雲房：喻指僧人所居之屋。宋高僧傳卷一七唐金陵鍾山元崇傳：「數年之後，遐想鍾山。飛錫舊居，考以雲房。」韋應物游琅琊山寺：「填壑躋花界，疊石構雲房。」

〔四〕「塵下笑談且同夢」二句：謂於塵世中不妨與人笑談，甚且和同其夢，然於胸中却涇渭分明，絶不同流合污。山谷内集詩注卷七次韻答王眘中：「俗裏光塵合，胸中涇渭分。」任淵注：「退之與崔羣書曰：『懼足下以爲吾不致黑白于胸中。』老杜詩：『濁涇清渭何當分。』」此化用其意。

〔五〕寒層：清寒層疊之山峰，代指怪石。此爲惠洪自創詞，本集卷一三贈麻城接待僧勝上人：「掃徑客來圓笑靨，開軒雲破露寒層。」卷一四答慶上人三首之三：「石出水生微渚，雲閒山露寒層。」卷一六永固登小閣：「急雨忽來添暝色，諸峰領略露寒層。」

和周達道運句題怪石韻〔一〕

愛山心志如君少，王事何妨陟翠微〔二〕。怪石方欣典刑在，新詩仍寫畫圖歸〔三〕。客來一室煙光滿，掌上千巖眼力稀〔四〕。頗怪周郎賞音者〔五〕，獨於此境尚彈機〔六〕。

【注釋】

〔一〕宣和四年作於長沙。周達道：時爲荆湖南路轉運司勾當公事，簡稱「運勾」，「句」同

「勾」。參見本集卷六次韻周達道運句二首注〔一〕。

〔二〕陟翠微：猶言登山。翠微，指山色青翠縹緲。文選卷四左思蜀都賦：「鬱苙𧂭以翠微，崛巍巍以峨峨。」劉逵注：「翠微，山氣之輕縹也。」

〔三〕新詩仍寫畫圖歸：蘇軾書摩詰藍田煙雨圖：「味摩詰之詩，詩中有畫；觀摩詰之畫，畫中有詩。」錯按：「詩寫畫圖」比「詩中有畫」又翻進一層，此即「奪胎换骨」之例。

〔四〕掌上千巖：謂手握怪石如掌中有千巖屹立。本集卷一一李德茂家有魂石如匡山雙劍峰求詩：「胸次能藏大千界，掌中笑看小重山。」即此意。

〔五〕頗怪周郎賞音者：三國志吴書周瑜傳：「瑜少精意於音樂，雖三爵之後，其有闕誤，瑜必知之，知之必顧。故時人謡曰：『曲有誤，周郎顧。』」又裴松之注引江表傳：「瑜曰：『吾雖不及夔曠，聞弦賞音，足知雅曲也。』」此以同姓古人事稱譽周達道。

〔六〕彈機：不辭，疑爲「禪機」之誤。

次韻見寄喜雨〔一〕

議郎詩膽久崔嵬〔二〕，敏句無煩急雨催〔三〕。玉局波瀾嗟已絶〔四〕，少陵風力賴追回〔五〕。蕩晴香霧吹紅藕，迴地花茵疊紫苔。静極涼生聞剥啄〔六〕，渡湘知有道人來。

【注釋】

〔一〕宣和年間作於長沙。

〔二〕議郎：奉議郎或承議郎之簡稱，此處未詳所指，或謂陳思忠。　詩膽久崔嵬：詩膽甚大，極言作詩勇往無畏，不避艱險。唐劉叉自問：「酒腸寬似海，詩膽大於天。」

〔三〕敏句無煩急雨催：杜甫陪諸貴公子丈八溝攜妓納涼晚際遇雨：「片雲頭上黑，應是雨催詩。」蘇軾游張山人園：「纖纖入麥黄花亂，颯颯催詩白雨來。」此反其意而用之。

〔四〕玉局：指蘇軾，以其晚年嘗提舉成都玉局觀，故稱。蘇軾提舉玉局觀謝表：「臣先自昌化軍貶所奉敕，移廉州安置。又自廉州奉敕，授臣舒州團練副使，永州居住。今行至英州，又奉敕授臣朝奉郎提舉成都府玉局觀，在外州軍任便居住者。」東坡詩集注卷一五送戴蒙赴成都玉局觀將老焉：「莫欺老病未歸身，玉局他年第幾人。」程縯注：「昔張道陵修道既成，老君降于成都，地湧玉局，今爲觀，在平門内。」趙堯卿注：「公後果以提舉玉局而終。」　波瀾：喻才思浩大。九家集注杜詩卷一七敬贈鄭諫議十韻：「毫髮無遺恨，波瀾獨老成。」注：「曲盡物理，故無遺恨；才思浩瀚，故如波瀾；兼詞意壯健，故又言老成也。」

〔五〕少陵風力：謂杜甫詩歌之風采筆力。南朝梁鍾嶸詩品序：「幹之以風力，潤之以丹彩，使味之者無極，聞之者動心，是詩之至也。」劉勰文心雕龍風骨：「蔚彼風力，嚴此骨鯁。」蘇軾進何去非備論狀：「何去非文章議論，實有過人，筆勢雄健，得秦漢間風力。」又與王庠書三首之一：「前後所示著述文字，皆有古作者風力，大畧能道意所欲言者。」

〔六〕剥啄：叩門聲。韓愈剥啄行：「剥剥啄啄，有客至門。」

次韻題方圓庵〔一〕

比物曾聞知姓名，樹間斛懸林百升〔二〕。此庵外圓似盂覆，其地中方如鏡平。善不近名真有道〔三〕，高非絶俗更幽情〔四〕。會當目擊維摩老〔五〕，端作毗耶問法行〔六〕。

【注釋】

〔一〕作年未詳。方圓庵：咸淳臨安志卷七八寺觀四：「龍井延恩衍慶院，在風篁嶺。……元豐三年，辯才大師元淨自天竺退休茲山，始鼎新棟宇及游覽之所。有過溪亭、德威亭、歸隱橋、方圓庵、寂室、照閣、趙清獻公閑堂、訥齋、潮音堂、滌心沼、獅子峰、薩捶石，山川勝概，一時呈露。」兩宋名賢小集卷八五楊傑無爲子小集方圓庵：「地方不中矩，天圓不中規。方圓庵裏叟，高趣有誰知？」未知孰是。

〔二〕「比物曾聞知姓名」二句：謂高僧道安能比物連類，排比歸納，推測林百升之姓名。高僧傳卷五晉長安五級寺釋道安傳：「安與弟子慧遠等四百餘人渡河，夜行，值雷雨，乘電光而進。前行得人家，見門裏有二馬榥，榥間懸一馬篼，可容一斛，安便呼林百升。主人驚出，果姓林，名百升，謂是神人，厚相接待。既而弟子問何以知其姓字，安曰：『兩木爲林，篼容百升也。』」

〔三〕善不近名：韓愈除崔羣户部侍郎制：「清而容物，善不近名。」李德裕近世良相論：「恕以及物，善不近名。」此借用其語。

〔四〕高非絶俗更幽情：宋馮山安岳集卷三寶峰亭：「主人始經搆，高蹈非絶俗。幽懷卷雲霧，長笑動巖谷。」此化用其意。

〔五〕目擊：莊子田子方：「若夫人者，目擊而道存矣，亦不可以容聲矣。」郭象注：「目裁往，意已達，無所容其德音也。擊，動也。」　維摩老：即維摩詰居士。

〔六〕毗耶問法行：維摩詰經卷上方便品：「爾時毗耶離大城中有長者，名維摩詰，已曾供養無量諸佛，深植善本，得無生忍，辯才無礙，游戲神通。……其以方便，現身有疾，以其疾故，國王大臣、長者居士、婆羅門等，及諸王子并餘官屬，無數千人，皆往問疾。其往者，維摩詰因以身疾，廣爲説法。」

贈許彦周宣教游嶽彦周參璣（機）道者㊀〔一〕

一幅紗巾九節筇〔二〕，翛然生計似龐公〔三〕。孤雲野鶴登空去〔四〕，萬壑千巖墮笑中〔五〕。峋嶁晴披應獨往〔六〕，懶瓚醉卧與誰同〔七〕？遥知勘破癡禪老，想見臨機面發紅〔八〕。

【校記】

㊀ 璣：原作「機」，誤，今改。參見注〔一〕。

【注釋】

〔一〕宣和三年春作於長沙。 許彦周宣教：許顗，字彦周，號闌提居士，襄邑人。時以宣教郎任官潭州。宣教郎，官名，從八品。 璣道者：保寧圓璣禪師（一〇三六～一一一八），福州林氏子，賜號佛慈，嗣法黄龍慧南，爲臨濟宗南嶽下十二世。初住洪州翠巖，移住廬山圓通，復住金陵保寧。禪林僧寶傳卷三〇保寧璣禪師傳：「睢陽許顗彦周鋭於參道，見璣作禮。璣曰：『莫將閒事挂心頭。』彦周曰：『如何是閒事？』答曰：『參禪學道是。』於是彦周開悟。良久曰：『大道坦夷，何用許多言句葛藤乎？』璣呼侍者理前語，問之，侍者瞠而却。璣謂彦周曰：『言句葛藤又不可廢也。』」此即「彦周參璣道者」事。底本「璣」作「機」，今考建中靖國續燈録、禪林僧寶傳、聯燈會要、嘉泰普燈録均作「璣禪師」，可知底本涉形近而誤，今據諸禪籍改。 廓門注：「僧寶傳保寧圓璣傳曰：『許顗彦周鋭於參道，見璣作禮。』按，汝達宗派：許顗彦忠居士，南京人，嗣江州圓通機，機嗣黄龍南。又見于彦周詩話。」鍇按：

汝達宗派圖「彥周」作「彥忠」，乃承續傳燈録卷二一目録之誤。

〔二〕九節笻：九節竹杖。補注杜詩卷一九望岳：「安得仙人九節杖，拄到玉女洗頭盆。」黃鶴補注：「洙曰：『仙人有九節杖，笻杖亦有九節。』蘇曰：『列仙傳：王烈曾授赤城老人九節蒼藤竹杖，行地馬不能追。』」山谷内集詩注卷一四次韻石七三六言七首之二：「生涯一九節笻，老境五十六翁。」任淵注：「真誥曰：『楊羲夢蓬萊仙人拄赤九節杖，而視白龍。』」

〔三〕龐公：廓門注：「龐公謂龐居士。」鍇按：許顗參圓璣禪師，如唐龐蘊居士參馬祖道一禪師，故借龐公喻之。

〔四〕孤雲野鶴：唐劉長卿送方外上人：「孤雲將野鶴，豈向人間住。」此借用其語意。

〔五〕萬壑千巖：世説新語言語：「顧長康從會稽還，人問山川之美，顧云：『千巖競秀，萬壑爭流，草木蒙籠其上，若雲興霞蔚。』」此借用其語。

〔六〕岣嶁：南嶽衡山七十二峰之一，或代指衡山。水經注湘水：「水經謂之岣嶁，爲南嶽也。」

〔七〕懶瓚：南嶽高僧。宋高僧傳卷一九唐南嶽山明瓚傳：「尋於衡嶽閑居，衆僧營作，我則晏如，縱被詆訶，殊無愧恥。時目之懶瓚也。」已見前注。

〔八〕「遥知勘破癡禪老」二句：戲謂許顗禪機迅捷，能勘破南嶽諸禪師之底細，使其面對機鋒窘迫臉紅。東坡詩集注卷三二薄薄酒二首之二：「文章自足欺盲聾，誰使一朝富貴面發紅。」林子功注：「古樂府：『今日牛羊上丘隴，當時近前面發紅。』」此借用其語。

次韻游南嶽〔一〕

天迴游絲百尺輕，水寒時覺縠紋生〔二〕。琢磨佳句輸吾弟〔三〕，文點春眠付老兄〔四〕。

山寺獨來無一事，竹軒相對有餘清。永懷東院成千古，寂子難忘叔姪情〔五〕。

【注釋】

〔一〕宣和三年春作於長沙。　錯按：此爲次韻許顗詩而作。許顗游南嶽事，見前詩題。

〔二〕水寒時覺縠紋生：宋景文筆記卷上：「晏丞相嘗問曾明仲云：『劉禹錫詩有「瀼西春水縠紋生」，「生」字作何意？』明仲曰：『作生育之生。』丞相曰：『非也，作生熟之生，語乃健。』」注：「莊子曰：『生熟不進於前。』王建詩曰：『自別城中禮數生。』」山谷内集詩注卷一三次韻李任道晚飲鎖江亭：「白蘋風起縠紋生。」任淵注：「劉禹錫竹枝歌曰：『瀼西春水縠紋生。』」此借用其語。

〔三〕吾弟：指許顗。參見本集卷六大雪寄許彦周宣教法弟注〔一〕。

〔四〕文點春眠：廓門注：「作文全美曰文不加點。摭言曰：『李白索筆一揮，文不加點。』此反言。」錯按：「文點」施於「春眠」，似是惠洪首創，「老兄」乃自稱。此似謂己唯有文飾點竄「春眠」之能。或「文點」二字爲刊刻之誤，故義難通。

〔五〕「永懷東院成千古」二句：謂己難忘與圓璣禪師之叔姪感情。袁州仰山慧寂禪師語録：「潙山問師：『忽有人問汝，汝作麽生祇對？』師曰：『東寺師叔若在，某甲不致寂寞。』」東院：廓門注：「東院謂趙州諗禪師。」其説甚是。宋高僧傳卷一一有唐趙州東院從諗傳，景德傳燈録卷一〇趙州觀音院從諗禪師謂觀音院「亦曰東院」。寂子：指仰山慧寂禪師，嗣法潙山靈祐，故靈祐呼其爲「寂子」。景德傳燈録卷九潭州潙山靈祐禪師：「師謂仰山曰：『寂子速道，莫入陰界。』仰山云：『慧寂信亦不立。』」從諗嗣法南泉普愿，普愿嗣法馬祖道一，故從諗爲南嶽下三世。慧寂嗣法潙山靈祐，靈祐嗣法百丈懷海，懷海嗣法馬祖道一，故慧寂爲南嶽下四世。依禪宗世系，從諗於慧寂爲師叔。鍇按：圓璣嗣法黄龍慧南，爲真淨克文師弟，於惠洪爲師叔，故此處以慧寂懷從諗喻之。圓璣卒於政和八年，至此已四年，故詩稱「成千古」。

次韻彦周見寄二首〔一〕

詩先春色附湘船，來與幽人結淨緣。句好空驚碧雲合〔二〕，韻高疑在白鷗前〔三〕。君應歸誦陶彭澤〔四〕，我亦南尋率子廉㊀〔五〕。想見江頭同握手，採茶時節雨餘天。

歸思啼禽日夜催〔六〕，寶書臨罷意徘徊〔七〕。榆錢滿地買春去〔八〕，嶽色渡江排闥來〔九〕。行樂風光清夢曉，卧披煙雨曲屏開。興來敏速詩千首，落筆人驚挾怒雷〔一〇〕。

【校記】

㊀ 率子廉：石倉本作「魯仲連」，誤。

【注釋】

〔一〕宣和三年晚春作於長沙。彦周：許顗，字彦周。

〔二〕句好空驚碧雲合：文選卷三一江淹雜體詩擬僧惠休作：「日暮碧雲合，佳人殊未來。」

〔三〕韻高疑在白鷗前：黄庭堅呈外舅孫莘老二首之一：「九陌黄塵烏帽底，五湖春水白鷗前。」此借用其語。鍇按：本集好以「春水白鷗」喻人品高潔，參見卷六又得先字注〔二〕。

〔四〕歸誦陶彭澤：謂吟誦陶淵明歸去來兮辭。淵明嘗官彭澤令，故稱。

〔五〕率子廉：衡山農夫，後隸南嶽觀爲道士。事具蘇軾率子廉傳。已見前注。

〔六〕歸思啼禽日夜催：東坡詩集注卷一七攜妓樂游張山人園：「杜鵑催歸聲更速。」程縯注：「世傳蜀主杜宇死，其魄爲鳥，名曰杜鵑，聲若云。杜詩曰：『昔日蜀天子，化作杜鵑似老鳥。』或言一名子規，非也。今春夏之間，月夜有鳥聲若云『不如歸去』者，此爲子規，蓋與杜鵑自别耳。」能改齋漫録卷四子規：「此鳥晝夜鳴，土人云：不能自營巢，寄巢生子。細詳其聲，乃是云『不如歸去』。此正所謂子規也。」

〔七〕寶書：佛書。蘇軾宿圓通禪院：「袖裏寶書猶未出，夢中飛蓋已先傳。」

〔八〕榆錢：榆莢形似銅錢，聯綴成串，故稱。參見本集卷一〇訪鑒師不遇書其壁注〔三〕。

〔九〕嶽色渡江排闥來：王安石書湖陰先生壁二首之一：「兩山排闥送青來。」此化用其意。

〔一〇〕「興來敏速詩千首」二句：杜甫不見稱李白「敏捷詩千首」，又寄李十二白二十韻稱其「筆落驚風雨」，此二句化用其詩意，恭維許顗如李白，作詩敏捷，才華驚人。

彦周借書〔一〕

湘上清山爽氣浮，開軒相對亦風流。但工酣寢成疏懶〔二〕，甚拙謀生太謬悠〔三〕。數筆江村供晚望〔四〕，一蓑煙雨助詩愁〔五〕。借書知子能醫國〔六〕，有志常先天下憂〔七〕。

【注釋】

〔一〕宣和三年夏作於長沙。

〔二〕但工酣寢成疏懶：謂己只知酣睡，養成疏懶習慣。本集卷四宿宣妙寺：「掩門無營爲，一味工寢飯。」卷七次韻：「閉門工寢飯，且復適吾適。」皆此意。

〔三〕謬悠：虚無悠遠，荒誕無稽。莊子天下：「莊周聞其風而悦之，以謬悠之説，荒唐之言，無端崖之辭，時恣縱而不儻，不以觭見之也。」成玄英疏：「謬，虚也；悠，遠也。」蘇軾次韻周開祖長官見寄：「晚節功名亦謬悠。」

〔四〕數筆江村：此乃就「風景如畫」而引申之，徑謂雨中江村如水墨數筆。宋林逋林和靖集卷二湖山小隱二首之二：「數筆湖山又夕陽。」此化用其意。鍇按：本集好以「數筆」二字寫山水，如卷一三游太平古寺讀舊題用惠上人韻：「誰作江天數筆秋。」卷一四贈潙山湘書記二首之一：「淺紅數筆殘陽。」卷一五次韻魯直寄靈源三首之二：「數筆海山青玉開。」同卷寄嶽麓禪師三首之一：「數筆湘山衰眼力。」卷一六又登鄧氏平遠樓縱望見小廬山作：「春在滄州數筆間。」

〔五〕一蓑煙雨：東坡樂府卷上定風波：「竹杖芒鞵輕勝馬，誰怕？一蓑煙雨任平生。」此借用其語。宋俞成螢雪叢説卷一詩隨景物下語：「杜詩『丹霞一縷輕』，漁父詞『蒟縷一鈎輕』，胡少汲『隋堤煙雨一帆輕』。至若騷人於漁父則曰『一蓑煙雨』，於農夫則曰『一犁春雨』，於舟子則曰『一篙春水』。皆曲盡形容之妙也。」

〔六〕醫國：爲國袪除弊病。國語晉語八：「文子曰：『醫及國家乎？』對曰：『上醫醫國，其次疾人，固醫官也。』」

〔七〕有志常先天下憂：范仲淹岳陽樓記：「予嘗求古仁人之心，或異二者之爲。何哉？不以物喜，不以己悲，居廟堂之高，則憂其民；處江湖之遠，則憂其君。是進亦憂，退亦憂，然則何時而樂耶？其必曰：先天下之憂而憂，後天下之樂而樂。」

彥周法弟作出家庵又自爲銘作此寄之㈠〔一〕

迂闊庵成又自誇〔二〕，要令妙語發天葩〔三〕。未容臨濟終仆地，正賴雲門已出家〔四〕。
少日浪曾參泐水〔五〕，暮年端合在丹霞〔六〕。贈君革屣游山去〔七〕，勘破諸方一笑譁。

【校記】

㈠ 法弟：原作「法地弟」，「地」字衍，今删。

【注釋】

〔一〕宣和三年作於長沙。　彥周法弟：許顗與惠洪同爲黄龍慧南法孫，而年少於惠洪，故稱。

〔二〕迂闊：許顗自號。本集卷六彥周見和復答：「妙哉迂闊老，辯博見才力。」可證。　庵成又自誇：謂許顗自作出家庵，又自爲庵作銘。

〔三〕妙語發天葩：歐陽修會飲聖俞家有作兼呈原父景仁聖從：「詩翁文字發天葩，豈比青紅凡草木。」此借用其語。

〔四〕「未容臨濟終仆地」二句：此指黄龍慧南，其初出家嘗從泐潭懷澄禪師學雲門禪，後嗣法石霜楚圓，開創黄龍派，振興臨濟宗。禪林僧寶傳卷二二黄龍南禪師傳：「渡淮，依三角澄禪師。澄有時名，一見器許之。及澄移居泐潭，公又與俱，澄使分座接納矣。而南昌文悦見之，每歸臥，歎曰：『南，有道之器也，惜未受本色鉗鎚耳。』會同游西山，夜語及雲門法道。悦曰：『澄公雖雲門之後，然法道異耳。』公問所以異，悦曰：『雲門如九轉丹砂，點鐵作金；澄公藥汞銀，徒可玩，入鍛即流去。』公怒，以枕投之。明日，悦謝過，又曰：『雲門氣宇如玉，甘死語下乎？澄公有法授人，死語也。死語其能活人哉！』即背去，公挽之曰：『即如是，誰可汝意者？』悦曰：『石霜楚圓手段出諸方子，欲見之，不宜後也。』公默計之，曰：『此行脚大事也。悦師翠巖，而使我見石霜，見之有得，於悦何有哉？』即日辦裝。……慈明（石霜楚圓）曰：『書記（慧南）學雲門禪，必善其旨，如曰放洞山三頓棒，洞山于時應打不應打？』公曰：『應打。』慈明色莊而言：『聞三頓棒聲，便是喫棒，則汝自旦及暮，聞鵶鳴鵲噪，鐘魚鼓板之聲，亦應喫棒。喫棒何時當已哉？』公瞠而却。慈明云：『吾始疑不堪汝師，今可矣。』即使拜。公拜起，慈明理前語曰：『脱如汝會雲門意旨，則趙州嘗言：臺山婆子被我勘破，試指其可勘處。』公面熱汗下，不知答，趨出。明日詣之，又遭詬罵。公慚見左右，即曰：『政以未解，求決耳，罵豈慈悲法施之式。』慈明笑曰：『是罵耶？』公於是默悟其旨，失聲曰：『泐潭果是死語。』獻偈曰：『傑出叢林是趙州，老婆勘破没來由。而今四海清如鏡，行人莫以路爲讎。』慈明以手點没字顧公，公即易之，而心服其妙密。」錯按：惠洪與許顗俱爲慧南法孫，故以其出家事勉之。廓門注：「依雲門宗出家者也。」懷澄屬雲門宗青原下九世。

〔五〕少日浪曾參泐水：指慧南少時從泐潭懷澄參禪事。浪：徒然，白費。泐水，即泐潭，代指靖安縣石門山寶峰禪院。已見前注。

〔六〕暮年端合在丹霞：謂慧南晚年禪修的確已臻丹霞天然禪師之境界。景德傳燈録卷一四鄧州丹霞天然禪師：「初習儒學，將入長安應舉。方宿於逆旅，忽夢白光滿室，占者曰：『解空之祥也。』偶一禪客問曰：『仁者何往？』曰：『選官去。』禪客曰：『選官何如選佛。』曰：『選佛當往何所？』禪客曰：『今江西馬大師出世，是選佛之場，仁者可往。』遂直造江西。才見馬大師，以手托幞頭額。馬顧視良久曰：『南嶽石頭是汝師也。』遽抵南嶽，還以前意投之。石頭曰：『著槽廠去。』師禮謝，入行者房，隨次執爨役凡三年。忽一日，石頭告衆曰：『來日剗佛殿前草。』至來日，大衆諸童行各備鍬钁剗草，獨師以盆盛水淨頭，於和尚前胡跪。石頭見而笑之，便與剃髮，又爲説戒法，師乃掩耳而出。便往江西再謁馬師。未參禮，便入僧堂内，騎聖僧頸而坐。時大衆驚愕，遽報馬師。馬躬入堂視之，曰：『我子天然。』師即下地禮拜，曰：『謝師賜法號。』因名天然。」錯按：許顗亦由儒入佛，故以丹霞天然出家之事勉之。

〔七〕革屣：皮製之鞋。一切經音義卷一二：「革屣：毛詩傳曰：『革，皮也。』下師綺反，考聲，履之不攝跟者也。或作䩥、縰，三體並從徙音死。經云『革屣』，即西婆羅門皮鞋也。有類此國偏鞋、草鞋，但以皮草作之，形貌亦全異也。」高僧傳卷六晉蜀龍淵寺釋慧持傳：「持形長八尺，風神俊爽，常躡革屣，納衣半脛。」宋高僧傳卷一九唐西域亡名傳：「釋天竺亡名，未詳何印度人也。其貌惡陋，纏乾陀色縵條衣，穿革屣，曳鐵錫，化行于京輦。」

二月大雨江漲晚晴作三首〔一〕

春寒作意攬吟魂，欲出雲濤已濺門。入畫瀟湘連雉堞〔二〕，落梅煙雨暗江村。依蒲覓句壯心在〔三〕，附火抄書老眼昏〔四〕。一掬幽懷收拾得〔五〕，謾題窗紙與誰論？

我在湘西畫牒中〔六〕，時高時作送飛鴻〔七〕。事治山翠經旬雨〔八〕，印可春晴盡日風〔九〕。引步幽探聊自適，滿懷疏快與誰同。東君傾寫無餘蘊〔一〇〕，都放山茶稱意紅〔一一〕。

投老歸來楚水濱，水清聊可濯衣塵〔一二〕。拚心樂事都還汝〔一三〕，入手清閑不與人。尚有笑談消白晝，更無情緒管青春〔一四〕。暗驚少日王城外，走馬爭先看寶津〔一五〕。

【注釋】

〔一〕宣和三年二月作於長沙。

〔二〕雉堞：城上短牆。已見前注。

〔三〕依蒲：坐依蒲團。本集卷七和堪維那移居：「歸來湘西寺，兀坐依蒲團。」壯心在：唐高適宋中別周梁李三子：「且見壯心在，莫嗟攜手遲。」元結漫酬賈沔州：「往年壯心在，嘗欲濟時難。」此借用其語。

〔四〕附火：近火取暖。五百家注昌黎文集卷一三畫記：「坐而脱足者一人，寒附火者一人。」補注：「按筆墨閒録云：『予嘗愛附火語工，乃王弼云：火有其炎，寒者附之。附，近也。』」　抄書老眼昏：蘇詩補注卷四八覓俞俊筆：「雖是玉堂揮翰手，自憐白首尚抄書。」

〔五〕一掬幽懷：幽懷本不可掬，此言一掬，乃化虚爲實。參見本集卷一〇上元宿百丈注〔三〕。

〔六〕我在湘西畫牒中：形容湘西風景如畫，乃誇言己置身於畫牒之中。唐許渾夜歸驛樓：「水晚雲秋山不窮，自疑身在畫屏中。」此規模其意而形容之。

〔七〕時高時作：前一「時」字疑誤，其字或當作「登」、「臨」之類，俟考。　送飛鴻：嵇康送秀才入軍五首之四：「目送歸鴻，手揮五絃。」此化用其意。

〔八〕事治山翠經旬雨：戲謂經旬大雨辦妥使羣山青翠之事。事治，謂事情辦妥。

〔九〕印可春晴盡日風：戲謂盡日風吹散雨雲，印證春日之晚晴。　印可：佛教語，謂經印證而認可。維摩詰經卷上弟子品：「不斷煩惱而入涅槃，是爲宴坐。若能如是坐者，佛所印可。」　鍇按：此二句皆擬風雨爲人事，所謂「以物爲人」之法。

〔一〇〕東君：司春之神。蘇軾送鄭户曹：「東君不趁花時節，開盡春風誰與妍？」黄庭堅次韻君全送春花：「化工能斡大鈞回，不得東君花不開。」

〔一一〕稱意紅：山谷内集詩注卷一〇清人怨戲效徐庾慢體三首之一：「秋水無言度，荷花稱意紅。」任淵注：「王介甫詩：『荷花稱意紅。』按，漢書兒寬傳：『奏事稱意。』」又后山詩注卷一

○雙櫻絶句：「竝蔕隨宜好，連心稱意紅。」任淵注：「王介甫詩：『荷花稱意紅。』」此借用其語。

〔二〕水清聊可濯衣塵：孟子離婁上：「有孺子歌曰：『滄浪之水清兮，可以濯我纓。滄浪之水濁兮，可以濯我足。』」此化用其意。

〔三〕拚心樂事：謂縱心忘情之樂事。拚，捨棄，引申爲忘懷。杜詩詳注卷六曲江對酒：「縱飲久判人共棄。」注：「普官切，正作拚。」又注：「方言：『楚人凡揮棄物，謂之判。俗作拚。』」

〔四〕更無情緒管青春：蘇軾次韻王晉卿惠花栽所寓張退傳第中：「若問此花誰是主？天教閒客管青春。」此反其意而用之。

〔五〕竇津：山谷冈集詩注卷一一宗室公壽挽詞二首之一：「題詩奉先寺，横笛竇津樓。」任淵注：「東京記曰：『奉先資福禪院，在明義坊。竇津樓，在天苑坊，與金明池心亭榭相直。』」鍇按：惠洪年二十赴京師，試經東京天王寺，得度，依宣祕大師深公，在京師四年。故有「少日王城外」之憶。

陳大夫見和春日三首用韻酬之〔一〕

詠君好句欲消魂，想見朱轓晝戟門〔二〕。解組正當强健日〔三〕，載書歸老水雲村〔四〕。

虛堂風撼牙籤響〔五〕，密室嵐蒸畫牒昏。偶在湘山最佳處，舊游閑與野僧論。無復搜詩慘淡中〔六〕，便能落筆敏驚鴻〔七〕。高情不在兩疏後〔八〕，句法追回二謝風〔九〕。傾蓋未論桑梓舊〔一〇〕，忘年先喜唱酬同。朱顔長覺清光溢，不學東坡是醉紅〔一一〕。

詩軸來尋寂寞濱，把看字字蜕埃塵。江南家世休相問，陳氏文章不乏人。嶽色渡江長自好，桃花滿縣不勝春〔一二〕。克家有子如麟鳳〔一三〕，骨相吾驚是要津〔一四〕。

【注釋】

〔一〕宣和三年春作於長沙。　陳大夫：當指潭州知州陳顯仁。古今圖書集成明倫彙編氏族典卷一二二二：「陳顯仁，字藏用，宣和元年以直祕閣知潭州。官至朝議大夫。」此組詩題稱「陳大夫」，且言「朱轓畫戟門」，乃太守車駕儀衛。與陳顯仁知潭州、官至朝議大夫事合。又言「解組正當强健日」，則知其時已罷官。顯仁宣和元年知潭州，「解組」當在宣和三年。陳大夫所和之春日詩三首，當即前二月大雨江漲晚晴作三首，蓋其用韻全同。

〔二〕朱轓：猶言朱輪，漢太守車駕。漢書景帝紀：「令長吏二千石，車朱兩轓。」注：「如淳曰：『轓，音反，小車兩屏也。』師古曰：『據許慎、李登説，轓，車之蔽也。左氏傳云：以藩載欒盈。即是有鄣蔽之車也。』」宋人以之爲知州車駕，如蘇軾和蘇州太守王規父侍太夫人觀燈之什余時以劉道原見訪滯留京口不及赴此會二首之一：「不覺朱轓輾後塵，爭看繡幰錦纏輪。」蘇轍送王廷老朝散知虢州：「詔催西州牧，門有朱轓梶。」　畫戟：知州儀衛。東坡詩集注卷一四次韻詔守狄大夫見贈二首之一：「森森畫戟擁朱輪。」程縯注：「韋蘇州詩云：『兵衛森畫戟，宴寢凝清香。』」

〔三〕解組：解下印綬，謂辭去官職。韋應物答韓庫部協：「還當以道推，解組守蒿蓬。」蘇軾過建昌李野夫公擇故居：「遥想他年歸，解組巾一幅。」

〔四〕載書歸老：後漢書吴祐傳：「恢欲殺青簡以寫經書，祐諫曰：『今大人逾越五領，遠在海濱，其俗誠陋，然舊多珍怪，上爲國家所疑，下爲權戚所望。此書若成，則載之兼兩。昔馬援以薏苡興謗，王陽以衣囊徼名，嫌疑之間，誠先賢所慎也。』恢乃止。」此反其意而用之。參見本集卷一一别子修二首注〔五〕。

〔五〕牙籤：書卷軸上之牙骨籤牌，以爲標識。韓愈送諸葛覺往隨州讀書：「鄴侯家多書，插架三萬軸。一一懸牙籤，新若手未觸。」蘇軾送歐陽主簿赴官韋城四首之一：「讀遍牙籤三萬軸。」

〔六〕無復搜詩慘淡中：譬其作詩不必冥搜苦想。杜甫丹青引：「意匠慘澹經營中。」此反其意而用之。

〔七〕落筆敏驚鴻：喻才思敏捷，下筆迅疾，如鴻雁驚飛。驚鴻，語本曹植洛神賦：「翩若驚鴻。」

惠洪好以「敏鷩鴻」喻詩思，本集卷一六次韻翁教授見寄：「仙郎落筆敏鷩鴻。」又其長短句西江月贈山谷云：「玉𣦸佳句敏鷩鴻。」

〔八〕兩疏：漢疏廣、疏受叔姪二人。漢書疏廣傳：「疏廣，字仲翁，東海蘭陵人也。少好學，明春秋，家居教授，學者自遠方至。徵爲博士太中大夫。地節三年，立皇太子，選丙吉爲太傅，廣爲少傅。數月，吉遷御史大夫，廣徙爲太傅。廣兄子受，字公子，亦以賢良舉爲太子家令。受好禮恭謹，敏而有辭。宣帝幸太子宫，受迎謁應對，及置酒宴，奉觴上壽，辭禮閑雅，上甚讙説。頃之，拜受爲少傅。……太子每朝，因進見，太傅在前，少傅在後，父子並爲師傅，朝廷以爲榮。在位五歲，皇太子年十二，通論語、孝經。廣謂受曰：『吾聞知足不辱，知止不殆，功遂身退，天之道也。今仕宦至二千石，宦成名立，如此不去，懼有後悔。豈如父子相隨出關，歸老故鄉，以壽命終，不亦善乎？』受叩頭曰：『從大人議。』即日父子俱移病。滿三月賜告，廣遂稱篤，上疏乞骸骨。上以其年篤老，皆許之，加賜黄金二十斤，皇太子贈以五十斤。公卿大夫故人邑子設祖道，供張東都門外，送者車數百兩，辭決而去。及道路觀者皆曰：『賢哉二大夫！』或歎息爲之下泣。」蘇軾二疏圖贊：「孝宣中興，以法馭人。殺蓋、韓、楊，蓋三良臣。先生憐之，振袂脱屣。使知區區，不足驕士。此意莫陳，千載于今。我觀畫圖，涕下沾襟。」鍇按：陳大夫解組於强健之日，故以兩疏功遂身退喻之。

〔九〕二謝：南朝詩人謝靈運、謝朓。杜甫解悶十二首之七：「孰知二謝將能事，頗學陰何苦用心。」

〔一〇〕傾蓋：指初次相逢訂交。史記魯仲連鄒陽列傳：「諺曰：『白頭如新，傾蓋如故。』何則？知與不知也。」司馬貞索隱：「志林云：『傾蓋者，道行相遇，軿車對語，兩蓋相切，小欹之，故曰傾也。』」

〔一一〕「朱顏長覺清光溢」二句：蘇詩補注卷四二縱筆三首之一：「小兒誤喜朱顏在，一笑那知是酒紅。」查慎行注：「按冷齋夜話引山谷語云：『不易其心而造其語，謂之換骨法；規撫其意而形容之，謂之奪胎法。』白居易詩云：『醉貌如霜葉，雖紅不是春。』東坡『兒童誤喜朱顏在，一笑那知是酒紅』，此所謂奪胎法也。」此反其意而用之。

〔一二〕桃花滿縣不勝春：庾開府集箋注卷一春賦：「河陽一縣併是花。」吴兆宜注：「白帖：『晉潘岳爲河陽令，遍樹桃李，人號河陽一縣花。』」同卷枯樹賦：「若非金谷滿園樹，即是河陽一縣花。」

〔一三〕克家有子：有子能承父祖事業。語本易蒙：「九二：包蒙吉，納婦吉，子克家。」

〔一四〕骨相吾驚是要津：謂其骨相驚人，有地位顯赫之面相。要津，即要路津，指地位顯要。古詩十九首：「何不策高足，先據要路津。」杜甫奉贈韋左丞丈二十二韻：「自謂頗挺出，立登要路津。」又麗人行：「賓從雜遝實要津。」

過溈山陪空印禪師夜話〔一〕

濃翠濕衣三十里〔二〕，渡谿知背幾重雲？忽驚寶構從空墮〔三〕，便覺風光與世分。夜久天香凝錯莫〔四〕，庭閑花雨自繽紛。他生曾伴安禪地，此夕樓鐘復共聞〔五〕。

【注釋】

〔一〕宣和三年春作於潭州寧鄉縣溈山。空印禪師：即釋元軾，號空印，時住持溈山密印禪寺。已見前注。

〔二〕濃翠濕衣：蘇軾書摩詰藍田烟雨圖：「『藍谿白石出，玉川紅葉稀。山路元無雨，空翠濕人衣。』此摩詰之詩，或曰非也。」此化用其語。

〔三〕寶構：殿宇之美稱，此指密印禪寺。本集卷六送悟上人歸溈山禮覲：「寶構翔空盤萬礎。」

〔四〕錯莫：紛雜交錯。參見前次韻贈慶代禪師注〔二〕。

〔五〕「他生曾伴安禪地」二句：李商隱題僧壁：「若信貝多真實語，三生同聽一樓鐘。」王安石北山道人栽松：「磊砢拂天吾所愛，他生來此聽樓鐘。」此化用其詩意。參見本集卷九投老庵讀雲庵舊題拜次其韻二首注〔三〕。

空印以新茶見餉〔一〕

喊山鹿蔌社前摘〔二〕，出焙新香麥粒光。撼樹師應懷大仰〔三〕，傳甌我欲學南陽〔四〕。要看雪乳急停筅〔五〕，旋碾玉塵深注（住）湯㊀〔六〕。今日城中雖獨試，明年林下定分嘗。

【校記】

㊀注：原作「住」，誤，今據武林本改。參見注〔六〕。

【注釋】

〔一〕宣和三年春作於長沙。空印：即釋元軾。

〔二〕喊山鹿蔌社前摘：謂春社前所摘建溪新茶。喊山之説，語本歐陽修嘗新茶呈聖俞：「建安三千里，京師三月嘗新茶。人情好先務取勝，百物貴早相矜誇。年窮臘盡春欲動，蟄雷未起驅龍蛇。夜聞擊鼓滿山谷，千人助叫聲喊呀。萬木寒癡睡不醒，惟有此樹先萌芽。乃知此爲最靈物，宜其獨得天地之英華。」梅堯臣次韻再和：「建溪茗株成大樹，頗殊楚越所種茶。先春喊山掐白萼，亦異鳥觜蜀客誇。」然胡仔苕溪漁隱叢話後集卷一一辨其非：「文昌雜録云：庫部林郎中説，建州上春採茶時，茶園人無數，擊鼓聲聞數里。然一園中才間壟，茶品已相遠，又況山園之異邪？苕溪漁隱曰：歐陽永叔嘗茶詩云：『年窮臘盡春欲動，蟄雷未起驅龍蛇。夜聞擊鼓滿山谷，千人助叫聲喊呀。萬木寒凝睡不醒，惟有此樹先萌芽。』余官富沙凡三春，備見北苑造茶。但其地暖，纔驚蟄，茶芽已長寸許，初無擊鼓喊山之事。永叔詩與文昌所紀，皆非也。北苑茶山，凡十四五里，茶味惟均，豈有間壟茶品已相遠之説邪？」 鹿蔌：疊韻連綿詞，即漉蔌，義同漉漉，瑩潤貌，形容新茶。王禹偁立春日細雨：「翻憶滿身珠漉蔌，江頭閒把釣蓑披。」李綱翰奉和大觀文相公見寄古風：「夷兒金束袍，漉蔌懸珊瑚。」

〔三〕撼樹師應懷大仰：景德傳燈録卷九潭州潙山靈祐禪師：「普請摘茶。師謂仰山曰：『終日摘茶，只聞子聲，不見子形，請現本形相見。』仰山撼茶樹。師云：『子只得其用，不得其體。』仰山云：『未審和尚如何？』師良久。仰山云：『和尚只得其體，不得其用。』」 大仰：指仰山慧寂禪師，嗣法潙山靈祐。

〔四〕傳甌我欲學南陽：廓門注：「南陽未詳，俟後人考。」

〔五〕要看雪乳急停筅：謂急停茶筅可使茶翻雪乳。宋徽宗大觀茶論：「茶筅以觔竹老者爲之，身欲厚重，筅欲疏勁，本欲壯，而末必眇。當如劍瘠之狀，蓋身厚重則操之有力，而易于運用，筅疏勁如劍瘠，則擊拂雖過，而浮沫不生。」苕溪漁隱叢話後集卷三四：「苕溪漁隱曰：子蒼謝人寄茶筅子詩云：『看君眉宇真龍種，尤解横身戰雪濤。』盧駿元亦有此詩，云：『到底此君高韻在，清風兩腋爲渠生。』皆善賦詠者，然盧優於韓。」

〔六〕玉塵：喻茶之粉末。東坡志林卷一〇：「司馬溫公曰：『茶與墨正相反，茶欲白，墨欲黑。』蓋茶末白，故稱玉塵。白居易游寶稱寺：「酒嫩傾金液，茶新碾玉塵。」黃庭堅以團茶洮州緑石硯贈无咎文潛：「晁无咎，贈君越侯所貢蒼玉璧，可烹玉塵試春色。」又催公靜碾茶：「睡魔正仰茶料理，急遣溪童碾玉塵。」　深注湯：黃庭堅和曹子方雜言：「菊苗煮餅深注湯，更碾盤龍不入香。」本集卷五食菜羹示何道士：「都盧深注湯，米爛菜自美。」卷一三夏日同安示阿崇諸衲子：「一試茶正要旋烘盞，煮餅且令深注湯。」鍇按：蔡襄茶録點茶：「鈔茶一錢匕，先注湯，調令極匀，又添注入環迴，擊拂湯上。」又湯瓶：「瓶要小者，易候湯，又點茶注湯有準，黃金爲上，若人間以銀鐵或瓷石爲之，若瓶大，啜存停久，味過則不佳矣。」又大觀茶論亦作「注湯」。底本「注」作「住」，涉形近音近而誤，今改。

空印見招住庵時未能往作此寄之〔一〕

獨立天衣四世孫〔二〕，作家手段典刑存〔三〕。大潙路峻諸方讓〔四〕，空印風高四海聞。

有願欲依龍象衆〔五〕，無求羞逐鷲雞羣〔六〕。此生一聚灰中骨〔七〕，終葬千峰頂上雲。

【注釋】

〔一〕宣和二年作於長沙。空印見招住庵：元軾禪師特地將溈山密印禪寺之本際庵易名爲甘露滅庵，招邀惠洪前往居住。參見本集卷二〇溈山空印禪師易本際庵爲甘露滅以書招予歸隱復賦歸去來詞題及注。

〔二〕天衣四世孫：元軾嗣法於法真守一，守一嗣圓照宗本，宗本嗣天衣義懷。故元軾爲天衣四世孫。

〔三〕作家手段：禪宗謂禪機特異、自成一家之本領。釋文瑩湘山野録卷下：「其末葉縣禪師者，機用剛猛，始登座，以拄杖就膝拗折，擲於地，無一語便下。文和笑曰：『老作家手段終別。』師曰：『都尉亦不得無過。』斯須，蕭國召公入箚，怪問曰：『末後長老何故發怒？』公雍容對曰：『宗門作用，施設不定，乞無賜訝。』」姑溪居士前集卷三九跋魯直頤庵記後：「予昔與李道甫相遇于洪覺範之坐，或問道甫曰：『覺範將升清涼高坐，道甫不可不出問話，可以遮相布施，開人天眼目。』道甫曰：『何問之有？我當推倒禪牀，拗折拄杖，喝散大衆而退。』覺範曰：『真作家手段，但恐徒有其話耳。』」

〔四〕大溈路峻：景德傳燈録卷六江西道一禪師：「鄧隱峰辭師，師云：『什麼處去？』對云：『石頭去。』師云：『石頭路滑。』」此仿「石頭路滑」句法，謂其門庭嚴峻，高不可攀。

〔五〕龍象衆：水行中龍力爲大，陸行中象力爲大，佛教以喻諸羅漢中修行勇猛有最大力者。此譽稱溈山諸禪僧。宋高僧傳卷二〇唐洪州黄蘗山希運傳載裴休贈詩：「一千龍象隨高步，萬里香華結勝因。」

〔六〕鶩雞羣：喻爭名逐利之小人。楚辭九章抽思：「鳳皇在笯兮，雞鶩翔舞。」王逸注：「言聖人困厄，小人得志也。」世説新語容止：「有人語王戎曰：『嵇延祖卓卓如野鶴之在鷄羣。』答曰：『君未見其父耳。』」王荆公詩注卷二四自白土村入北寺二首之一：「夕陽人不見，雞鶩自成羣。」李壁注：「太平廣記：羅公遠曰：『混跡雞鶩之羣，窺閲蜉蝣之境。』」

〔七〕一聚：一堆。宋高僧傳卷一八隋江都宫法喜傳：「守當者云：『喜見在室内。』于是開户，見袈裟覆一聚白骨，其鎖貫項骨不脱。」

空印見和用韻答之〔一〕

棊布諸方盡子孫〔二〕，道緣渾似雪峰存〔三〕。全提蓋色騎聲句〔四〕，直要臨機以眼聞〔五〕。圍繞千僧名冠世〔六〕，指揮萬象語驚羣。獨能收此無家客〔七〕，分占溈源一塢雲〔八〕。

【注釋】

〔一〕宣和二年作於長沙。

〔二〕棊布諸方盡子孫：本集卷二一潭州大潙山中興記：「雪竇、天衣之道，至師（空印）大振，叢林歸心焉，興修蓋其游戲也。今嗣法者，自南臺定昭、了山法光而下，詵詵輩出，棊布名山，方進而未艾也。」

〔三〕雪峰存：指雪峰義存禪師，嗣法德山宣鑒，事具宋高僧傳卷一二唐福州雪峰廣福院義存傳、景德傳燈録卷一六福州雪峰義存禪師。

〔四〕蓋色騎聲句：指超越色相聲音、離棄眼見耳聞之言句。廓門注：「温州淨居尼妙道傳曰：『跳出一步，蓋色騎聲。』請益録上卷八十六葉引壽州資壽院圓澄巖語曰：『縱能跨色騎聲，不離驢前馬後。』按，巖嗣慧林本。增修續傳燈第四卷龍源介清傳曰：『不以色蓋，不以聲騎。』」銛按：廓門注所引禪籍爲嘉泰普燈録、萬松行秀評唱天童覺和尚拈古請益録、龍源介清禪師語録，皆晚於本集。今考圓悟佛果禪師語録卷四：「上堂云：『格外真乘，當陽正眼，騎聲蓋色，離見絶聞，非三賢十聖所知，非神通變化所測，撥開向上一竅。』」圓悟與惠洪同時，「蓋色騎聲句」當爲北宋後期禪門流行之話頭。

〔五〕臨機以眼聞：唐釋窺基成唯識論述記卷五：「謂佛世尊於境自在，轉變皆成，以眼聞聲，諸根互用，不假分別，恒緣於此，故名任運。」

〔六〕圍繞千僧名冠世：本集卷二一潙源記：「潙山爲湘南大叢林，而空印道光兩本，撾大鼓，臨人天，萬指圍遶。」即指此。銛按：十指爲一僧，萬指即千僧。

〔七〕無家客：惠洪自稱。

〔八〕分占潙源一塢雲：指空印禪師招邀住庵之事。潙源：即潙水，代指潙山。潙源記：「潙山因水爲名，衆泉觱發於煙霏空翠之間，旋紺走碧，匯爲方淵，蒸之成雲雨，放之成江河。蓋岷江資之者衆，而潙水善養其源也。」

龍興禪師大陽的孫居枯木堂新植楚竹余愛其家風爲賦之〔一〕

門外追犇没馬塵〔二〕，堂中安頓自由身〔三〕。脩筠有淚知誰恨〔四〕，枯木開花爲我春〔五〕。隔岸雲山猶可惜，滿懷風月未全貧〔六〕。小詩勿笑清如畫，聊爲高人戲寫真。

【注釋】

〔一〕宣和元年作於長沙。廓門注：「師承未詳，疑是枯木法成禪師歟？後人須察焉。」鍇按：法成禪師號枯木，嗣法於芙蓉道楷，道楷嗣投子義青，義青嗣大陽警玄，故法成爲大陽的孫。廓門注可從。法成或嘗住龍興寺，故稱龍興禪師，然今無考。法成法系參見本集卷八游龍王贈雲老詩及注。

〔二〕没馬塵：黄庭堅贈李輔聖：「肯使黄塵没馬頭。」此借用其語。參見本卷次韻吏隱堂二首注〔五〕。

〔三〕自由身：白居易閑行：「遍尋山水自由身。」羅隱寄第五尊師：「世間難得自由身。」

〔四〕脩篘有淚：廓門注：「有淚，謂楚竹也。」鍇按：此指湘妃竹，即斑竹。初學記卷二八竹引晉張華博物志：「舜死，二妃淚下，染竹即斑。妃死爲湘水神，故曰湘妃竹。」

〔五〕枯木開花爲我春：景德傳燈録卷一三汝州風穴延沼禪師：「問：『正當恁麼時如何？』師曰：『盲龜值木雖優穩，枯木生華物外春。』」參見本集卷八游龍王贈雲老注〔一一〕。

〔六〕滿懷風月未全貧：山谷外集詩注卷四和師厚秋半時復官分司西都：「水田收秫未全貧。」史容注：「杜詩：『錦里先生烏角巾，園收芋栗未全貧。』」此借用其語。

題德明都護熏堂〔一〕

占叢濃碧繞虛堂，堂上仙郎戲比芳〔二〕。香並蕙蘭終漏泄〔三〕，色同草木浪遮藏〔四〕。過牆山潑軒窗翠，吹鬢風生燕寢涼。敏豆才高家法在〔五〕，要看落筆擁紅粧。

【注釋】

〔一〕作年未詳。德明都護：未詳其人。都護：官名。宋爲馬步軍都部署之别稱。

〔二〕仙郎：郎官之美稱。白氏六帖卷二一：「郎官第二十五：星郎、仙郎、臺郎。」

〔三〕漏泄：杜甫臘日：「漏泄春光有柳條。」天聖廣燈録卷二八漳州法濟院海蟾禪師：「問：『若以無言説，又没世尊言教；若以有説，恐漏泄祖師西來。去此二途，師意如何？』師云：『總是汝恁麼道。』」

〔四〕浪：徒勞。遮藏：猶遮掩。禪宗頌古聯珠通集卷一六正堂辯禪師頌古：「遮藏不許人間見，只恐春風漏泄香。」錯按：漏泄、遮藏爲禪門習用語，此或借香色之漏泄喻禪機之不可遮藏。參見本集卷九雲庵生辰注〔七〕。

〔五〕敏豆：不辭，疑「豆」字誤，俟考。

題季長冰壺軒〔一〕

閑軒清似冰壺水〔二〕，軒上人如元紫芝〔三〕。坐覺秋光漱毛髮，客來春色滿談詞。寶書讀罷依蒲久〔四〕，玉麈經行曳履遲。卷桂（挂）一聲林葉動㊀〔五〕，黄昏月出雪消時。

【校記】

㊀桂：原作「挂」，誤，今改。參見注〔五〕。

【注釋】

〔一〕宣和五年作於長沙。季長：侯延慶，字季長，號退齋居士，潭州衡山人。參見本集卷五余游侯伯壽思孺之間久矣而未識季長昨日見之夜歸作此寄之注〔一〕。

〔二〕清似冰壺水：鮑照代白頭吟：「直如朱絲繩，清如玉壺冰。」

〔三〕元紫芝：唐高士元德秀，字紫芝。嘗爲魯山令，天下高其行，不名，謂之元魯山。新舊唐書有傳。參見本集卷五次韻題顒顒軒注〔四〕。

〔四〕寶書：佛經。　蒲：蒲團。

〔五〕卷桂一聲：猶言長嘯一聲。卷桂，狀嘯之發音技法，舌作桂葉之柔卷。本集卷五次韻登蘇仙絕頂：「桂環卷舌嘯雲煙。」卷六王仲誠舒嘯堂：「齒應銜環舌卷桂。」底本「桂」作「挂」，乃涉形近而誤。

明應仲出季長近詩二首次韻寄之〔一〕

露葉朝陽沃棗桑，暑風吹鬢蕩蓮香。已欣點水蜻蜓款〔二〕，更覺營巢燕子忙〔三〕，翠浪舞麵爭漲壟〔四〕，黃雲割（剖）盡想登場㊀〔五〕。小樓楯瓦誰庭院〔六〕，弱柳多情故掩藏。

偶尋鄰叟問桑麻，踏盡山礬糝徑花〔七〕。傳得新辭春爛熳，更驚行草醉欹斜〔八〕。遥知小縣少公事〔九〕，想見高情照物華。尚念無家甘露滅〔一〇〕，一蓑煙雨似玄沙〔一一〕。

【校記】

㊀割：原作「剖」，誤，今據四庫本改。參見注〔四〕。

【注釋】

〔一〕宣和五年初夏作於長沙。　明應仲：名不可考，時住長沙，嘗送米與惠洪，布施供養。參見本集卷五次韻明應仲宗傳送供注〔一〕。　季長：即侯延慶。

〔二〕已欣點水蜻蜓款：杜甫曲江二首之二：「穿花蛺蝶深深見，點水蜻蜓款款飛。」此借用其語。

〔三〕更覺營巢燕子忙：黄庭堅雜詩七首之二：「營巢燕燕幾時休，在處成家春復秋。」

〔四〕翠浪舞飜爭漲壟：蘇軾登玲瓏山：「翠浪舞翻紅罷亞，白雲穿破碧玲瓏。」此借用其語。　翠浪，當指風過稻田新秧起伏。

〔五〕黄雲割盡想登場：王安石木末：「繰成白雪桑重緑，割盡黄雲稻正青。」此借用其語。冷齋夜話卷五荆公東坡警句：「荆公詩曰：『木末北山煙冉冉，草根南澗水泠泠。繰成白雪桑重緑，割盡黄雲稻正青。』……如華嚴經舉因知果，譬如蓮花，方其吐華，而果具蘂中。」底本「割」作「剖」，乃涉形近而誤。

〔六〕楯瓦：本指盾牌之脊，此用指欄楯與屋瓦，或屋脊。參見本集卷四石門中秋同超然鑒忠清三子翫月注〔一六〕。

〔七〕山礬：即今人所謂七里香。山谷内集詩注卷一九戲詠高節亭邊山礬花二首序曰：「江湖南野中有一種小白花，木高數尺，春開極香，野人號爲鄭花。王荆公嘗欲求此花栽，欲作詩而陋其名。予請名曰山礬。野人采鄭花葉以染黄，不借礬而成色，故名山礬。海岸孤絶處，補陀落伽山，譯者以謂小白花山。予疑即此山礬花爾，不然，何以觀音老人堅坐不去耶？」任淵注：「近世曾慥端伯作高齋詩話云：『唐人有題唐昌觀玉蕊花詩云：「一樹瓏璁玉刻成，飄廊點地色輕輕。」今瑒花即玉蘂花也。介甫以比瑒，謂當用此瑒字，蓋瑒，玉名，取其白耳。山谷又更其名爲山礬，謂可以染也。盧陵段謙叔家有楊汝士與白二十三一帖云：「唐昌玉蘂以少，故見貴耳。自來江南，山山有之，士人取以供染事，不甚惜也。」則知瑒花之爲玉蘂，斷無疑矣。』」

〔八〕更驚行草醉欹斜：蘇軾九日邀仲屯田爲大水所隔以詩見寄次其韻：「醉裏題詩字半斜。」此化用其意。

〔九〕遥知小縣少公事：詩話總龜卷一二：「歐陽文忠公守滁，見王元之謝上表云：『諸縣豐登，絶少公事；全家飽煖，共荷君恩。』因成詩云：『諸縣豐登少公事，全家飽暖荷君恩。』」此借用其語。

〔一〇〕無家甘露滅：惠洪自稱。

〔一一〕一蓑煙雨似玄沙：景德傳燈録卷一八：「福州玄沙宗一大師，法名師備，福州閩縣人也，姓謝氏。幼好垂釣，泛小艇於南臺江，狎諸漁者。唐咸通初，年甫十三，忽慕出塵，乃棄釣舟，投芙蓉山靈訓禪師落髮。」禪林僧寶傳卷四福州玄沙備禪師傳：「禪師名師備，福州閩縣謝氏子。少漁於南臺江上。及壯，忽棄舟，從芙蓉山靈訓禪師斷髮。」

和傅彦濟知縣〔一〕

句法疑君每太高，湘南山水助揮毫〔二〕。暫臨小邑聊觀政，未見全牛可受刀〔三〕。珠玉光難藏瓦礫，芝蘭香豈掩蓬蒿。坐令百里清如鏡〔四〕，吏猾民姦豈易逃。

【注釋】

〔一〕宣和七年八月下旬作於潭州益陽縣。傅彦濟：傅雱，字彦濟，臨江軍清江人。時知益陽縣。本集卷二六題白鹿寺壁：「余自長沙來，館余四昔。時故人傅彦濟試手作邑，攙姦摧滑，民驚以神。當暇日，攜僚佐，時時舟而至。其登高臨遠，烹茶賦詩，則茲山之風月，未至乾没也。」嘉靖臨江府志卷六人物志一：「傅雱，字彦濟，清江人。政和八年進士。高宗初，相李綱薦雱可使虜。假工部侍郎充通問使，行，尋詔止之，授朝奉郎，尚書考功員外郎。」三朝北盟會編卷一〇八建炎元年六月：「傅雱特授宣教郎，借工部侍郎充大金通問使。……李綱薦雱有專對之才，雱字彦濟，臨江軍人。進士及第。時從事郎，乃改宣教郎，借工部侍郎，使於金國，識者已知上意在乎講和矣。」

〔二〕湘南山水助揮毫：文心雕龍物色：「然屈平所以能洞監風騷之情者，抑亦江山之助乎！」新唐書張説傳：「既謫岳州，而詩益淒婉，人謂得江山助云。」

〔三〕「暫臨小邑聊觀政」二句：論語陽貨：「子之武城，聞弦歌之聲。夫子莞爾而笑曰：『割雞焉用牛刀？』」莊子養生主：「庖丁釋刀對曰：『臣之所好者道也，進乎技矣。始臣之解牛之時，所見無非牛者。三年之後，未嘗見全牛也。』」錯按：此合「小試牛刀」、「目無全牛」二事而活用之，以譽傅雱治理益陽之政事。

〔四〕百里：指一縣之轄境，代指縣。本集卷二仇彥和佐邑崇仁有白蓮雙葩並幹芝草叢生於縣齋之旁作堂名曰瑞應且求詩敬爲賦之：「百里平如水。」

寄題劉居士環翠庵〔一〕

平生不識劉居士，想見茅庵枯粹姿。百八珠輪紅瑪瑙〔二〕，萬千峰遶碧瑠璃〔三〕。笑人經卷鑽故紙〔四〕，傲（彼）世金珠似笊籬㊀〔五〕。折脚鐺中誰共過，小龐真是出家兒〔六〕。

【校記】

㊀傲：原作「彼」，誤，今改。參見注〔五〕。

【注釋】

〔一〕作年未詳。劉居士：名未詳，生平不可考。宋趙抃烏龍山：「羣峰環翠起春林。」宋邵雍壽安縣遠望：「好峰環翠縣前山。」此即環翠庵取名之義。

〔二〕百八珠輪紅瑪瑙：此寫庵中之念珠。清異録卷下百八丸：「和尚市語，以念珠爲百八丸。裴休見人執此，則喜色可掬，曰：『手中把諸佛窖子，未見有墮三塗者也。』」紅瑪瑙：喻念珠之色澤紅瑩如瑪瑙，或謂念珠質地爲紅瑪瑙。蘇軾贈常州報恩長老二首之一：「碧玉盤盛紅瑪瑙。」

〔三〕萬千峰遶碧瑠璃：此即「環翠」之意。碧瑠璃，詩人通常以喻水色，此喻山色，乃惠洪獨創。鍇按：郭祥正青山集卷二一阮希聖新軒即席兼呈同會君儀温老三首之一：「出屋花光紅瑪瑙，隔湖山色碧琉璃。」此聯借用其語。然郭詩乃謂山色倒映於湖水，故曰碧瑠璃，惠洪則徑曰羣峰爲碧瑠璃。

〔四〕笑人經卷鑽故紙：景德傳燈録卷九福州古靈神贊禪師：「其師又一日在窗下看經，蜂子投窗紙求出。師覩之，曰：『世界如許廣闊，不肯出，鑽他故紙，驢年去得。』其師置經問曰：『汝行脚遇何人，吾前後見汝發言異常。』師曰：『某甲蒙百丈和尚指箇歇處，今欲報慈德耳。』」

〔五〕傲世金珠似笊籬：圓悟佛果禪師語録卷一六示超然居士趙判監：「維摩大士不住金粟，住入酒肆婬坊，作大解脱佛事。龐老子補處應身，不住兜率陀，棄却珍寶，漢江織笊籬，與大宗師擊揚與奪。」龐居士語録：「居士一日見大同普濟禪師，拈起手中笊籬曰：『大同師，大同師！』濟不應。士曰：『石頭一宗，到師處冰消瓦解。』濟曰：『不得龐翁舉，灼然如此。』士拋下笊籬曰：『寧知不直一文錢。』濟曰：『雖不直一文錢，欠他又爭得。』士作舞而去。濟提起笊籬曰：『居士。』士回首，濟作舞而去。士撫掌曰：『歸去來，歸去來！』」笊籬：用竹篾編成之杓形漉器。景德傳燈録卷一五鄂州清平山令遵禪師：「問：『如何是有漏？』師曰：『笊籬。』曰：『如何是無漏？』師曰：『木杓。』」底本「傲」作「彼」，廓門注：「『彼』或作『傲』。」其説甚是。錯按：「傲世」與「笑人」相對仗，「彼世」既句法不對，且句意不通，當涉形近而誤。

〔六〕小龐：廓門注：「小龐，謂劉居士子者歟？」錯按：詩以龐居士喻劉居士，故謂小龐爲劉居士子，其説甚是。真是出家兒：宋高僧傳卷三〇梁廬山雙溪院國道者傳載釋修睦贈國道詩曰：「入門空寂寂，真箇出家兒。」此用其語。

次韻思禹兄見懷〔一〕

刺桐花映野薔薇，湘水侵門過客稀。此日音書經歲隔，何時麈尾對君揮。樓高三楚天空闊〔二〕，夜久千巖月正暉。我託叢林如越鳥，南枝雖穩亦思歸〔三〕。

【注釋】

〔一〕宣和二年作於長沙。　思禹：彭以功，字思禹，惠洪宗兄，已見前注。

〔二〕三楚：王荆公詩注卷二三旅思：「地大蟠三楚，天低入五湖。」李壁注：「史記貨殖傳：『自淮北、沛、陳、汝南、南郡，此西楚也。彭城以東，東海、吴、廣陵，此東楚也。衡山、九江、江南、豫章、長沙，是南楚也。』又孟康注漢書曰：『舊名江陵爲南楚，吴爲東楚，彭城爲西楚。』阮嗣宗詩曰：『南楚多秀士。』李昭翰注曰：『三楚，謂楚文王都郢，昭王都鄂，考烈三都壽春。』」此代指湘鄂一帶。

〔三〕「我託叢林如越鳥」二句：文選卷二九古詩一十九首：「胡馬依北風，越鳥巢南枝。」李善注：「韓詩外傳曰：『詩曰：「代馬依北風，飛鳥棲故巢。」皆不忘本之謂也。』」此反其意而用之。

次韻思禹題方竹〔一〕

不改平生歲寒操〔二〕，近來隨世解方圓〔三〕。知君出異驚羣聽，顯我循常是一偏〔四〕。但見蒼官遭寵錫〔五〕，那知青士亦超遷〔六〕。水花院落春風晚，庭種連蕉怪石前㊀。

【校記】

㈠ 連：武林本作「芭」。

【注釋】

〔一〕宣和二年作於長沙。　方竹：晉戴凱之續竹譜：「方竹生嶺外，大者如巾筒，小者如界方。」

〔二〕歲寒操：堅貞不屈之節操。竹與松、梅並稱歲寒三友，故云。宋金君卿寄題張秀才此君亭：「勸子無渝歲寒操，惟日虛心比此君。」

〔三〕方圓：隨宜，變通。唐羅隱讒書答賀蘭友書：「非僕之不可苟合，道義之人，皆不合也。而受性介僻，不能方圓。」

〔四〕循常：遵循常規。

〔五〕蒼官：松之别稱。廓門注：「蒼官謂松。秦時封大夫官，見前。」宋馬永卿懶真子卷五：「金陵詩云：『歲晚蒼官聊自保，日高青女尚横陳。』蒼官謂松也，青女謂霜也。言日高而松上霜猶不消也。」　寵錫：皇帝之恩賜。此謂松封大夫。

〔六〕青士：竹之代稱。以其色青，故云。唐樊宗師絳守居園池記：「有柏，蒼官、青士擁列，與槐朋友。」宋文同送王恪司門知絳州：「蒼官青士左右樹，神君仙人高下花。」　超遷：越級升遷。

蜀道人明禪過余甚勤久而出東山高弟兩勤送行語句戲作此塞其見即之意〔一〕

衆中聞語識巴音〔二〕，京洛沅湘久訪尋。張口茹拳君聚落〔三〕，垂膺拭涕我山林〔四〕。碧巖花墮鳥飛去〔五〕，蒲坐葉飄針正紝〔六〕。袖裏兩勤太饒舌〔七〕，丈夫聲價老婆心〔八〕。

【注釋】

〔一〕約宣和三年作於長沙。東山：指法演禪師（？～一一〇四），綿州巴西人，俗姓鄧氏。白雲守端法嗣，初住四面，遷白雲，晚住舒州太平，移黄梅東山五祖道場，屬臨濟宗楊岐派南嶽下十三世。事具補禪林僧寶傳，有法演禪師語録傳世。兩勤：指圓悟克勤與太平慧勤禪師，皆嗣法演禪師，爲南嶽下十四世。克勤（一〇六三～一一三五），字無著，彭州崇寧人，俗姓駱氏。先後住持成都昭覺、澧州夾山、湘西道林，政和末住金陵蔣山，宣和中詔住東京天寧，建炎元年住金山，二年住雲居，歸老昭覺。先後賜號佛果、圓悟。事具僧寶正續傳卷四。慧勤（一〇五九～一一一七），舒州懷寧人，俗姓汪氏。住持舒州太平寺，政和二年詔住東京智海院，賜號佛鑑。事具僧寶正續傳卷二。慧勤之「勤」，或作「懃」。蜀道人明禪：慧勤法嗣中有擇明禪師，住靖安縣泐潭寶峰寺，或即此僧。

〔二〕巴音：巴地口音，即四川話。蓋古人多以巴蜀連稱，故此詩既稱明禪爲「蜀道人」，又稱其語爲「巴音」。冷齋夜話卷一〇羊肉大美性暖：「毗陵承天珍禪師，蜀人也，巴音夷面。」參見本集卷三珪粹中與超然游舊超然數言其俊雅除夕見於西興喜而贈之注〔三〕。

〔三〕張口茹拳：宣和畫譜卷一四厲歸真：「道士厲歸真，莫知其鄉里，善畫牛虎，兼工竹雀鷙禽。雖號道士，而無道家服餙，唯衣布袍，徜徉闤闠，視酒壚旗亭，如家而歸焉。人或問其出處，乃張口茹拳而不言，所以人莫之測也。」茹，吞吃。

〔四〕垂膺拭涕：用唐南嶽懶瓚禪師事。參見本集卷六次韻游衡嶽注〔一〇〕。

〔五〕碧巖花墮鳥飛去：此指克勤住夾山事。景德傳燈録卷一五澧州夾山善會禪師：「問：『如何是夾山境？』師曰：『猿抱子歸青嶂裏，鳥銜華落碧巖前。』」後遂以「碧巖」代指夾山。僧寶正續傳卷四圓悟勤禪師傳：「澧州刺史請住夾山。未幾，遷湘西道林。」圓悟佛果禪師語録卷二住夾山陞座示衆：「問：『錦官罷釣，澤國重游，方爲萬壽之賓，又作碧巖之主。流水下山即不問，白雲歸洞意如何？』師云：『舊店新開。』」克勤住夾山靈泉禪院時，嘗評唱雪竇重顯禪師頌古一百則，其後學編集爲碧巖録。釋普照碧巖録序曰：「粤有佛果老人住碧巖日，學者迷而請益，老人愍以垂慈，剔抉淵源，剖析底理，當陽直指，豈立見知。百則公案，從頭一串穿來；一隊老漢，次第總將按過。」

〔六〕蒲坐葉飄針正紝：此當指慧勤住山事，然不可考。　針正紝：大智度論卷一〇：「如佛在時，有一盲比丘，眼無所見，而以手縫衣，時針紝脱，便言：『誰愛福德？爲我紝針。』是時佛到其所，語比丘：『我是愛福德人，爲汝紝針來。』」

〔七〕袖裏兩勤：戲謂明禪袖裏所藏克勤、慧勤禪師送行詩句。　太饒舌：太多嘴。禪宗不立文字，故以話多爲饒舌。　景德傳燈録卷二七天台寒山子：「寒山復執閭丘手笑而言曰：『豐干饒舌。』久而放之。」人天眼目卷二慈明三訣：「第一訣，大地山河泄。維摩纔點頭，文殊便饒舌。」

〔八〕老婆心：謂禪師反復叮嚀、急切誨人之心，如老太婆叮嚀兒孫。　景德傳燈録卷一二鎮州臨濟義玄禪師：「師却返黄蘗。黄蘗問云：『汝迴太速生。』師云：『只爲老婆心切。』」同書卷二一泉州招慶院道匡禪師：「問：『學人根思遲迴，乞師曲運慈悲，開一線道。』師曰：『遮箇是老婆心。』」人天眼目卷二臨濟要訣：「言下便見老婆心，懸知佛法無多子。」

送珠上人重修五宗語要〔一〕

五宗抄語挾風雷，佛日將傾賴取回。薝蔔花香已零落〔二〕，旃檀塔坐更塵埃〔三〕。鈍根厭看摩挲去，妙手端能拂拭開。當有異人來荷法，叢林因子見奇瑰。

【注釋】

〔一〕宣和四年八月作於長沙。　珠上人：即釋曇珠，湛堂文準禪師弟子。本集卷二六題珠上人所蓄詩卷：「寶峰珠上人，湛堂公之高弟。日涉園夫李商老每於人物特慎許可，而贈珠詩曰『歕玉渥注種』者，佳湛堂之有子也。」參見本集卷六送珠侍者重修真淨塔注〔一〕。　重修五宗語要：本集卷二五題五宗録：「予所集五宗語要，如醫師除翳藥方也。從前先德用之有驗，故樂以傳世。書成於宣和元年正月。」此處送曇珠者乃經重修之本。五宗者，指南宗禪臨濟、雲門、曹洞、潙仰、法眼五宗。語要者，謂五宗語録之摘要，即詩中所言「五宗抄語」。

〔二〕薝蔔花香已零落：此喻指禪宗之衰落。　薝蔔：梵語音譯，義譯爲鬱金花。酉陽雜俎卷一八廣動植木：「陶貞白（弘景）言，梔子翦花六出，刻房七道，其花香甚，相傳即西域薝蔔花也。」鍇按：惠洪以薝蔔花香喻禪門宗風，如本集卷一一法輪齊禪師開軒於薝蔔叢名曰薝蔔二首之一：「苾芻來問宗風事，薝蔔爲熏知見香。」

〔三〕旃檀塔坐更塵埃：謂無人供養旃檀座佛塔，喻指無人學菩薩行，修菩薩道。華嚴經卷六八入法界品：「善男子！於此南方，有城名善度，中有居士，名鞞瑟胝羅，彼常供養栴檀座佛塔。汝詣彼問：『菩薩云何學菩薩行，修菩薩道？』」鍇按：此「旃檀」對上句「薝蔔」，即所謂以梵語對梵語。參見本集卷一一法輪齊禪師開軒於薝蔔叢名曰薝蔔二首注〔一〇〕。

華光上人送墨梅來求詩還鄉㊀〔一〕

南嶽有雲留不住，東歸結伴過湘湄〔二〕。解將疏影橫斜句〔三〕，來（不）換垂珠的皪詩㊁〔四〕。癯甚鳶肩寒入畫〔五〕，清哉鶴骨老難醫㊂〔六〕。定知入嶺風煙暮㊃，正及追胥餽歲時〔七〕。

【校記】

㊀華：原闕，今補。參見注〔一〕。

㊁來：原作「不」，誤，今從聲畫集卷五。　皪：聲畫集作「鑠」。

㊂哉：聲畫集作「於」。

㊃定：聲畫集作「遥」。

【注釋】

〔一〕宣和元年秋作於長沙。　華光上人：即仲仁禪師，住衡州華光山妙高寺，世稱華光長老。工畫墨梅，有華光梅譜傳世。參見本集卷一華光仁老作墨梅甚妙爲賦此注〔一〕。底本作「光上人」，今考本集卷三〇祭妙高仁禪師文：「去年中秋，宿師雲房。爲留十日，夜語琅琅。曰我出吴，游淮涉湘。今三十年，倦鳥忘翔。偶如慧曉，懷思故鄉。想見明越，雲泉蒼茫。

已遣阿湧，先渡錢塘。」此詩之「南嶽」、「東歸」、「過湘湄」、「還鄉」、「墨梅」諸語均與仲仁事合。可知「光上人」即「華光上人」。因「華光」不可簡稱「光」，故知底本脱字，今據補。鍇按：聲畫集卷五收此詩，繫於張敬夫（張栻）名下，乃誤收，當從本集屬惠洪。參見本集卷一華光仁老作墨梅甚妙爲賦此注〔一〕。

〔二〕湘湄：此指長沙鹿苑寺，在湘江西岸，時惠洪寓居於此。

〔三〕疏影横斜句：代指華光仲仁所畫墨梅。本集卷一六謝妙高惠墨梅：「霧雨黄昏眼力衰，隔煙初見犯寒枝。徑煩南嶽道人手，畫出西湖處士詩。」「南嶽道人」即此詩「南嶽有雲留不住」之華光上人，「西湖處士詩」指林逋之山園小梅，中有「疏影横斜水清淺」之句。此以「疏影横斜句」代指墨梅，乃就「畫中有詩」進而坐實爲「畫即是詩」。

〔四〕來换：底本作「不换」，與詩意不侔，據詩題，當從聲畫集作「來换」，意謂仲仁以墨梅來换詩。　垂珠的皪詩：喻流轉圓美之詩，本集卷二次韻君武中秋月下：「千字一揮纔瞬息，流珠走盤紛的皪。」即此意。文選注卷八司馬長卿上林賦：「明月珠子，的皪江靡。」李善注：「説文曰：『玓瓅，明珠光也。』『玓瓅』與『的皪』音義同。」此借用其語。

〔五〕鳶肩：兩肩上聳如鴟棲止貌，此極言其肩瘦削骨聳。國語晉語八：「趙魚生，其母視之，曰：『是虎目而豕喙，鳶肩而牛腹。』」韋昭注：「鳶肩，肩井斗出。」

〔六〕鶴骨：伶仃瘦骨。唐釋齊己戊辰歲湘中寄鄭谷郎中：「瘦應成鶴骨，閒想似禪心。」

〔七〕追胥：山谷外集詩注卷五次韻寅庵四首之一：「年豐村落罷追胥。」史容注：「周禮：『小司徒之職，乃會萬民之卒伍而用之，以比追胥。』注：『追，逐寇也。胥，伺捕盜賊也。』又云：『凡起徒役，毋過，家一人，以其餘爲羨。唯田與追胥竭作。』」　餽歲：歲末相互餽贈慰問。晉周處風土記：「蜀之風俗，晚歲相與餽問，謂之餽歲。」餽，通「饋」。參見本集卷五餽歲次東坡韻寄思禹兄注〔一〕。

送瓊大師歸禪寂〔一〕

近聞禪寂似叢林〔二〕，總衆能爲世所欽。百巧難磨真實行〔三〕，兩塗不改歲寒心〔四〕。衣今椹色如栗色〔五〕，語末吴音變楚音〔六〕。盛夏入城緣底事？扁舟湘水獨相尋。

【注釋】

〔一〕宣和年間作於長沙。　瓊大師：生平法系不可考。　禪寂：當指禪寂寺，然此寺名甚多，未詳何處。

〔二〕叢林：僧衆聚居之處所，譬如大樹叢聚是名爲林，後特指禪宗寺院。　錯按：此言禪寂似叢林，疑該寺本非禪院，或爲律寺，然其總衆之清規如禪宗門庭，故爲惠洪稱賞。

〔三〕百巧：指諸方各種投機取巧之禪法。　黄庭堅古意贈鄭彦能八音歌：「木訥赤子心，百巧令人老。」真實行：菩薩十行之一。楞嚴經卷八：「一一皆是清淨無漏，一真無爲性本然故，名真實行。」

〔四〕兩塗：兩條道路，此或指禪宗律宗修行之不同。　歲寒心：喻堅貞不屈之節操。論語子罕：「歲寒，然後知松柏之後彫也。」唐張九齡感遇之七：「豈伊地氣暖，自有歲寒心。」

〔五〕衣今椹色如栗色：袈裟由紫色而變爲褐色，意謂其身份由顯貴僧人而變爲普通僧人。廓門注：「椹色、栗色，謂袈裟色也。大慧武庫：『景淳詩曰：栗色伽黎撩亂搭。』」錯按：椹色，桑椹之色紫，紫衣袈裟亦稱椹衣、椹服，衣椹即賜紫。建中靖國續燈録卷六潭州興化崇辯禪師：「大丞相章公惇昔安撫荆湖，見師器重，特奏神宗皇帝，賜椹服、師名及隨身度牒，其旌異如此。」栗色，栗子之色褐，山僧之衣色如栗。本集卷一五讀古德傳八首之五：「瘦行清坐老垂垂，栗色伽梨取次披。」羅湖野録卷上載臨川化度淳藏主山居詩曰：「栗色伽梨撩亂挂，誰能勞力强安排。」

〔六〕語未吴音變楚音：言其鄉音未改。錯按：本集以江南西路爲吴，荆湖南路爲楚，吴音特指鄉音。如卷一一赴太原獄別上藍禪師：「明年五頂東游徧，來聽吴音發海潮。」本卷送誼叟歸北山：「投老都忘身是客，坐中談笑盡吴音。」上藍禪師在洪州，誼叟在筠州，皆江西人。可推知瓊大師亦江西人。

贈道法師〔一〕

道公膽大過身軀〔二〕，敢逆龍鱗上諫書〔三〕。獨欲袒肩擔佛法㈠〔四〕，故甘引頸受誅鉏〔五〕。三年竄逐心無愧，萬里歸來貌不枯。他日教門綱紀者，近聞靴笏趁朝趨〔六〕。

【校記】

㈠ 獨：雲卧紀談、人天寶鑑作「只」，釋門正統作「直」。

【注釋】

〔一〕宣和三年六月作於長沙。 道法師：釋曉瑩雲卧紀談卷上：「永道法師者，出於東潁沈丘毛氏。禮順昌府南羅漢院僧安恭爲師。既而悵然曰：『佛之設教，廣度羣品。今不扶護教門，力究大乘，饒益有情，則徒爲耳。』遂趨上都講席，業唯識、百法二論，獲臻其奧。繼主左街香積院，於天寧節恩例得寶覺大師之號。宣和元年正月詔下，改僧爲德士。道偕律師悟明、華嚴講師慧日，與道士林靈素抗辨邪正，訴於朝廷。忤旨流道州。二年六月，依赦量移，經由長沙，邂逅寂音尊者，以詩遺之曰：『道公膽大過身軀……近聞靴笏趁朝趨。』尋令逐便。七年五月，奉旨：『前寶覺大師毛永道，累經赦宥，特與依舊披剃。』自爾屢蒙恩渥。」鍇按：永道法師自宣和元年敕流，據惠洪此詩「三年竄逐心無愧」句，其依赦量移經由長沙，當在宣和三年六月。且宣和二年九月方詔復德士爲僧，永道之赦當在其後。雲臥紀談作「二年六月」，疑「三」字缺筆誤刻爲「二」字。又釋曇秀人天寶鑑、釋宗鑑釋門正統卷八均詳載永道法師事及惠洪贈詩，可參見。

〔二〕膽大過身軀：韓愈送無本歸范陽：「無本於爲文，身大不及膽。吾嘗示之難，勇往無不敢。」此化用其意。

〔三〕逆龍鱗：喻直言極諫，犯人主之怒。參見本集卷三陳瑩中由左司諫謫廉相見於興化同渡湘江宿道林寺夜論華嚴宗注〔九〕。

〔四〕袒肩擔佛法：禪林僧寶傳卷二四仰山偉禪師傳：「年十九，游京師，聞寶相寺大乘師方益有鑒裁，謁之。益曰：『君風神不凡，然非凌煙、麒麟所宜置。正當袒肩荷擔如來，乃稱耳。』偉欣然曰：『此吾心也。』」　袒肩：袒露右肩，袒服，即僧却崎，僧尼五衣之一，其制覆肩掩腋。續高僧傳卷八齊鄴西寶山寺道憑傳：「而乞食自資，少所恒習，袒肩洗淨，老而彌固。」

〔五〕故甘引頸受誅鉏：宋高僧傳卷二三唐福州黄蘗山建福寺鴻休傳：「及廣明之際，巢寇充斥。休出寺外，脱納衣於松下磬石之上，言曰：『誓不污清淨之地。』而安詳引頸待刃，刃下無血。賊黝驚異，羅拜懺悔焉。」

〔六〕靴笏：官員入朝時穿靴執笏。五代馬縞中華古今注卷上靴笏：「靴者，昉古西胡也，昔趙武靈王好胡服，常服之。……笏者，記其忽忘之心。」鍇按：人天寶鑑曰：「時公卿大夫謂師

（永道法師）有文武才略，請加冠冕，補官序，分領兵權，恢復故疆。師力辭，朝賢知志不可奪，奏請賜寶覺圓通法濟之號。」惠洪故有此語。

谷山沙彌求詩〔一〕

十里松風長不老〔二〕，一庭秋色爲誰閑？偶逢此日休新夏，偏見耆年憶故山。貧裏有秋同舉箸，法中添口共開顔〔三〕。偶然弄筆成詩句，乘興留題屋壁間。

【注釋】

〔一〕宣和元年夏作於長沙。谷山沙彌：即惠洪弟子覺慈，初字敬修，後改字季真。時從惠洪於谷山，後隨遷至水西南臺寺。參見本集卷五七月十三示阿慈注〔一〕。谷山，在潭州長沙縣。明一統志卷六三長沙府：「谷山，在府城西七十里，山有靈谷深邃，名梓木洞，其下有龍潭，禱雨輒應。」沙彌，佛教謂男子出家初受十戒者。

〔二〕十里松風：谷山當有十里松林。本集卷一六與超然至谷山尋崇禪師遺蹤：「行盡湘西十里松，到門却立數諸峰。」

〔三〕法中添口：謂寺院中新增一沙彌。魏野閒居書事：「成家書滿屋，添口鶴生孫。」此借用其語。

贈羅道人〔一〕

蛻塵標韻矯翔鸞，鬢髮樓颼風露寒〔二〕。脱烏骨飛何日見〔三〕，解衣沐浴萬人看〔四〕。肯來從我翛然住，皆説他人屈致難〔五〕。戲作貓聲行聚落〔六〕，自忘身是晉郎官〔七〕。

【注釋】

〔一〕宣和年間作於長沙。　羅道人：北宋末著名道士。王庭珪盧溪文集卷八贈羅道人詩序曰：「余昔游湖南，聞羅道人，而未識也。忽相遇於螺浦之西，鬚髯如畫，神鋒甚偉。又出時賢所贈詩，益知其有以異於人也。亦作一首贈之。」詩曰：「道人渴飲石縫漿，鬚髯墨黑兩頰光。或云公是伯休那，又疑楚有接輿狂。倒騎白鹿渡湘水，獨識老翁跳玉堂。他年賣藥長安市，乞我仙人不死方。」王庭珪宣和五年嘗與惠洪相見於長沙，其詩所贈羅道人當爲同一人。陝西通志卷六五釋道：「羅道人，不知何許人。嘗游洛，交遇異人，得祕訣，預知休咎，劉延慶重之。靖康二年，忽大哭於市，别鄰里。及汴梁陷，二帝北行，乃哭之日也。」或即此人。

〔二〕樓颼：廓門注：「『樓颼』當作『颼飀』歟？」鍇按：樓颼，意爲邋遢，不收拾。本集卷一四李成德畫理髮騷背刺噴眀耳爲四暢圖乞詩作此四首之一：「經月得樓颼，頭懶垢不顧。」或寫作「樓搜」，如宋釋文素編如淨和尚語録卷二源山主求贊頂相：「有時隨摟搜，若萬迴老子歡喜；有時放歇蹶，若布袋和尚顛狂。」

〔三〕脱舃骨飛：後漢書王喬傳：「王喬者，河東人也。顯宗世，爲葉令。喬有神術，每月朔望，常自縣詣臺朝，帝怪其來數，而不見車騎，密令太史伺望之。言其臨至，輒有雙鳧從東南飛來。於是候鳧至，舉羅張之，但得一隻舃焉。乃詔上方詠視，則四年中所賜尚書官屬履也。」此用其事。

〔四〕解衣沐浴：未詳其事。莊子田子方：「老聃新沐，方將被髮而乾，慹然似非人。」或用此事以寫道士。

〔五〕屈致：委屈招致。三國志蜀書諸葛亮傳：「庶曰：『此人可就見，不可屈致也。』」

〔六〕戲作貓聲行聚落：蘇軾郭忠恕畫贊叙：「忠恕字恕先，以字行，洛陽人。……國初，與監察御史符昭文爭忿朝堂，貶乾州司户，秩滿，遂不仕。放曠岐、雍、陝、洛間，逢人無貴賤，口稱貓。遇佳山水，輒留旬日。或絶粒不食，盛夏暴日中，無汗。大寒鑿冰而浴。尤善畫，妙於山水屋木。」

〔七〕自忘身是晉郎官：蘇軾送喬仝寄賀君六首叙：「舊聞靖長官、賀水部皆唐末五代人，得道不死。章聖皇帝東封，有謁於道左者，其謁云：『晉水部員外郎賀亢。』再拜而去，上不知也。已而閲謁，見之，大驚，物色求之，不可得。天聖初，又使其弟子喻澄者詣闕，進佛道像，直數千萬。張公安道與澄游，具得其事。」其詩之五云：「舊聞父老晉郎官，已作飛騰變化看。」以上借郭忠恕、賀亢事以喻羅道人。

次韻張司録見寄〔一〕

不曾識面已傾倒，便覺胸中涇渭分〔二〕。句精不減李長吉〔三〕，才高大類沈休文〔四〕。看山詩眼湛如水〔五〕，拄笏爽氣高摩雲〔六〕。他年竹屋夜連榻，妙語懸知過所聞〔七〕。

【注釋】

〔一〕作年未詳。張司録：名不可考，生平未詳。

〔二〕便覺胸中涇渭分：山谷内集詩注卷七次韻答王眘中：「俗裏光塵合，胸中涇渭分。」此借用其語。

〔三〕李長吉：唐詩人李賀，字長吉。

〔四〕沈休文：南朝梁詩人沈約，字休文。

〔五〕看山詩眼湛如水：本集卷一同彭淵才謁陶淵明祠讀崔鑒碑：「詩眼飽山翠。」

〔六〕拄笏爽氣高摩雲：世説新語簡傲：「（王子猷）以手版拄頰云：『西山朝來致有爽氣。』」參見本卷次韻吏隱堂二首注〔二〕。

〔七〕妙語懸知過所聞：李白贈瑕丘王少府：「一見過所聞，操持難與羣。」此借用其語。

郭伯成榮登〔一〕

快馬東風走帝京〔二〕，歸來門巷緑陰成。須(頃)知一第文章貴㊀，能致三公衮冕榮〔三〕。子涉風波方筆探〔四〕，我閑几硯覺塵生。贈詩誰似王摩詰〔五〕，翰墨場中獨策名。

【校記】

㊀ 須：原作「頃」，誤，今從重刊貞和類聚祖苑聯芳集卷四。第：祖苑聯芳集作「代」。

【注釋】

〔一〕宣和三年初夏作於長沙。郭伯成：郭偉，字伯成，湖南邵陽人。建炎中爲池州通判，知太平州，紹興初任淮西巡撫使。明一統志卷一五太平府名宦：「郭偉，知太平州，建炎初，金兵攻采石及蕪湖，偉率將士敗之。其後水賊邵青薄城下，偉募死士夜焚其攻具，又決姑溪水灌其營。賊勢窮蹙，乃遁。」建炎以來繫年要録、三朝北盟會編多載其事。宋胡寅斐然集卷一九送郭偉序：「同年友郭伯成自資江訪予於永山。」據清李清馥閩中理學淵源考卷三，胡寅宣和三年登進士第，郭偉爲其同年友，登第亦當在是年。此詩作於郭伯成登第後回鄉途經長沙時。

〔二〕快馬東風走帝京：孟郊登科後：「春風得意馬蹄疾，一日看盡長安花。」此化用其意。

〔三〕衮冕：公卿之禮服禮冠。國語周語中：「棄衮冕而南冠以出，不亦簡彝乎？」韋昭注：「衮，衮龍之衣也；冕，大冠也。公之盛服也。」

〔四〕箠探：未詳其意，疑有誤字，俟考。

〔五〕王摩詰：唐詩人王維，字摩詰。

題天王圓證大師房壁〔一〕

閉户不妨依聚落，開軒隨分有山林。殘經半掩世情斷，好鳥一聲村意深。籬外霜筠森束玉〔二〕，屋頭露橘欲垂金〔三〕。能營野飯羹紅醬〔四〕，渡水何辭數訪尋。

【注釋】

〔一〕宣和七年初冬作於荆州江陵縣。天王：天王寺。湖廣通志卷七八古蹟志寺觀荆州府江陵縣：「天王寺，在縣西南三里。」圓證大師：生平法系未詳。

〔二〕籬外霜筠森束玉：東坡詩集注卷一八過建昌李野夫公擇故居：「思之不可見，破宅餘修竹。四鄰戒莫犯，十畝森似束。」注：「元稹連昌宫詞詩：『連昌宫中滿宫竹，歲久無人森似束。』」此化用其意。

〔三〕屋頭露橘欲垂金：張耒冬日懷竟陵管氏梅橋四首之一：「想見竟陵殘雪裏，新梅點雪橘垂金。」此借用其語。

〔四〕羹紅醬：以紅醬爲羹。宋陳景沂全芳備祖後集卷一果部荔枝：「民間以鹽梅鹵浸佛桑花爲紅醬。」

寄題達軒〔一〕

羊腸世路替人愁〔二〕，袖手歸來事事休。只有信緣唯得計〔三〕，不過隨分復何求。數聲屬玉滄浪晚〔四〕，一塢黄雲䆉稏秋〔五〕。寄語封侯塞垣外，何如高卧小軒幽。

【注釋】

〔一〕作年未詳。達軒：未知其所屬。

〔二〕羊腸世路：謂人世間之路極爲險惡。本卷次韻宿東安：「更驚世路似羊腸。」

〔三〕只有信緣唯得計：圓覺經：「任運而行，信緣而活。」信緣，謂篤信之因緣。白居易九江春望：「身外信緣爲活計。」此化用其意。

〔四〕屬玉：水鳥名，即鸀鳿。漢書司馬相如傳上：「鳿鷛鵠鴇，駕鵞屬玉，交精旋目。」顔師古注引郭璞曰：「屬玉似鴨而大，長頸赤目，紫紺色。」黄庭堅池口風雨留三日：「水遠山長雙屬玉，身閑心苦一舂鋤。」廓門注：「鷺，水鳥。毛白而潔，故謂之白鳥。齊魯之間謂之舂鋤。」

一名屬玉。文選上林賦：『鴛鴦屬玉。』見注。」以屬玉爲鷺，未知所據。

〔五〕黄雲：此喻成熟稻田。　䆉稏：稻名。一作稻多貌。韋莊稻田：「緑波春漲滿前陂，極目連雲䆉稏肥。」

題雲巖筠軒〔一〕

雨葉風枝小徑通〔二〕，拂砧清坐有誰同？粉衣香滑秋叢瘦〔三〕，泉珮丁東夜壑空〔四〕。半世已歸彈指内〔五〕，前途都付枕肱中〔六〕。堤防老境猶多事，折脚鐺炊腐顆紅〔七〕。

【注釋】

〔一〕政和八年初秋作於洪州分寧縣。　雲巖：即雲巖禪院，在分寧縣城東。輿地紀勝卷二六江南西路隆興府：「雲巖禪院，在分寧縣東二百步。紹聖間，僧悟新主禪席，爲轉輪蓮花藏，山谷作記，蓋其幼年肄業之所。元祐間，法清結草庵於古木間，名頤庵，山谷爲作記。」

〔二〕雨葉風枝：特指竹之枝葉。黄庭堅題子瞻畫竹石：「風枝雨葉瘠土竹，龍蹲虎踞蒼蘚石。」本集卷一〇題此君軒：「雨葉風枝解籜初。」此寫筠軒取名之義。

〔三〕粉衣：竹皮有細粉，此擬之爲粉衣。林逋新竹：「粉環勻束緑沉槍。」本集卷一六次韻通明叟晚春二十七首之十五：「清晚閑題記新竹，粉衣香滑一竿竿。」

〔四〕泉珮：謂泉聲如玉珮之聲。陸龜蒙鞠侯：「野蔓垂纓細，寒泉佩玉清。」丁東：象聲詞，多形容玉珮聲。唐韓偓雨後月中玉堂閒坐：「夜久忽聞鈴索動，玉堂西畔響丁東。」宋秦觀睡足軒二首之一：「最是人間佳絕處，夢殘風鐵響丁東。」夜壑空：謂時間流逝。莊子大宗師：「夫藏舟於壑，藏山於澤，謂之固矣。然而夜半有力者負之而走，昧者不知也。」此暗用其意。

〔五〕半世：人生百年，半世爲五十歲。時惠洪四十八歲，故云。彈指：一彈指之略語，極言時間之短暫。蘇軾龜山辯才師：「羨師游戲浮漚間，笑我榮枯彈指內。」

〔六〕枕肱：以臂作枕。論語述而：「子曰：『飯疏食，飲水，曲肱而枕之，樂亦在其中矣。不義而富且貴，於我如浮雲。』」魏野冬暮郊居：「名利堪彈指，林泉但枕肱。」

〔七〕折脚鐺炊腐顆紅：景德傳燈録卷二八汾州大達無業國師語：「看他古德道人得意之後，茆茨石室，向折脚鐺子裹煮飯，喫過三十二十年。名利不干懷，財寶不爲念，大忘人世，隱跡巖叢。」腐顆紅：陳腐之粟米。漢書賈捐之傳：「太倉之粟，紅腐而不可食。」顔師古注：「粟久腐壞，則色紅赤也。」

逍遥遊山歸見示唱和詩軸口占和之〔一〕

游偏名山過水西〔二〕，夜談奇語盡橫機〔三〕。君如檻鹿猶思奮〔四〕，我似棲禽已倦飛〔五〕。聞道老禪能眷舊，更煩諸衲借餘輝。欲知勝踐多佳思，懷得新詩滿袖歸。

【注釋】

〔一〕宣和三年作於長沙。逍遥：指宜禪師，字誼叟，號出塵庵，筠州新昌人。嗣法靈源惟清禪師。因嘗住筠州逍遥山，故稱逍遥，本集卷二八有請逍遥宜老茶榜可證。其事詳見卷八用韻寄誼叟注〔一〕。

〔二〕水西：指水西南臺寺，惠洪自宣和二年三月遷至此。參見本集卷八送顯街坊注〔二〕、巴川衲子求詩注〔二〕。

〔三〕横機：指縱横之妙語機鋒。蘇軾再和潛師：「故將妙語寄多情，横機欲試東坡老。」

〔四〕檻鹿猶思奮：黄庭堅次韻師厚答馬著作屢贈詩：「鎩翮常思奮。」此化用其意。檻鹿：關在獸檻中之鹿。

〔五〕棲禽已倦飛：用陶淵明歸去來兮辭「鳥倦飛而知還」之意。

送誼叟歸北山〔一〕

南臺山淺北山深〔二〕，深處開軒更茂林。作夏懸知成契闊〔三〕，扁舟乘興一相尋〔四〕。
燈青竹屋風雨夕，谿遶石門鄉井心〔五〕。投老都忘身是客，坐中談笑盡吴音〔六〕。

【注釋】

〔一〕宣和二年夏作於長沙。　誼叟：即逍遥山宜禪師，已見前注。　北山：未詳，當在潭州。

〔二〕南臺：即水西南臺寺。

〔三〕作夏：猶言坐夏。唐釋義淨譯根本説一切有部毗奈耶安居事：「今僧伽五月十六日，作夏安居。我苾芻某甲，亦於五月十六日，作夏安居。」嘉泰普燈録卷一八平江府資壽尼無著道人妙總：「年三十許，厭世浮休，脱去緣節，咨參諸老，已入正信，作夏徑山。」宋釋慧空雪峰空和尚外集與明寧二川：「東山東游形弔影，閉門作夏山房冷。」廓門注：「『作夏』當作『坐夏』歟？」失考。　契闊：久别。

〔四〕扁舟乘興一相尋：世説新語任誕：「王子猷居山陰，夜大雪，眠覺，開室，命酌酒，四望皎然。因起彷徨，詠左思招隱詩。忽憶戴安道。時戴在剡，即便夜乘小船就之。經宿方至，造門不前而返。人問其故，王曰：『吾本乘興而行，興盡而返，何必見戴？』」此化用其意。

〔五〕石門：此指筠州新昌縣石門寺，臨筠溪。　鍇按：惠洪與誼叟皆新昌人，故曰「石門鄉井」。

〔六〕吴音：江南西路口音，此指鄉音。參見前送瓊大師歸禪寂注〔六〕。

偶書寂音堂壁三首〔一〕

巾瓶挂壁亦翛然〔二〕，無所營爲地自偏〔三〕。句法不能醫老病〔四〕，夢游時解到林泉。扶持瘦玉筇（筑）隨步㊀〔五〕，堆疊荒雲衲半肩〔六〕。小住閑庭數歸鳥，從教人作畫圖傳〔七〕。

寂音閑殺益風流，寒涕垂膺懶更收〔八〕。得失是非都放却〔九〕，死生窮達信緣休〔一〇〕。湘中戲劇三千首，海上歸來十二秋〔一一〕。齋罷展單吾自課〔一二〕，暮年眠食更何求〔一三〕。

霜須瘴面老垂垂〔一四〕，瘦搭詩肩古佛衣（依）㊁〔一五〕。滅跡尚嫌身是累〔一六〕，此生永與世相違〔一七〕。殘經倦讀閑憑几，幽鳥獨聞常掩扉。寢處法華安樂行〔一八〕，蕩除五十二年非〔一九〕。

【校記】

㊀ 筇：原作「筑」，誤，今據四庫本改。參見注〔五〕。

㊁ 衣：原作「依」，誤，今據廓門本改。參見注〔一五〕。

【注釋】

〔一〕三首詩非作於同時。第一首作年未詳。第二首有「海上歸來十二秋」之句，據寂音自序，惠洪於政和三年（一一一三）十一月渡海北歸，下數十二年爲宣和六年（一一二四），詩當作於是年。第三首有「蕩除五十二年非」之句，惠洪生於熙寧四年（一〇七一），下數五十二年爲宣和四年（一一二二），詩當作於是年。　寂音堂：惠洪自號寂音，此堂當在長沙水西南臺寺，或爲「隨身叢林」，隨其所住而名之。

〔二〕巾瓶：僧人所用巾幘與淨瓶。宋胡宿讀僧長吉詩：「駕言整巾瓶，仍前侶猿鶴。」蘇轍次韻李朝散游洞山二首之二：「休夏巾瓶誰與共，迎秋水石不勝閑。」

〔三〕無所營爲地自偏：陶淵明飲酒二十首之五：「問君何能爾？心遠地自偏。」此化用其意。

〔四〕句法不能醫老病：蘇軾虔州吕倚承奉年八十三讀書作詩不已好收古今帖貧甚至食不足：「飢來據空案，一字不堪煮。」謂作詩不能解救飢餓，此化用其意而出新説，謂作詩無法醫治人之衰老疾病。本集卷二王表臣忘機堂次蔡德符韻：「句法不醫雙鬢秋，邇來覽鏡莖莖雪。」卷一六次韻孫先輩見寄二首之二：「安知投老空拳在，句法不醫雙鬢秋。」皆此意。

〔五〕扶持瘦玉笻隨步：散步須靠拄杖隨身扶持。　瘦玉，喻竹。李之儀竹鶴：「瘦玉蕭疏觸處宜。」　笻，笻杖，竹杖。底本「笻」作「筑」，涉形近而誤。廓門注：「文選荆軻歌曰：『高漸離擊筑。』注：『應劭曰：狀似琴而大，頭安絃，以竹聲之故，名曰筑也。』」其注蓋因誤字所致。

〔六〕堆疊荒雲衲半肩：禪僧所披袈裟，亦稱雲衲。梅堯臣送雪竇長老曇穎：「朝從雪竇請，暮卷雲衲輕。」蘇軾次韻僧潛見贈：「雲衲新磨山水出，霜髭不翦兒童驚。」

〔七〕「小住閑庭數歸鳥」二句：此謂自己擁衲扶笻於閑庭中數歸鳥之形象，正好構成一幅禪僧題材之圖畫。本集卷四法雲同王敦素看東坡枯木：「恨翁樹閒不畫我，擁衲扶笻送飛鳥。」併作玄沙息影圖，禪齋長伴爐煙裊。」即此意。錯按：此種「我欲入畫」之觀念，本集表現甚夥，參見卷六湘西飛來湖注〔九〕。

〔八〕寒涕垂膺懶更收：此用懶瓚禪師之事，已見前注。

〔九〕得失是非都放却：景德傳燈録卷三〇三祖僧璨大師信心銘：「得失是非，一時放却。」

〔一〇〕死生窮達：蘇軾醉白堂記：「死生窮達不易其操，而道德高於古人。」

〔一一〕「湘中戲劇三千首」二句：上句言在湖南作詩三千首，皆爲游戲之作；下句言自海南遇赦歸來已有十二年。廓門注：「山谷詩『人間化鶴三千歲，海上看羊十九年』之語勢歟？」其説甚是。「語勢」即詩之句法。

〔一二〕展單：展開坐具。宋釋宗賾重雕補注禪苑清規卷二念誦：「巡堂罷，大衆歸寮問訊。喫湯竟，却入堂展單下帳。」禪宗頌古聯珠通集卷一九楊無爲（楊傑）頌趙州「洗鉢盂去」公案曰：「喫粥了，洗鉢盂，何曾指示曹溪路。謾言隨衆三十年，記得展單忘却筯。」單爲僧人坐禪禮佛之具。

〔一三〕眠食：困來即眠，飢來即食。景德傳燈録卷六越州大珠慧海禪師：「有源律師來問：『和尚修道還用功否？』師曰：『用功。』曰：『如何用功？』師曰：『饑來喫飯，困來即眠。』曰：『一切人總如是，同師用功否？』師曰：『不同。』曰：『何故不同？』師曰：『他喫飯時不肯喫飯，百種須索；睡時不肯睡，千般計校，所以不同也。』」廓門注：「韓文第十八卷與孟尚書中曰：『未審入秋來，眠食何似？』又增一阿含經第三十一卷：『世尊告阿那律曰：一切諸法由食而住：在眼以眠爲食，耳以聲爲食，鼻以香爲食，舌以味爲食，身以細滑爲食，意以法爲食，涅槃以無放逸爲食。』」其注求之過深，未切詩意。

〔一四〕霜須瘴面：鬍鬚雪白，面帶瘴癘之色，此爲惠洪晚年之形象。如本集卷五和曾逢原試茶連韻：「霜須瘴面谿齒牙。」卷七贈鄒處士：「霜須瘴面情閑暇。」須，同「鬚」。

〔一五〕瘦搭詩肩古佛衣：此爲苦吟詩僧之形象，借以自況。蘇軾是日宿水陸寺寄北山清順僧之二：「遥想後身窮賈島，夜寒應聳作詩肩。」古佛衣，指袈裟。蘇軾昔在九江與蘇伯固唱和今得來書知已在南華相待數日矣感歎不已故先寄此詩：「水香知是曹溪口，眼淨同看古佛衣。」此借用其語。底本「衣」作「依」，涉音近而誤。

〔一六〕滅跡尚嫌身是累：老子十三章：「吾所以有大患者，爲吾有身。」此化用其意。

〔一七〕此生永與世相違：杜甫曲江對酒：「縱飲久判人共棄，懶朝真與世相違。」

〔一八〕寢處法華安樂行：其時惠洪正撰寫法華經合論，本集卷一三有上元夜病起欲寫法華安樂行品無力呼阿慈爲録作此，可證。安樂行品，見法華經卷五。鍇按：古尊宿語録卷四四寶峰雲庵真淨禪師住金陵報寧語録三：「上堂：『今日供養羅漢，夜來四方高人，諷誦妙法蓮華經安樂行品一遍。大衆，作麽生是安樂行？擬心早不安樂了也。乃喝一喝云，豈不是安樂行？如何是透法身，北斗裏藏身，豈不是安樂行？如何是祖師西來意，庭前柏樹子，豈不是安樂行？如何是超佛越祖之談，糊餅，豈不是安樂行？以至僧俗大衆，一一清淨光明住持，豈不是安樂行？乃至一佛二菩薩、一一羅漢、一一辟支佛，無不清淨實相住持，所謂安樂行也。』」惠洪嗣法真淨，其撰法華經合論，或有感於此。

〔一九〕蕩除五十二年非：淮南子原道：「故蘧伯玉年五十，而知四十九年非。」此化用其意。廓門注：「愚曰：此詩定知覺範五十二歲時作也。」其説甚是。

卷十三

七言律詩

元正一日示阿慈〔一〕

季真少儼三十歲，儼入新年五十三〔二〕。疑我滿懷揣佛法，解腰抖擻破裙衫㊀〔三〕。大瞻終老同香火〔四〕，小朗平生共石巖〔五〕。深炷鑪香待清旦，偶聞殘雪落高杉。

【校記】

㊀ 擻：四庫本作「擻」。

【注釋】

〔一〕宣和五年正月一日作於長沙。阿慈：即覺慈，惠洪弟子。本集卷二四易季真字序：「『季真少儼三十歲……偶聞殘雪落高杉。』宣和五年，問覺慈幾何年齒，對曰『二十三』。時湘山雪晴五更，清可掬而啜也。覺慈本字敬修，取以慈修身。吾以謂慈皆不若真，因易爲季真。老儼書。」

〔二〕「季真少儼三十歲」二句：宣和五年（一一二三）惠洪五十三歲，覺慈少其三十歲，時年二十三，當生於建中靖國元年（一一〇一）。儼：惠洪自號儼師、老儼，簡稱儼。參見本集卷一〇超然自見軒注〔三〕。

〔三〕抖摟：抖動。易季真字序引此詩作「抖擻」。廓門注：「『摟』當作『擻』。抖擻見前。」鍇按：法苑珠林卷八四：「西云頭陀，此云抖擻。能行此法，即能抖擻煩惱，去離貪著，衣抖擻能去塵垢，是故從喻爲名。」然亦有作「抖摟」者，如隋釋智顗摩訶止觀卷四下：「三種三昧必須好處，好處有三：一深山遠谷，二頭陀抖摟，三蘭若伽藍。」

〔四〕大瞻終老同香火：廓門注：「大瞻未詳，疑爲蘇子瞻歟？」鍇按：蘇軾字子瞻，然世無稱其「大瞻」者。疑指隋明瞻法師。佛祖統紀卷二七往生高僧傳：「明瞻，晚歲克志安養，或譏其遲暮。瞻曰：『十念功成，猶得見佛，吾何慮焉。』後因疾於興善寺具齋，別道俗，時僕射房玄齡、杜如晦皆會焉。日過午，整威儀，遽曰：『佛來矣，二大士亦至。』竦身合掌而化。」

〔五〕小朗：指振朗禪師。本集卷二〇宜獨室銘：「金沙僧道明，勤道如智海，事師如小朗。」此以小朗喻指覺慈，乃就其事師而比之。景德傳燈録卷一四長沙興國寺振朗禪師：「初參石頭，問：『如何是祖師西來意？』石頭曰：『問取露柱。』曰：『振朗不會。』石頭曰：『我更不會。』

師俄然省悟。住後有僧來參，師乃召曰：『上坐。』僧應諾。師曰：『孤負去也。』曰：『師何不鑒？』師乃拭目而視之，僧無語。」注曰：「時謂小朗禪師。」

上元夜病起欲寫法華安樂行品無力呼阿慈爲録作此〔一〕

重城車馬氣成霧〔二〕，隔水巖叢冷欲冰。昨夜窺窗先有月，今宵對語偶無僧。臘高鶴骨柴崖露〔三〕，病起霜鬢逐旋增〔四〕。欲寫寶書驚力乏〔五〕，阿慈能爲掃寒藤〔六〕。

【注釋】

〔一〕宣和五年正月十五日作於長沙。法華安樂行品：安樂行品，見法華經卷五。錯按：其時惠洪正撰法華經合論，至安樂行品。參見本集卷一二偶書寂音堂壁三首注〔一八〕。

〔二〕重城車馬氣成霧：山谷内集詩注卷三送劉士彦赴福建轉運判官：「車馬氣成霧，九衢行滔滔。」任淵注：「史記天官書曰：『車氣乍高乍下，騎氣卑而布。』漢官典職曰：『正旦作樂，漱水成霧。』」此借用其成句。

〔三〕臘高：僧臘長，出家時日久。景德傳燈録卷二〇雲居山道簡禪師：「久入雲居之室，密受真印，而分掌寺務，典司樵爨，以臘高居堂中，爲第一座。」錯按：嘉泰普燈録卷七筠州清凉寂音慧洪禪師：「十九試經於東京天王寺，得度。……建炎二年五月示寂於同安，壽五十有八，臘四十。」此乃據寂音自序，以惠洪元祐四年（一〇八九）十九歲得度，至建炎二年（一一二八）四十年。然惠洪得度，實在元祐五年，示寂時僧臘當爲三十九。此詩作於宣和五年（一一二三），其僧臘當爲三十四。　鶴骨：伶仃瘦骨如鶴。　柴崖：骨瘦如柴之意。惠洪自創詞，語本莊子達生：「無入而藏，無出而陽，柴立其中央。」柴立，本謂如槁木之獨立，後以形容人之清瘦。參見本集卷七初到鹿門上莊見燈禪師遂同宿愛其體物欲託迹以避世戲作此詩注〔八〕。

〔四〕逐旋：逐漸，漸次。廓門注：「類書纂要俗語部：『逐旋，不一次也。』」古尊宿語録卷四五寶峰雲庵真淨禪師偈頌下中送雅禪者石城丐：「既然也有，却解臨時建立，又不善逐旋包裹。」

〔五〕寶書：佛經，此指法華經。

〔六〕掃寒藤：在紙上抄録。杜詩詳注卷四奉先劉少府新畫山水障歌：「聞君掃却赤縣圖。」仇兆鰲注：「掃，謂揮灑筆下也。」寒藤，指藤紙，産於浙江剡溪。廓門注：「寒藤謂剡溪紙也。」歐陽修病中代書奉寄聖俞二十五兄：「君閑可能爲我作，莫辭自書藤紙滑。」

上元後候季長不至作此寄之〔一〕

和風凍雨上元後，斷岸橘洲春水生〔二〕。村寺獨歸江路熟〔三〕，竹籬誰繫小舟横。偶成詩句長哦罷，謾折梅花一嗅清。想見連牀成夜語〔四〕，此篇先慰遠來情。

【注釋】

〔一〕宣和五年正月十五日後作於長沙。 季長：侯延慶字季長，衡山人。已見前注。

〔二〕斷岸橘洲：指水西南臺寺，在湘江西岸。卷二七跋橘洲圖山谷題詩：「予棲遲橘洲斷岸甚久。」

〔三〕村寺獨歸江路熟：杜甫堂成：「緣江路熟俯青郊。」此化用其意。

〔四〕連牀成夜語：朋友共宿徹夜交談。山谷内集詩注卷一送王郎：「連牀夜語雞戒曉。」任淵注：「世説：『衛玠與謝鯤達旦微言。』」此借用其語。

夏日偶書〔一〕

草樹扶疏夏簟清〔二〕，夢驚鬬雀墮空庭〔三〕。過牆雌竹已數子〔四〕，出屋耄蕉終百齡〔五〕。雷後怒雲魚尾赤〔六〕，林梢剩水鴨頭青〔七〕。都無伎倆酬岑寂〔八〕，謾搭伽梨自誦經〔九〕。

【注釋】

〔一〕作年未詳。

〔二〕扶疏：枝葉繁盛紛披貌。　夏簟清：蘇舜欽夏意：「別院深深夏簟清。」

〔三〕鬭雀墮空庭：冷齋夜話卷五詩置動靜意：「唐詩有曰『海日生殘夜，江春入暮年』者，置早意於殘晚中；有曰『鶯蟬移別柳，鬭雀墮閑庭』者，置靜意於喧動中。」此借用其語。參見本集卷四瑜上人自靈石來求鳴玉軒詩會予斷作語復決隄作一首注〔六〕。

〔四〕雌竹已數子：生筍之竹曰雌竹。冷齋夜話卷二稚子：「老杜詩曰：『竹根稚子無人見，沙上鳧雛並母眠。』世或不解『稚子無人見』何等語。唐人食筍詩曰：『稚子脱錦綳，駢頭玉香滑。』則稚子爲筍明矣。贊寧雜志曰：『竹根有鼠，大如貓，其色類竹，名竹豚，亦名稚子。』予問韓子蒼，子蒼曰：『筍名稚子，老杜之意也，不用食筍詩亦可。』」

〔五〕耄蕉：老芭蕉樹。詩大雅板：「匪我言耄。」毛傳：「八十曰耄。」禮記曲禮上：「八十九十曰耄。」漢桓寬鹽鐵論孝養：「七十曰耄。」本指人老，此借指樹老。

〔六〕魚尾赤：喻赤紅雲霞。東坡詩集注卷二三游金山寺：「微風萬頃靴文細，斷霞半空魚尾赤。」注：「詩：『魴魚赬尾。』」

〔七〕鴨頭青：喻水色。蘇軾與王郎昆仲及兒子邁遶城觀荷花登峴山亭晚入飛英寺分韻得月明星稀四首之三：「苕水如漢水，鱗鱗鴨頭青。」此用其語。

〔八〕都無伎倆酬閑寂：六祖大師法寶壇經機緣品：「惠能没伎倆，不斷百思想。對境心數起，菩提作麽長？」此化用其語意。

〔九〕伽梨：僧衣。

與忠子晚步登臺有作〔一〕

僧殘寺僻游人少，草滿池塘筍過籬。盧（蘆）橘帶酸春去後㊀〔二〕，榴花出葉雨晴時。一年事辦秧齊徧〔三〕，連日江寒水退遲。偶上高臺成遠眺，兹游更得子追隨。

【校記】

㊀盧：原作「蘆」，誤，今從四庫本。

【注釋】

〔一〕作年未詳。忠子：僧本忠，字無外，惠洪弟子。

〔二〕盧橘帶酸：蘇軾贈惠山僧惠表：「客來茶罷空無有，盧橘楊梅尚帶酸。」此借用其語。盧橘，枇杷之别稱。參見本集卷八再和復答注〔八〕。

〔三〕秧齊徧：謂所栽秧苗已生長整齊。王安石歸庵：「稻畦藏水緑秧齊。」蘇軾秧馬歌：「春秧欲老翠剡齊。」參見本集卷三游南嶽福嚴寺注〔六〕。

和人雁字〔一〕

劃然斜去和天曉〔二〕，夜火相驚事已虛〔三〕。春信寫來無款識〔四〕，東君胸次亦恢疏〔五〕。最難讀似成文蠹〔六〕，不亂行如水上魚〔七〕。勿訝羲之筆神駿，換鵝瘞鶴是臨書〔八〕。

【注釋】

〔一〕作年未詳。　雁字：雁飛時排成人字或一字形，故稱。

〔二〕劃然：忽然。韓愈聽穎師彈琴：「劃然變軒昂，勇士赴敵場。」

〔三〕夜火相驚事已虛：太平廣記卷四六二引玉堂閒話：「雁宿於江湖之岸，沙渚之中，動計千百，大者居其中，令雁奴圍而警察。南人有採捕者，俟其天色陰暗，或無月時，於瓦罐中藏燭，持棒者數人，屏氣潛行，將欲及之，則畧舉燭，便藏之。雁奴驚叫，大者亦驚，頃之復定。又欲前，舉燭，雁奴又驚。如是數四，大者怒，啄雁奴。秉燭者徐徐逼之，更舉燭，則雁奴懼啄，不復動矣。乃高舉其燭，持棒者齊入羣中，亂擊之，所獲甚多。」

〔四〕春信寫來：雁行既成字，且春日飛來，故喻之春信。魏野秋日懷王專：「空看新雁字，不得故人書。」此化用其意。　款識：此指書信上之題名。

〔五〕東君：司春之神。　恢疏：寬宏粗疏。黄庭堅送謝公定作竟陵主簿：「胸中恢疏無怨恩。」此借用其語，戲謂東君以雁字寫春信太粗心，竟未具款識。

〔六〕最難讀似成文蠹：以蟲蠹木留下之紋路喻雁字，二者皆偶然成文，難以辨讀。山谷内集詩注卷八次韻冕仲考進士試卷：「少年迷翰墨，無異蟲蠹木。」任淵注：「智度論云：『佛言：善説無失，無過佛語。諸外道中，設有好語，如蟲蝕木，偶然成文。』」鍇按：佛典中多有此喻，如大般涅槃經卷二：「王今不應作如是語，如蟲食木，有成字者，此蟲不知是字非字。智人見之，終不唱言是蟲解字，亦不驚怪。」隋釋智顗法華玄義卷六：「不知字與非字，如蟲食木，偶得法門之名，有名無義。」

〔七〕不亂行如水上魚：謂雁行有序如魚貫相次有序。莊子山木：「入獸不亂羣，入鳥不亂行。」此借用其語。文選卷二八鮑照出自薊北門行：「雁行緣石徑，魚貫度飛梁。」李善注：「漢書曰：『公孫戎奴以校尉擊匈奴，至右賢王庭，爲雁行上石山先登。』周易曰：『貫魚以宫人，寵無不利。』王弼曰：『駢頭相次，似貫魚也。』」呂向注：「雁行魚貫，皆陣勢也。」此借用其意。

〔八〕「勿訝羲之筆神駿」二句：戲謂王羲之書法神駿，乃因臨摹雁字而成。　换鵝：晉書王羲之傳：「山陰有一道士養好鵝，羲之往觀焉，意甚悦，固求市之。道士云：『爲寫道德經，當舉羣相贈耳。』羲之欣然寫畢，籠鵝而歸，甚以爲樂。」　瘞鶴：指瘞鶴銘，宋人或傳其爲王羲之書。蘇舜欽丹陽子高得逸少瘞鶴銘于焦山之下及梁唐諸賢四石刻共作一亭以寶墨名之集賢伯鎮爲之作記遠來求詩因作長句以寄：「山陰不是换鵝經，京口今存瘞鶴銘。」鍇按：歐陽修集古録卷一〇瘞鶴銘跋尾：「右瘞鶴銘，題云華陽真逸撰。刻於焦山之足，常爲江水所没，好事者伺水落時模而傳之，往往秪得其數字，云『鶴壽不知其幾』而已。世以其難得，尤以爲奇。惟余所得六百餘字，獨爲多也。按潤州圖經以爲王羲之書，字亦奇特，然不類羲之筆法，而類顔魯公，不知何人書也。華陽真逸是顧況道號，今不敢遂以爲況者，碑無年月，不知何時，疑前後有人同斯號者也。」黄伯思東觀餘論卷上、王觀國學林卷七以瘞鶴銘爲陶弘景（陶隱居）所書，張邦基墨莊漫録卷六則以爲唐王瓚書，聚訟紛紜，不一而足。惠洪此處乃取蘇舜欽詩及舊潤州圖經之説，以爲羲之之書。

大雪〔一〕

今年未雪今日雪，地迥眼新人不囂〔二〕。永巷掃除聞屐響，暮林翔集看鴟嬌㊀〔三〕。韻高雒下應難畫〔四〕，興發山陰未覺遥〔五〕。想見茅齋已摧壓，曲肱清夢到山椒〔六〕。

【校記】

㊀ 鴟：石倉本作「禽」。

【注釋】

〔一〕作年未詳。　大雪：左傳隱公九年：「平地尺爲大雪。」

〔二〕不囂：安靜，不喧譁吵鬧。蘇軾十二月十四日夜微雪明日早往南溪小酌至晚：「誰憐破屋眠無處，坐覺村飢語不囂。」

〔三〕暮林翔集看鵶嬌：蘇軾立春日小集戲李端叔：「牛健民聲喜，鴉嬌雪意酣。」此化用其意。本集卷一謁蔡州顔魯公祠堂：「嬌鵶暮集村不囂。」

〔四〕韻高雒下應難畫：廓門注：「雒下，謂袁安卧雪歟？」其説甚是。鍇按：後漢書袁安傳「後舉孝廉」注引汝南先賢傳曰：「時大雪積地丈餘，洛陽令身出案行，見人家皆除雪出，有乞食者。至袁安門，無有行路，謂安已死。令人除雪入户，見安僵卧。問何以不出，安曰：『大雪人皆餓，不宜干人。』令以爲賢，舉爲孝廉也。」後人遂以此爲題材，畫爲袁安卧雪圖。如沈括夢溪筆談卷一七：「予家所藏摩詰畫袁安卧雪圖，有雪中芭蕉。」王闢之澠水燕談録卷八：「祥符中，丁晉公出典金陵，真宗以袁安卧雪圖賜之。真古妙手，或言周昉筆，亦莫可辨。」雒下：即洛陽。

〔五〕興發山陰未覺遥：此用世説新語任誕王子猷雪夜訪戴安道事，已見前注。

〔六〕曲肱清夢：山谷内集詩注卷二題王仲弓兄弟巽亭：「儻無斲鼻工，聊付曲肱夢。」任淵注：「魯論曰：『曲肱而枕之，樂亦在其中矣。』」此借用其語。　山椒：漢書孝武李夫人傳載武帝悼李夫人賦：「釋輿馬於山椒兮，奄修夜之不陽。」顔師古注引孟康曰：「山椒，山陵也。」

置輿馬於山陵也。」文選卷一三謝莊月賦：「菊散芳于山椒，雁流哀而江瀨。」李善注：「王逸楚辭注曰：『土高四墮曰椒。』漢書武帝傷李夫人賦曰：『釋予馬于山椒。』山椒，山頂也。」

宣和四年十二月二十四日大雪珠禪客忽至渠以谷山退院來審是否作此示之〔一〕

翻空漸密呵不止，刷我當門螺髻峰〔二〕。銀椀滿盛談類墮〔三〕，徑松深覆示藏鋒〔四〕。因徒逃去寧知徧〔五〕，顯自何來不見蹤〔六〕。獨擁衲衣成坐睡，地鑪瓶泣伴疏慵。

【注釋】

〔一〕宣和四年十二月二十四日作於長沙。珠禪客：法名法系俱未詳。廓門注：「珠禪客，洞宗人歟？」詩中「銀椀滿盛談類墮」句，用曹洞宗祖師之語，故廓門有此推測。谷山：在潭州長沙縣，位於湘江西岸。參見本集卷一二十一月十七日發豫章歸谷山注〔一〕。退院：長老辭退住持事。宋袁文甕牖閒評卷八：「余在江陰時，報恩主僧退院，遂議別請一僧。」王暐道山清話：「明日長老遂退院而去。」鍇按：本集卷二六題端上人僧寶傳：「臨川志端上人，宣和四年夏於長沙之谷山。谷山有衆，而領袖者魯暗，不通曉世事，叢林以是凋落。」此言「谷山退院」者，或指此魯暗之領袖。

〔二〕刷我當門螺髻峰：謂雪覆蓋門前青山。　刷：粉刷。　螺髻峰：謂山形如女人髮髻。

〔三〕銀椀滿盛談類墮：謂銀椀所盛之雪可借以談類墮之禪理。禪林僧寶傳卷一撫州曹山本寂禪師傳載雲巖寶鏡三昧曰：「銀盌盛雪，明月藏鷺。類之弗齊，混則知處。」同傳又曰：「夫取正命食者，須具三種墮：一者披毛戴角，二者不斷聲色，三者不受食。有稠布衲者問曰：『披毛戴角是什麽墮？』章曰：『是類墮。』問：『不斷聲色是什麽墮？』曰：『是隨墮。』問：『不受食是什麽墮？』曰：『是尊貴墮。』」

〔四〕徑松深覆示藏鋒：謂大雪深覆松徑可借以表示四藏鋒之禪理。景德傳燈録卷二九同安察禪師十玄談還源：「萬年松逕雪深覆，一帶峰巒雲更遮。」林間録卷上：「吾聞親近般若有四種驗心，謂就事、就理、入就事理、出就事理之外，宗門又有四藏鋒之用。親近以自治，藏鋒之用以治物。」祖庭事苑卷二雪竇瀑泉「袖裏藏鋒」：「達觀録四藏鋒頌序云：『叢林舊有四藏鋒：一曰就事藏鋒，二曰就理藏鋒，三曰入就藏鋒，四曰出就藏鋒。不知何人改就爲袖，改理爲裏云云。』今禪家録用就字爲襟袖字，用理字爲表裏字，共所不疑也。」人天眼目卷六巖頭四藏鋒：「四藏鋒者，師所立也。謂就事者，全事也；就理者，全理也；入就者，理事俱也；出就者，理事泯也。後之學者，不根前輩所立之意，易『就』爲『袖』，使晚生衲子疑宗師袖中有物，出入而可示之也，故不得不詳審。」

〔五〕因徒逃去寧知褊：廓門注：「黄檗志因禪師嗣智海逸，號因褊頭，似言此。」其説甚是。筠州黄檗山志因禪師，東京智海正覺本逸禪師法嗣，屬雲門宗青原下十一世。建中靖國續燈録卷一一載其機語。參見本集卷三復用前韻送不羣歸黄檗見因禪師注〔五〕。鍇按：此句似謂黄檗志因逃離谷山並非因其心胸褊狹。「褊」字雙關。

〔六〕顯自何來不見蹤：廓門注：「顯，未知何人。」惠洪同宗同輩有谷隱静顯禪師，嗣法仰山行偉，屬臨濟宗黄龍派南嶽下十三世。嘉泰普燈録卷七載其機語。此處「顯」疑指静顯禪師，然其事已不可考。鍇按：以上二句蓋言「谷山退院」之事。

題鹿苑虎岑堂〔一〕

平生文彩照諸方，暗谷行藏草木光〔二〕。要使叢林想高韻，故將名字挂虚堂〔三〕。笑拈倚壁過頭杖〔四〕，閒坐當年折脚牀〔五〕。進步竿頭如不薦〔六〕，草深門徑未相妨〔七〕。

【注釋】

〔一〕崇寧二年春末作於長沙。鹿苑：長沙湘江西岸鹿苑寺。乾隆長沙府志卷三五方外寺觀：「嶽麓寺，在嶽麓山中。晉太始四年建。唐李邕作麓山寺碑記。山半有講經臺，旁有觀音閣。相傳即古鹿苑。」虎岑堂：因紀念景岑禪師而名。唐高僧景岑，號招賢大師，嗣法南泉普願禪師，屬南嶽下三世。初住長沙鹿苑寺，爲第一世。因嘗踼倒仰山禪師，仰山云：「直下似箇大蟲。」諸方謂之爲岑大蟲。大蟲爲虎之俗稱，故景岑亦稱「虎岑」。事具景德傳燈録卷一〇。林間録卷上：「予游長沙，至鹿苑，見岑禪師畫像，想見其爲人，作岑大蟲贊并序。」景岑畫像當在虎岑堂中，此詩與真贊作於同時。參見本集卷一九長沙岑大蟲真贊。

〔二〕「平生文彩照諸方」二句：謂景岑文彩如虎，行藏叢林，而使草木生光。本集卷六送悟上人歸潙山禮覲：「住山老如大雄虎，暗谷行藏文彩露。」

〔三〕故將名字挂虚堂：蘇軾徐大正閒軒：「應緣不耐閒，名字挂庭宇。」此借用其語。

〔四〕過頭杖：長度超過人頭部之杖。天聖廣燈録卷二四襄州石門山慧徹禪師：「師云：『手把過頭杖，逢春點異華。』」

〔五〕折脚牀：泛指禪牀。宋高僧傳卷一一唐長沙東寺如會傳：「時禪客仰慕，決求心要，僧堂之内牀榻爲之陷折。時號折牀會，猶言鑿佛牀也。」景德傳燈録卷七湖南東寺如會禪師：「學徒既衆，僧堂内牀榻爲之陷折，時稱折牀會也。」宋李彌遜陪大慈老登古院：「林影横楂折脚牀，禪翁唤我坐斜陽。」

〔六〕進步竿頭：景德傳燈録卷一〇湖南長沙景岑禪師：「師示一偈曰：『百丈竿頭不動人，雖然得入未爲真。百丈竿頭須進步，十方世界是全身。』」鍇按：祖堂集卷一七、聯燈會要卷六、五燈會元卷四載景岑偈，兩處「百丈竿頭」均作「百尺竿頭」。　不薦：不薦取，不領會。

〔七〕草深門徑：景德傳燈録卷一〇湖南長沙景岑禪師：「上堂曰：『我若一向舉揚宗教，法堂裏須草深一丈。』」

次韻湖山居士見過〔一〕

平昔雲岑在懷抱，而今懷抱在雲岑。聞泉偶爾成詩句，班草相看坐木陰〔二〕。古鼎自然無俗韻〔三〕，朱絃真是有遺音〔四〕。羊欣不肯踏城市〔五〕，背郭江村獨見尋。

【注釋】

〔一〕宣和五年作於湘陰縣。湖山居士：彭景醇，號湖山居士，嘗以奉議郎爲湘陰縣令。參見本集卷六寄彭景醇奉議注〔一〕、宿湘陰村野大雪寄湖山居士注〔一〕。

〔二〕班草：鋪草坐地。已見前注。

〔三〕古鼎自然無俗韻：白居易鄧魴張徹落第詩：「古琴無俗韻，奏罷無人聽。」此借用其語意。

〔四〕朱絃真是有遺音：禮記樂記：「清廟之瑟，朱絃而疏越，壹倡而三歎，有遺音者矣。」

〔五〕羊欣不肯踏城市：宋書羊欣傳：「羊欣字敬元，泰山南城人也。……欣少靖默，無競於人，美言笑，善容止，汎覽經籍，尤長隸書。……欣以不堪拜伏，辭不朝覲。高祖、太祖竝恨不識之。自非尋省近親，不妄行詣。行必由城外，未嘗入六關。」此借以稱譽彭景醇。

題使園眄柯亭〔一〕

吏散東園勝踐多，落花起舞鳥能歌〔二〕。故應毛穎曾同泛〔三〕，不獨龍文慣自磨〔四〕。

弄影風枝空掩冉〔五〕，困人天氣近清和〔六〕。倚欄欲去猶回首，奈此霄晴月色何。

【注釋】

〔一〕宣和年間作於長沙。使園：當爲荆湖南路轉運使之庭園。眄柯亭：陶淵明歸去來兮辭：「眄庭柯以怡顔。」亭取此爲名。

〔二〕落花起舞鳥能歌：唐宋之問春日芙容園侍宴應制：「風來花自舞，春入鳥能言。」蘇軾再用前韻：「鳥能歌舞花能言。」此用其語意。

〔三〕毛穎：廓門注：「毛穎，謂筆也。」韓愈有毛穎傳，以筆擬人，爲之作傳。後世遂以毛穎代稱筆。

〔四〕龍文：廓門注：「龍文，謂墨也。」不確，此當指劍。晋張華博物志卷六：「干將，陽，龍文；莫邪，陰，漫理。此二劍吴王使干將作，莫邪，干將妻作也。」後世遂以龍文代指寶劍。唐駱賓王宿温城望軍營：「風旗翻翼影，霜劍轉龍文。」鍇按：以上二句恭維主人能文能武。

〔五〕掩冉：摇曳貌，同「掩苒」。柳宗元袁家渴記：「每風自四山而下，振動大木，掩苒衆草，紛紅駭綠。」蘇軾和陶飲酒二十首之一：「身如受風竹，掩冉衆葉驚。」

〔六〕困人天氣近清和：蘇軾浣溪沙詞：「困人天氣近清明。」此借用其語。

題翠靄堂〔一〕

虛簷碧瓦臨無地〔二〕，吐月吞風六月寒〔三〕。簾捲煙光搖户牖，雨餘嶽色墮闌干〔四〕。侍兒自炷真龍腦〔五〕，座客同分小鳳團〔六〕。誰謂太平本無象〔七〕，規模堪入畫圖看〔八〕。

【注釋】

〔一〕宣和年間作於長沙。翠靄堂：當爲湖南轉運使之官署。李綱梁谿集卷一六二跋王府君文編：「靖康二年歲次丁未四月三日，觀于潭府漕衙之翠藹堂，武陽李綱伯紀氏跋。」同卷書杜子美魏將軍歌贈王周士：「靖康丁未孟夏四日，武陽李綱書于長沙漕司之翠藹堂。」同書卷一七三靖康傳信録下：「時靖康二年歲次丁未二月二十五日，長沙漕廳翠藹堂録。」漕司即轉運使官署。此詩作於宣和年間，下距靖康二年僅數年，可知長沙漕司翠藹堂即此詩之翠靄堂，「藹」通「靄」。

〔二〕臨無地：形容建築物之高危。文選卷五九王巾頭陀寺碑文：「飛閣逶迤，下臨無地。」李善

注：「楚辭曰：『下峥嶸而無地，上寥廓而無天。』」王勃秋日登洪府滕王閣餞别序：「飛閣流丹，下臨無地。」杜甫草閣：「草閣臨無地，柴扉永不關。」

〔三〕吐月吞風：形容殿堂之高大深宏。蘇軾再用前韻：「諸公渠渠若夏屋，吞吐風月清隅限。」惠洪好用此語，如本集卷二二華嚴院記：「又建華嚴閣於寢室之上，以實毗盧法寶之藏。高深雄麗，吞風吐月。」卷二三送李仲元寄超然序：「其旁有堂名曰疏快，渠渠高深，吞風吐月。」苕溪漁隱叢話前集卷四八引冷齋夜話載惠洪寄山谷長短句曰：「大厦吞風吐月，小舟坐水眠空。」

〔四〕雨餘嶽色墮闌干：謂雨後天晴，憑欄即可見南嶽山色。此不言人看嶽色，而言嶽色墮闌干者，乃用轉物之法，即物隨我轉也。

〔五〕龍腦：香料名。酉陽雜俎卷一忠志：「天寶末，交趾貢龍腦，如蟬蠶形。波斯言老龍腦樹節方有。禁中呼爲瑞龍腦。上唯賜貴妃十枚，香氣徹十餘步。」

〔六〕小鳳團：印有鳳紋章之茶餅，爲貢茶之一種。宋張舜民畫墁録卷一：「丁晉公爲福建轉運使，始製爲鳳團，後又爲龍團。貢不過四十餅，專擬上供，雖近臣之家，徒聞之而未嘗見也。天聖中，又爲小團，其品迥加於大團。」

〔七〕誰謂太平本無象：恭維轉運使治理有成效。資治通鑑卷二四四唐紀六〇文宗太和六年：「會上御延英，謂宰相曰：『天下何時當太平，卿等亦有意於此乎？』僧孺對曰：『太平無象。

今四夷不至交侵，百姓不至流散，雖非至理，亦謂小康。陛下若别求太平，非臣等所及。』」蘇軾山村五絕之一：「無象太平還有象，孤烟起處是人家。」

〔八〕規模：氣象，格局。王勃尋道觀：「芝廛光分野，蓬闕盛規模。」

迎爽樓〔一〕

危樓華構倚青冥〔二〕，卷盡晴嵐獨自登。去雁横斜紛點點，好峰青碧露層層。勝游與客同清賞，佳處題名在翠嶒（⿱竹鈎）㊀。凭檻不堪衰眼力，候船津渡見歸僧。

【校記】

㊀嶒：原作「⿱竹鈎」，出韻，今據四庫本改。

【注釋】

〔一〕作年未詳。迎爽樓：未詳所在，疑亦在使園中。宋宋庠和吴侍郎留題北樓有「拂袛風頭迎爽籟」句，樓或取名自此。

〔二〕危樓華構倚青冥：極言樓之既麗且崇。唐陸龜蒙和館娃宫懷古五絕之三：「幾多雲榭倚青冥，越焰燒來一片平。」唐釋貫休上顧大夫：「一岳倚青冥，羣山盡如草。」此借用其語。

送太淳長老住明教〔一〕

三玄三要古難分〔二〕，劈破從教剔突崙〔三〕。父母未生前一笑〔四〕，言詮不到處重論〔五〕。椎開臨濟百年意〔六〕，推出汾陽六世孫〔七〕。何用老婆更饒舌〔八〕，暗中五色自成文〔九〕。

【注釋】

〔一〕宣和四年作於長沙。　太淳長老：太淳，字無染，福州人，惠洪弟子。本集卷二四有無染字序，可參見。釋氏要覽卷上稱謂：「長阿含經云：『有三長老，謂耆年長老（年臘多者）、法長老（了達法性，内有智德）、作長老（假號之者）。』譬喻經偈云：『所謂長老者，未必剃鬚髮。雖復年齒長，不免於惡行。若有見諦法，無害於群萌。捨諸穢惡行，此名爲長老。我今謂長老，未必先出家。修其善本業，分別於正行。設有年齒幼，諸根無漏缺。此謂名長老。』肇法師云：『内有智德可尊，故名長老。』」惠洪稱太淳爲「長老」，以其將住持禪寺，合「法長老」之義。　明教：寺名，在京西南路襄州南漳縣。湖廣通志卷七八古蹟志寺觀：「（南漳縣）明教寺在縣東北。」本卷雪夜至明教寄王路分舍人有「弟子分燈成保社」之語，該寺當爲太淳住持之明教寺。

〔二〕三玄三要古難分：汾陽無德禪師語録卷上三玄三要總頌曰：「三玄三要事難分，得意忘言道易親。一句分明該萬象，重陽九日菊花新。」此化用其首句。錯按：「三玄三要」爲臨濟義玄首次提出，景德傳燈録卷一二鎮州臨濟義玄禪師：「師又曰：『夫一句語須具三玄門，一玄門須具三要，有權有用，汝等諸人作麽生會？』」汾陽善昭以「三玄三要」爲臨濟宗綱宗，并分別爲之作頌，其詞曰：「第一玄，照用一時全。七星光燦爛，萬里絶塵烟。第二玄，鈎錐利便尖。擬議穿腮過，裂面倚雙肩。第三玄，妙用具方圓。隨機明事理，萬法體中全。第一要，根境俱忘絶朕兆。山崩海竭灑飄塵，蕩盡寒灰始得妙。第二要，鈎錐察辨呈巧妙。縱去奪來掣電機，透匣七星光晃耀。第三要，不用垂鈎并下釣。臨機一曲楚歌聲，聞者盡教來反照。（一作『聞了悉皆忘反照』）。」汾陽法嗣石霜楚圓亦有頌，見人天眼目卷一臨濟宗三玄三要。惠洪作臨濟宗旨，謂「三玄三要」乃「一切衆生熱惱海中清涼寂滅法幢」，故此詩有分燈付法之意。

〔三〕劈破從教剔突崙：意謂打破渾沌囫圇之狀態。突崙：鶻突囫圇，不可分之整體。同「鶻崙」、「囫圇」。本集卷一九寂音自贊四首之三：「抛在言前剔鶻崙，擬議令渠總滅門。」禪林僧寶傳卷三〇黄龍佛壽清禪師傳贊曰：「生死鶻崙誰劈破，披露夢中根境法。」

〔四〕父母未生前：指人未出生時之渾沌狀態，亦本來面目。唐裴休集黄檗山斷際禪師傳心法要：「六祖云：『不思善，不思惡，正當與麽時，還我明上座父母未生時面目來。』明於言下忽然默契，便禮拜云：『如人飲水，冷煖自知。』」景德傳燈録卷八池州南泉普願禪師：「問：『父母未生時，鼻孔在什麽處？』師云：『父母已生了，鼻孔在什麽處？』」筠州洞山悟本禪師語録：「又老宿拈袈裟角問云：『父母未生時，還有這箇麽？』師曰：『只今豈是有耶？』宿摇手。」潭州潙山靈祐禪師語録：「師一日問香嚴：『我聞汝在百丈先師處，問一答十，問十答百，此是汝聰明靈利。意解識想，生死根本，父母未生時，試道一句看。』香嚴被問，直得茫然，歸寮，將平日看過底文字，從頭要尋一句酬對，竟不能得。」

〔五〕言詮不到處：謂語言無法表達之玄境。汾陽無德禪師語録卷中頌古代别：「言詮不到是同袍，拂袖歸坐衆手掏。」建中靖國續燈録卷一二洪州黄龍山寶覺禪師：「問：『言詮不到處，請師垂示。』師云：『雲盡日月正，雪晴天地春。』」

〔六〕椎開：猶言捶破，打破。臨濟百年意：指三玄三要所藴禪意。

〔七〕汾陽六世孫：指太淳。鍇按：惠洪自稱「汾陽五世孫」，如本集卷八巴川衲子求詩：「巴音衲子夜椎門，要識汾陽五世孫。」又寂音自贊四首之三：「平生活計無窖子，真是汾陽五世孫。」太淳爲惠洪弟子，故稱「六世孫」，其法系爲：汾陽善昭—石霜楚圓—黄龍慧南—真淨克文—清涼惠洪—明教太淳。廓門注：「謂汾陽善昭。」

〔八〕何用老婆更饒舌：謂不必如老太婆對兒孫一般反復叮嚀，蓋禪宗不立文字，故不必多言。景德傳燈録卷一二鎮州臨濟義玄禪師：「師却返黄蘗。黄蘗問云：『汝迴太速生。』師云：

『只爲老婆心切。』」參見本集卷一二蜀道人明禪過余甚勤久而出東山高弟兩勤送行語句戲作此塞其見即之意注〔七〕、〔八〕。廓門注：「大慧武庫金陵俞道婆傳：『婆云：德山泰乃婆兒子。』愚曰：似言此，未詳。」殊誤。蓋「老婆」、「饒舌」爲禪門常見語，不必專指俞道婆。且大慧宗杲晚於惠洪，此焉得用其宗門武庫所載之事。

〔九〕暗中五色自成文：景德傳燈録卷五西京光宅寺慧忠國師：「一日唤侍者，侍者應諾，如是三召，皆應諾。師曰：『將謂吾孤負汝？却是汝孤負吾？』」注：「僧問趙州：『國師唤侍者意作麽生？』趙州云：『如人暗裏書字，字雖不成，文彩已彰。』」明覺禪師語録卷三拈古：「復舉：僧問趙州（國師三唤侍者意旨如何），州云：『如人暗中書字，字雖不成，文彩已彰。』」此化用其意。本集卷一九雲庵和尚贊三首之一：「暗中五色，天下雲庵。」錯按：此或雙關，喻太淳爲叢林之虎，暗藏草木之中，而文彩彰露。本集卷六送悟上人歸潙山禮覲：「住山老如大雄虎，暗谷行藏文彩露。」

送英長老住石谿〔一〕

三玄三要沉埋久，正令重煩振此宗〔二〕。陷虎機關須毒手〔三〕，活人眼目貴藏鋒〔四〕。真誠莫負叢林志，大願當追佛祖風。覆頂把茅休取相〔五〕，同安曾著老黄龍〔六〕。

【注釋】

〔一〕宣和四年作於長沙。　英長老：僧惠英，字穎孺，惠洪弟子。此稱「英長老」，亦依「法長老」之義。本集卷二四穎孺字序，即爲惠英作。卷二六題英大師僧寶傳：「惠英大師年二十餘，生海上，獨挺然有志，不肯碌碌。而啞羊者固已憎之，如十世讎矣。手寫此書，攜以過予。予佳其勤扶此心，以自此趨無上佛果，如順風揚塵耳。宣和四年十一月題。」所言「年二十餘」，乃指崇寧五年惠英初從惠洪游之年紀，非指宣和四年時。鍇按：此詩首句拈出「三玄三要」，亦有分燈付法之意。　石谿：即石谿寺，在江西臨江軍清江縣。隆慶臨江府志卷一三寺觀：「石谿龍居院，在府學左，即唐盧肇讀書臺，唐宰相裴休嘗爲書額。」

〔二〕正令：公正之法令，禪宗以喻稱教外别傳本分之命令。元釋黄檗宗智碧巖録種電鈔：「正令乃本分之令。棒喝並行，不立一法，此謂正令也。」　此宗：指臨濟宗。

〔三〕陷虎機關：捕捉老虎之陷阱機關，喻言句中深藏之禪機。禪林僧寶傳卷一二薦福古禪師傳贊曰：「所言一句中具三玄，一玄中具三要，有玄有要者，臨濟所立之宗也。在百丈、黄蘗，但名大機大用；在巖頭、雪峰，但名陷虎却物。」古尊宿語録卷三黄檗斷際禪師宛陵録：「師一日在茶堂内坐，南泉下來問：『定慧等學，明見佛性，此理如何？』師云：『十二時中不依倚一物。』泉云：『莫便是長老見處麽？』師云：『不敢。』泉云：『漿水錢且置，草鞋錢教什麽人還？』師便休。後溈山舉此因緣問仰山：『莫是黄檗構他南泉不得麽？』仰山云：『不然。

須知黄檗有陷虎之機。』」　毒手：殺人之狠毒手段，禪宗以喻斷絶理路、不立文字之極端手段。碧巖録卷四第三十八則：「一死更不再活，這漢鈍置殺人，遭他毒手。」臨濟宗旨稱「三玄三要」之設立：「譬如塗毒之鼓撾之，則聞者皆死，唯遠聞者後死。」

〔四〕活人眼目：啓悟學者活潑潑之眼力識見。禪林僧寶傳卷八洞山守初禪師傳：「謂學者曰：『語中有語，名爲死句；語中無語，名爲活句。要得脱略窠臼，活人眼目。不道都無，但可言少。』」智證傳曰：「謙（明招謙禪師）將化。陞座曰：『一百年中，祇看今日，今日事作麽生？吾住此山四十年，唯用一劍活人眼目。』乃拈巾曰：『如今有純陀麽？提向諸方展看。』作擲勢。」　藏鋒：禪門有四藏鋒之説，參見本卷宣和四年十二月二十四日大雪珠禪客忽至渠以谷山退院來審是否作此示之注〔四〕。

〔五〕覆頂把茅休取相：謂不必介意寺院規模之大小。　覆頂把茅：即把茅蓋頭，喻指住持禪院。早期禪宗祖師多以茅草結庵而居，故稱。景德傳燈録卷一五朗州德山宣鑒禪師：「溈山問衆：『還識遮阿師也無？』衆曰：『不識。』溈曰：『是伊將來有把茅蓋頭，罵佛罵祖去在。』」同卷筠州洞山良价禪師：「問：『如何是祖師西來意？』師曰：『闍梨向後有把茅蓋頭，或有人問闍梨，且作麽生向伊道？』」　休取相：勿從形相作區别。寒山子詩集：「凡聖皆混然，勸君休取相。」此借用其語。

〔六〕同安曾著老黄龍：禪林僧寶傳卷二二黄龍南禪師傳：「自雲居游同安，老宿號神立者，察公倦行役，謂曰：『吾住山久，無補宗教，敢以院事累子。』而郡將雅知公名，從立之請，不得已受之。」同安：寺名。江西通志卷一一三寺觀三：「同安寺，在建昌縣鳳棲山，唐中和中丕禪師建。」

次韻李方叔水宿〔一〕

高視世波增眼寒，公如砥柱捍驚湍〔二〕。市中一虎成三口〔三〕，醉裏扁舟過百灘。佳處每煩詩句寫，勝游宜作畫圖看。遥知二老相逢處〔四〕，拾得風前一笑懽。

【注釋】

〔一〕作年未詳。李方叔：即李廌，初名豸，字方叔，蘇門六君子之一，有濟南集傳世。參見本集卷九次韻李方叔游衡山僧舍注〔一〕。

〔二〕「高視世波增眼寒」二句：黄庭堅跋砥柱銘後：「余觀砥柱之屹中流，閲頹波之東注，有似乎君子士大夫立於世道之風波，可以託六尺之孤，寄百里之命，不以千乘之利奪其大節，則可以不爲此石羞矣。」此化用其意以稱李廌。參見本集卷六送彦周注〔六〕。

〔三〕市中一虎成三口：喻謠言重複多次，便使人信以爲真。戰國策魏策二：「龐葱與太子質於邯鄲，謂魏王曰：『今一人言市有虎，王信之乎？』王曰：『否。』『二人言市有虎，王信之乎？』王曰：『寡人疑之矣。』『三人言市有虎，王信之乎？』王曰：『寡人信之矣。』龐葱曰：『夫市之無虎明矣，然而三人言而成虎。今邯鄲去大梁也遠於市，而議臣者過於三人矣。願王察之矣。』」淮南子説山：「衆議成林，無翼而飛，三人成市虎，一里能撓椎。」廓門注：「三口，謂三叉路口也。」殊誤。

〔四〕遥知二老相逢處：杜甫寄贊上人：「與子成二老，來往亦風流。」此化用其語意，蓋以杜甫與贊上人之來往，類比李鳫與己之交往，皆一俗一僧故也。

次韻曹彦清教授見寄〔一〕

泮宫授道最馳名〔二〕，想見經筵玉麈横〔三〕。學問有源堪景仰〔四〕，行藏無地受譏評〔五〕。門前江浪銀山擲，醉裏詩篇錦段明。遠宦不須嗟白眼〔六〕，只今臺閣半書生。

【注釋】

〔一〕宣和二年作於長沙。　曹彦清教授：宋潘自牧記纂淵海卷一一郡縣部江南西路瑞州：「曹渭、姚旦應八行科。」江西通志卷四九選舉志政和五年乙未何㮚榜：「曹渭，瑞州人，宣教郎。」渭水古稱「清渭」，故彦清與曹渭之名涵義相合，當爲同一人，即曹渭字彦清。明宋訥西隱集卷一〇故澤州陽城縣簿方君誄序：「方君名渭字彦清。」亦可證其名與字之義。考曹渭及第時間，資歷與潭州州學教授相合。又瑞州即筠州，曹渭與惠洪有同鄉之誼，故相唱酬。然正德瑞州府志卷八選舉志科第則曰：「曹渭聖思，政和五年何㮚榜進士，官至宣教郎。」疑曹渭一字聖思，俟考。

〔二〕泮宮：學宮，此代指州學。詩魯頌泮水：「思樂泮水，薄采其芹。」毛傳：「泮水，泮宮之水也。天子辟廱，諸侯泮宮。」鄭箋：「辟廱者，築土雝水之外，圓如璧，四方來觀者均也。泮之言半也，半水者，蓋東西門以南通水，北無也。天子諸侯宮異制，因形然。」授道：傳道。

〔三〕經筵：帝王爲研讀經史而特設之御前講席。鍇按：曹彥清教授之官職不足以任經筵講官，比或借經筵以代指州學講席，或爲設想之辭，謂其學問足以講學經筵。

〔四〕景仰：詩小雅車舝：「高山仰止，景行行止。」

〔五〕行藏：指出仕與退隱。論語述而：「子謂顔淵曰：『用之則行，舍之則藏，唯吾與爾有是夫！』」

〔六〕白眼：表鄙薄之意。世説新語簡傲「嵇康與吕安善」注引晉百官名：「（阮）籍能爲青白眼，見凡俗之士，以白眼對之。」

胥啓道次韻見寄復和之〔一〕

少年翰墨擅時名，老愛江鄉翠巘横。聞道異書常自校〔二〕，近來佳句與誰評？幽尋湘水映衣碧，小寢晴窗潑眼明。寄我三詩爭妙麗，疑公曾夢筆花生〔三〕。

【注釋】

〔一〕宣和二年作於長沙。胥啓道：即胥學士，生平未詳。參見本集卷九次韻胥學士注〔一〕。鍇按：此詩與前次韻曹彦清教授見寄用韻全同，當爲同時次韻之作。

〔二〕異書常自校：夢溪筆談卷二五雜誌二：「宋宣獻博學，喜藏異書，皆手自校讎。嘗謂：『校書如掃塵，一面掃，一面生。故一書三四校，猶有脱謬。』」

〔三〕疑公曾夢筆花生：譽其才華過人，用李白夢筆頭生花事。參見本集卷二贈李敬修注〔一〇〕。

寄黄龍來道者〔一〕

問訊黄龍來道者，住山況味定何如。齒牢未怯和沙飯〔二〕，眼倦應嫌夾注書〔三〕。但見衣勝寒薜荔〔四〕，不妨心賽白芙蕖〔五〕。却(都)疑生近楂田市㊀〔六〕，時覺淮南語未除。

【校記】

㊀却：原作「都」，今從重刊貞和類聚祖苑聯芳集卷七。

【注釋】

〔一〕作年未詳。黄龍：洪州分寧縣黄龍山禪院，爲臨濟宗黄龍派祖庭。來道者：來禪師，屬黄龍派僧人，生平未詳。

〔二〕和沙飯：飯中帶沙，言食之粗。杜甫溪上：「塞俗人無井，山田飯有沙。」參見本集卷四次韻注〔九〕。

〔三〕眼倦應嫌夾注書：唐杜荀鶴戲題王處士書齋：「諱老猶看夾注書。」此反其意而用之。夾注，書中正文下之注釋，多爲雙行小字。

〔四〕衣勝寒薜荔：喻衣服襤褸如薜荔懸挂。鍇按：楚辭九歌山鬼：「若有人兮山之阿，披薜荔兮帶女蘿。」後世以衣薜荔爲山中幽人之著裝。如孟郊送豆盧策歸別墅：「身披薜荔衣，山陟莓苔梯。」此兼用其事。

〔五〕心賽白芙蕖：喻心如白蓮花純潔無瑕。唐釋齊己謝西川可準上人遠寄詩集：「堪隨樂天集，共伴白芙蕖。」又題東林白蓮：「誰知不染性，一片好心田。」此分別借用其語意。

〔六〕樝田市：嘉慶清一統志卷三〇九南昌府二關隘：「修口市，在義寧州西四十餘里修水之口。又有查田市，在州西八十里，舊置税場。九域志分寧縣有奎田市，即查田之訛也。」。

禪首座自海公化去見故舊未嘗忘追想悼歎之情季真游北游大梁聞其病憂得書輒喜爲人重鄉義久要不忘湘西時訪史資深亦或見尋此外閉門高卧耳宣和二年三月日風雨有懷其人戲書寄之〔一〕

前時無際曾入夢，近日真游又得書。一味歲寒甘淡薄，十分懽喜説鄉閭。閑尋老儼臺南寺〔二〕，更過史髯湖上居〔三〕。想見朝來閉深閤，卧聽簷雨滴堦除。

【注釋】

〔一〕宣和二年三月作於長沙。　禪首座：續傳燈録卷二二目録寶峰克文禪師法嗣有湯泉禪禪師，即此僧，與惠洪同門且同鄉。參見本集卷六偶能禪三鄉俊宿山注〔一〕。　海公：即嶽麓智海禪師，號無際，真如慕喆禪師法嗣。事具本集卷二九嶽麓海禪師塔銘。參見卷九寄海兄注〔一〕。　季真游：名不可考，生平未詳。　大梁：即開封府，戰國魏名。　久要不忘：論語憲問：「久要不忘平生之言，亦可以爲成人矣。」邢昺疏：「久要，舊約也。平生，猶少時。言與人少時有舊約，雖年長貴達，不忘其言。」　史資深：名不可考，生平未詳。

〔二〕老儼：惠洪自號。已見前注。

〔三〕史髯：即史資深。　臺南寺：即水西南臺寺，宣和二年三月惠洪已居此。

次韻閻資欽提舉東安道中〔一〕

父老扶攜看使華〔二〕，那知勳業在咨嗟。人生安得顔長少，歲暮今驚日欲斜。謾有清詩敏風雨〔三〕，空餘醉墨走龍蛇〔四〕。應憐妙語如芝菌，不吐青林吐臥槎〔五〕。

【注釋】

〔一〕宣和六年十二月作於湘陰縣。　閻資欽：名孝忠，號潁臯居士。據宋會要輯稿食貨三二之一五，孝忠於宣和六年提舉荆湖南路鹽香茶礬事，五月二十一日前嘗上書尚書省。參見本集卷二贈閻資欽注〔一〕。鍇按：本集卷七有臘月十六日夜讀閻資欽提舉詩一巨軸，作於宣和六年，此詩當爲讀後之次韻。　東安：縣名，屬荆湖南路永州零陵郡。

〔二〕使華：朝廷使者之美稱。語本毛詩小雅皇皇者華序：「皇皇者華，君遣使臣也，送之以禮樂，言遠而有光華也。」

〔三〕清詩敏風雨：杜甫寄李十二白二十韻：「筆落驚風雨，詩成泣鬼神。」

〔四〕醉墨走龍蛇：形容書法筆勢蜿蜒流動。李白草書歌行：「怳怳如聞神鬼驚，時時只見龍蛇走。」

〔五〕「應憐妙語如芝菌」二句：柳宗元與蕭翰林俛書：「雖朽枿敗腐，不能生植，猶足蒸出芝菌，以爲瑞物。」蘇軾次韻吕梁仲屯田：「枯朽猶能出菌芝。」卧槎：砍倒之木茬。漢書貨殖傳：「然猶山不茬蘖，澤不伐夭。」注：「茬，古槎字也。槎，邪斫木也。」

次韻游福嚴寺〔一〕

下臨煙雨憑危欄，游客新辭禁從班〔二〕。露濕衣巾近雲漢，風吹笑語落人間。曾聞詩律如彭澤〔三〕，想見風神似魯山〔四〕。何日三人成品坐〔五〕，夜窗參論到更闌。

【注釋】

〔一〕宣和六年十二月作於湘陰縣。此詩亦次韻閻資欽。福嚴寺：在南嶽衡山。參見本集卷三游南嶽福嚴寺注〔一〕。

〔二〕禁從：帝王侍從，特指翰林學士之類文學侍從官。錯按：本集卷九閻資欽提舉生辰：「夢已游青禁，行當侍紫宸。」資欽似未實任侍從，俟考。

〔三〕詩律如彭澤：謂其作詩如陶淵明。淵明嘗任彭澤令，故稱。山谷内集詩注卷四和邢惇夫秋懷十首之九：「秋來入詩律，陶謝不枝梧。」任淵注：「老杜詩曰：『詩律羣公問，儒門舊長史。』又曰：『陶謝不枝梧，風騷共推激。』陶謂淵明，謝謂靈運。」

〔四〕風神似魯山：謂其風度氣宇如元德秀。德秀嘗任魯山令，故稱。新唐書元德秀傳：「房琯每見德秀，歎息曰：『見紫芝眉宇，使人名利之心都盡。』」又曰：「天下高其行，不名，謂之元魯山。」

〔五〕三人成品坐：謂閻資欽詩思人品足以與陶淵明、元德秀相匹配。

次韻寧鄉道中〔一〕

夾道傳呼部由犇〔二〕，遥知秋色動吟魂。黄柑緑橘立蕪路〔三〕，剩水殘山夕照村〔四〕。似鏡此心清自迴，如雲往事去無痕〔五〕。鐘聲有寺藏煙翠，忽見林間窈窕門〔六〕。

【注釋】

〔一〕宣和六年十二月作於湘陰縣。此詩亦次韻閻資欽。寧鄉：縣名，屬荆湖南路潭州長沙郡。參見元豐九域志卷六。廓門注：「太原府寧鄉縣也。不記。」殊誤。

〔二〕夾道傳呼部曲犇：黄庭堅薄薄酒二章之二：「傳呼鼓吹擁部曲，何如春雨一池蛙。」此借用其語。部曲，指軍隊。已見前注。

〔三〕黄柑緑橘：蘇軾次韻正輔同游白水山：「赤魚白蟹箸屢下，黄柑緑橘籩常加。」

〔四〕剩水殘山：杜甫陪鄭廣文游何將軍山林十首之五：「剩水滄江破，殘山碣石開。」

〔五〕「似鏡此心清自迴」二句：廓門注：「東坡詩一卷『往事逐雲散，故山依渭斜』之語勢。」鍇按：不如謂東坡詩集注卷三「人似秋鴻來有信，事如春夢了無痕」之語勢。黄庭堅戲效禪月作遠公詠：「胸次九流清似鏡。」此用其喻。

〔六〕窈窕：深邃貌。

次韻題雲峰齊雲閣〔一〕

緑玉霜筇喜自提〔二〕，芒鞵初試得攀躋。欲窮深谷一區勝〔三〕，更上齊雲百級梯。物外名山長好在，人間樂事自難齊。遥知太息出山去，一笑無人悟過谿〔四〕。

【注釋】

〔一〕宣和六年十二月作於湘陰縣。此詩亦次韻閻資欽。雲峰齊雲閣：在南嶽衡山。南嶽總勝集卷中：「雲峰景德禪寺，在（衡嶽）廟之東十五里。後倚雲密，前臨禹溪，西有大禹巖，乃禹王傳玉文處。梁天監中建。本朝建隆中重修。大中祥符年，賜景德額。有會聖閣、齊雲閣、養亭、清照亭、松風亭、觀音、夢應二泉，皆佳致也。」

〔二〕緑玉霜筇：指筇杖，竹杖。

〔三〕深谷一區勝：謂齊雲閣爲深谷一處勝景。一區，指一塊田地或一處宅院。語本漢書揚雄傳：「有田一壥，有宅一區。」參見本集卷二同慶長游草堂注〔七〕。

〔四〕一笑無人悟過谿：感歎資欽出山而無高僧相送。東坡詩集注卷二九過溪亭：「忽悟過溪還一笑，水禽驚落翠毛衣。」注：「廬山記：『太平興國寺，流泉匝寺，下入虎溪。昔遠師過此，虎則號鳴。時陶元亮居栗里，山南陸修静亦有道之士，遠師嘗送此二人，與語道合，不覺過之，因相與大笑。今世傳三笑圖，蓋起於此。』」此用其意。

次韻題必照軒〔一〕

曈曨曉日出蒼涼〔二〕，草木欣欣露葉光〔三〕。千里穠纖上眉睫〔四〕，一區形勝發天藏〔五〕。有詩摹寫江山美，無計遮攔（欄）歲月忙㊀。韻險暗驚才力短，坐令毛穎秃鋒芒〔六〕。

【校記】

㊀攔：底本、廓門本作「欄」，誤，今從四庫本。

【注釋】

〔一〕宣和六年十二月作於湘陰縣。此詩亦次韻閻資欽。必照軒：孟子盡心上：「日月有明，容光必照焉。」軒名取自此。

〔二〕曈曨：日初出漸明貌。文苑英華卷四唐闕名登天壇山望海日初出賦：「登岧嶢之峻極，見曈曨之初出。」蘇轍去年冬轍以起居郎入侍邇英講不逾時遷中書舍人作四絶句呈同省諸公之二：「回首曈曨朝日上，槐龍對舞覆衣冠。」廓門注：「東坡詩二十八卷：『曈曈曉日上三竿。』又六卷：『曈曈日脚曉猶清。』由是觀之，則『（曈）曨』當作『曈曈』者也。」然「曈曨」略同「曈曈」，本不誤，廓門注乃蛇足。蒼涼：猶「滄涼」，微寒貌，涼貌。列子湯問：「孔子東游，見兩小兒辯鬭，問其故，一兒曰：『我以日始出時去人近，而日中時遠也。』一兒以日初出遠，而日中時近也。一兒曰：『日初出大如車蓋，及日中則如盤盂。此不爲遠者小而近者大乎？』一兒曰：『日初出滄滄涼涼，及其日中如探湯。此不爲近者熱而遠者涼乎？』孔子不能決也。」蘇軾和陶雜詩十一首之十一：「我昔登朐山，出日觀滄涼。」

〔三〕草木欣欣：用陶淵明歸去來兮辭「木欣欣以向榮」之語。

〔四〕千里穠纖上眉睫：謂風光主動來到游人眼裏，供人欣賞。穠纖，指大小粗細之景物。參見本集卷三游南嶽福嚴寺注〔一二〕。

〔五〕一區形勝：一宅之風景，此指必照軒。發天藏：開發天然之勝景。蘇軾山光寺回次芝上人韻：「醉時真境發天藏。」此借用其語。

〔六〕毛穎：筆之代稱。語本韓愈毛穎傳。

宿資欽楚山堂〔一〕

故人持節在三湘〔二〕，白首相逢話更長。挂錫曾憐道林寺〔三〕，攜衾來宿楚山堂〔四〕。意消忽覺風敲竹〔五〕，夢斷空驚月轉廊〔六〕。常恨出門無所詣，敢辭時此夜連牀。

【注釋】

〔一〕宣和六年作於長沙。　資欽：即閻孝忠，時提舉荆湖南路鹽香茶礬事。

〔二〕故人：惠洪與閻孝忠建中靖國元年秋相識於南昌，崇寧元年唱和於揚州，故稱故人。參見本集卷二贈閻資欽注〔一〕。　三湘：此代指荆湖南路。九家集注杜詩卷三六送魏二十四司直充嶺南掌選崔郎中判官兼寄韋韶州：「選曹分五嶺，使者歷三湘。」注：「三湘之名，按樂史寰宇記云：『湘潭、湘鄉、湘源也。』」

〔三〕挂錫：僧人止宿。釋氏要覽卷下入衆：「挂錫：今僧止所住處，名挂錫者。凡西天比丘，行必持錫杖，持錫有二十五威儀。凡至室中，不得著地，必挂於壁牙上。故云挂錫。」　道林寺：在長沙湘江西岸嶽麓山下。已見前注。

〔四〕攜衾：同「攜被」，自帶被褥借宿。參見本集卷二贈閻資欽注〔一一〕。

〔五〕意消：莊子田子方：「物無道，正容以悟之，使人之意也消。」已見前注。　風敲竹：唐鄭谷多情：「睡輕可忍風敲竹，飲散那堪月在花。」蘇軾賀新郎詞：「簾外誰來推繡户，枉教人夢斷瑶臺曲。又却是，風敲竹。」此借用其語。

〔六〕月轉廊：蘇軾海棠：「東風嫋嫋泛崇光，香霧霏霏月轉廊。」此借用其語。

次韻資欽元府判見寄〔一〕

茗盌閑窗不厭過，暮年歸計定如何。我思杖履游嵩少〔二〕，公輩家山近洛河〔三〕。具茨功名關意少〔四〕，潁（穎）皋丘壑賦情多㊀〔五〕。二詩俱可鐫崖石，乞與雲煙相蕩摩。

【校記】

㊀ 潁：底本作「穎」，誤，今改。參見注〔五〕。

【注釋】

〔一〕宣和七年夏作於湘陰縣。資欽，即閻孝忠。據宋會要輯稿選舉三三之三九，宣和七年四月二日，奉議郎、尚書駕部員外郎閻孝忠直祕閣。元府判，即元勛，字不伐，時任開封府判官。參見本集卷六次韻元不伐知縣見寄注〔一〕、和元府判游山句注〔一〕、送不伐赴天府儀曹注〔一〕。

〔二〕嵩少：嵩山、少室山。五百家注昌黎文集卷四送侯參謀赴河中幕：「三月嵩少步，躑躅紅千層。」注：「韓曰：前漢增高太室祠。注：嵩高山有太室、少室之山。孫曰：戴延之西征記：嵩高山東爲太室，西爲少室，相去十七里。嵩其總名也。謂之室者，以其下有石室焉。少室高八百六十丈，上方十里，與太室相埒，但小耳。」

〔三〕洛河：洛水、黄河。洛水源出陝西洛南縣，東入河南，流經洛陽。或泛指河南府洛陽一帶。太平寰宇記卷三河南道三河南府一：「河南府，古洛州，今理河南、洛陽二縣。」

〔四〕具茨：元勛號具茨。周紫芝太倉稊米集卷一二贈元具茨二首題下自注：「時具茨作寧國宰，名勛字不伐，具茨其號也。」廓門注：「一統志開封府：『具茨山，在新鄭縣西南四十里。』山谷詩九卷：『名與具茨重，心如潁水清。』注：『具茨山及潁水皆在許州。』」鍇按：此詩具茨代指元勛，非地名。

〔五〕潁皋：閻孝忠號潁皋居士。底本「潁」作「穎」，涉形近而誤。廓門注：「潁皋，謂臨潁縣也。」殊誤。

次韻王覺之裕之承務二首〔一〕

問法能來渾聖凡，毗耶丈室未曾關〔二〕。解分鉢飯如摩詰〔三〕，欲散天花欠阿鑾〔四〕。屬和(粘)新詩追鮑謝㊀〔五〕，抗行醉墨似楊顏〔六〕。遥知穿市聽歸馭，及我昏鴉落照間。

兄弟令人眼倍明，六經心醉幾時醒〔七〕。韻高山嶽横南極〔八〕，機妙鯤鵬化北溟〔九〕。麗句重逢天下白㊁〔一〇〕，俊才今見海東青㊂〔一一〕。數篇秀色凌千嶂，來慰（尉）摧頽病掩扃㊃〔一二〕。

【校記】

㊀和：原作「秥」，誤，今改。武林本作「稟」，亦誤。參見注〔五〕。

㊁重逢：苕溪漁隱叢話前集卷五六作「妙於」。

㊂俊才今見：苕溪漁隱叢話作「高才俊似」。

㊃慰：原作「尉」，誤，寬文本作「⿰忄尉」。今從四庫本、廓門本、武林本。

【注釋】

〔一〕約元符三年作於長沙。王覺之：名不可考，生平未詳。裕之：王裕之，覺之弟，亦無考。承務，即承務郎，寄禄官之末階，從九品。參見本集卷二〇王裕之求硯銘爲作此注〔一〕。

〔二〕毗耶丈室：維摩詰居士之丈室，喻指王氏兄弟之室。維摩詰經卷上方便品：「爾時毗耶離大城中有長者，名維摩詰。」故以毗耶代指維摩詰。

〔三〕解分鉢飯如摩詰：喻王氏兄弟供佛飯僧之舉。維摩詰經卷下香積佛品：「時維摩詰即入三昧，以神通力示諸大衆，上方界分過四十二恒河沙佛土，有國名衆香，佛號香積。……於是維摩詰不起于座，居衆會前，化作菩薩。……於是香積如來以衆香鉢盛滿香飯，與化菩薩。……時維摩詰即化作九百萬師子之座，嚴好如前，諸菩薩皆坐其上。是化菩薩以滿鉢香飯與維摩詰，飯香普熏毗耶離城，及三千大千世界。時毗耶離婆羅門、居士等，聞是香氣，身意快然，歎未曾有。」

〔四〕欲散天花欠阿蠻：謂王氏兄弟雖如維摩詰通解佛理，而家中却無侍女以助其神通。維摩詰經卷中觀衆生品：「時維摩詰室有一天女，見諸大人聞所説法，便現其身，即以天華，散諸菩薩、大弟子上。」東坡詩集注卷二一朝雲詩：「天女維摩總解禪。」注：「維摩經：『天女居維摩室，與舍利弗發明禪理。維摩曰：此天女已能游戲菩薩之神通也。』」山谷内集詩注卷七子瞻去歲春侍立邇英子由秋冬間相繼入侍作詩各述所懷予亦次韻四首之四：「樂天名位聊相似，却是初無富貴心。只欠小蠻樊素在，我知造物愛公深。」任淵注：「東坡詩云：『定似香山老居士，世緣終淺道根深。』自注曰：『出處老少，大略似樂天。』雲溪友議載樂天詩曰：『櫻桃樊素口，楊柳小蠻腰。』蓋其家二姬也。」

〔五〕屬和新詩：指王氏兄弟之唱和次韻詩。胡寅斐然集卷三歲除示汝霖三絶之二：「不憂絶學商量少，只怕新詩屬和難。」屬和：隨人唱和。底本「和」作「秥」，「屬秥」不辭，且與詩無關，當涉形近而誤，今改。鮑謝：南朝宋鮑照、謝靈運，或指鮑照與齊謝朓，皆工詩，故並稱。九家集注杜詩卷五遣興五首之五：「賦詩何必多，往往凌鮑謝。」注：「鮑照、謝朓。」山谷外集詩注卷一〇寄陳適用：「寄我五字詩，句法窺鮑謝。」史容注：「明遠、靈運。」

〔六〕抗行醉墨似楊顏：山谷内集詩注卷九題子瞻枯木：「折衝儒墨陣堂堂，書入顏楊鴻雁行。」任淵注：「顏謂魯公，楊謂凝式。晉書王羲之傳自稱：『我書比鍾繇當抗行，比張芝草猶當雁行也。』」此化用其意。抗行，即抗衡，不相上下。楊顏，即顏楊，楊凝式與顏真卿，皆善書。新五代史唐六臣傳楊涉傳：「子凝式有文詞，善筆札。歷事梁、唐、晉、漢、周，常以心疾致仕，居于洛陽，官至太子太保。」

〔七〕六經心醉幾時醒：宋文同丹淵集卷一〇夏秀才江居五題醉經庵：「之人伏其中，日醉乎羣經。」參見本集卷九題曾逢原醉經堂。

〔八〕韻高山嶽横南極：喻其氣韻之孤高如南嶽衡山，令人景仰。李白與諸公送陳郎將歸衡陽：「衡山蒼蒼入紫冥，下看南極老人星。」

〔九〕機妙鯤鵬化北溟：喻其禪機之靈活如鯤鵬之變化。莊子逍遥遊：「北冥有魚，其名爲鯤。鯤之大，不知其幾千里也。化而爲鳥，其名爲鵬。鵬之背，不知其幾千里也。怒而飛，其翼若垂天之雲。」郭象注：「鵬鯤之實，吾所未詳也。夫莊子之大意在乎逍遥遊放，無爲而自得，故極小大之致，以明性分之適。」冥，海，通「溟」。

〔一〇〕麗句重逢天下白：擬詩句爲美女，進而坐實爲「天下白」之越女。九家集注杜詩卷一二壯游：「越女天下白，鏡湖五月涼。」注：「天下白，言其色至美。」參見本集卷二次韻君武中秋月下注〔三四〕。

〔一一〕俊才今見海東青：喻其詩才之敏捷。李太白集分類補注卷六高句驪：「翩翩舞廣袖，似鳥海東來。」蕭士贇補注：「東海俊鶻名海東青，此喻其舞之快捷，如海東青之快健也。」杜甫呀鶻行：「俊才早在蒼鷹上。」此合其語意而用之。海東青，鷙鳥，雕之一種。宋吴坰五總志：「登州海崖林中有鶻，能自高麗一飛度海，號曰海東青。唐人呼爲決雲兒。」莊綽雞肋編卷下：「鷙禽來自海東，唯青鵁最嘉，故號海東青。」

〔一二〕來慰摧頹病掩扃：蘇軾軾以去歲春夏侍立邇英而秋冬之交子由相繼入侍次韻絶句四首各述所懷之三：「兩鶴摧頹病不言。」此借用其語。

【集評】

胡仔云：雪浪齋日記云：「洪覺範詩云：『已收一霎挂龍雨，忽起千巖擷鵲風。』挂龍對擷鵲，皆方言，古今人未嘗道。又云：『麗句妙於天下白，高才俊似海東青。』又云：『文如水行川，氣如春在花。』皆奇句也。」（苕溪漁隱叢話前集卷五六）

宣和五年四月十二日余館湘陰之興化徐質夫白士山來一昔夜語甚顛（傾）倒且曰前嘗夢見東坡今復見子何清事相聯耶吾所居有亭名閑美嘗有白燕巢梁間屢見鶴翔舞於層霄囑予爲詩紀其事質夫大梁人賢而有文佳公子也㊀〔一〕

徐侯官舍土山邊，頗爲看書廢晝眠。偶見晝梁巢雪乙〔二〕，更驚雲漢舞胎僊〔三〕。致坡入夢殊堪紀，與儼忘形亦自賢〔四〕。聞道小亭時縱目，江山信美似斜川〔五〕。

【校記】

㊀ 顛：原作「傾」，據四庫本改。　曰：原作「日」，涉形近而誤，今改。

【注釋】

〔一〕宣和五年四月十二日作於湘陰縣。　興化：寺名，無考。　徐質夫：名未詳，生平不可考。　土山：在開封府。元豐九域志卷首東京開封府：「畿，延津，京東南九十里，五鄉，草市一鎮。有土山、黄河、金堤、酸棗臺。」　亭名閑美：取自陶淵明游斜川詩序「天氣澄和，風物閑美」之句。　大梁：開封府之别稱。　鍇按：「且曰」底本作「且日」，誤，蓋「且曰」以下皆徐質夫語：「前嘗夢見東坡，今復見子，何清事相聯耶？吾所居有亭名閑美，嘗有白燕巢梁間，屢見鶴翔舞於層霄。」作「日」字則句意不通。

〔二〕雪乙：即白燕。乙：通「鳦」，燕。爾雅釋鳥：「燕燕，鳦。」郭璞注：「詩云：『燕燕于飛。』一名玄鳥，齊人呼鳦。」弘明集卷六南齊張融門論：「昔有鴻飛天道，積遠難亮，越人以爲鳧，楚人以爲乙。人自楚越耳，鴻常一鴻乎！」同卷張融答周顒書：「道佛兩殊，非鳧則乙。」五百家注昌黎文集卷八城南聯句一百五十韻：「陶暄逐風乙。」注：「爾雅：『燕燕，鳦也。』許氏説文：『乙，玄鳥也。』齊魯謂之乙，或從鳥。」

〔三〕胎僊：鶴之别稱。古因鶴有仙禽之稱，又相傳胎生，故名。黄庭内景經上清章第一：「閑居蕊珠作七言，琴心三疊舞胎僊。」

〔四〕儼：惠洪自稱老儼或儼師，此簡稱。　忘形：相處不拘禮節。新唐書孟郊傳：「性介，少諧合，（韓）愈一見爲忘形交。」

〔五〕江山信美似斜川：此言閑美亭得名之由，如陶淵明之游斜川。三國魏王粲登樓賦：「雖信美而非吾土兮，曾何足以少留。」此借用其語。

送丕上人歸黄檗〔一〕

萬身馬鬣轉龍腰〔二〕，十里風聲捲海潮〔三〕。翠靄晴時飛畫棟，蒼崖斷處見朱橋。老鶩鄉井心空在，説著巖叢意已消。慚愧東風知此恨，夜來吹夢到山椒〔四〕。

【注釋】

〔一〕作年未詳。丕上人：生平法系未詳。黄檗：山名，在筠州新昌縣。正德瑞州府志卷一山川志：「黄檗山，（新昌）縣西百里，山之絶頂也，有寺曰鷲峰。」

〔二〕萬身馬鬣轉龍腰：喻萬株松樹之形狀。馬鬣：謂松針。南朝梁任昉述異記卷下：「松有兩鬣、三鬣、七鬣者，言如馬鬣形也。」轉龍腰：蘇軾留題石經院三首之二：「夭矯亭中檜，枯枝鵲踏銷。瘦皮纏鶴骨，高頂轉龍腰。」本喻檜，此借以喻松，蓋松檜相似也。

〔三〕十里風聲捲海潮：形容風入松林如海潮之聲。范純仁范忠宣集卷三和吴君平游蔣山兼呈王安國二首之一：「十里松聲正晚風。」

〔四〕山椒：山陵，山頂。參見前大雪注〔六〕。

同希先游石鞏〔一〕

良辰美景古難并〔二〕，且趁身閒稻雨晴。鳥語猿歌留我在，水聲山色益人清。得幽詩句聊題壁，遇好峰巒即住程〔三〕。回首十年塵事裏，與君今日夢魂驚。

【注釋】

〔一〕大觀元年初夏作於撫州宜黄縣。　希先：僧法太字希先，臨川人，雲蓋守智禪師弟子，屬臨濟宗黄龍派南嶽下十三世，與惠洪爲法門師兄弟。參見本集卷二次韻權巽中送太上人謁道鄉居士注〔一〕。　石鞏：明一統志卷五四撫州府：「石鞏，在宜黄縣南三十里，石橋横空，長數十丈，南北相接，下平廣，可容數百人。」孫覿詩：『烏鵲填成天上路，鬼神鞭出海中山。』」孫覿鴻慶居士集卷二有此詩，題略云：「石鞏在宜黄縣之南二十五里義泉寺。」景德傳燈録卷六有撫州石鞏慧藏禪師，即住此。

〔二〕良辰美景古難并：文選卷三〇謝靈運擬魏太子鄴中集詩八首序：「天下良辰、美景、賞心、樂事，四者難并，今昆弟友朋，二三諸彦，共盡之矣。」

〔三〕峰巒：廓門注：「駱丞集二卷『危巒』注：『山之美者曰巒，猶肉之美者曰臠也。』」

題胥大夫欣欣堂〔一〕

議郎粹和色無求㊀，繞屋江山秀氣浮。弱柳嬌眠禽喚起㊁〔二〕，異花含笑草忘憂〔三〕。閉門不放青春去㊂，解榻長令佳客留〔四〕。摹寫高情無好句，謾横詩眼付冥搜〔五〕。

【校記】

㈠粹和：石倉本作「和粹」。

㈡嬌：石倉本作「貪」。

㈢去：石倉本作「返」。

【注釋】

〔一〕宣和二年作於長沙。　胥大夫：即胥啓道，已見前注。　欣欣堂：堂名取自陶淵明歸去來兮辭「木欣欣以向榮」。

〔二〕弱柳嬌眠禽喚起：本集卷一〇示忠子：「柳嬌困頓欲眠去，禽作清圓喚起聲。」即此意。　喚起：廓門注：「謂喚起鳥也。」參見示忠子注〔二〕、〔三〕。

〔三〕異花含笑草忘憂：廓門注：「謂含笑花與忘憂草也。」鍇按：歐陽修歸田録卷一：「（丁晉公）晚年詩筆尤精，在海南篇詠尤多，如『草解忘憂憂底事，花能含笑笑何人』，尤爲人所傳送。」冷齋夜話卷五丁晉公和蘇文公詩兩聯：「韓子蒼曰：『丁晉公海外詩曰：「草解忘憂憂底事，花能含笑笑何人？」世以爲工。及讀東坡詩曰：「花非識面嘗含笑，鳥不知名時自呼。」便覺才力相去如天淵。』」此化用丁詩句意。

〔四〕解榻長令佳客留：後漢書徐穉傳：「時陳蕃爲太守，以禮請署功曹，穉不免之，既謁而退。蕃在郡不接賓客，唯穉來特設一榻，去則縣之。」

〔五〕冥搜：冥思苦想。

次韻嘉言機宜〔一〕

幽尋野外興何如，蠶市村囂憶故墟〔二〕。煮繭生涯春老大〔三〕，餉田時節意蘇舒〔四〕。吹開麥浪南風至，落盡花房小雨餘。暫借僧窗聊假寐，夢驚身世兩蘧蘧〔五〕。

【注釋】

〔一〕宣和五年初夏作於長沙。嘉言機宜：曾訏字嘉言，曾孝序子。宣撫使司書寫機宜文字，簡稱機宜。按宋官制，許宣撫使辟親屬充機宜。孝序爲湖南宣撫使，故辟其子爲機宜。

〔二〕蠶市：東坡詩集注卷一四和子由蠶市趙次公注引蘇轍蠶市詩序曰：「眉之二月望日，鬻蠶器於市，因作樂縱觀，謂之蠶市。」參見本集卷一同超然無塵飯柏林寺分題得柏字注〔二〕。

〔三〕煮繭：煮蠶繭以抽繭出絲。參見本集卷四次韻彭子長僉判二首注〔一六〕。

〔四〕蘇舒：復甦舒展。文苑英華卷一八九唐曹松武德殿朝退望九衢春色：「蘇舒同舜澤，煦嫗並堯仁。」

〔五〕夢驚身世兩蘧蘧：莊子齊物論：「昔者莊周夢爲胡蝶，栩栩然胡蝶也。自喻適志與！不知周也。俄然覺，則蘧蘧然周也。不知周之夢爲胡蝶與？胡蝶之夢爲周與？」蘧蘧，驚動貌。

玉池禪師以紙衾見遺作此謝之〔一〕

紙衾來自玉峰前〔二〕，旋坼封題一粲然〔三〕。便覺室廬增道氣〔四〕，不憂風雨攪閑眠。就牀堆疊明如雪，引手摸蘇軟似綿〔五〕。擁被並爐和夢暖，全勝白氎紫茸氈〔六〕。

【注釋】

〔一〕作年未詳。玉池禪師：生平法系未詳。建中靖國續燈録卷一八有潭州玉池光教寺沖儼禪師，或即此僧，俟考。明一統志卷六三長沙府：「玉池山，在湘陰縣東六十里。一峰插天，上有浴池，世傳陶澹浴丹之所，人呼玉池。」紙衾：即紙被，用藤類纖維紙製成之被，極簡陋。宋釋契嵩鐔津集卷二〇送章表民秘書：「拂榻乃留巖宇宿，紙衾蒲席誠可嗤。」清釋智祥禪林寶訓筆説卷中：「先師曰：『老僧寒則有柴炭，有紙衾。』紙衾，即紙縫之被。」

〔二〕玉峰：玉池山一峰插天，故稱。

〔三〕坼：裂。封題：物品裝妥後封口處之題簽。搜神記卷一七：「誕曰：『吾膏久致梁上，人安得盜之？』給使曰：『不然。府君視之。』誕殊不信，試爲視之，封題如故。」粲然：笑貌。

〔四〕增道氣：景德傳燈録卷六唐州紫玉山道通禪師：「貞元四年二月初，馬祖將歸寂，謂師曰：

『夫玉石潤山秀麗，益汝道業，遇可居之。』」本集卷二四送脩彦通還西湖序：「馬祖謂紫玉曰：『山水之秀可居，益汝道氣。』」

〔五〕摸蘇：以手觸摸。淮南子淑真：「世之風俗，以摸蘇牽連物之微妙，猶得肆其志，充其欲。」高誘注：「摸蘇，猶摸索。」

〔六〕全勝白氎紫茸氈：東坡詩集注卷三〇紙帳次柳子玉韻：「潔似僧巾白氎布，煖於蠻帳紫茸氈。」注：「南史：『高昌國有草實如繭，絲如細纑，名爲白氎子。國人取以爲布，甚軟白。』又杜詩：『細軟青絲履，光明白氎巾。』趙后外傳云：『帝賜后紫茸氈、雲母帳。』」此化用其意。

立秋日偶書〔一〕

秋入紗廚夏簟空〔二〕，頽然瘦坐一衰翁。聲凉亂葉紅蕉雨，香暗分叢紫菊風。清境淨緣慚獨享，幽懷佳句與誰同。平生垢習消磨盡〔三〕，只有文章氣吐虹〔四〕。

【注釋】

〔一〕作年未詳。

〔二〕紗廚：亦作「紗櫥」，即紗帳。蘇軾蝶戀花詞：「玉枕冰寒消暑氣，碧簟紗廚，向午朦朧睡。」

〔三〕垢習：煩惱之習性。無量壽經卷上：「塵勞垢習，自然不起。」本集特指作詩習氣，已見前注。

〔四〕文章氣吐虹：東坡詩集注卷一三次韻張琬：「尚有清詩氣吐虹。」趙次公注：「選云：『慷慨則氣成虹霓。』」

游太平古寺讀舊題用惠上人韻〔一〕

步盡長廊覺倦游，叢蕉出屋小軒幽〔二〕。壁間詩在紅埃滿，窗下香殘碧縷浮。喜有繩牀容我借〔三〕，更因茗盌爲君留。忽驚林杪湘山露，誰作江天數筆秋〔四〕。

【注釋】

〔一〕宣和年間作於長沙。　太平古寺：據詩中「湘山」句，寺當在潭州，然無考。　惠上人：疑即僧法惠，華光仲仁禪師之弟子。本集卷二五題法惠寫宗鏡録：「明州翠巖僧法惠獨施力寫永明所撰宗鏡録一百二十卷，與方廣禪寺。」卷二六又惠子所蓄：「『好在華光真子，過于雲屋之間。春色都隨談笑，袖中仍有湖山。』宣和元年十二月初五日，惠子出其師所作湖山平遠，曰：『此蓋老人得意時筆也。』」

〔二〕出屋：蘇軾種德亭：「山茶想出屋，湖橘應過牆。」此用其語。

〔三〕繩牀：學林卷四繩牀：「繩牀者，以繩貫穿爲坐物，即俗謂之交椅之屬是也。」

〔四〕「忽驚林杪湘山露」二句：謂秋日湘山如數筆水墨畫。蓋因惠上人爲仲仁弟子，而仲仁善平遠山水，故擬真爲畫以答之。

歲窮僧衆米竭自往湘陰乞之舟載夜歸宿橋口寒甚未寢時侍者智觀坐而假寐作此詩有懷資欽提舉〔一〕

老去生涯無窖子〔二〕，隔城荒寺到人稀。歲窮百里扣門乞，夜棹孤舟載米歸。隅坐小僧寒附火，聯拳羸僕睡和衣〔三〕。故人醉裏聞薌澤〔四〕，應背銀釭照翠幃〔五〕。

【注釋】

〔一〕宣和六年十二月作於長沙橋口鎮。　橋口：新唐書地理志：「(潭州長沙郡)有府一，曰長沙。有渌口、花石二戍。有橋口鎮兵。」清一統志卷二七七長沙府二：「喬口鎮，在長沙縣西北六十里，路通益陽。明置巡司，今裁。喬，唐作『橋』，宋改。唐書地理志長沙有橋口鎮。王存九域志長沙有喬口鎮。」　侍者智觀：惠洪弟子，生平不可考。本集卷一五有示觀上人。　資欽提舉：閻孝忠字資欽，時提舉荆湖南路鹽香茶礬事。

〔二〕無窖子：俗語，謂無物可食。明李翊俗呼小録：「無物可食，謂之無窖。」參見本集卷五同游雲蓋分韻得雲字注〔五〕。

〔三〕聯拳：屈曲貌。杜甫漫成：「沙頭宿鷺聯拳靜。」

〔四〕故人：謂閻資欽。醉裏聞薌澤：史記滑稽列傳：「堂上燭滅，主人留髠而送客。羅襦襟解，微聞薌澤。當此之時，髠心最歡，能飲一石。」薌澤，即香澤，香氣。

〔五〕銀缸：猶銀燈。

正月一日送璿維那之新昌乞〔一〕

春水初生湘岸邊，陰晴城郭上元前〔二〕。暖消積雪成簷滴，火烈殘香發篆煙。念舊十年鄉井夢，試新一首送行篇㊀。倏然路入江南去〔三〕，想見歸時及杜鵑。

【校記】

㊀一首送：石倉本作「佳句贈」。

【注釋】

〔一〕宣和七年正月一日作於長沙。璿維那：惠洪弟子，生平不可考。維那，寺院中管理總務之知事僧，位次上座。新昌：筠州新昌縣，惠洪故鄉。

〔二〕上元：正月十五日。

〔三〕儵然：自然無心貌。莊子大宗師：「儵然而往，儵然而來而已矣。」　江南：本集多特指江南西路。筠州屬江南西路，故稱。

二月二十一日奉陪季長游嶽麓飯罷登法華臺賦此〔一〕

法華臺上憑欄久，吹鬢東風晚雨晴。斷岸平横千雉堞〔二〕，道林遠在一牛鳴〔三〕。喜滄水餅清明近〔四〕，開徧山茶杜宇聲〔五〕。想見京塵遮便面〔六〕，應思攜手此（比）中行㊀〔七〕。

【校記】

㊀此：原作「比」，誤，今據四庫本、武林本改。

【注釋】

〔一〕宣和七年二月二十一日作於長沙。　季長：侯延慶字季長。已見前注。　嶽麓：指嶽麓山。　法華臺：在嶽麓山絶頂。張舜民畫墁集卷八郴行録：「游嶽麓升中寺、洞真觀，謁漢文帝廟、嶽麓書院、塔院。大抵諸寺相隣，惟升中寺最高，宛轉登陟，可百餘步。門外小溪激射竹木，其聲泠然，稍稍露石角。寺後有法華臺，高絶山頂。晉僧法崇者箋法華經于此。有杉櫪數本，其大如菌，云陶士衡手植也。王公亭，湖民爲王宰少卿所立。洞真觀記云：鄧固真人上昇之所。潭州嶽麓書院有孔子堂、御書閣，堂廡尚完，清泉經流堂下，景意極于瀟湘。升中寺法華臺下，有白鶴泉，涓涓有聲，味極甘冷。橘洲湘江中，南北與城等，有巡檢司、僧寺兩三所，居民業漁者數百家，景物最爲佳處。」

〔二〕千雉堞：謂長沙城。雉堞，泛指城牆。已見前注。

〔三〕道林遠在一牛鳴：謂法華臺至道林寺，其距離長度爲牛鳴聲所達處。一牛鳴，梵文稱拘盧舍。本集卷八和李令祈雪分韻得麓字：「一牛鳴地兩禪叢。」即此意。王荆公詩注卷二九答張奉議：「五馬渡江開國處，一牛鳴地作庵人。」李壁注：「王維詩：『回看雙鳳闕，相去一牛鳴。』佛書：『尼車河側去人間五里，一牛鳴地。』」

〔四〕水餅：即水引餅。山谷内集詩注卷一〇次韻答秦少章乞酒：「詩來獻窮狀，水餅嚼冰蔬。」任淵注：「南史何戢傳：『高帝好水引餅，戢每設上焉。』」已見前注。

〔五〕杜宇：古蜀帝名，化爲杜鵑，後人因稱杜鵑爲杜宇。

〔六〕想見京塵遮便面：時侯延慶將赴京師任官，故有此設想之辭。參見本集卷五送季長之上都。便面：遮面之物，類扇子。漢書張敞傳：「自以便面拊馬。」顔師古注：「便面，所以障面，蓋扇之類也。不欲見人，以此自障面則得其便，故曰便面，亦曰屏面。」

〔七〕此中：底本作「比中」，不辭。廓門注：「或曰『比』當作『此』。」其説甚是，蓋「比」字涉形近而誤，今改。

送興上人之歸宗〔一〕

紫霄峰下鸞谿上〔二〕，幻出寶坊金碧開〔三〕。沃野不辭常自獻〔四〕，暮雲無事解歸來。永懷香火三生舊〔五〕，想見松風萬壑哀〔六〕。阿上笑中如問我〔七〕，爲言詩膽尚崔嵬〔八〕。

【注釋】

〔一〕作年未詳。　興上人：生平法系不可考。續傳燈録卷二六目録開先行瑛禪師法嗣有寶蓋用興禪師，爲東林常總法孫，屬臨濟宗黄龍派南嶽下十四世，或即此僧。　歸宗：廬山歸宗寺。方輿勝覽卷一七南康軍：「歸宗寺，在城西二十五里，即王羲之宅，墨池、鵝池存焉。唐寶曆中有赤眼禪師居之。」參見本集卷二送德上人之歸宗注〔一〕。

〔二〕紫霄峰下鸞谿上：廬山記卷三叙南山記歸宗寺：「金輪峰、上霄峰正居其後，左右盤礴，面勢平遠。昔人卜其基曰：是山有翔鸞展翼之勢。院東之水，故名鸞溪。」紫霄峰，一名上霄峰。

〔三〕寶坊：寺院之美稱。

其意。

〔四〕沃野不辭常自獻：王安石清涼寺白雲庵：「木落岡巒因自獻，水歸洲渚得横陳。」此化用其意。

〔五〕永懷香火三生舊：惠洪紹聖年間嘗從真淨克文於歸宗寺，故懷想與歸宗衆僧同結香火社之舊情。三生舊，用圓觀與李源或慧思與智顗三生舊緣事。已見前注。

〔六〕想見松風萬壑哀：黄庭堅次韻子瞻武昌西山：「萬壑松聲如在耳，意不及此文生哀。」此化用其語意。

〔七〕阿上：廓門注：「阿上，或曰謂和尚，借聲音也。」其説無稽。錯按：「上」同「尚」，本集卷一七有送肇上人還江南省阿尚，歸宗寺在江南西路南康軍，阿上當即阿尚。嘉泰普燈録卷九有臨安府鹽官廣福惟尚禪師，屬雲門宗青原下十三世，同書卷二九又載廣福尚禪師二首詩，其一曰離黄龍有作，其二曰次韻答張無垢居士。則知惟尚嘗游方江西，或與惠洪同參歸宗。本集稱年輩低於己之僧人，常於名前冠以「阿」字。惟尚與惠洪同時而年稍少，故昵稱「阿尚」。

〔八〕詩膽尚崔嵬：詩膽甚大，極言作詩勇往無畏，不避艱險。已見前注。

贈道禪者〔一〕

大河卷浪雪翻風，橋壓千艘卧彩虹〔二〕。岱嶽煙雲連絶域〔三〕，北門樓閣礙層空。浪游荊楚重湖外〔四〕，更在潙源疊嶂中〔五〕。水餅槐芽動鄉思〔六〕，近來歸夢與誰同。

【注釋】

〔一〕作年未詳。　道禪者：游方僧，生平法系未詳。

〔二〕千艘：千隻船。九家集注杜詩卷一五送重表姪王砅評事使南海：「海胡舶千艘。」注：「船總名曰艘，猶今言幾隻也。」　卧彩虹：歐陽修六一詩話：「松江新作長橋，制度宏麗，前世所未有。蘇子美新橋對月詩所謂『雲頭灎灎開金餅，水面沉沉卧彩虹』者是也。時謂此橋非此句，雄偉不能稱也。」

〔三〕岱嶽：淮南子墜形：「中央之美者，有岱嶽，以生五穀桑麻，魚鹽出焉。」高誘注：「岱嶽，泰山也。王者禪代所祠，因曰岱嶽。」

〔四〕重湖：洞庭、青草二湖。畫墁集卷八郴行録：「湖之中有此洲，南名青草，北名洞庭，所謂重湖也。」

〔五〕潙源疊嶂：酈門注：「潙山及潙水在長沙府。」本集卷二二潙源記：「潙山因水爲名，衆泉觱發於煙霏空翠之間，旋紺走碧，滙爲方淵，蒸之成雲雨，放之成江河。」

〔六〕水餅槐芽動鄉思：蘇軾端午游真如遲适遠從子由在酒局：「水餅既懷鄉。」此化用其意。水餅，已見前注。　槐芽：即槐芽餅。東坡詩集注卷三〇三月十九日攜白酒鱸魚過詹使君食槐葉冷淘：「青浮卵椀槐芽餅。」林子仁注：「槐芽餅，即序所謂槐葉冷淘也。蓋取槐葉汁溲麪作餅，即碧鮮色也。」

周庭秀愛湘中山水之勝定居十餘年宣和五年夏五月忽思吴中别余於湘上作此送之〔一〕

詞刃平生工斫伐〔二〕，探懷每欲取公侯〔三〕。朅來世事懶經意〔四〕，醉看湘山不轉頭〔五〕。忽憶歸吴泛千里，偶然盡室載孤舟〔六〕。却將揮翰風雷手，且釣華亭萬頃秋〔七〕。

【注釋】

〔一〕宣和五年五月作於長沙。周庭秀：疑即周秄，本集或作「周廷秀」。參見卷六贈周廷秀注〔一〕。吴中：泛指吴地。

〔二〕詞刃平生工斫伐：此乃以戰喻詩，謂詞爲刀刃，筆可斫伐。本集卷五次韻謁子美祠堂：「筆陣工斫伐，忠義見詞刃。」

〔三〕探懷每欲取公侯：謂公侯猶如懷袖中之物，取之極易。此乃恭維語，本集屢用之。卷二二先志碑記：「疑侯功名在懷袖，取之易然行探手。」

〔四〕朅來：猶言爾來，近來。

〔五〕醉看湘山不轉頭：黄庭堅減字木蘭花：「何處歌樓，貪看冰輪不轉頭。」此化用其意。

〔六〕盡室：全家。左傳成公二年：「巫臣盡室以行。」杜預注：「室家盡去。」

〔七〕華亭：廓門注：「華亭縣在松江府。」鍇按：此暗用華亭船子和尚事。已見前注。

題悟宗壁〔一〕

到寺回身望衆峰，一堂疏快萬緣空。槲林曲折通幽徑〔二〕，蓮蕩凋零退晚紅〔三〕。師已灰心增夏臘〔四〕，我今霜鬢撤秋風。亦知旁舍多佳士，香火他年願此同〔五〕。

【注釋】

〔一〕作年未詳。悟宗：寺名，不可考。

〔二〕槲林曲折通幽徑：唐常建破山寺後禪院：「曲徑通幽處，禪房花木深。」此化用其意。

〔三〕蓮蕩：猶言蓮塘、蓮湖。蕩，淺水湖。

〔四〕灰心：心意寂靜不動，猶言死心。莊子齊物論：「形固可使如槁木，而心固可使如死灰乎！」夏臘：僧人出家之年數。釋氏要覽卷下夏臘：「即釋氏法歲也。凡序長幼，必問夏臘，多者爲長。故云：天竺以臘人爲驗焉。……今釋氏自四月十六日前安居入制，至七月十五日，爲受臘之日，若俗歲除日也。至十六日，是五分法身生養之日，名新歲也。自夏九旬，統名法歲矣。」

〔五〕香火他年願此同：后山詩注卷四寄答王直方：「平生功名意，回作香火願。」任淵注：「北史：陸法和曰：『但從空王佛所，與主上有香火因緣。』」

過陵水縣補東坡遺二首〔一〕

白沙翠竹並江流〔二〕，小縣炊煙晚雨收。蒼蘚色侵盤馬地〔三〕，稻花香入放衙樓〔四〕。過廳客聚觀登（燈）網㈠〔五〕，趁市人歸旋喚舟。意適忽忘身是客〔六〕，語音無伴始生愁。

【校記】

㈠登：原作「燈」，誤，今改。參見注〔五〕。

【注釋】

〔一〕政和二年四月作於海南萬安軍陵水縣。陵水縣，在崖州以北，瓊州以南。參見本集卷九過陵水縣注〔一〕。補東坡遺二首：作二首追補蘇軾在海南當作而未作之闕。此言「二首」者，蓋過陵水縣爲第一首，後之夜歸示卓道人爲第二首。廓門注：「『二』當作『一』。」殆未明本集體例。參見本集卷五補東坡遺三首題武王非聖人論後注〔一〕。

〔二〕白沙翠竹並江流：杜甫南鄰：「白沙翠竹江村暮，相送柴門月色新。」此借用其語。

〔三〕盤馬：跨馬盤旋。世説新語雅量：「（庾）翼便爲於道開鹵簿盤馬，始兩轉，墜馬墮地，意色自若。」

〔四〕放衙：屬吏早晚參謁主司聽候差遣謂之衙參，退衙謂之放衙。蘇軾和孫同年卞山龍洞祈晴：「看君擁黄紬，高卧放早衙。」

〔五〕登網：謂魚入網。梅堯臣宛陵集卷一二楊公懿得潁人惠糟鮊分餉并遺楊叔恬：「頭尾接清淮，淮魚日登網。」劉敞公是集卷一六漁翁：「大魚鱣鱏入淵底，小魚鯤鯢登網裏。」本集卷八宋迪作八境絶妙人謂之無聲句演上人戲余曰道人能作有聲畫乎因爲之各賦一首之漁村落照：「隔籬炊黍香浮浮，對門登網銀戢戢。」底本「登」作「燈」，乃涉音近而誤，今改。

〔六〕意適忽忘身是客：廓門注：「行營雜録曰『夢裏不知身是客』，詩格詩曰『醉起不知身是客，故人多處即吾鄉』之類。」

夜歸示卓道人〔一〕

心知家本住仇池〔二〕，傲倪人間老變衰㊀〔三〕。兩鬢京塵初邂逅，一尊川語問歸期〔四〕。勸沽何處禽知我〔五〕，含笑誰家花隔籬〔六〕。天水摹胡颸風作〔七〕，夜歸江路月相隨。

【校記】

㊀倪：四庫本作「睨」。

【注釋】

〔一〕政和二年四月作於海南。鍇按：此詩爲補東坡遺二首之二。卓道人：疑指僧卓契順。蘇詩補注卷三九次韻定慧欽長老見寄八首引曰：「蘇州定慧長老守欽，使其徒卓契順來惠州，問予安否，且寄擬寒山十頌。語有璨、忍之通，而詩無島、可之寒，吾甚嘉之，爲和八首。」查慎行注：「契順，真西山云：『東坡謫嶺南，故舊少通問者，在蜀則巢元修，在吳則契順，皆徒步萬里，訪之于荒陬絶徼之外。元修以此名登青史，號稱卓行。契順亦托是以傳。契順之言曰：「惟無所求，故來惠州。蓋有求則有欲，有欲則失其本心。」世之小人疾視君子，正坐有欲故爾。』鐵網珊瑚載東坡惠州帖云：『蘇州定慧院學佛者卓契順，謂邁曰：「惠州不在天上，行即到耳，當爲子持書問之。」紹聖二年三月二日，契順涉江渡嶺，徒行露宿，黧面繭足，以至惠州。得書竟還，爲書淵明歸去來辭以貽之，庶幾契順托此文以不朽云。』按：先生長子邁時在常州，契順南來，爲先生達家書也。」卓當爲法名省稱，契順爲字，猶洪覺範、權巽中之類。

〔二〕心知家本住仇池：東坡詩集注卷二六雙石詩引：「至揚州獲二石，其一緑色，岡巒迤邐，有穴達于背；其一正白可鑒，漬以盆水，置几案間。忽憶在潁州日，夢人請住一官府，牓曰仇池。覺而誦杜子美詩曰：『萬古仇池穴，潛通小有天。』乃戲作小詩，爲僚友一笑。」詩曰：「夢時良是覺時非，汲水埋盆固自癡。但見玉峰横太白，便從鳥道絶峩嵋。秋風與作烟雲意，曉日令涵草木姿。一點空明是何處，老人真欲住仇池。」注：「玄中記：崑崙山者，上通九天，下通九州，萬靈所都，欲知其道，從仇池百頃西南，出三十二里見山，一名天竺，一名仇池。其山四絶懸崖，上方仙宫八十頃，有石鹽池，北有九子白魚之池。又云：仇池天竺宫者，十二福地之頭；太白杜陽宫者，十二福地之心；王屋山者，十二福地之足。唐志：成州同谷縣有仇池，與秦地接壤。」

〔三〕傲倪：亦作「傲睨」，高傲旁視，目空一切。嵇康嵇中散集卷三卜疑集：「將傲倪滑稽，挾智任術爲智囊乎？」

〔四〕川語：即四川話，蘇軾故鄉語。蘇軾端午游真如遲适遠從子由在酒局：「謂言必一醉，快作西川語。」

〔五〕勸沽何處禽知我：山谷内集詩注卷一演雅：「提壺猶能勸沽酒。」任淵注：「提壺，鳥名。梅聖俞四禽言曰：『提壺蘆，沽美酒，風爲賓，樹爲友。山花撩亂目前開，勸爾今朝千萬壽。』」

〔六〕含笑誰家花隔籬：歐陽修歸田録卷上：「(丁晉公)其少以文稱，晚年詩筆尤精。在海南篇詠尤多，如『草解忘憂憂底事，花名含笑笑何人』，尤爲人所傳誦。」

〔七〕摹胡：猶摸胡，模糊。參本集卷六慈覺見訪余適渡江歸以寄之：「江色摸胡迷背向。」卷八

雪詩〔一〕

和李令祈雪分韻得麓字：「江寒雲怒相摹胡。」

千巖雨雪黄昏後，一室香燈小（一）寢餘㊀〔二〕。此夕鄉關入歸夢，明朝雲物記曾書〔三〕。地鑪不獨聞瓶泣〔四〕，山果時驚落屋除〔五〕。清境鼎來勞應接〔六〕，暮年生計未全疏。

【校記】

㊀小：原作「一」，誤，今改。參見注〔二〕。

【注釋】

〔一〕作年未詳。

〔二〕小寢餘：底本作「一寢餘」，誤。鍇按：首聯對仗，「黄昏」與「一寢」不相對，蓋「一」爲數字，「黄」則非是。而「小寢」則可對「黄昏」。本集好用「小寢」，如卷六次韻周達道運句二首之二：「小寢喧鼻息。」卷七次韻過醴陵驛：「解鞍成小寢。」卷九清明前一日聞杜宇示清道芬：「閒軒小寢驚。」卷一六次韻棊堂：「晝戟叢中小寢驚。」卷二七跋養直詩：「東軒小寢。」本卷送海印奭老住東林：「古寺閑房小寢餘。」「寢餘」正與此詩同，而作「小」。「一寢」則别無他例。山谷内集詩注卷五賈天錫惠寶薰乞詩予以兵衛森畫戟燕寢凝清香十字作詩報之之七：「公虚采蘋宫，行樂在小寢。」任淵注：「禮記玉藻曰：『大夫退，然後適小寢。』釋服注云：『小寢，燕寢也。』公羊注亦云：『諸侯皆有三寢：一曰高寢，二曰路寢，三曰小寢。』」今據諸詩改「一」爲「小」。

〔三〕明朝雲物記曾書：謂明朝爲冬至日。劉攽彭城集卷一三冬至登樓：「不妨野史書雲物，會伴南公進壽杯。」語本左傳僖公五年：「春，王正月辛亥朔，日南至。公既視朔，遂登觀臺以望，而書，禮也。凡分、至、啓、閉，必書雲物，爲備故也。」參見本集卷九甲辰十一月十二日往湘陰馬上和季長見寄小春二首注〔二〕。廓門注：「『曾』當作『魯』。」鍇按：「曾」未誤，意亦通。作「魯」則平仄失律。

〔四〕瓶泣：蘇軾岐亭五首之一：「醒時夜向闌，唧唧銅瓶泣。」此借用其語。

〔五〕屋除：屋前臺階。王安石悟真院：「野水縱横漱屋除，午窗殘夢鳥相呼。」

〔六〕鼎來：方來，正來。漢書匡衡傳：「無説詩，匡鼎來。」顏師古注引應劭曰：「鼎，方也。」

題王教授艇齋〔一〕

宴居端若寄虚舟〔二〕，三峽詞源日倒流〔三〕。慣與衣冠游泮水〔四〕，坐看圖史認瀛洲〔五〕。胸中耿耿觀瀾術〔六〕，物外悠悠涉世謀。莫謂縱横止容膝〔七〕，濟川林葉此中求〔八〕。

【注釋】

〔一〕作年未詳。王教授：名字生平不可考。

〔二〕宴居端若寄虚舟：此釋艇齋得名之由。虚舟，指無人駕駛之空船，語本莊子山木。又淮南子詮言：「方船濟乎江，有虚舟從一方來，觸而覆之，雖有忮心，必無怨色。」喻虚己以行於世間，與物無忤。

〔三〕三峽詞源日倒流：九家集注杜詩卷一醉歌行：「詞源倒流三峽水。」注：「倒流三峽水，謂詞源壯健，可以衝激三峽之水，使之倒流也。」

〔四〕泮水：代指學宫。詩魯頌泮水：「思樂泮水，薄采其芹。」毛傳：「泮水，泮宫之水也。天子辟廱，諸侯泮宫。」此言「水」者，雙關「艇」也。

〔五〕瀛洲：海中仙山。喻文人學士得榮寵，如登仙界。新唐書褚亮傳：「初，武德四年，太宗爲天策上將軍，寇亂稍平，乃鄉儒，宫城西作文學館，收聘賢才，於是下教。……凡分三番遞宿于閣下，悉給珍膳。每暇日，訪以政事，討論墳籍，榷略前載，無常禮之間。命閻立本圖象，使亮爲之贊，題名字爵里，號『十八學士』，藏之書府，以章禮賢之重。方是時，在選中者，天下所慕向，謂之『登瀛洲』。」

〔六〕觀瀾術：孟子盡心上：「觀水有術，必觀其瀾。」趙岐注：「瀾，水中大波也。」舊題孫奭疏：「觀水有術，必觀其瀾者，孟子又言人之觀於水，以其有術也。有術者，所謂觀水必觀其波瀾，是爲能觀水者也。云此者，以其人之觀書亦若是也。言觀書，亦當觀其五經而已矣。五經，所以載聖人之大道者也。」

〔七〕容膝：言空間之狹窄，僅有立足之地。韓詩外傳卷九：「今如結駟列騎，所安不過容膝。」陶淵明歸去來兮辭：「倚南窗以寄傲，審容膝之易安。」

〔八〕濟川：書説命上：「若濟巨川，用汝作舟楫。」林葉：二字疑誤，據詩意當作「舟楫」，俟考。

吾山風物如故園而甚僻余居月餘愛之將此卜居二首〔一〕

此生於世已無求，況有村原事事幽〔二〕。乞谷住山真素志，栽田博飯是良謀〔三〕。別坡筍蕨春兼採，遶舍桑麻歲倍收。强健自能營飽暖，塵埃回首謾悠悠。

風物淳真似故丘，茅茨結處自深幽。竹西鄰舍頗相近，客至須供良甚謀。燈火夜窗衣自補，豐登秋畝稻重收。安閒有此支餘歲，更欲驅馳亦謬悠〔四〕。

【注釋】

〔一〕作年未詳。吾山：未詳，疑「吾」字誤。或當作「谷山」，詩中有「乞谷住山」之語，似可證。宣和元年，惠洪嘗住谷山。卜居：廓門注：「屈原有卜居篇。」鍇按：杜甫亦有卜居詩。

〔二〕況有村原事事幽：杜甫江村：「清江一曲抱村流，長夏江村事事幽。」此借用其語。

〔三〕栽田博飯：種田换取飯喫。此爲五代桂琛禪師名言。林間録卷上：「地藏琛禪師，能大振雪峰、玄沙之道者，其秘重大法，恬退自處之效也歟？予嘗想見其爲人，城隈古寺，門如死灰，道容清深，戲禪客曰：『諸方説禪浩浩地，爭如我此間栽田博飯喫。』有旨哉！」參見五燈會元卷八漳州羅漢院桂琛禪師。

〔四〕驅馳：指辛勤奔走。謬悠：不切實際。莊子天下：「以謬悠之説，荒唐之言，無端崖之辭，時恣縱而不儻，不以觭見之也。」郭象注：「謬悠，謂若忘於情實者也。」

送楞嚴經珣維那〔一〕

尸羅清淨心清淨〔二〕，寄跡南臺亦偶然〔三〕。室掩香燈見行道〔四〕，壁懸巾屨伴孤禪〔五〕。寶書獨欲煩君誦〔六〕，法力真期迨我先㊀。細味此詩如實録，他年僧史定須編〔七〕。

【校記】

㊀迨：四庫本作「在」。

【注釋】

〔一〕宣和二年作於長沙。　楞嚴經：全稱大佛頂如來密因修證了義諸菩薩萬行首楞嚴經，十卷，唐天竺沙門般剌蜜帝主譯，烏萇國沙門彌伽釋伽譯語，房融筆授，懷迪證譯。經名「首楞嚴」，華語乃「一切事究竟堅固」。　珣維那：汀州僧彥珣，從惠洪問法，時爲南臺寺維那，總領寺中事務。參見本集卷一八南安巖主定光古佛木刻像贊、卷二六題珣上人僧寶傳。

〔二〕尸羅：梵文音譯，意譯曰戒。大乘義章卷一三藏義七門分別：「言尸羅者，此名清涼，亦名爲戒。三業炎非，焚燒行人，事等如熱。戒能防息，故名清涼。清涼之名，正翻彼也。以能防禁，故名爲戒。」

〔三〕南臺：指長沙水西南臺寺。宣和二年三月，惠洪遷至此。

〔四〕室掩香燈：釋齊己除夜：「亂松飄雨雪，一室掩香燈。」此借用其語。

〔五〕壁懸巾屨伴孤禪：柳宗元贈江華長老：「室空無侍者，巾屨唯挂壁。」此化用其意。

〔六〕寶書：佛書，此指楞嚴經。

〔七〕他年僧史：謂後人所作僧史，即續作禪林僧寶傳之類。彥珣嘗録僧寶傳副本，故以言之。

謝嶽麓光老惠臨濟頂相〔一〕

瘦骨孤標韻絶倫，傳聞宗派出雲門〔二〕。收藏畫裏三玄老〔三〕，分付湘中十世孫〔四〕。罵佛風神疑正怒〔五〕，打僧氣宇尚驚羣〔六〕。能言滅却正法眼〔七〕，不負灘頭毒手恩〔八〕。

【注釋】

〔一〕宣和七年春作於長沙。　嶽麓光老：即嶽麓寺住持法光禪師。本集卷二一隋朝感應佛舍利塔記：「長沙嶽麓寺之前，澗陰之上，石浮圖其一數也。……宣和七年二月住山道人法光與安化馬章彦達登澗陰，問建塔之因，光乃以余文示之。彦達踴躍，願施錢刻石山中。」法光乃空印元軾禪師法嗣。本集卷二一潭州大潙山中興記稱元軾：「今嗣法者，自南臺定昭、了山法光而下，詵詵輩出，棊布名山，方進而未艾也。」該記作於宣和二年，則法光先住了山，後移住嶽麓。　臨濟：臨濟宗開山祖師義玄禪師，因住鎮州臨濟院，故稱。　頂相：指佛門弟子爲祖師所畫之肖像。

〔二〕宗派出雲門：法光嗣法元軾，爲雲門宗青原下十四世。

〔三〕三玄老：指義玄禪師。景德傳燈録卷一二鎮州臨濟義玄禪師：「師又曰：『夫一句語須具三玄門，一玄門須具三要，有權有用，汝等諸人作麽生會？』」

〔四〕十世孫：惠洪自稱。其法系爲：臨濟義玄—興化存獎—南院慧顒—風穴延沼—首山省念—汾陽善昭—石霜楚圓—黃龍慧南—寶峰克文—清涼惠洪。

〔五〕罵佛風神疑正怒：義玄以呵佛罵祖著稱，與德山宣鑒齊名。鎮州臨濟慧照禪師語録云：「十地滿心猶如客作兒，等妙二覺擔枷鎖漢，羅漢、辟支猶如廁穢，菩提、涅槃如繫驢橛。」又云：「爾欲得如法見解，但莫受人惑，向裏向外，逢著便殺。逢佛殺佛，逢祖殺祖，逢羅漢殺羅漢，逢父母殺父母，逢親眷殺親眷，始得解脱。」

〔六〕打僧氣宇尚驚羣：義玄以棒喝分明馳名叢林，故稱。景德傳燈録卷一二鎮州臨濟義玄禪師：「俯徇趙人之請，住子城南臨濟禪苑，學侶奔湊。一日，上堂曰：『汝等諸人，赤肉團上有一無位真人，常向諸人面門出入。汝若不識，但問老僧。』時有僧問：『如何是無位真人？』師便打云：『無位真人是什麽乾屎橛？』師問樂普云：『從上來一人行棒，一人行喝，阿那箇親？』對曰：『總不親。』師曰：『親處作麽生？』普便喝，師乃打。」

〔七〕能言滅却正法眼：景德傳燈録卷一二鎮州臨濟義玄禪師：「師將示寂，上堂云：『吾滅後，不得滅却吾正法眼藏。』三聖出云：『爭敢滅却和尚正法眼藏。』師云：『已後有人問爾，向他道什麽？』三聖便喝。師云：『誰知吾正法眼藏，向這瞎驢邊滅却！』」

〔八〕不負灘頭毒手恩：謂義玄經高安大愚禪師點撥，方知黃檗佛法之旨。天聖廣燈録卷一〇鎮州臨濟院義玄惠照禪師：「師便上去辭。黃檗云：『不得往別處去，汝向高安灘頭大愚處去，必爲汝説。』師到大愚，大愚問：『從什麽處來？』師云：『黄檗處來。』愚云：『黄檗有何言句？』師云：『某甲三度問佛法的的大意，三度喫棒。不知某甲有過無過？』愚云：『黄檗恁麽老婆，爲汝得徹困，更來者裡，問有過無過。』師於言下大悟，云：『元來黄檗佛法無多子。』大愚搊住云：『者尿牀子，適來言道有過無過，如今却道黄檗佛法無多子。你見什麽道理？速道！速道！』師於大愚脅下築三築，大愚拓開云：『你師黄檗，非干吾事。』」毒手：殺人之狠毒手段，禪宗以喻斷絶理路、不立文字之極端手段。已見前注。

送珠上人溈潭拜塔〔一〕

溈潭卧龍今不見〔二〕，空有遺珠留世間。圓轉自然離鑛穢〔三〕，光明聊復秘形山〔四〕。隨師受䞋前身事，拔掌猶存此日還〔五〕。言不走盤無影跡〔六〕，方知生死不相關。

【注釋】

〔一〕宣和四年秋作於長沙。珠上人：法名曇珠，湛堂文準禪師之法嗣，惠洪法姪。參見本集卷六送珠侍者重修真淨塔注〔一〕。溈潭：輿地紀勝卷二六江南西路隆興府：「溈潭，在靖安縣北四十里，上有寶峰院，號石門山。」拜塔：此指拜文準禪師之塔。

〔二〕溈潭卧龍：指文準，號湛堂，惠洪師兄，住溈潭寶峰院，故稱。事具本集卷三〇溈潭準禪師行狀，參見聯燈會要卷一五洪州寶峰文準禪師、嘉泰普燈録卷七隆興府泐潭湛堂文準禪師。鍇按：文準於政和五年圓寂，至此已八年，故曰「今不見」。

〔三〕圓轉自然離鑛穢：大乘起信論卷下：「如摩尼寶，本性明潔，在鑛穢中，假使有人勤加憶念，而不作方便，不施功力，欲求清淨，終不可得。真如之法，亦復如是。」摩尼寶，即寶珠。此化用其意以譬曇珠。

〔四〕光明聊復秘形山：後秦僧肇寶藏論廣照空有品：「夫天地之内，宇宙之間，中有一寶，祕在形山，識物靈照，内外空然，寂寞難見，其號玄玄。」

〔五〕「隨師受嚫前身事」二句：謂文準與曇珠前世即有師徒之緣，亦以嚫珠雙關曇珠之法名。景德傳燈録卷二第二十四祖師子尊者：「尊者既攝五衆，名聞遐邇，方求法嗣，遇一長者引其子，問尊者曰：『此子名斯多，當生便拳左手，今既長矣，而終未能舒。願尊者示其宿因。』尊者覩之，即以手接曰：『可還我珠。』童子遽開手奉珠，衆皆驚異。尊者曰：『吾前報爲僧，有童子名婆舍。吾嘗赴西海齋，受嚫珠付之。今還吾珠，理固然矣。』長者遂捨其子出家，尊者即與受具，以前緣故，名婆舍斯多。」嚫珠：布施之珠。參見本集卷一〇七月四日晝夢雲庵和尚教誨久之而覺作此示超然注〔三〕。

〔六〕言不走盤無影跡：本集卷二四無住字序：「珠之爲物，體舒光而自照，置於盆而未嘗定，衡斜圓轉，不留影迹。」卷二五題讓和尚傳：「是諸佛之護念，大哉言乎！如走盤之珠，不留影跡也。」林間録卷下：「臨濟宗旨，貴直下便見，不復留情。定公所用，舒卷自在，如明珠走盤，不留影迹，可畏仰哉！」

題龍王枯木堂〔一〕

異種靈苗著四方〔二〕，謾將名字挂虚堂。道林可惜昏嵐掩〔三〕，枯木那知在處芳〔四〕。韶石曾聞傲煙瘴〔五〕，焦山今已飽風霜〔六〕。陽陂且喜根株茂〔七〕，雪裹花開爛熳香。

【注釋】

〔一〕宣和五年冬作於湘潭縣。龍王：龍王寺，在湘潭縣隱山。詳見本集卷二一重修龍王寺記。枯木堂：龍王寺住持僧法雲爲其師法成禪師所設。法成號枯木，嗣法芙蓉道楷。參見本集卷八游龍王贈雲老注〔一〕。

〔二〕異種靈苗著四方：禪林僧寶傳卷一七浮山遠禪師傳載大陽警延偈曰：「楊廣山前草，憑君待價焞。異苗翻茂處，深密固靈根。」異種靈苗爲曹洞宗血脈之象徵。

〔三〕道林可惜昏嵐掩：據宋史徽宗本紀，徽宗崇道教而抑佛教，宣和元年春正月乙卯，詔佛改號大覺金仙，餘爲仙人、大士，僧爲德士，易服飾，稱姓氏，寺爲宫，院爲觀，改女冠爲女道，尼爲女德。其時法成住持之道林寺易名爲道林宫，故此有「可惜昏嵐掩」之歎。

〔四〕枯木那知在處芳：謂法成之道行隨其所至而處處傳揚，龍王寺枯木堂即其一處也。

〔五〕韶石曾聞傲煙瘴：此指法成住持廣東韶州南華寺之事。本集卷八餞枯木成老赴南華之命：「天書夜到道林宮，大鐘橫撞山硿瓏。……曹溪寶林甲天下，樓觀翔空盤萬瓦。」韶石：代指韶州。太平寰宇記卷一五九嶺南道三韶州：「隋開皇九年平陳，改東衡州爲韶州，以州北八十里韶石爲名。」又云：「韶石，郡國志云：韶州科斗勞水間有韶石，兩石相峙，相去一里，大小略均，有似雙闕。永和二年，有飛仙衣冠分游二石上。昔舜游登此石，奏韶樂，因以名之。」

〔六〕焦山今已飽風霜：時法成已由南華寺移住鎮江焦山普濟寺。方輿勝覽卷三鎮江府：「焦山，在江中。金、焦二山相去十五里。唐圖經云：『後漢焦先隱於此山，因名。』」錙按：程俱宋故焦山長老普證大師塔銘稱法成「由淨因住潭州大潙密印、道林廣慧、韶州之南華寶林、鎮江焦山普濟，所住皆天下名剎」。

〔七〕陽陂：向陽之山坡。重修龍王寺記：「晴嵐夕暉，星螺掩玉，百里而至陽陂。」

送海印奭老住東林〔一〕

湘容嶽色中秋後，古寺閑房小寢餘。掃徑箒粘新落葉，開窗風掩讀殘書〔二〕。吹雲又作他山去，種漆何時伴我居〔三〕。洞上閑名猶在世，未應容易與人除〔四〕。

【注釋】

〔一〕宣和五年八月作於長沙。海印爽老：即爽禪師，號海印，芙蓉道楷法孫，枯木法成法嗣，屬曹洞宗青原下十三世。參見本集卷八信上人自東林來請海印禪師過余湘上以贈之注〔一〕。鍇按：宣和四年，海印爽禪師應曾孝序之請住雲蓋，而後信上人前往雲蓋，請其改住廬山東林寺。爽禪師赴東林途經長沙南臺寺，惠洪爲作此詩。

〔二〕開窗風掩讀殘書：廓門注：「詩人玉屑十九卷：王武臣詩曰：『雲生坐來石，風掩讀殘書。』」詩人玉屑所引出自宋趙與虤娛書堂詩話：「王武臣度，豫章新吴人。吟詩有警句，如『雲生坐來石，風掩讀殘書』，『危紅賒晚景，漲緑上平沙』，『鵶分供餘食，鴿亂著殘棋』，『樵斧和雲斫，漁蓑帶雪披』，皆新奇可誦。張紫薇、謝艮齋極口稱賞。」鍇按：王武臣爲南宋人，其「風掩讀殘書」乃襲用惠洪此句。

〔三〕種漆：柳河東集注卷四三冉溪：「却學壽張樊敬侯，種漆南園待成器。」童宗説等注：「後漢：樊重字君雲，嘗欲作器物，先種梓漆，時人嗤之。然積以歲月，皆得其用。重封壽張侯，謚曰敬。」

〔四〕「洞上閑名猶在世」二句：景德傳燈録卷一五筠州洞山良价禪師：「師將圓寂，謂衆曰：『吾有閑名在世，誰爲吾除得？』衆皆無對。時沙彌出曰：『請和尚法號。』師曰：『吾閑名已謝。』」閑名，虚閑不實之名。鍇按：爽禪師屬曹洞宗，故借其祖師洞山良价之事喻之。

余至清修別希一禪師津發如老媪扶女升（外）車其義風可以起頹俗將發作此㊀〔一〕

驚風急雨中秋後，回首長沙杳靄間。迎送初辭大藩府〔二〕，逍遥來看小廬山〔三〕。故人情義千鈞重，行客生涯一葉閑。明日旅亭勞晝夢，孤峰標格不容攀〔四〕。

【校記】

㊀ 升：原作「外」，誤，今改。

【注釋】

〔一〕宣和七年八月作於益陽縣。　清修：寺名，在益陽縣。方輿勝覽卷二三潭州：「小廬山，在益陽，似九江廬山，故曰小廬山。上有清修寺。」　希一禪師：即元禪師，字希一，時住清修寺。本集卷二六題清修院壁：「昔余庵於湘西，與希一爲鄰，相歡如价、密。宣和四年冬，希一遷於兹山。」參見卷七送元老住清修注〔一〕。廓門注：「希一，參於真淨克文，與覺範同卷。」其説無據。　津發：由水路出發。　升車：登車，上車。禮記經解：「行步，則有環珮之聲；升車，則有鸞和之音。」論語鄉黨：「升車，必正立，執綏。」底本「升」作「外」，

「外車」不辭，涉形近而誤，今改。底本本集卷二八有請靈源外座、請一老外座，「外座」皆當作「升座」，亦同此例。

〔二〕大藩府：此指潭州州治。宋承唐制，於重要州郡置都督府，設節度使，即所謂藩鎮。潭州即其一，故稱大藩。

〔三〕小廬山：明一統志卷六三長沙府：「小廬山，在益陽縣南六十里。舊名清修山。」

〔四〕孤峯標格不容攀：喻其忠義之風孤高絕倫，如峻峭之山峰難以攀登。蘇軾病中獨游淨慈謁本長老周長官以詩見寄仍邀游靈隱因次韻答之：「我與世疏宜獨往，君緣詩好不容攀。」此借用其語。

題壓波閣〔一〕

雪玉在躬賢令尹〔二〕，江山約束入宏規。驚波濺岸憑凌□㈠〔三〕，傑閣控雲彈壓之〔四〕。

霧斂塵清閑縱目，蜂爭蟻分想當時〔五〕。邦人準擬朱欄外，安著他年惠愛碑〔六〕。

【校記】

㈠□：原闕一字，天寧本作「替」，無據。

【注釋】

〔一〕宣和七年九月作於益陽縣。　壓波閣：據詩意，當爲益陽縣令賈公所建，以鎮江波。然清一統志卷二七六長沙府則曰：「壓波亭，在益陽縣前江濱。宋張詠爲縣令，以江水泛溢，禱於神，水應時而退。後人建亭以祀詠。」閣、亭同名，或在同一處。

〔二〕雪玉在躬：謂其身高潔如雪玉。禮記孔子閒居：「清明在躬。」此化用其語意。　賢令尹：指益陽縣令賈公。本集卷二一重修僧堂記稱「而成之者乃賢令尹賈公也」，可證。然似亦可指張詠，俟考。

〔三〕憑淩：同「憑陵」，侵犯，欺侮。

〔四〕傑閣：高閣。韓愈記夢：「隆樓傑閣磊嵬高，天風飄飄吹我過。」　彈壓：鎮壓，制服。淮南子本經：「秉太一者，牢籠天地，彈壓山川。」高誘注：「彈山川令出雲雨，復能壓止之也。」

〔五〕蜂爭蟻分：謂如蜂爭粉蕊，蟻分食物，喻人世間之紛爭。此詞爲惠洪自創，本卷襄州亂後逢端州依上人亦曰：「蟻分蜂爭一笑開。」

〔六〕惠愛碑：猶遺愛碑，頌德之碑。唐封演封氏聞見記卷五頌德：「在官有異政，考秩已終，吏人立碑頌德者，皆須審詳事實，州司以狀聞奏，恩敕聽許，然後得建之。故謂之頌德碑，亦曰遺愛碑。」廓門注：「後漢第五倫傳曰：『爲政清而有惠，百姓愛之。』又謂晉羊叔子峴山碑者歟？」

次韻賈令尹題裴公亭〔一〕

獨憑危欄眼力窮，當年勝踐想遺風〔二〕。歌喉雲杪殷餘韻〔三〕，笑靨尊前發醉紅。世相難逃朝夕改，山容不老古今同。議郎筆力回春色〔四〕，摹寫都藏畫牒中。

【注釋】

〔一〕宣和七年九月作於益陽縣。賈令尹：益陽縣縣令，名不可考，生平未詳。本集卷二一重修僧堂記：「方笑曰：『曾公發之，而成之者乃賢令尹賈公也。自公下車，盜賊衰息，風雨時若，民以是安，吏以是畏。風雨時若，則連歲有秋；盜賊衰息，則夜户不閉。歲豐時和，則民樂施，故吾堂成於談笑。使令尹不賢，民且離散，矧所謂沙門乞士者乎？』」裴公亭：明一統志卷六三長沙府：「裴休亭，在益陽縣白鹿山，唐裴休讀書之所。」

〔二〕當年勝踐想遺風：謂想象裴休當年在此讀書之流風遺韻。

〔三〕歌喉雲杪殷餘韻：列子湯問：「薛譚學謳於秦青，未窮青之技，自謂盡之，遂辭歸。秦青弗止，餞於郊衢，撫節悲歌，聲振林木，響遏行雲。薛譚乃謝求反，終身不敢言歸。」此化用其意。雲杪，猶言雲霄。蘇軾水龍吟：「嚼徵含宫，泛商流羽，一聲雲杪。」殷，震動。

〔四〕議郎：奉議郎之簡稱，此指賈令尹，以奉議郎之官階知益陽縣。參見本集卷二寄題彭思禹水明樓注〔二〕、卷一二題善化陳令蘭堂注〔五〕。

余往漢上清修白鹿二老送至龍牙作此別之〔一〕

因法相逢亦一時〔二〕，雲泉所至共娛嬉。怪君追送不辭遠，知我從來未有期。醞造離愁成獨笑，欺凌秋色有新詩。閻浮掌上訶梨勒〔三〕，去住休纏愛見悲〔四〕。

【注釋】

〔一〕宣和七年九月作於益陽縣。漢上：指襄州，即襄陽，臨漢水，故稱。清修白鹿二老：指清修寺住持元老希一禪師與白鹿寺住持法太希先禪師。錯按：法太住白鹿寺事，詳見本集卷六游白鹿贈太希先注〔一〕。明一統志卷六三長沙府寺觀：「白鹿寺，在白鹿山，宋建。」清一統志卷二七七長沙府二：「白鹿寺，在益陽縣南二里白鹿山上。」龍牙：寺名。清一統志卷二七七長沙府二：「龍牙寺，在益陽縣西一百里，唐元和間僧圓鴻所開，初名延祥寺。」時住持僧當爲智才禪師，詳見本集卷一六閏三月經旬雨江漲已及舊痕而湖山堂之下船猶著沙甚喜作此注〔一〕。

〔二〕因法相逢亦一時：隋釋灌頂隋天台智者大師別傳：「我與汝等因法相遇，以法爲親，傳習佛燈，是爲眷屬。」

〔三〕閻浮掌上訶梨勒：謂閻浮提世界如掌中之果，無大小之別。楞嚴經卷二：「阿那律見閻浮提，如觀掌中菴摩羅果。」此化用其意。　閻浮，即閻浮提，亦譯南瞻部洲。詩文中指人世間。　訶梨勒，即訶子，與菴摩羅果不同，此誤用。參見本集卷八晚歸自西崦復得再和二首注〔一三〕。

〔四〕愛見：二種煩惱之名。大智度論卷七：「煩惱有二種：一屬愛，二屬見。」維摩詰經卷中文殊師利問疾品：「於諸衆生，若起愛見大悲，即應捨離。」

雪夜至明教寄王路分舍人〔一〕

雪夜山中還獨宿，地罏深煨紙窗明。百年有限身今老，一枕無求夢自清。弟子分燈成保社〔二〕，故人持節頓江城〔三〕。瘴痾疏快諸緣淨，卧聽摧簷瀉竹聲〔四〕。

【注釋】

〔一〕宣和七年冬作於京西南路襄州南漳縣。　明教：寺名。湖廣通志卷七八古蹟志寺觀：「（南漳縣）明教寺在縣東北。」　王路分舍人：即王宏道，時爲路分兵馬鈐轄。參見本集卷五題王路分容膝軒注〔一〕、卷九王舍人路分生辰注〔一〕。

〔二〕弟子分燈成保社：惠洪弟子太淳禪師時住明教寺，故稱。見本卷送太淳長老住明教。　分燈：禪宗謂佛法如明燈，可破除迷暗，故分傳佛法謂之分燈。保社：依保而立之民間鄉社。山谷内集詩注卷一七罷姑熟寄元明用觴字韻：「本與江鷗成保社，聊隨海燕度炎涼。」任淵注：「保社，謂保伍同社。」傳燈録興化存獎禪師傳：『克賓曰：我不入汝保社。』」此借用其語。

〔三〕故人：當指王宏道。持節頓江城：其事不可考。

〔四〕卧聽摧簷瀉竹聲：蘇軾雪後到乾明寺遂宿：「更須攜被留僧榻，待聽摧簷瀉竹聲。」此襲用其語。

訪雙池老不遇其子覺先求詩爲作此〔一〕

芒鞵竹杖快新晴㊀，天迥游絲百尺輕。沃若柔桑連野緑〔二〕，烱如白鳥照溪明〔三〕。逢山有寺幽欣集，對客開軒午夢清㊁。曦竟未回凭閣久〔四〕，忽聞高柳子規聲。

【校記】

㊀快：重刊貞和類聚祖苑聯芳集卷七作「懌」。

㊁開：祖苑聯芳集作「閑」。

【注釋】

〔一〕作年未詳。雙池老：疑指法雲佛照杲禪師，真淨克文法嗣，惠洪師兄。覺先：法名淨因，字覺先，號佛鑑禪師，爲法雲杲禪師之弟子。參見本集卷八送因覺先注〔一〕。廓門注：「因覺先嗣法於佛照杲，雙池定知佛照杲也。」其説可從。

〔二〕沃若柔桑：詩衛風氓：「桑之未落，其葉沃若。」朱熹集傳：「沃若，澤潤貌。」

〔三〕炯如：明亮貌。

〔四〕曦竟未回：借指訪僧不遇。唐詩紀事卷七三僧含曦：「盧仝訪含曦上人云：『三入寺，曦未來。轆轤無繩井百尺，渴心歸去生塵埃。』曦酬云：『長壽寺，石壁院，盧公一首詩。渴飲即不渴，飢食即不飢。鯨吞海水盡，露出珊瑚枝。海神知貴不知價，留向人間光照夜。』」

寂音泉〔一〕

水靈有源不知處，但見方沼供無窮〔二〕。俯波下看遠山色，卷霧忽驚清鏡空。危亭快若望霜曉，江岸□□□陰風㊀。宜呼此泉作檀越〔三〕，歲致萬斛無凶豐〔四〕。

【校記】

㊀□□□：三字原闕，天寧本作「猶如起」。

【注釋】

〔一〕作年未詳。　寂音泉：未詳何處。廓門注：「寂音，覺範自稱也。」

〔二〕方沼：猶言方塘，方池。歐陽修春晚同應之偶至普明寺小飲作：「積雨添方沼，殘花點緑萍。」

〔三〕宜呼此泉作檀越：惠洪號寂音，故戲謂此寂音泉正宜作己之檀越。檀越，施主。

〔四〕歲致萬斛無凶豐：廓門注：「東坡詩二十六卷惠山泉詩『精品厭凡泉，願子致一斛』之句法。」

燈禪師出蜀住此山十年爲作南食且約同住作此以贈〔一〕

少年出蜀今耆艾〔二〕，十見襄陽浩蕩春〔三〕。山近京畿看愈好〔四〕，食兼虜饌味尤真〔五〕。君今避世成深隱〔六〕，我欲移庵結近鄰。相對無嫌太岑寂，待添明月作三人〔七〕。

【注釋】

〔一〕靖康二年二月作於襄州。　燈禪師：法燈（一〇七五～一一二七），字傳照，成都華陽人，俗姓王氏。嗣法芙蓉道楷，五燈會元卷一四列曹洞宗青原下十二世。事具本集卷二九鹿門燈禪師塔銘。　住此山十年：指住襄州鹿門山十年。鹿門燈禪師塔銘：「（政和）七年，解院事，西歸京師，名聞天子，俄詔住襄陽鹿門政和禪寺。」其住鹿門寺，當在政和八年，至靖康二年正十年。本集卷七初到鹿門上莊見燈禪師遂同宿愛其體物欲托跡以避世戲作此詩有「干戈爭奪餘，身在相驚詫」之句，亦可證惠洪至鹿門寺在金人入侵、兵亂四起之靖康二年。　南食：南方食品，特指海産品之類。韓愈有初南食貽元十八協律詩。

〔二〕耆艾：老年人。禮記曲禮上：「五十曰艾，服官政；六十曰耆，指使。」鍇按：法燈禪師年壽五十三，故曰耆艾。

〔三〕浩蕩春：蘇軾正月二十一日病後述古邀往城外尋春：「一看郊原浩蕩春。」此借用其語。

〔四〕山近京畿：襄州宋屬京西南路，較之惠洪此前長住之荆湖南路，可謂「近京畿」。

〔五〕虜饌：北方中原人食品。施注蘇詩卷一四送筍芍藥與公擇二首之一：「久客厭虜饌，枵然思南烹。」注：「公自注：『蜀人謂東北人虜子。』韓退之初南食詩：『自宜味南烹。』」鍇按：陸游老學庵筆記卷九：「今蜀人謂中原人爲虜子，東坡詩『久客厭虜饌』是也。因目北人仕蜀者爲虜官。」

〔六〕深隱：於深僻處隱居。續高僧傳卷二五釋道英傳：「東山深隱之所，不與俗爭。」禪月集卷一〇離亂後寄九華和尚二首之一：「亂後知深隱，菴應近石樓。」

〔七〕待添明月作三人：李白月下獨酌四首之一：「舉杯邀明月，對影成三人。」此借用其意，謂己與法燈禪師，另添明月而成三人。

襄州亂後逢端州依上人〔一〕

漢上相逢兵火後〔二〕，蒼顔華髮兩摧頽〔三〕。塵清霧斂閑身在，蟻分蜂爭一笑開〔四〕。志捍叢林山剔卓〔五〕，義規朋友玉崔嵬〔六〕。瓦精鴂（決）舌休皮相㊀〔七〕，曾見淄州古佛來〔八〕。

【校記】

㊀鴂：原作「決」，誤，今改。參見注〔六〕。

【注釋】

〔一〕建炎元年六月作於襄州。端州：宋屬廣南東路，治高要縣。廓門注：「襄州，即襄陽府。端州，即肇慶府也。」依上人：法名生平未詳。據詩末句「曾見淄州古佛來」，可知其爲芙蓉道楷禪師之弟子，屬曹洞宗青原下十二世。鍇按：建炎以來繫年要録卷五：「（建炎元年五月丙辰）是日，李孝忠破襄陽府，守臣直徽猷閣黄叔敖棄城去。孝忠遂入城，肆焚劫，掠子女，盡驅强壯爲軍。」宋史高宗本紀一：「（建炎元年六月丁卯）賊李孝忠寇襄陽，守臣黄叔敖棄城遁。」時日與要録不同。李孝忠，本鎮海節度使劉延慶部屬，爲金兵所擊，延慶死，孝忠等遂爲盜。京西、湖北諸州飽受其害。參見建炎以來繫年要録卷一。

〔二〕漢上：代指襄州，以其臨漢水故也。

〔三〕蒼顔華髮兩摧頹：蘇軾和陶丙辰歲八月中于下潠田舍穫：「一與蜑叟醉，蒼顔兩摧頹。」此借用其語。

〔四〕蟻分蜂爭：喻人世間爭奪紛擾。鍇按：本卷題壓波閣：「霧斂塵清閑縱目，蜂爭蟻分想當時。」與此聯語句相似。

〔五〕山剔卓：喻其卓然挺立。剔卓，山勢卓立貌。或作「踢卓」，義同。參見本集卷六送悟上人歸溈山禮覲注〔七〕。

〔六〕玉崔嵬：喻其高潔。劉敞初雪：「開門將誰爲？南山玉崔嵬。」王安石次韻和甫詠雪：「奔走風雲四面來，坐看山隴玉崔嵬。」此借用其語。

〔七〕瓦精鴂舌休皮相：謂勿從外表看依上人語言如南蠻。瓦精，未詳其意，疑有誤字。鴂舌，猶鳥語，形容南蠻人語言難懂，底本作「決舌」，誤。孟子滕文公上：「今也南蠻鴂舌之人，非先王之道。」柳河東集卷三〇與蕭翰林俛書：「楚越間聲音特異，鴂舌啅譟，今聽之怡然不怪，已與爲類矣。」本集卷二二無證庵記：「矧置身蠻夷，論效鴂舌，衣纏花貝，心緒怵然，非復中華氣味，而見道人哉！」鍇按：端州在嶺南，古爲南蠻之地，依上人之語音異於中華，故稱「鴂舌」。皮相：從表面上看。史記酈生陸賈列傳：「夫足下欲興天下之大事，而成天下之大功，而以目皮相，恐失天下之能士。」

〔八〕曾見淄州古佛來：謂依上人曾親從芙蓉道楷禪師參禪問道。廓門注：「古佛謂芙蓉道楷歟？」其説甚是。禪林僧寶傳卷一七天寧楷禪師傳：「於是受罰，著縫掖，編管緇州。都城道俗見者流涕，楷氣色閑暇。至緇州，僦屋而居，學者益親。」參見本集卷二三定照禪師序。淄州，宋屬京東東路，治淄川縣。州因淄水得名。禪林僧寶傳、定照禪師序作「緇州」，誤。

和濟之通判日夜懷祖穎諸公〔一〕

才高自是萬夫望〔二〕，語妙人疑錦繡腸〔三〕。新事驚嗟入詩律，故交契闊付淒傷〔四〕。開書想見湖山好，他日懸知夜語長。獄屋豈能埋寶劍，斗牛長覺射龍光〔五〕。

【注釋】

〔一〕建炎元年作於襄州。濟之通判：姓名無考，疑爲襄州通判。參見本集卷九次韻濟之和劉元老偶成之句。祖穎諸公：祖當指希祖，字超然，惠洪法弟。穎未詳，亦當爲禪僧。

〔二〕萬夫望：易繫辭下：「君子知微知彰，知柔知剛，萬夫之望。」

〔三〕錦繡腸：喻極有才華，滿腹文章。蘇軾王晉卿示詩欲奪海石錢穆父王仲至蔣穎叔皆次韻：

「平生錦繡腸，早歲藜莧腹。」

〔四〕契闊：久别。

〔五〕「獄屋豈能埋寶劍」二句：晉書張華傳：「初，吴之未滅也，斗牛之間常有紫氣。……及吴平之後，紫氣愈明。華聞豫章人雷煥妙達緯象，乃要煥宿。……因登樓仰觀，煥曰：『僕察之久矣，惟斗牛之間，頗有異氣。』華曰：『是何祥也？』煥曰：『寶劍之精，上徹於天耳。』……（華）因問曰：『在何郡？』煥曰：『在豫章豐城。』華曰：『欲屈君爲宰，密共尋之，可乎？』煥許之。華大喜，即補煥爲豐城令。煥到縣，掘獄屋基，入地四丈餘，得一石函，光氣非常，中有雙劍並刻題，一曰龍泉，一曰太阿。其夕，斗牛間氣不復見焉。」王勃秋日登洪府滕王閣餞别序：「物華天寶，龍光射牛斗之墟。」已見前注。

送匀上人謁蔡州使君〔一〕

淮西氣宇蓋三軍〔二〕，絶似平原舊使君〔三〕。今日孤城獨堅守，疾風勁草昔傳聞〔四〕。龍蛇戲下唯呼姓〔五〕，翰墨場中亦策勳。想見棠陰談我處〔六〕，笑持茗盌辯如雲〔七〕。

【注釋】

〔一〕建炎二年正月作於江州廬山。匀上人：生平法系未詳。蔡州使君：指閻孝忠，字資欽，建炎中嘗知蔡州，堅守孤城。三朝北盟會編卷一一五：「（建炎二年二月）十八日癸酉，尼楚赫陷蔡州，知汝陽縣丞郭瓚死之。兵至蔡州，知軍州事閻孝忠先遣家屬在西平縣西陵土豪翟沖家。孝忠聚軍民守城，金人攻擊數日，城陷於東南隅，居人自東奔者皆達，餘三面奔者皆死。知汝陽縣丞郭瓚朝服而罵金人，被執猶罵不絶口，不脱朝服而死。金人大肆剽掠，焚廬舍。孝忠被執，金人見其貌陋而侏儒，不以爲知州，遂令荷擔。孝忠奔走得脱，乃往西陵。孝忠字資欽，開封人，聰惠俊爽，精通醫方，嘗著信效方，議論甚精，致行於世。初爲知州，揭榜詞狀不限字數，每狀不限幾字，孝忠一覽盡得其理，而能暗記其人姓名鄉里。以致訴錢物者，亦能記其數目。金人退，留守司差張武經權知州，州雖殘破，而十縣猶盛，民户詞訟頗繁，張武經不能辨。時孝忠已有朝廷放罪，民户思孝忠治民有法，經監司陳狀，乞求孝忠依舊權知州，監司從之。孝忠遂權知事。」孝忠事參見建炎以來繫年要録卷六、卷一一三。

〔二〕淮西氣宇蓋三軍：讚譽閻孝忠知蔡州抗金守城之豪氣，如當年雪夜入蔡州擒吴元濟之名將李愬。　鍇按：蔡州，唐爲淮西節度。元和十年，淮西節度使吴元濟反，朝廷遣裴度宣慰淮西行營，以愬爲鄧州節度使，率兵討伐。十二年，愬率師雪夜襲蔡州，生擒吴元濟，淮西平。參見本集卷一題李愬畫像。

〔三〕絶似平原舊使君：讚孝忠堅守蔡州之舉，如當年顔真卿堅守平原郡。新唐書顔真卿傳：

「出爲平原太守。安禄山逆狀牙孽，真卿度必反，陽託霖雨，增陴濬隍，料才壯，儲廥廩。日與賓客泛舟飲酒，以紓禄山之疑。果以爲書生，不虞也。禄山反，河朔盡陷，獨平原城守具備，使司兵參軍李平馳奏。玄宗始聞亂，歎曰：『河北二十四郡，無一忠臣邪？』及平至，帝大喜，謂左右曰：『朕不識真卿何如人，所爲乃若此。』時平原有靜塞兵三千，乃益募士，得萬人，遣録事參軍李擇交統之，以刁萬歲、和琳、徐浩、馬相如、高抗朗等爲將，分總部伍。大饗士城西門，慷慨泣下，衆感勵。」參見本集卷一謁蔡州顔魯公祠堂。

〔四〕疾風勁草：後漢書王霸傳：「光武謂霸曰：『潁川從我者皆逝，而子獨留。努力！疾風知勁草！』」

〔五〕戲下：在主將大旗之下，同「麾下」。史記淮陰侯列傳：「不至十日，而兩將之頭可致於戲下。」

〔六〕棠陰：甘棠之陰，以喻指官員惠政。語本詩召南甘棠。已見前注。

〔七〕辯如雲：東坡詩集注卷一一次韻王鞏顔復同泛舟：「談辯如雲玉麈飛。」趙次公注：「後漢：『符融幅巾奮袖，高談如雲。』」

寄盛聳玉〔一〕

平生翰墨到精微，盛氏諸郎最白眉〔二〕。氣訐曾窺豪士賦〔三〕，初交先和野僧詩。謾勞清夢思相識，那料孤蹤晚見知。君看臨危用心處，何殊晏子解驂時〔四〕。

【注釋】

〔一〕建炎元年作於襄州。　盛羣玉：生平未詳。鍇按：據此詩「臨危」句，當作於襄州亂後。

〔二〕盛氏諸郎最白眉：謂盛羣玉乃盛氏諸郎中最傑出者。三國志蜀書馬良傳：「馬良字季常，襄陽宜城人也。兄弟五人並有才名，鄉里爲之諺曰：『馬氏五常，白眉最良。』良眉中有白毛，故以稱之。」鍇按：盛羣玉乃襄陽人，故以襄陽名士馬良喻之。此即贈人詩用同郡人事之例，與贈人詩用同姓事之修辭手段相類似。

〔三〕氣許曾窺豪士賦：晉書陸機傳：「時中國多難，顧榮、戴若思等咸勸機還吴。機負其才望，而志匡世難，故不從。冏既矜功自伐，受爵不讓，機惡之，作豪士賦以刺焉。」蘇軾和劉道原詠史：「吴客漫陳豪士賦，桓侯初笑越人方。」廓門注：「訐，面斥人隱過，攻發人陰私。論語曰：『吾惡訐以爲直者。』陸士衡豪士賦載文選。」

〔四〕晏子解驂：喻救人於危難之中。史記管晏列傳：「越石父賢，在縲紲中。晏子出，遭之途，解左驂贖之，載歸。」

十二月十八夜大雪注蓮經罷有僧來勸歸廬山僧去作此〔一〕

煙凝生怕席簾開，快煖偏宜榾柮柴〔二〕。夜久飢鼯嗅空案〔三〕，夢驚鬬虎墮層崖。優曇花偈餘殘紙〔四〕，薝蔔林（杯）香自滿齋㈠〔五〕。折脚鐺安莫嫌穩〔六〕，地偏人懶遂幽懷。

【校記】

㈠林：原作「杯」，誤，今改。參見注〔五〕。

【注釋】

〔一〕宣和四年十二月十八日作於長沙。蓮經：即妙法蓮華經，亦簡稱法華經。宣和年間惠洪在長沙注此經，今存法華經合論七卷。

〔二〕榾柮柴：短木塊柴，樹疙瘩。韋莊浣花集卷九宜君縣比卜居不遂留題王秀才別墅二首之一：「本期同此卧林丘，榾柮爐前擁布裘。」宋高僧傳卷二三晉天台山平田寺道育傳：「時春煦，亦燒榾柮柴，以自熏灼。」羅湖野録卷上載臨川化度淳藏主（景淳）山居詩曰：「怕寒嬾剃鬔鬆髮，愛煖頻添榾柮柴。」

〔三〕飢鼯嗅空案：蘇軾除夜病中贈段屯田：「倦僕觸屏風，飢鼯嗅空案。」此襲用其語。

〔四〕優曇花偈餘殘紙：謂注罷法華經，尚餘殘紙。　優曇花偈，指法華經卷一方便品世尊所說偈言，偈曰：「譬如優曇花，一切皆愛樂，天人所希有，時時乃一出。聞法歡喜讚，乃至發一言，則爲已供養，一切三世佛，是人甚希有，過於優曇花。汝等勿有疑，我爲諸法王，普告諸大衆，但以一乘道，教化諸菩薩，無聲聞弟子。汝等舍利弗，聲聞及菩薩，當知是妙法，諸佛之祕要。」故以此偈代指法華經。

〔五〕薝蔔林香自滿齋：謂大雪如薝蔔林花開放，香滿禪齋。東坡詩集注卷六章錢二君見和復次韻答之：「薝蔔無香散六花。」趙次公注：「薝蔔，梔子花，與雪花皆六出。」　鍇按：雪本無香，擬之薝蔔花，而薝蔔有香，故以言之。維摩詰經卷中觀衆生品：「如人入瞻蔔林，唯嗅瞻蔔，不嗅餘香。」「瞻蔔林」通作「薝蔔林」，爲唐宋詩人常用之意象，代指寺院，如劉禹錫和樂天題真娘墓：「薝蔔林中黃土堆。」釋貫休送鄭使君：「薝蔔林中禮萬迴。」彭汝礪雲蓋寺詩：「舊日蛇虺穴，今時薝蔔林。」或借喻滿林雪花，如蘇軾興龍節侍宴前一日微雪與子由同訪王定國小飲清虚堂：「遥知清虚堂裏雪，正似薝蔔林中花。」本集卷一予在龍安木蛇庵除夕微雪及辰未消作詩記之二首之一：「但餘薝蔔林，落花和月賞。」卷六宿湘陰村野大雪寄湖山居士：「湖山薝蔔林，爲我花連夜。」底本「林」作「杯」，無據，乃涉形近而誤，今改。葉夢得石林詩話卷中：「荆公詩用法甚嚴，尤精於對偶。……如『周顒宅在阿蘭若，婁約身隨窣堵波』，皆以梵語對梵語。」此詩以「薝蔔林」對「優曇花」，亦以梵語對梵語，得荆公之遺法。

〔六〕折脚鐺安莫嫌穩：黄庭堅贈清隱持正禪師：「異時折脚鐺安穩，更種平湖十頃蓮。」此化用其意。

雪中〔一〕

勢密連空若推下，隨風起舞不容追。門閑走犬無深巷〔二〕，樹暗棲鴉有剩枝。旋撥地鑪通宿火，却呵凍手寫新詩。軒窗秀發驚清晝，萬壑春歸説向誰？

【注釋】

〔一〕作年未詳。

〔二〕門閑走犬無深巷：陶淵明歸園田居六首之一：「狗吠深巷中，雞鳴桑樹巔。」此反其意而用之。

再會莊德祖大夫〔一〕

平昔才名似孟宗〔二〕，暮年一鉢並巖叢。交朋半在青雲上〔三〕，意氣都消白眼中〔四〕。

龐老尚餘靈照在〔五〕，伯鸞應許孟光同〔六〕。君看張束之爲相，不害荆州禿鬢翁〔七〕。

【注釋】

〔一〕靖康元年春作於襄州。 莊德祖大夫：惠洪故人，生平未詳。本集卷一〇有廬山寄都下邦基德祖諸故人詩，可參見。

〔二〕孟宗：三國志吴書孫晧傳：「（建衡三年）孟仁卒。」裴松之注引吴録曰：「仁字恭武，江夏人也，本名宗，避晧字，易焉。少從南陽李肅學，其母爲作厚褥大被，或問其故，母曰：『小兒無德致客，學者多貧，故爲廣被，庶可得與氣類接也。』其讀書夙夜不懈，肅奇之曰：『卿宰相器也。』初爲驃騎將軍朱據軍吏，將母在營，既不得志，又夜雨屋漏，因起涕泣，以謝其母。母曰：『但當勉之，何足泣也？』據亦稍知之，除爲鹽池司馬。自能結網，手以捕魚，作鮓寄母。母因以還之，曰：『汝爲魚官，而以鮓寄我，非避嫌也。』遷吴令。時皆不得將家之官，每得時物，來以寄母，常不先食。及聞母亡，犯禁委官。語在權傳。特爲減死一等，復使爲官，蓋優之也。」又引楚國先賢傳曰：「宗母嗜筍，冬節將至，時筍尚未生，宗入竹林哀歎，而筍爲之出，得以供母。皆以爲至孝之所致感。累遷光禄勳，遂至公矣。」

〔三〕青雲：喻仕途得意，飛黄騰達。本集卷一送雷從龍見宣守：「青雲故人氣如春。」即此意。

〔四〕白眼：謂遭鄙視。

〔五〕龐老尚餘靈照在：謂莊德祖如龐居士，有女兒陪伴學佛。景德傳燈録卷八襄州居士龐蘊：

「元和中，北游襄漢，隨處而居，或鳳嶺鹿門，或廛肆閭巷，初住東巖，後居郭西小舍。一女名靈照，常隨，製竹漉籬，令鬻之，以供朝夕。……居士將入滅，令女靈照出，視日早晚及午以報。女遽報曰：『日已中矣，而有蝕也。』居士出户觀次，靈照即登父座，合掌坐亡。居士笑曰：『我女鋒捷矣。』」東坡詩集注卷九虔州吕倚承事年八十三讀書作詩不已好收古今帖貧甚至食不足：「不識孔方兄，但有靈照女。」程縯注：「龐蘊女靈照，父子皆深造禪理。」廓門注：「靈照女，龐居士妹也。」不確。

〔六〕伯鸞應許孟光同：謂莊德祖夫婦如梁鴻、孟光夫婦，夫唱婦隨，安貧樂道。後漢書逸民傳梁鴻傳：「梁鴻字伯鸞，扶風平陵人也。……同縣孟氏有女，狀肥醜而黑，力舉石臼，擇對不嫁，至年三十。父母問其故，女曰：『欲得賢如梁伯鸞者。』鴻聞而聘之。女求作布衣麻屨，織作筐緝績之具，及嫁，始以裝飾。入門七日，而鴻不答，妻乃跪牀下請曰：『竊聞夫子高義，簡斥數婦，妾亦偃蹇數夫矣。今而見擇，敢不請罪。』鴻曰：『吾欲裘褐之人，可與俱隱深山者爾，今乃衣綺縞，傅粉墨，豈鴻所願哉！』妻曰：『以觀夫子之志耳，妾自有隱居之服。』乃更爲椎髻，著布衣，操作而前。鴻大喜曰：『此真梁鴻妻也，能奉我矣。』字之曰德曜，名孟光。」

〔七〕「君看張柬之爲相」二句：新唐書張柬之傳：「張柬之字孟將，襄州襄陽人。……永昌元年，以賢良召，時年七十餘矣。對策者千餘，柬之爲第一。……俄爲荆州大都督府長史。長安中，武后謂狄仁傑曰：『安得一奇士用之？』仁傑曰：『陛下求文章資歷，今宰相李嶠、蘇味道足矣。豈文士齷齪，不足與成天下務哉？』后曰：『然。』仁傑曰：『荆州長史張柬之，雖老，宰相材也，用之，必盡節於國。』即召爲洛州司馬。它日又求人，仁傑曰：『臣嘗薦張柬之，未用也。』后曰：『遷之矣。』曰：『臣薦宰相，而爲司馬，非用也。』乃授司刑少卿，遷秋官侍郎。後姚崇爲靈武軍使，將行，后詔舉外司可爲相者，崇曰：『張柬之沈厚有謀，能斷大事，其人老，惟亟用之。』即日召見，拜同鳳閣鸞臺平章事，進鳳閣侍郎。誅二張也，柬之首發其謀。以功擢天官尚書、同鳳閣鸞臺三品、漢陽郡公。」鍇按：莊德祖居襄陽，故以襄陽人張柬之喻勉之，此亦贈人詩用同郡人事之例。

與蔡揚（楊）州〔一〕〔一〕

五馬東來數月間〔二〕，十州人物帖然安〔三〕。池邊芳草新吟罷，樓外遥山晝卧看。鈴閣蠟煙秋色晚〔四〕，譙門銅漏夜聲寒〔五〕。雖然自是雲林客〔六〕，猶把風流作話端。

【校記】

〔一〕揚：原作「楊」，誤，今據武林本改。

【注釋】

〔一〕崇寧元年作於揚州。　蔡揚州：當指蔡卞。蔡卞（一〇四八～一一一七）字元度，蔡京之弟，王安石之壻，福建仙遊人。熙寧三年進士。紹聖二年拜尚書左丞，紹述新法。徽宗即位，罷。復起知大名府，擢知樞密院。後與蔡京政見相左，出知河南府。宋史入姦臣傳。考哲、徽、欽宗三朝，蔡姓知揚州者僅有蔡京、蔡卞兄弟。宋周應合景定建康志卷一三：「（元祐）四年正月十一日，卞移知揚州。」續資治通鑑長編卷四三〇：「（元祐四年七月丙申）龍圖閣待制、知揚州蔡卞知廣州。」長編卷四四二：「（元祐五年五月丙寅）知揚州、龍圖閣待制蔡京知潁昌府。」又長編拾補卷一九：「（崇寧元年二月辛丑）左正議大夫、知大名府蔡卞知揚州。」據此可知，蔡卞首次知揚州在元祐四年正月至七月間，蔡京知揚州在元祐四年七月至五年五月間。惠洪其時尚在江西新昌洞山，絶無拜見二蔡之機會。崇寧元年二月蔡卞再知揚州，其時惠洪正游於江淮間，嘗至揚州，故此詩當爲獻蔡卞而作。

〔二〕五馬：太守之代稱，宋之知州略同漢之太守，故借用。演繁露卷二五馬：「太守五馬，莫知的據，古樂府『五馬立踌躕』，即其來已久。或言詩有『良馬五之』，侯國事也。然上言『良馬四之』，下言『良馬六之』，則或四或六，元非定制也。漢有駟馬車，正用四馬，而鄭玄注詩曰：『周禮：州長建旟。漢太守比州長，法御五馬。』玄以州長比方漢州，大小相絶遠矣。周之州乃反統隸於縣，比漢太守品秩殊不侔，不足爲據。然鄭後漢時人，則太守之用五馬，後漢已然矣。至唐白樂天和深春二十詩曰：『五匹鳴珂馬，雙輪畫戟車。』至其自杭分司，有詩曰：『錢塘五馬留三匹，還擬騎來攬擾春。』老杜亦曰：『使君五馬一馬驄。』則是真有五馬矣。若其制之所始，則未有知者。」舊題彭乘墨客揮犀卷四：「世謂太守爲五馬，人罕知其故事。或言詩云：『孑孑干旟，在浚之都。素絲組之，良馬五之。』鄭注謂：『周禮：州長建旟。漢太守比州長，法御五馬，故云。』後見龐幾先朝奉云：『古乘駟馬車，至漢時，太守出則增一馬。事見漢官儀也。』」

〔三〕十州人物：據元豐九域志卷五淮南東路，揚州爲大都督府、廣陵郡、淮南節度，轄揚、亳、宿、楚、海、泰、泗、滁、真、通十州。　帖然：安定順從貌。唐張九齡曲江集卷一一勅契丹知兵馬中郎李過折書：「今諸部帖然，皆卿之力也。」

〔四〕鈴閣：知州有鈴閣，懸鈴以代傳呼。東坡詩集注卷一七聚星堂雪：「晨起不待鈴索掣。」趙次公注：「鈴索掣，太守有鈴閣也。李白猛虎行：『掣鈴交通二千石。』」

〔五〕譙門：建有望樓之城門。漢書陳勝傳：「攻陳，陳守令皆不在，獨守丞與戰譙門中。」顔師古注：「譙門，謂門上爲高樓以望者耳。樓一名譙，故謂美麗之樓爲麗譙。譙亦呼爲巢，所謂巢車者，亦於兵車之上爲樓，以望敵也。譙、巢聲相近，本一物也。」

〔六〕雲林客：文苑英華卷二五六唐崔峒書懷寄楊郭李王判官：「慣作雲林客，因成懶慢人。」此借用其語。

唐生能視手文乞詩戲贈之〔一〕

草蕪門徑過從少〔二〕，那料秋來夜話同。屋漏移牀時發笑〔三〕，粥稠當飯巧於窮〔四〕。我留癡絶傳身後〔五〕，君見平生似掌中。明日渡江應轉首，數峰無語晚連空〔六〕。

【注釋】

〔一〕作年未詳。唐生：當爲相士，名字未詳，生平不可考。手文：手掌中之紋理。視手文，猶言看手相。後漢書公孫述傳：「又自言手文有奇，及得龍興之瑞。」

〔二〕草蕪門徑過從少：黄庭堅呻吟齋睡起五首呈世弼之一：「巷僻過從少，官閑氣味長。」此借用其語。

〔三〕屋漏移牀：蘇軾南堂五首之三：「他時雨後困移牀。」此化用其意。

〔四〕粥稠當飯：蘇軾次韻田國博部夫南京見寄二首之二：「火冷餳稀杏粥稠。」此借用其語。

〔五〕癡絶：癡拙至極，不合流俗。晉書顧愷之傳：「故俗傳愷之有三絶：才絶、畫絶、癡絶。」

〔六〕數峰無語：王禹偁村行：「數峰無語立斜陽。」此借用其語。

贈麻城接待僧勝上人〔一〕

緑髮凋零白業增〔二〕，住庵隨分有規繩〔三〕。爲分一邑人家飯，普供十方雲水僧〔四〕。掃徑客來圓笑靨，開軒雲破露寒層。君看擊桶金牛手〔五〕，坐續山頭柏子燈〔六〕。

【注釋】

〔一〕政和五年春作於麻城縣。麻城：宋爲淮南西路黄州屬縣。接待僧：掌管接待游方和尚之僧人。勝上人：法系生平不可考。

〔二〕白業：善業。隋釋慧遠大乘義章卷七黑白四業義兩門分别：「言白白者，是其善業。善法鮮淨，名之爲白。因果俱白，名白白業。」

〔三〕規繩：規矩繩墨，喻法度。孔子家語五儀解：「孔子曰：『所謂賢人者，德不逾閑，行中規繩。』」

〔四〕普供十方雲水僧：景德傳燈録卷二三襄州洞山守初崇慧大師：「從今已去，向十字街頭，不畜一粒米，不種一莖菜，接待十方往來。一箇箇教伊拈却膩脂帽子，脱却鶻臭布衫，教伊洒洒落落地作箇明眼衲僧，豈不快哉！」雲水僧，指游方僧，行脚僧，言其如行雲流水無定居。禪宗頌古聯珠通集卷一九琅琊覺禪師頌：「一堂雲水僧，盡是十方客。」

〔五〕君看擊桶金牛手：景德傳燈録卷八鎮州金牛和尚：「師自作飯供養衆僧，每至齋時，舁飯桶到堂前，作舞曰：『菩薩子，喫飯來！』乃撫掌大笑。日日如是。」此借指麻城接待僧。

〔六〕坐續山頭柏子燈：輿地紀勝卷四九淮南西路黃州：「柏子山，在麻城縣東北三十里。」五燈會元卷一七東林常總禪師法嗣有黃州柏子山棲真院德嵩禪師，爲臨濟宗黃龍派南嶽下十三世。此句勉勵麻城接待僧坐等接續柏子山德嵩和尚之禪燈。

夏日同安示阿崇諸衲子〔一〕

老眼揭來驚節物〔二〕，閑同諸子話江鄉〔三〕。試茶正要旋烘盞〔四〕，煮餅且令深注湯〔五〕。忽憶海山餐荔子〔六〕，更思湘水擘（劈）蓮房㊀〔七〕。夏休便可車輪去〔八〕，菌蕈（簟）秋肥趁及嘗㊁〔九〕。

【校記】

㊀擘：原作「劈」，誤，今據武林本改。参见注〔七〕。

㊁蕈：原作「簟」，誤，今改。参見注〔九〕。

【注釋】

〔一〕建炎二年夏作於南康軍建昌縣。同安：寺名。輿地紀勝卷二五江南東路南康軍：「鳳棲山，在建昌，今名同安山，有崇勝院。」江西通志卷一二山川志六：「鳳棲山，在建昌縣西十五里。山勢旋伏如鳳，有同安寺。」同書卷一一三寺觀志三：「同安寺，在建昌縣鳳棲山，唐中和中，丕禪師建。」景德傳燈録卷二〇有洪州鳳棲山同安丕禪師。　阿崇：惠洪弟子。參見本集卷七中秋夕以月色靜中見泉聲幽處聞爲韻分韻得見字注〔七〕、卷九愈崇二子求偈歸江南注〔一〕。　鍇按：永樂大典卷八七八三韓駒陵陽集寂音尊者塔銘：「建炎二年五月甲戌，寂音尊者寶覺圓明大師歿於南康軍同安寺，門人智俱等崇石爲塔，葬之寺北五里。」僧寶正續傳卷二明白洪禪師傳：「建炎二年夏五月，示寂於同安，閱世五十有八。門人建塔於鳳棲山。」嘉泰普燈録卷七筠州清涼寂音慧洪禪師：「建炎二年五月，示寂於同安，壽五十有八，臘四十。」此詩當爲惠洪絶筆詩，欲待夏休移住百丈山車輪峰，未果。

〔二〕竭來：近來，邇來。

〔三〕話江鄉：蘇軾眉州遠景樓記：「大家顯人以門族相上，推次甲乙，皆有定品，謂之江鄉。」此借以喻品評人物高下。

〔四〕試茶正要旋烘盞：清江三孔集卷二一孔平仲會食：「潑茶旋煎湯，就火自烘盞。」

〔五〕煮餅且令深注湯：黄庭堅三月乙巳來賦鹽萬歲鄉且蒐獮匿賦之家晏飯此舍遂留宿是日大風自採菊苗薦湯餅二首之二：「煮餅菊苗深注湯。」又和曹子方雜言：「菊苗煮餅深注湯。」此借用其語。

〔六〕忽憶海山餐荔子：惠洪政和元年流配海南崖州，三年遇赦北歸，故有此語。本集卷八肇上人居京華甚久別余歸閩作此送之：「摩頭忽憶海山濱，蕨芽荔肉齒生津。」

〔七〕更思湘水擘蓮房：宣和元年至七年，惠洪寓居長沙，故有此語。底本「擘」作「劈」，涉形近而誤。錯按：「劈」字從刀，「擘」字從手，分開蓮房用手不用刀，故當作「擘」。蘇軾席上代人贈別三首之三：「蓮子擘開須見臆。」姜特立梅山續稿卷三夏日奉天台祠禄：「裹蹄和露擘蓮房。」洪适槃洲文集卷八〇生查子之七：「淺笑擘蓮蓬，去却中心苦。」范成大石湖詩集卷一九萬州西山湖亭秋荷尚盛：「隔江招岑仙，共擘雙蓮房。」均作「擘」。又本集卷一一送僧歸石門：「相逢水寺初嘗橘，忽憶風簷共擘蓮。」卷一六次韻方夏日五首時渠在禹谿余乃居福嚴之一：「忽憶故人談笑處，擘蓮嘗芡禦炎炎。」亦皆作「擘」，可證。

〔八〕夏休：指七月十五日坐夏結束。禪林僧寶傳卷八洞山守初禪師傳：「自襄漢南至長沙，坐夏。夏休，詣雲門偃禪師。」車輪：車輪峰，代指百丈山。江西通志卷七山川志一：「百丈山，在奉新縣西一百四十里。距山西南里許，有駐蹕山，一名車輪峰，宣宗迎回，駐蹕於此。」參見本集卷一〇誠上人求詩注〔二〕。

〔九〕菌蕈：泛指菌類植物。爾雅釋草：「中馗，菌。」郭璞注：「地蕈也，似蓋，今江東名爲土菌，亦曰馗廚，可啖之。」施注蘇詩卷三六雨後行菜：「芥藍如菌蕈，脆美牙頰響。」注：「陳仁玉菌譜：『芝菌最爲上品。蕈凡九種，味極香美。』海録碎事：『江東人呼地菌爲土菌。』」底本

「蕈」作「簟」，簟爲竹席，其義迥不相屬，乃涉形近而誤。

三月二十八日棗柏大士生辰六首〔一〕

深觀諸佛剎那際，三世十方無遁形〔二〕。已盡凡情不顛倒，如除目翳自光明〔三〕。意俱大地山河喪，心與空花夢幻生。垂手遇緣攜法界〔四〕，美髯跣足散衣行〔五〕。

二天給侍慈忍象㊀〔六〕，一虎槖經常寂光〔七〕。意處世間離生滅，夢中塵劫浪遮藏〔八〕。即真不必冠巾毀〔九〕，絕染何妨棗柏嘗〔一〇〕。提起超情無比句〔一一〕，夜來山雨落花香。

青春徑去不小住，天迥游絲增眼寒。想見手提大千界，翛然身現一毛端〔一二〕。若存情見智山隔，但斷攀緣業海乾〔一三〕。面目分明今日是〔一四〕，敢將棗柏薦盤餐〔一五〕。

生死鶻崙無背面〔一六〕，摩挲把玩久嗟咨。悟明必藉戒定慧〔一七〕，隨順差成老病衰〔一八〕。淨意即空良顯決〔一九〕，色身對現出思惟〔二〇〕。千烹萬鍛知恩德，敢忘摩尼在鑛時〔二一〕。

眼蓋人寰撚美髯，年年相見晚春前〔二二〕。摸蘇緣安心俱盡〔二三〕，揞拭鮮陳念已圜〔二四〕。指下琴方纔發越〔二五〕，眉間毫相見無邊〔二六〕。微塵劫海依今住〔二七〕，生死何勞較後先。

一剎那際入正受〔二八〕，互參三世妙難思〔二九〕。有情夢境依此住，無量劫海不移時〔三〇〕。

任運行藏難掩覆，隨疑語默出思惟。大哉無比金剛句〔三〕，世罕知之我獨知。

【校記】

㈠忍：廓門本作「恋」，誤。

【注釋】

〔一〕作年未詳。棗柏大士：唐李通玄之尊稱。生辰：本集特指忌日。據宋高僧傳卷二二李通玄傳，通玄卒於開元十八年暮春二十八日，故每年三月二十八日爲其忌日，即生辰。參見本集卷八三月二十八日棗柏大士生辰二首注〔一〕。

〔二〕「深觀諸佛刹那際」二句：李通玄新華嚴經論卷三：「第八説華嚴經時，於刹那際通攝三世及十世，同圓融教者。如經説云：『入刹那際三昧，降神受生，八相成道，入涅槃，總不移時。』」

〔三〕目翳：目疾引起之障膜，喻智障無明。東晉佛馱跋陀羅譯華嚴經卷五九入法界品：「譬如目翳，見真淨寶，謂爲不淨。菩提心寶亦復如是，無智不信，起不淨想。」

〔四〕法界：即華嚴法界，指宇宙一切現象界。李通玄華嚴經合論卷二：「唯是華嚴法界，毗盧遮那根本佛門，理事性相，輪圓具足。」

〔五〕美髯跣足散衣行：李通玄傳：「身長七尺餘，形貌紫色，眉長過目，髭鬢如畫，髮紺而螺旋，脣紅潤，齒密緻，戴樺皮冠，衣大布縫掖之制，腰不束帶，足不躡履。雖冬無皴皸之患，夏無垢汗之侵。」

〔六〕二天給侍：李通玄傳：「自到土龕，俄有二女子衣賁布，以白布爲慘頭，韶顔都雅，饋食一奩于龕前，玄食之而已。凡經五載，至於紙墨供送無虧。及論成，亡矣。」二天，指二天女，或「天」爲「女」之誤。　慈忍：慈悲與忍辱。華嚴經合論卷四：「於諸惡人，心常慈忍；於諸勝己者，諮受未聞。」

〔七〕一虎橐經：李通玄傳：「嘗賫其論并經，往韓氏莊，即冠蓋村也。中路遇一虎，玄見之，撫其背，所負經論搭載，去土龕中。其虎弭耳而去。」　常寂光：常指法身，本在常住；寂指解脱，一切諸相永寂；光指般若，照諸相之智慧。唐釋湛然維摩經略疏卷一：「此經云：若知無明，性即是明。如此皆是常寂光義。」

〔八〕浪遮藏：徒勞遮藏，不再隱藏。參見本集卷九雲庵生辰注〔七〕。

〔九〕即真不必冠巾毀：謂追求佛法真理不必非要毀棄儒生冠巾，在家亦可成佛。李通玄傳稱其「戴樺皮冠，衣大布縫掖之制」，縫掖即儒生之服。　鍇按：惠洪智證傳曰：「以情觀止，則予爲沙門，乃不遵佛語，與王公貴人游，竟坐極刑，遠竄海外。既幸生還，冠巾説法，若可憫笑。然予之志，蓋求出情法者。法既出情，則成敗讚毀，道俗像服，皆吾精進之光也。」故此贊棗柏大士，實自謂也。

〔一〇〕絶染何妨棗柏嘗：謂棄絶污染亦無妨食棗與柏葉餅。李通玄傳：「每日食棗十顆、柏葉餅一枚，餘無所須。」　絶染：唐釋澄觀華嚴經疏卷六：「衆生愛染，漂泊無依。佛德無礙，應爲其主。隨修絶染，名淨功德。」

〔一一〕提起超情無比句：華嚴經合論卷二：「華嚴經即不然，直示本身本法，出超情見，無始無終，三世相絶，一圓真報，不生不滅，不常不斷，性相無礙，自在果海。法門直受上上根人。」

〔一二〕「想見手提大千界」二句：華嚴經卷一世主妙嚴品：「一一毛端，悉能容受一切世界，而無障礙。」

〔一三〕「若存情見智山隔」二句：華嚴經合論卷五四：「如須彌山在大海中，高八萬四千由旬，非手足攀攬所及。明八萬四千塵勞山，住煩惱大海，於一切法無思無爲，即煩惱海枯竭，塵勞山便成一切智山，煩惱海便成性海。若起心思慮，所有攀緣，塵勞山逾高，煩惱海逾深，不可至其智頂。」

〔一四〕面目分明今日是：今日是棗柏大士生辰，觀其畫像，面目栩栩如生。雙關今日得見其佛性本來面目。鍇按：本集爲高僧生辰所作詩偈，常稱其「面目分明」。如卷一七十二月二十六日永明禪師生辰三首之一：「長因此日容瞻仰，面目分明歲歲同。」雲庵生辰十一首之七：「面目分明畫裏傳，渾如父母未生前。」

〔一五〕盤餐：盤中食物，指飯菜。左傳僖公二十三年：「乃饋盤餐，寘璧焉。」杜甫客至：「盤餐市遠無兼味。」

〔一六〕生死鶻崙無背面：世俗以生之大限爲死，大限分隔生死。而佛教謂生與死本來渾然一體，無正面背面之别。涅槃之境界，離一切之相，滅生死之因果。「鶻崙」，即囫圇，渾然一體之意。禪林僧寶傳卷三〇黄龍佛壽清禪師傳贊曰：「生死鶻崙誰劈破。」參見本卷送太淳長老住明教注〔三〕。

〔一七〕悟明必藉戒定慧：謂了悟真理必須藉助戒定慧三學。翻譯名義集卷四示三學法：「世尊立教法有三焉：一者戒律，二者禪定，三者智慧。斯之三者，至道之由户，泥洹之關要。戒乃斷三惡之干將也，禪乃絶分散之利器也，慧乃濟藥病之妙醫也。今謂防非止惡曰戒，息慮静緣曰定，破惑證真曰慧。」戒學屬律，定學屬經，慧學屬論。

〔一八〕隨順差成老病衰：謂若隨順無明則還將爲老病衰所苦。華嚴經卷三七十地品金剛藏菩薩頌：「隨順無明起諸有，若不隨順諸有斷。」惠洪法華經合論卷三：「故隨順無明，即入生死。隨順智慧，即證覺道。」又楞嚴經合論卷二：「世尊意曰：『但是一手耳，而首尾相换之頃，便成正倒。』則可以知隨順戒定慧，方便觀照，故成佛。隨順無明行識，乃至老死，故成衆生。」又智證傳亦曰：「學者畏流轉之苦，甘隨順無明，是首越而之燕者也。」蓋法華經雖以隨順世間若干種性，以方便知見而説法，然華嚴經則辨佛與衆生隨順之别。隨順無明，即入生死流轉，故有老病衰之苦。

〔一九〕顯決：即顯訣，闡明佛教教義之旨訣。決，通「訣」。本集卷二五題華嚴十明論：「金剛藏菩薩曰：『隨順無明起諸有，若不隨順諸有斷。』是謂成佛顯決，入法要旨。」

〔二〇〕色身對現出思惟：華嚴經合論卷二：「諸佛但自體合應真，任性圓寂，稱性緣起，對現色身，無來無去，無造作故。」色身：佛教稱地水火風四大、色聲香味觸五塵等色法組成之身。

〔二一〕「千烹萬鍛知恩德」二句：謂已讀棗柏大士之論而得覺悟，如經千錘百煉，由礦石而成寶珠，故深知感恩。唐釋一行大毗盧遮那成佛經疏卷二入真言門住心品第一之餘：「猶如有如意寶在石礦之中，以世人不識故，棄在衢路之間，與瓦礫無異。然别寶者，見有微相纔影彰於外，即便識之。先用利鐵鐫去鈍石，既近寶王，其石漸軟。復以諸藥食之，使礦穢消化，而復不傷其質。爾時麁垢已除，尚有細垢，既洗以灰水，磨以淨疊，種種方便，而瑩發之。」大乘起信論卷下：「如摩尼寶，本性明潔，在鑛穢中，假使有人勤加憶念，而不作方便，不施功力，欲求清淨，終不可得。真如之法，亦復如是。」

〔二二〕年年相見晚春前：謂年年於暮春二十八日棗柏大士忌日設像供養，如與之相見對話。

〔二三〕摸蘇：猶摸索。

〔二四〕揩拭：擦拭。　鮮陳：新舊。　念已圜：宋釋戒環華嚴經要解初懸叙：「此經不離識情，示現智海，即諸塵勞，繁興妙用，一念圓證，則大方廣體佛華嚴行當處現前，不從他得。」圜，通「圓」。

〔二五〕指下琴方纔發越：楞嚴經卷四：「譬如琴瑟箜篌琵琶，雖有妙音，若無妙指，終不能發。」此反其意而用之。「琴方」當作「琴音」，「音」字與下聯「毫相」之「相」對仗。

〔二六〕眉間毫相見無邊：華嚴經卷四八如來十身相海品：「如來頂上有三十二寶莊嚴大人相。……次有大人相，名：佛眼光明雲，以摩尼王種種莊嚴出金色光，如眉間毫相所放光明，其光普照一切世界，是爲三二。」李通玄傳謂其「眉長過目」，似有眉間毫相。

〔二七〕微塵劫海：華嚴經卷一一毗盧遮那品：「汝於一切刹海中，微塵劫海修諸行。」

〔二八〕入正受：華嚴經疏卷一六：「此中云三昧起者，觀也；入正受者，定也。」又云：「謂色塵入正受，聲香三昧起等。謂眼根入正受，耳根三昧起等。一塵入正受，多根三昧起等。」

〔二九〕互參三世：新華嚴經論卷一六淨行品：一過去、未來、現在善巧者，於過去劫在未來劫中，現在劫在過去劫中，三世互參，皆自在故。」

〔三〇〕無量劫海不移時：法華經合論卷一：「華嚴論曰：『一刹那際，三世互參，乃至無量劫海，依今而住，不移時也。』」

〔三一〕金剛句：華嚴經卷四二十定品：「如私陀大河，從金剛色師子口流出金剛沙。菩薩摩訶薩亦復如是，以法辯才，爲一切衆生説佛金剛句，引出金剛智，究竟入於無礙智海。」

十世觀音生辰六月二十六日二首〔一〕

十世爲僧皆姓楊〔二〕，死生游戲自隋唐〔三〕。鐵身自倒汝邪僻(一)〔四〕，寫字無爲我道場〔五〕。異跡著於無量壽〔六〕，慈風不滅普昭王〔七〕。兩川顯化人皆識〔八〕，今日全身不揜藏〔九〕。

曇相禪師第二身〔一〇〕，蟬聯十世姓楊人。女兄慧辯成勍敵㊁〔一一〕，弟子悲欣記夙因〔一二〕。解使邪迷知有佛〔一三〕，自呼名字凜如神〔一四〕。平生接物多方便，何似今朝一句親。

【校記】

㊀僻：原闕，天寧本作「正」，今從寬文本、廓門本補。

㊁敵：原闕，今從寬文本、廓門本、四庫本、武林本補。

【注釋】

〔一〕作年未詳。　十世觀音：即唐釋惠寬。事具續高僧傳卷二五益州淨惠寺釋惠寬傳、本集卷三〇十世觀音應身傳。　生辰：指高僧之忌日。　六月二十六日：釋惠寬傳：「永徽四年夏六月二十五日，春秋七十，卒於淨慧寺。」十世觀音應身傳所載亦同。疑此詩題「二十六日」當爲「二十五日」之誤。

〔二〕十世爲僧皆姓楊：釋惠寬傳：「釋惠寬，姓楊氏，益州綿竹孝水人。」然未載十世爲僧皆姓楊事。十世觀音應身傳則曰：「予讀無爲山廣録，公始發心，日誦觀世音名十萬徧，生五天，十世爲居士；生震旦，十世爲比丘，皆出楊氏。」

〔三〕死生游戲自隋唐：惠寬卒於唐高宗永徽四年（六五三），年七十，推其生年當爲隋文帝開皇四年（五八四）。

〔四〕鐵身自倒汝邪僻：釋惠寬傳：「貞觀二十年，綿竹宋尉云：『我不信佛，唯信周孔。然我兩度得佛力，一爲人在門側小便，置佛便止；一爲冬月落水，燒木佛自炙。』寬聞之，致書曉喻。宋曰：『此道人徵異者，當試有靈不。』取書名處用拭大便，當即糞門裂，脚起不得。自唱我死，即召寬來，雖悔過，造經像，盈月便卒。」鐵身：佛教指易破之身，相對金剛體而言。根本説一切有部毗奈耶卷四二飲酒學處：「昔於諸佛所，但持瓦鐵身。今聞世尊教，轉作金剛體。」

〔五〕寫字無爲我道場：十世觀音應身傳：「年三十，乃還綿竹，廬于無爲山。」又云：「什邡陳氏施園爲寺，公以竹標其中，曰：『以此爲基。』拔去竹，泉泫然而出，掘之，得巨石，石下有寶瓶舍利。」釋延壽宗鏡録卷八二：「昔有禪師在蜀地綿竹縣無爲山修道，時有三百餘家設齋，俱請和尚。皆由心離分別，即應機無礙。」

〔六〕異跡著於無量壽：謂惠寬之異跡比南嶽彌陀和尚更爲顯著。無量壽，即阿彌陀佛，簡稱彌陀，此代指般舟承遠法師。柳河東集卷六南嶽彌陀和尚碑：「在代宗時，有僧法照爲國師，乃言其師南嶽大長老有異德。天子南嚮而禮焉，度其道不可徵，乃名其居曰般舟道場，用尊其位。公始居山西南巖石之下，人遺之食則食，不遺則食土泥，茹草木，其取衣類是。南極海裔，北自幽都，來求厥道，或值之崖谷，羸形垢面，躬負薪樵，以爲僕役而媟之，乃公也。凡化人，立中道而教之權，俾得以疾至，故示專念。書塗巷，刻谿谷，丕勤誘掖，以援于下。不求而道備，不言而物成。人皆負布帛，斬木石，委之巖户，不拒不營，祠宇既具。以洎于德宗，申詔褒立，是爲彌陀寺。施之餘，則與餓疾者，不尸其功。公始學成都唐公，次資川詵公，詵公學于東山忍公，皆有道。至荆州進學玉泉真公，真公授公以衡山，俾爲教魁，人從而化者以萬計。初，法照居廬山，由正定趣安樂國，見蒙惡衣侍佛者，佛告曰：『此衡山承遠也。』出而求之，肖焉，乃從而學。傳教天下，由公之訓。」

〔七〕慈風不滅普昭王：謂其慈悲之心不滅泗州僧伽和尚。十世觀音應身傳：「以神異化，而全蜀爭師事之，如淮泗之僧伽，七閩之定光。」宋高僧傳卷一八唐泗州普光王寺僧伽傳：「伽在本土，少而出家。爲僧之後，誓志游方。始至西涼府，次歷江淮，當龍朔初年也。登即隸名於山陽龍興寺。自此始露神異。初，將弟子慧儼同至臨淮，就信義坊居人乞地，下標誌之，言決於此處建立伽藍。遂穴土，獲古碑，乃齊國香積寺也。得金像衣葉，刻普照王佛字，居人歎異云：『天眼先見，吾曹安得不捨乎？』其碑像由貞元、長慶中兩遭災火，因亡蹤矣。嘗卧賀跋氏家，身忽長其牀榻各三尺許，莫不驚怪。次現十一面觀音形，其家舉族欣慶，倍加信重，遂捨宅焉。其香積寺基，即今寺是也。由此奇異之蹤，旋萌不止。」又云：「先是此寺因寵中金像刻其佛曰普照王，乃以爲寺額。後避天后御名，以光字代之。近宣索僧伽實録，上覽已，敕還其題額曰普照王寺矣。」天后指武則天，名曌，故避「照」字諱以「光」代之。曌，通「照」。昭，同「照」。

〔八〕兩川：東川與西川之合稱，代指全蜀。唐肅宗至德二年，劍南道置東川、西川兩節度使，故稱。廓門注：「兩川，謂成都府綿竹縣、什邡縣也。」殊誤。

〔九〕今日全身不揜藏：謂今日全體法身不再隱藏，非應化之身。

〔一〇〕曇相禪師第二身：釋惠寬傳：「初造龍懷寺，會有徒屬二百餘人，並令在役，唯放於寬。有怨及者，會曰：『斯人是吾本師，何得使作。昔周滅法，依相禪師隱于南山。及隋興教，辭師還蜀。嘗受囑云：「汝還蜀土，大有徒衆，有名惠寬，可將攝也。」我憶此事，計師死日，當寬受生，無得致怪。』」相禪師法名曇相，續高僧傳卷一六有周京師大福田寺釋曇相傳。

〔一一〕女兄慧辯成勍敵：釋惠寬傳：「年五六歲，與姊信相於靜處坐禪。二親怪問，答曰：『佛來爲説般若聖智界入等法門，共姊評論法相。』」十世觀音應身傳：「有女兄信相，亦神異，年相聯，於齠齔中，終日論説，聽者一不能曉。」　勍敵：强敵，勁敵。左傳僖公二十二年：「勍敵之人，隘而不列，天贊我也。」杜預注：「勍，强也。」

〔一二〕弟子：指龍懷寺會禪師。　記夙因：指其受曇相禪師之囑，計師死日當惠寬受生。見注〔一〇〕。

〔一三〕解使邪迷知有佛：釋惠寬傳：「年三十，還綿竹，教化四遠，聞名見形，並捨邪歸正。其俗信道，父母皆道，歸佛，捨宅爲寺。」

〔一四〕自呼名字凜如神：十世觀音應身傳：「及其生也，無痛苦，聞異香，忽然在前，即能言，言『我名慧寬』。」自呼名字指此。廓門注：「傳：曇相曰：『汝還蜀土，大有徒衆，有名惠寬，可將攝也。』」不確。

蔡藏用生辰〔一〕

非煙雲子釀新晴〔二〕，爭看麒麟墮地行〔三〕。悉達已聞今日誕〔四〕，優曇知復爲誰榮〔五〕。已驚久視方瞳碧〔六〕，更覺藏年玉骨清〔七〕。曾伴麻姑家法在〔八〕，願隨風馭到蓬瀛〔九〕。

【注釋】

〔一〕作年未詳。蔡藏用：名未詳，生平不可考。生辰：此指生日，非忌日。

〔二〕非煙：代指卿雲，即慶雲。史記天官書：「若煙非煙，若雲非雲，郁郁紛紛，蕭索輪囷，是謂卿雲。卿雲見，喜氣也。」雲子：代指米粒，米飯。杜甫與鄠縣源大少府宴渼陂：「飯抄雲子白，瓜嚼水精寒。」此雙關米粒狀之雲。米可釀酒，喻米粒狀雲可釀新晴。

〔三〕麒麟墮地行：喻其天生才華超羣絶倫，如駿馬初生便能奔逸。山谷内集詩注卷四次韻答邢敦夫：「渥洼騏驎兒，墮地志千里。」任淵注：「傅玄豫章行：『男兒當門户，墮地自生神。』此借用。東坡作王大年哀詞云：『驥墮地走，虎生而斑。』」同書卷二送范德孺知慶州：「十年騏驎地上行。」注：「老杜詩：『肯使騏驎地上行。』」

〔四〕悉達已聞今日誕：謂其生日與佛祖生日相同，爲四月八日。悉達，即悉達多，亦作悉達陀，釋迦牟尼爲淨飯王太子時之本名。大智度論卷二：「父母名字悉達陀，秦言成利，得道時，知一切諸法故，是名爲佛。應受諸天世人供養。」太子瑞應本起經：「到四月八日夜明星出時，化從右脇生，墮地即行七步，舉右手住而言：『天上天下，唯我爲尊。三界皆苦，何可樂者？』」參見本集卷九四月二十五日智俱侍者生日戲作此授之注〔二〕。

〔五〕優曇知復爲誰榮：謂難得一見之優曇花亦爲其開放。優曇花如蓮花十二瓣，一開即斂。法華經卷一方便品：「佛告舍利弗：『如是妙法，諸佛如來時乃説之，如優曇鉢華，時一現耳。』」

〔六〕方瞳：道家謂瞳子方者有長壽貌。蘇軾王頤赴建州錢監求詩及草書：「自言親受方瞳翁。」參見本集卷一〇贈許秀才注〔六〕。

〔七〕藏年玉骨清：謂其骨相藏匿年歲，看似年輕。唐徐凝寄玄陽先生：「顔貌只如三二十，道年三百亦藏年。」已見前注。

〔八〕曾伴麻姑家法在：太平廣記卷七王遠：「遠欲東入括蒼山，過吴，住胥門蔡經家。蔡經者，小民耳，而骨相當仙。遠知之，故住其家。……麻姑至，蔡經亦舉家見之，是好女子，年可十八九許，於頂上作髻，餘髮散垂至腰，衣有文采，又非錦綺，光彩耀目，不可名狀，皆世之所無也。……麻姑自説云：『接侍以來，已見東海三爲桑田，向到蓬萊，又水淺於往日。會時略半耳，豈將復爲陵陸乎？』遠嘆曰：『聖人皆言海中行復揚塵也。』麻姑欲見蔡經母及婦等，時經弟婦新産數日，姑見知之，曰：『噫！且立，勿前。』即求少許米來，得米擲之墮地，謂以米祛其穢也。視其米，皆成丹砂。」此以同姓事言之。

〔九〕蓬瀛：蓬萊與瀛洲，海上仙山。到蓬瀛，指成仙，亦暗寓十八學士登瀛洲之意。參見本卷題王教授艇齋注〔五〕引新唐書褚亮傳。

八月二十三日蔡元中生辰〔一〕

纔過中秋今幾日，夜來海月上三更。夢魂傳得天書至，窗户俱明廐馬驚〔二〕。骨相終當爲國器〔三〕，兒聲初已識人英〔四〕。明年慶節山中友，金屋憐君夜直清〔五〕。

【注釋】

〔一〕政和五年八月二十三日作於新昌縣。蔡元中：名未詳，當爲崇仁縣人，生平不可考。參見本集卷五復次蔡元中韻注〔一〕。

〔二〕「夢魂傳得天書至」二句：此謂蔡元中誕生時有異象。禪林僧寶傳卷八南塔光湧禪師傳：

「禪師名光湧，豫章豐城章氏子。母乳之夕，神光照庭，厩馬皆驚。因以光湧名之。」元中之誕亦當如此。

〔三〕骨相終當爲國器：新唐書房玄齡傳：「吏部侍郎高孝基名知人，謂裴矩曰：『僕觀人多矣，未有如此郎者。當爲國器，但恨不見其聳壑昂霄云。』」

〔四〕兒聲初已識人英：晉書桓温傳：「桓温，字元子，宣城太守彝之子也。生未朞，而太原温嶠見之，曰：『此兒有奇骨，可試使啼。』及聞其聲，曰：『真英物也。』以嶠所賞，故遂名之曰温。」

〔五〕金屋㦗君夜直清：恭維元中定將於禁中官署值夜班。本集卷三奉陪王少監朝請游南澗宿山寺步月二首之一：「明年守北屏，夜直黄金屋。」即此意。

劉彭年知縣生辰〔一〕

清規懿德古難陪〔二〕，秋盡民歌慶節來。瑞應草餘雙葉在〔三〕，優曇花適一枝開。鶯嬌妙管傳佳句〔四〕，玉膩新粧獻壽盃〔五〕。慈母千齡何所願，早看賢子踐三台〔六〕。

【注釋】

〔一〕作年未詳。劉彭年：名未詳，生平不可考。

〔二〕懿德：美德。詩大雅烝民：「民之秉彝，好是懿德。」

〔三〕瑞應草餘雙葉在：廓門注：「瑞應草，即蓂莢也。」鍇按：竹書紀年卷上：「有草夾階而生，月朔始生一莢，月半而生十五莢；十六日以後，日落一莢，及晦而盡。月小，則一莢焦而不落。名曰蓂莢，一曰歷莢。」蓂莢日落一莢，至三十日落盡，此言餘雙莢，則爲二十八日。上句言「秋盡」，則劉彭年之生日爲九月二十八日。底本皆以「葉」代指「莢」參見本集卷九陳奉議生辰注〔一四〕。

〔四〕鶯嬌：形容歌女歌喉如鶯聲婉轉動聽。苕溪漁隱叢話前集卷六〇：「西清詩話云：『王晉卿都尉既喪蜀國，貶均州，姬侍盡逐。有一歌者，號囀春鶯，色藝兩絶。』」

〔五〕玉膩：形容侍女肌膚潔白柔膩。晏幾道採桑子：「無端惱破桃源夢，明月青樓，玉膩花柔，不學行雲易去留。」

〔六〕三台：指三公。晉書天文志上：「在人曰三公，在天曰三台。」

中盧趙令生辰〔一〕

孟夏南風草木薰〔二〕，民歌慶節喜傳聞。今朝雪乙呈雙瑞〔三〕，後夜冰輪滿九分〔四〕。材業牛刀試小邑〔五〕，家聲天派落層雲〔六〕。吞舟豈久容涔足〔七〕，禁殿論思政要君〔八〕。

【注釋】

〔一〕靖康元年四月十二日作於襄州。　中廬：襄州屬縣，在州西一百三十里，見元豐九域志卷一京西路南路襄州。　趙令：中廬縣縣令。據「家聲天派」句可知爲宋宗室，然名未詳，生平亦不可考。

〔二〕孟夏南風草木薰：孔子家語辯樂解：「昔者舜彈五弦之琴，造南風之詩，其詩曰：『南風之薰兮，可以解吾民之愠兮。南風之時兮，可以阜吾民之財兮。』唯修此化，故其興也勃焉，德如泉流。」此恭維趙令生於孟夏四月，其爲政如南風之薰而解民之愠。

〔三〕雪乙呈雙瑞：藝文類聚卷九二引宣城記曰：「侍中紀昌晅初生，有白燕一雙出屋，既表素質，宦途亦通。」雪乙，即白燕。　參見本卷宣和五年四月十二日余館湘陰之興化徐質夫自土山來注〔一〕。

〔四〕後夜冰輪滿九分：每月十五日月圓爲「滿十分」，「滿九分」指十四日，前推二日，爲十二日。冰輪，月之美稱。

〔五〕材業牛刀試小邑：論語陽貨：「子之武城，聞弦歌之聲。夫子莞爾而笑曰：『割雞焉用牛刀？』」蘇軾送歐陽主簿赴官韋城四首之一：「讀遍牙籤三萬軸，却來小邑試牛刀。」此借用其語。

〔六〕天派：天潢之派別，喻指皇族宗室。庾信周大將軍義興公蕭公墓誌銘：「派別天潢，支分若木。」趙令爲宋宗室，故稱。

〔七〕吞舟豈久容涔足：謂大材小用之境況不會長久。淮南子氾論：「夫牛蹏之涔，不能生鱣鮪。」賈誼弔屈原賦曰：「彼尋常之汙瀆兮，豈容吞舟之魚。」此合而用之。

〔八〕禁殿論思政要君：黄庭堅送范德孺知慶州：「論道經邦政要渠。」此化用其意。政，通「正」。

寄黄嗣深使君二首〔一〕

江夏家聲世所聞，無雙千頃典刑存〔二〕。肅嚴郡邑霜分曉，照映簪纓玉粹温〔三〕。樓迴峴雲供醉望〔四〕，夜晴漢月洗吟魂〔五〕。行將補衮調羹手〔六〕，却執元圭侍至尊〔七〕。

身世浮雲偶尚存〔八〕，白衣蒼狗與誰論〔九〕？夢中不記金門宿〔一〇〕，醉裏曾看玉海翻〔一一〕。尚有驚魂纏瘴霧，已甘華髮老江邨（賓）㈠〔一二〕。枯荄欲藉陽和暖，催發新來雨露恩〔一三〕。

【校記】

㈠邨：原作「賓」，誤，廓門本作「濱」，今從四庫本。參見注〔一二〕。

【注釋】

〔一〕靖康元年春作於襄州。　建炎以來繫年要録卷五建炎元年五月戊午：「是日，李孝忠破襄陽府，守臣直徽猷閣黄叔敖棄城去。」此詩作於兵亂前。　黄嗣深：黄叔敖（？～一一四八）字嗣深，洪州分寧人，黄廉幼子，庭堅從弟。元祐六年進士及第，任封丘縣主簿，累官廣東轉運判官，兼提舉市舶，靖康間嘗知襄州。南渡後遷户部尚書，徽猷閣學士。建炎以來繫年要録卷一一九紹興八年五月辛卯：「降充徽猷閣待制、提舉江州太平觀黄叔敖卒，詔追復徽猷閣學士。」

〔二〕「江夏家聲世所聞」二句：此贊黄嗣深之家世。語本後漢書黄香傳：「黄香字文彊，江夏安陸人也。京師號曰：『天下無雙，江夏黄童。』」後世以「江夏無雙」代指黄姓。蘇軾魯直以詩饋雙井茶次韻爲謝：「江夏無雙種奇茗。」黄庭堅答黄冕仲索煎雙井并簡揚休：「江夏無雙乃吾宗。」皆其例。「千頃」亦代指黄姓，語本後漢書黄憲傳：「黄憲字叔度，汝南慎陽人也。……林宗（郭太）曰：『……叔度汪汪若千頃陂，澄之不清，淆之不濁，不可量也。』」黄庭堅汴岸置洒贈黄十七：「叔度千頃醉即休。」此即贈人詩用同姓事。

〔三〕玉粹温：形容品德純粹，性情柔和。詩秦風小戎：「言念君子，温其如玉。」

〔四〕樓迥峴雲供醉望：太平寰宇記卷一四五山南東道四襄州：「峴山，在縣十里。羊祜嘗與從事鄒湛等共登峴山，慨然歎息曰：『自有宇宙，便有此山，由來賢達勝士，登此遠望，如我與卿者多矣，皆湮滅無聞，使人悲傷。如百年後，有知魂魄，猶應登此山也。』湛等對曰：『公德冠四海，道嗣前哲，令聞令望，必與此山俱傳。若湛等，乃當如公言耳。』後以州人思慕，遂立羊公廟，并立碑于此山。」

〔五〕夜晴漢月洗吟魂：方輿勝覽卷三三京西路襄陽府：「漢江，出嶓冢。蘇子瞻詩：『襄陽逢漢水，宛似蜀江清。文王化南國，游女儼如卿。』襄州臨漢水，其水清澈，故有此語。」

〔六〕補袞：喻補救規諫君王之過失。詩大雅烝民：「袞職有闕，維仲山甫補之。」毛傳：「有袞冕者，君之上服也。仲山甫補之，善補過也。」調羹：指宰相之職。書説命下：「若作和羹，爾惟鹽梅。」商王武丁立傅説爲相，欲其治理國家，如調鼎中之味，使之協調。釋貫休別盧使君歸東陽二首之二：「終期金鼎調羹日，再近尼山日月光。」

〔七〕元圭：即玄圭，黑色之玉，帝王行典禮所用。書禹貢：「禹錫玄圭，告厥成功。」孔傳：「玄，天色。禹功盡加於四海，故堯賜玄圭以彰顯之，言天功成。」廓門注：「愚曰：『元』當作『玄』歟？」錯按：宋避「玄」字諱，故改「玄」爲「元」。續資治通鑑長編卷七九真宗大中祥符五年閏十月壬申：「詔：『聖祖名上曰玄，下曰朗，不得斥犯。』」至尊：此爲帝王之代稱。

〔八〕身世浮雲：維摩詰經卷上方便品：「是身如浮雲，須臾變滅。」

〔九〕白衣蒼狗：杜甫可歎：「天上浮雲如白衣，斯須改變如蒼狗。」錯按：此「浮雲」之喻，皆惠洪自謂。

〔一〇〕夢中不記金門宿：謂己政和元年在京師時與張商英、郭天信厚善，往來其官署，今恍然如夢。　金門，金馬門之省稱，代指官署。金門亦指富貴之家。本集卷三〇祭郭太尉文：「我昔觀光，混迹都市。游公卿間，如梁竇誌。公每延禮，忘其勢位。我亦徑造，必至卧内。兵衛如雲，不敢呵止。」此即「金門宿」之謂也。

〔一一〕醉裏曾看玉海翻：謂己政和二年流配海南，曾渡瓊州海峽，如醉夢一場。本集卷一一抵瓊夜爲颶風吹去所居屋：「朦朧醉憶王城別，汗漫游從海國來。」又同卷初至海南呈張子修安撫：「瓊山有月光相射，玉海無風浪自翻。」

〔一二〕邨：鍇按：本詩韻脚均爲廣韻上平聲，「翻」屬二十二元，「存」、「論」、「邨」屬二十三魂，「恩」屬二十四痕。宋陳彭年重修廣韻卷一上平聲二十二元注：「魂、痕同用。」即元、魂、痕三韻可通押。底本作「賓」，廓門本作「濱」，皆屬廣韻上平聲十七真韻，出韻。

〔一三〕「枯荄欲藉陽和暖」二句：謂己如生命已枯之草根，欲藉黄嗣深陽和雨露之恩，重獲新生。荄，草根。楊億武夷新集卷一歲暮有懷：「鳴律行將盡，枯荄又向榮。」

李道夫母挽辭〔一〕

縉紳家法想清規，平昔高風此一時。居約雲山夫有道〔二〕，客陪房杜子無疑〔三〕。九原淚濕老萊袂〔四〕，千字碑傳幼婦詞〔五〕。他日欲尋賢母墓，北山松雨路人悲〔六〕。

【注釋】

〔一〕大觀二年作於江寧府。　李道夫：名孝遵，江寧人。參見本集卷三七夕卧病敦素報云道夫已至北山遲遲未入城其意耽酒用其説作詩促之注〔一〕。

〔二〕居約雲山夫有道：後漢書梁鴻傳：「鴻曰：『吾欲裘褐之人，可與俱隱深山者爾，今乃衣綺縞，傅粉墨，豈鴻所願哉？』妻曰：『以觀夫子之志耳。妾自有隱居之服。』乃更爲椎髻，著布衣，操作而前。鴻大喜曰：『此真梁鴻妻也，能奉我矣。』字之曰德曜，名孟光。」廓門注：「約雲山，謂後漢王霸妻也。」不確。

〔三〕客陪房杜子無疑：新唐書王珪傳：「始隱居時，與房玄齡、杜如晦善。母李嘗曰：『而必貴，然未知所與游者何如人，而試與偕來。』會玄齡等過其家，李闚，大驚，敕具酒食，歡盡日。喜曰：『二客公輔才，汝貴不疑。』」

〔四〕九原：墓地之代稱。禮記檀弓下：「是全要領以從先大夫於九京也。」鄭玄注：「晉卿大夫之墓地在九原，京蓋字之誤，當爲原。」　老萊袂：即老萊斑衣之事，指孝養父母，至老不衰。藝文類聚卷二〇引列女傳曰：「老萊子孝養二親，行年七十，嬰兒自娱，著五色采衣。嘗取漿上堂，跌仆，因卧地爲小兒啼。或弄烏鳥於親側。」

〔五〕千字碑傳幼婦詞：後漢書孝女曹娥傳：「孝女曹娥者，會稽上虞人也。父盱能絃歌，爲巫祝。漢安二年五月五日，於縣江泝濤迎婆娑神，溺死，不得屍骸。娥年十四，乃沿江號哭，晝夜不絕聲，旬有七日，遂投江而死。至元嘉元年，縣長度尚改葬娥於江南道傍，爲立碑焉。」李賢注：「會稽典録曰：上虞長度尚弟子邯鄲淳字子禮，時甫弱冠，而有異才。尚先使魏朗作曹娥碑，文成，未出。會朗見尚，尚與之飲宴，而子禮方至，督酒。尚問朗碑文成未，朗辭不才。因試使子禮爲之，操筆而成，無所點定。朗嗟嘆不暇，遂毁其草。其後蔡邕又題八字曰：『黄絹幼婦，外孫虀臼。』」世説新語捷悟：「魏武嘗過曹娥碑下，楊修從，碑背上見題作『黄絹幼婦外孫虀臼』八字。魏武謂修曰：『解不？』答曰：『解。』魏武曰：『卿未可言，待我思之。』行三十里，魏武乃曰：『吾已得。』令修别記所知。修曰：『黄絹，色絲也，於字爲絶；幼婦，少女也，於字爲妙；外孫，女子也，於字爲好；虀臼，受辛也，於字爲辭。所謂絶妙好辭也。』魏武亦記之，與修同。乃歎曰：『我才不及卿，乃覺三十里。』」

〔六〕北山：即鍾山，以其在江寧府之北，故稱。南朝齊孔稚珪北山移文：「鍾山之英，草堂之靈。」

鄧循道父挽辭二首〔一〕

苦冰潔檗是行藏〔二〕，一節無求老更剛。好在縉紳師儉德〔三〕，尚餘閭里説謙光〔四〕。

陰功隱秘天應録〔五〕，遺訓丁寧世共傷〔六〕。勿謂不身嘗報施，故應遺澤在諸郎。一生純德無遺恨，千字埋名有逸辭〔七〕。墓隧嫩泉誰種玉〔八〕，書齋子硯自生芝〔九〕。音容已作終天痛〔一〇〕，歲月真成罔極悲〔一一〕。擁鼻功名知不免〔一二〕，空將淚眼看風枝〔一三〕。

【注釋】

〔一〕宣和四年夏作於湘陰縣。鄧循道：鄧沿字循道，湘陰人。參見本集卷七鄧循道分財贍族湘陰諸老賦詩同作注〔一〕。

〔二〕苦冰潔檗：喻其生活之清苦。東坡詩集注卷一三次韻王定國南遷回見寄：「十年冰蘖戰膏粱。」趙次公注：「冰蘗以言清苦，白樂天所謂『飲冰食蘗』也。」錯按：冰清而檗苦，本當作「潔冰苦檗」，此言「苦冰潔檗」，或如夢溪筆談卷一四所言：「蓋欲相錯成文，則語勢矯健耳。」

〔三〕儉德：儉省節約之德。易否卦象曰：「天地不交否。君子以儉德辟難，不可榮以禄。」

〔四〕謙光：謙遜禮讓之風。易謙卦象曰：「謙尊而光，卑而不可逾，君子之終也。」孔穎達疏：「尊者有謙，而更光明盛大。」

〔五〕陰功：猶言陰德，暗中施德於人。韓愈進順宗皇帝實録表狀：「陰功隱德，利及四海及嗣守大位。」

〔六〕遺訓丁寧：本集卷二二先志碑記：「宣和四年夏，循道以書抵余曰：『天降罪罰，不自殞滅。上延先考啓手足時則有遺訓：「吾承祖宗餘慶，坐享温燠。族大口衆，貧富錯居，欲贍給其貧者，未遇皇暇，汝其承吾之志。」言卒而棄諸孤。嗚呼！沿尚忍言之。』」

〔七〕千字埋名：謂墓誌銘。名，同「銘」。墓誌銘埋於地下，故名。明郎瑛七修類稿卷二九詩文各文之始：「埋銘、墓誌、墓表、墓碣皆一類也。銘、誌則埋於土，表、碣則樹於外。」

〔八〕墓隧：墓道。　嫩泉：細泉。杜牧題茶山：「泉嫩黄金湧，牙香紫璧裁。」苕溪漁隱叢話前集卷四一引冷齋夜話載詩有「泉嫩石爲厭，石老生罅隙」之句，並謂「此詩氣格似東坡，而言泉嫩石老，似非東坡」。　種玉：搜神記卷一一：「楊公伯雍，雒陽縣人也。本以儈賣爲業，性篤孝，父母亡，葬無終山，遂家焉。山高八十里，上無水。公汲水作義漿於阪頭，行者皆飲之。三年，有一人就飲，以一斗石子與之，使至高平好地有石處種之。云：『玉當生其中。』楊公未娶，又語云：『汝後當得好婦。』語畢不見。乃種其石。數歲，時時往視，見玉子生石上，人莫知也。有徐氏者，右北平著姓，女甚有行，時人求，多不許。公乃試求徐氏，徐氏笑以爲狂，因戲云：『得白璧一雙來，當聽爲婚。』公至所種玉田中，得白璧五雙，以聘。徐氏大驚，遂以女妻公。」

〔九〕硯自生芝：蘇易簡文房四譜卷三硯譜：「魏孝静帝有芝生銅硯。」

〔一〇〕終天痛：謂死喪永别之悲痛。陶淵明祭程氏妹文：「如何一往，終天不返！」參見本集卷一〇胡卿才時思亭注〔五〕。

〔一一〕罔極悲：指喪父母之悲。罔極，無窮盡，指父母哺育之恩德無邊。詩小雅蓼莪：「父兮生我，母兮鞠我，拊我畜我，長我育我，顧我復我，出入腹我。欲報之德，昊天罔極。」朱熹集傳：「言父母之德，如天無窮，不知所以爲報也。」

〔一二〕擁鼻功名知不免：謂富貴不可避免。世説新語排調：「初，謝安在東山居布衣時，兄弟已有富貴者，翕集家門，傾動人物。劉夫人戲謂安曰：『大丈夫不當如此乎？』安乃捉鼻曰：『但恐不免耳！』」

〔一三〕空將淚眼看風枝：孔子家語致思：「夫樹欲静而風不停，子欲養而親不待。往而不來者，年也；不可再見者，親也。」此化用其意。

代人上李龍圖並廉使致語十首　後三首慈及二子附〔一〕

竊以引而不發〔二〕，射失中則反諸身〔三〕；安則慮危，國雖治而不忘武〔四〕。顧將揖讓而就列〔五〕，當踏規矩而效能。凛乎有橐鞬之儀形〔六〕，望之入麒麟之圖畫〔七〕。白衣自表，定三矢於天山〔八〕；錦帽突前，靡萬人於沙漠〔九〕。自昔聞無雙之伎〔一〇〕，迄今見逸羣之材。恭惟判府安撫龍圖，忠孝傳家，文章命世，開畫戟之幕府，集珠履之鵷鴻〔一一〕。英聲震於九垓〔一二〕，和氣浹於千里〔一三〕。奉御廉使大夫〔一四〕，忠誠許國，文武兼資，冠縉紳之才能，受廟堂之眷倚。偃戈卧鼓〔一五〕，屬疆場之久空；講武開尊，適郡庭之無事。某等當結髮而工騎射〔一六〕，要唾手而取功名〔一七〕。幸對華筵，敢呈口號〔一八〕。

射圃閑亭酒半醺〔一九〕，手柔弓燥氣超羣〔二〇〕。已驚百步穿楊葉（綵）〔一〕〔二一〕，會看雙鵰落塞雲〔二二〕。且集旌旗森畫戟〔二三〕，未輸文字飲金樽〔二四〕。治朝文武須兼用，萬壽稱觴祝至尊。

太平無象樂年豐〔二五〕，況值疆場久已空。賓主獻酬成雅集，江山談笑助清風。良辰美景開金罍〔二六〕，緩帶輕裘控角弓〔二七〕。鼙鼓急催（摧）齊指目〔二〕，大侯的處中飛鴻〔二八〕。

雨後園林花木新，傳聞千騎出城闉〔二九〕。異能未中侯中鵠〔三〇〕，佳氣先浮盞面春〔三一〕。畫鼓繡韉筵奏曲〔三二〕，紅粧細馬地無塵〔三三〕。長沙萬古民爭説，賓主人英伎絶倫。

聞道長沙賢太守，漆瞳玉頰照衡湘〔三四〕。訟庭散後賓朋集，民瘼蘇來禮樂昌〔三五〕。且展綺筵陪勝餞，何須檀板鬧紅妝〔三六〕。曉無探騎□邊檄〔三〕，願獻君王萬壽觴。

細柳成陰花滿徑〔三七〕，晚來鉦鼓導朱輪〔三八〕。河東鸑鷟三英傑〔三九〕，天上麒麟兩俊人〔四〇〕。閑裏笑談清似玉，盃中賢聖韻如春〔四一〕。引弓一箭驚穿札〔四二〕，堵立懽聲快吏民〔四三〕。

繡衣天使志澄清〔四四〕，五馬賢侯見典刑〔四五〕。公退鉦聲聞射圃〔四六〕，日高槐影覆閒庭。共看酒蟻浮瓊斝〔四七〕，不廢花輪遶畫屏〔四八〕。銀燭紅紗侵夜色，醉歸明月淡疏星。

隴西家世到仍雲〔四九〕，許國清忠蓋代聞。有道風流賢太守，無雙才氣舊將軍〔五〇〕。整弦使者情和易，承附諸郎藝逸羣〔五一〕。便好畫圖收拾取，要傳盛事滿湘濱。

如雲旌騎照湘江，千里農桑楚大邦〔五二〕。中鵠才高今有武〔五三〕，射鵰伎巧古無雙。錦袍雅稱黃金帶，瓊液尤宜白玉霜。笑挽雕弓如滿月〔五四〕，萬人驚懾已心降〔五五〕。

無雙自昔擅家聲，春色都還細柳營〔五六〕。中的聊爲萬人傑〔五七〕，飛觥要使百壺傾〔五八〕。三湘父老傳風化〔五九〕，十郡兒童識姓名〔六〇〕。武緯文經俱不乏，桑弧蓬矢見平生〔六一〕。

畫鼓曉晴三擊罷，如雲兵騎整全威。俄聞畫角胡笳斷，忽覺華堂羽箭飛。一百步中精力巧，數重圍内見心機。風流太守兼文武，扶路爭看踏月歸〔六二〕。

【校記】

〔一〕葉：原作「緤」，誤，今據武林本改。參見注〔二一〕。

㈡ 催：原作「摧」，誤，今據四庫本、廓門本改。

㈢ □：原闕一字，武林本作「稀」，天寧本作「傳」。

【注釋】

〔一〕宣和七年三月作於長沙。　題下曰「後三首慈及二子附」，「慈」指惠洪弟子覺慈，「二子」未詳。可知此十首之後三首皆惠洪弟子所作。　本集卷一九有李運使贊：「頃者天府，奉使江南。晝錦之榮，父老聚觀。頓節西州，盜發江浙。提師百萬，蕩其窟穴。……重臨南楚，化行郡邑。……長沙之民，自懷其私。龕此畫像，飲食必祠。」則此李運使嘗奉使江南、兩浙，且兩度爲官「南楚」長沙。考宋會要輯稿職官六八之二〇，大觀四年正月十九日，「直祕閣湖南轉運使李偃落職送吏部」。宋會要輯稿選舉三三之二八，政和四年三月二十一日，「朝奉大夫直祕閣兩浙路轉運使李偃直龍圖閣」。宋會要輯稿禮五七之三二，政和五年六月二十七日，「起復朝請大夫充集賢修撰淮南江浙荆湖制置發運副使李偃」。合以上諸條史料，本集「李龍圖」、「李運使」當指李偃，蓋因其大觀間嘗任湖南轉運使，政和中任兩浙轉運使，直龍圖閣，「重臨南楚」，當指其宣和年間再任湖南轉運使。考宋會要輯稿方域九之一七：「宣和六年三月二十九日，湖南安撫司奏：……詔曾孝序特除龍圖閣直學士，候今任滿日，令再任。」此詩言「恭惟判府安撫龍圖」，則李偃已代孝序爲荆湖南路安撫使知潭州。詩中有「雨後園林花木新」、「細柳成陰花滿徑」之句，當作於宣和七年春末。宋會要輯稿職官六九之二七：「（靖康元年八月）十七日，知荊南李偃落職提舉亳州明道宮，以言者論蔡京與子攸得罪至州，以公庫供饋阿附故也。」然據宋史欽宗本紀，七月乙亥，安置蔡京於儋州。乙酉，蔡京死於潭州。則宋會要輯稿所言「蔡京與子攸得罪至州」，當指潭州。疑李偃知「荊南」爲荊湖南路（治潭州）之訛，非指荊南江陵府。　廉使：觀察使之别稱。北宋置諸州觀察使，無職事，爲武臣、宗室、内侍遷轉官階。此處廉使姓韓，名字生平無考。序文中稱「奉御廉使大夫」，可知其爲内侍充任觀察使。本集卷一九有韓廉使奉御贊，可參見。致語：猶「致辭」，樂工在宴會演出開始時所説唱之頌辭。宋史樂志十七：「樂工致辭，繼以詩一章，謂之口號，皆述德美及中外蹈詠之情。」本用於宫廷宴會，由翰林學士撰致語，州郡宴會亦仿之。

〔二〕引而不發：拉滿弓弦而不發射。語本孟子盡心上：「君子引而不發，躍如也。」

〔三〕射失中則反諸身：禮記中庸：「子曰：『射有似乎君子，失諸正鵠，反求諸身。』」孟子公孫丑上：「仁者如射。射者正己而後發，發而不中，不怨勝己者，反求諸己而已矣。」

〔四〕「安則慮危」二句：易繫辭下：「是故君子安而不忘危，存而不忘亡，治而不忘亂。是以身安而國家可保也。」

〔五〕顧將揖讓而就列：論語八佾：「子曰：『君子無所爭，必也射乎！揖讓而升，下而飲，其爭也君子。』」

〔六〕櫜鞬：盛弓箭之器。左傳昭公元年：「伍舉知其有備也，請垂櫜而入。」杜預注：「櫜，弓衣也。」説文革部：「鞬，所以戢弓矢。從革，建聲。」新唐書李愬傳：「乃屯兵鞠場以俟裴度，至，愬以櫜鞬見。」

〔七〕入麒麟之圖畫：恭維其將爲帝王股肱之臣。資治通鑑卷二七漢紀十九中宗孝宣皇帝下甘露三年：「上以戎狄賓服，思股肱之美，乃圖畫其人於麒麟閣，法其容貌，署其官爵、姓名。」已見前注。

〔八〕「白衣自表」二句：新唐書薛仁貴傳：「王師攻安市城，高麗莫離支遣將高延壽等率兵二十萬拒戰，倚山結屯，太宗命諸將分擊之。仁貴恃驍悍，欲立奇功，乃著白衣自標顯，持戟，腰鞬兩弓，呼而馳，所向披靡；軍乘之，賊遂奔潰。帝望見，遣使馳問：『先鋒白衣者誰？』又曰：『薛仁貴。』帝召見，嗟異，賜金帛、口馬甚衆，授游擊將軍、雲泉府果毅，令北門長上。」又云：「時九姓衆十餘萬，令驍騎數十來挑戰，仁貴發三矢，輒殺三人，於是虜氣懾，皆降。仁貴慮爲後患，悉坑之。轉討磧北餘衆，擒僞葉護兄弟三人以歸。軍中歌曰：『將軍三箭定天山，壯士長歌入漢關。』九姓遂衰。」

〔九〕「錦帽突前」二句：新唐書李晟傳：「年十八，往事河西王忠嗣，從擊吐蕃。悍酋乘城殺傷士甚衆，忠嗣怒，募射者。晟挾一矢殪之，三軍讙奮。忠嗣撫其背曰：『萬人敵也。』」又云：「晟每與賊戰，必錦裘繡帽自表，指顧陣前。懷光望見惡之，戒曰：『將務持重，豈宜自表襮爲賊餌哉！』晟曰：『昔在涇原，士頗相畏，伏欲令見之，奪其心爾。』」禪林僧寶傳卷一五法華舉禪師傳：「舉公名著叢林，如薛仁貴著白袍，西平王著錦帽，真勇於道者也。」李晟封西平王。

〔一〇〕無雙之伎：謂其射術如漢飛將軍李廣。史記李將軍列傳：「典屬國公孫昆邪爲上泣曰：『李廣才氣，天下無雙，自負其能，數與虜敵戰，恐亡之。』於是乃徙爲上郡太守。」故以「無雙」代指李廣。

〔一一〕珠履：珠飾之履。史記春申君列傳：「趙平原君使人於春申君，春申君舍之於上舍。趙使欲夸楚，爲瑇瑁簪，刀劍室以珠玉飾之，請命春申君客。春申君客三千餘人，其上客皆躡珠履以見趙使，趙使大慙。」　鵷鴻：鵷鶵鴻雁飛行有序，喻官員班行進退有序。南朝梁庾肩吾九日侍宴樂游苑應令：「彫材濫杞梓，花綬接鵷鴻。」

〔一二〕九垓：中央與八極之地，猶言九州。本集卷一贈歐陽生善相：「三矢定天山，英聲馳九垓。」

〔一三〕和氣：祥和之氣。　浹：融通，遍佈。元稹桐花：「和氣浹寰海，易若溉蹄涔。」

〔一四〕奉御：職事官，從七品，由内侍充。崇寧二年二月後，尚食、尚藥、尚醞、尚衣、尚舍、尚輦局各置奉御，專掌監督本局供奉事。

〔一五〕偃戈卧鼓：猶言偃旗息鼓，指休兵罷戰。

〔一六〕結髮：指少年。史記李將軍列傳：「廣結髮與匈奴大小七十餘戰。」

〔一七〕唾手：吐口液於手，喻極其容易。

〔一八〕口號：頌詩之一種，用於宴會致辭。參見本詩注〔一〕「致語」條。

〔一九〕射圃：禮記射義：「孔子射於矍相之圃。」　半醺：半醉。

〔二〇〕手柔弓燥：三國志魏書文帝紀裴松之注引曹丕典論自叙曰：「建安十年，始定冀州，濊、貊貢良弓，燕、代獻名馬。時歲之暮春，勾芒司節，和風扇物，弓燥手柔，草淺獸肥，與族兄子丹獵于鄴西。」蘇軾劉乙新作射亭：「手柔弓燥春風暖。」

〔二一〕已驚百步穿楊葉：史記周本紀：「楚有養由基者，善射者也。去柳葉百步而射之，百發而百中之。左右觀者數千人，皆曰善射。」漢書枚乘傳：「養由基，楚之善射者也，去楊葉百步，百發百中。楊葉之大，加百中焉，可謂善射矣。」　鍇按：杜甫醉歌行：「舊穿楊葉真自知。」吴淑事類賦卷一三箭：「穿楊葉以無虧。」白孔六帖卷八五射：「百步穿楊葉。」文苑英華卷一〇〇有射楊葉百中賦一首、百步穿楊葉賦一首。底本「楊葉」作「楊綵」，無典據且義不通，殊誤，今據諸書改。

〔二二〕會看雙鵰落塞雲：隋書長孫晟傳：「前後使人數十輩，攝圖多不禮，見晟而獨愛焉。每共游獵，留之竟歲。嘗有二鵰飛而爭肉，因以兩箭與晟曰：『請射取之。』晟乃彎弓馳往，遇鵰相攫，遂一發而雙貫焉。」新唐書高駢傳：「有二鵰并飛，駢曰：『我且貴，當中之。』一發貫二鵰焉。衆大驚，號落鵰侍御。」胡宿文恭集卷五將家子：「應手雙鵰落，回頭赤日移。」范祖禹范太史集卷三和王都尉押高麗人燕射北園：「朔雲曾落雙鵰羽。」

〔二三〕森畫戟：韋應物郡齋雨中與諸文士燕集：「兵衛森畫戟，燕寢凝清香。」此借用其語。

〔二四〕文字飲：言文字唱酬而佐宴飲。韓愈醉贈張秘書：「長安衆富兒，盤饌羅羶葷。不解文字飲，惟能醉紅裙。」此借用其語。

〔二五〕太平無象：資治通鑑卷二四四唐紀六〇文宗太和六年：「僧孺對曰：『太平無象。今四夷不至交侵，百姓不至流散，雖非至理，亦謂小康。陛下若別求太平，非臣等所及。』」参見本卷題翠靄堂注〔六〕。

〔二六〕良辰美景：文選卷三〇謝靈運擬魏太子鄴中集詩八首序：「天下良辰、美景、賞心、樂事，四者難并，今昆弟友朋，二三諸彦，共盡之矣。」　金斝：斝之美稱。斝，酒器，似爵而大。詩大雅行葦：「或獻或酢，洗爵奠斝。」毛傳：「斝，爵也。夏曰醆，殷曰斝，周曰爵。」

〔二七〕緩帶輕裘：形容從容儒雅之風度。晉書羊祜傳：「在軍常輕裘緩帶，身不被甲，鈴閤之下，侍衛者不過十數人。」

〔二八〕大侯：箭靶之一種。詩小雅賓之初筵：「大侯既抗，弓矢斯張。」毛傳：「大侯，君侯也。」鄭箋：「天子諸侯之射，皆張三侯。故君侯謂之大侯。」儀禮大射：「公射大侯，大夫射參，士射干。」　的：箭靶中心。

〔二九〕千騎：漢太守隨從有千騎，宋知州略同太守，故稱。漢樂府陌上桑：「東方千餘騎，夫壻居上頭。」蘇軾江城子密州出獵：「錦帽貂裘，千騎卷平岡。爲報傾城隨太守，親射虎，看孫郎。」

〔三〇〕侯中鵠：箭靶之中心。禮記射義：「故射者各射己之鵠。」孔叢子卷上廣器：「射有張布謂之侯。侯中者謂之鵠；鵠中者謂之正，正方二尺；正中者謂之槷，槷方六寸。」

〔三一〕盞面春：指杯中酒。東坡志林卷五：「退之詩曰：『百年未滿不得死，且可勤買拋青春。』國史補云：『酒有郢之富春，烏程之若下春，滎陽之土窟春，富平之石凍春，劍南之燒春。』杜子美亦云：『聞道雲安麴米春，才傾一盞便醺人。』裴鉶作傳奇記裴航事，亦有酒名松醪春。乃知唐人名酒多以春，則『拋青春』亦是酒名也。」

〔三二〕畫鼓繡韉：文苑英華卷三四二沈傳師嶽麓寺：「畫鼓繡靴隨節翻。」此借用其語。韉，同「靴」。

〔三三〕紅粧細馬：東坡詩集注卷一七攜妓樂游張山人園：「細馬紅粧滿山谷。」注：「李白詩：『吳姬十五細馬馱。』」此借用其語。

〔三四〕漆瞳：謂眸子烏黑如點漆。蘇軾雲師無著自金陵來且還其畫：「玉骨猶含富貴餘，漆瞳已照人天上。」

〔三五〕民瘼：後漢書循吏列傳：「廣求民瘼，觀納風謡，故能内外匪懈，百姓寬息。」

〔三六〕檀板鬧紅妝：紅妝歌女執拍板演唱樂曲。檀板，或曰綽板，打擊樂器。黃庭堅阮郎歸：「歌停檀板舞停鸞，高陽飲興闌。」

〔三七〕細柳：春日嫩柳。西京雜記卷四：「枚乘爲柳賦，其辭曰：『……階草漠漠，白日遲遲。于嗟細柳，流亂輕絲。』」此雙關細柳營。參見注〔五五〕。

〔三八〕朱輪：猶朱幡。漢太守車駕。漢書景帝紀：「令長吏二千石，車朱兩幡。」宋人以之稱知州車駕。參見本集卷一二陳大夫見和春日三首用韻酬之注〔二〕。

〔三九〕河東鸑鷟三英傑：新唐書薛收傳附薛元敬傳：「元敬，隋選部郎邁之子，與收及收族兄德音齊名，世稱『河東三鳳』。收爲長雛，德音爲鸑鷟，元敬年最少，爲鵷雛。」鸑鷟，鳳之别名。已見前注。

〔四〇〕天上麒麟兩俊人：陳書徐陵傳：「時寶誌上人者，世稱其有道，陵年數歲，家人攜以候之，寶誌手摩其頂曰：『天上石麒麟也。』」又杜甫徐卿二子歌：「孔子釋氏親抱送，并是天上麒麟兒。」

〔四一〕盃中賢聖：謂杯中酒之清濁。語本三國志魏書徐邈傳：「時科禁酒，而邈私飲，至於沉醉。校事趙達問以曹事，邈曰：『中聖人。』達白之太祖，太祖甚怒。渡遼將軍鮮于輔進曰：『平日醉客謂酒清者爲聖人，濁者爲賢人。邈性修慎，偶醉言耳。』竟坐得免刑。」

〔四二〕穿札：射穿鎧甲。札爲鎧甲上之葉片。左傳成公十六年：「癸巳，潘尫之黨與養由基蹲甲而射之，徹七札焉。」杜預注：「蹲，聚也。一發達七札，言其能陷堅。」韓詩外傳卷八：「齊景公使人爲弓，三年乃成。景公得弓而射，不穿三札。景公怒，將殺弓人。弓人之妻往見景公曰：『蔡人之子，弓人之妻也。……夫射之道在手，若附枝，掌若握卵，四指如斷短杖，右手發之，左手不知，此蓋射之道。』景公以爲儀而射之，穿七札，蔡人之夫立出矣。」

〔四三〕堵立：圍觀者如牆立。禮記射義：「孔子射於矍相之圃，蓋觀者如堵牆。」

〔四四〕繡衣天使志澄清：漢書雋不疑傳：「武帝末，郡國盜賊羣起。暴勝之爲直指使者，衣繡衣，持斧，逐捕盜賊，督課郡國。」後漢書范滂傳：「時冀州饑荒，盜賊羣起，乃以滂爲清詔使案察之。滂登車攬轡，慨然有澄清天下之志。」此合二事用之。天使，天子之使者，此指觀察使，即韓奉御廉使。

〔四五〕五馬賢侯：代指知潭州李龍圖。東坡詩集注卷二寒食未明至湖上太守未來兩縣令先在：「鼓吹未容迎五馬。」趙次公注：「五馬，言太守也。古樂府羅敷行云：『五馬立躊躕。』杜詩：『人生五馬貴，莫受二毛侵。』」參見本卷與蔡揚州注〔一二〕。

〔四六〕公退：詩召南羔羊：「退食自公，委蛇委蛇。」

〔四七〕酒蟻：酒面上之泡沫曰浮蟻。文選卷四張衡南都賦：「酒則九醞甘醴，十旬兼清。醪敷徑寸，浮蟻若蓱。」劉良注：「九醞、十旬，皆酒名。敷，布也。酒膏徑寸，布於酒上，亦有浮蟻如水萍也。」歐陽修奉酬長文舍人出城見示之句：「清浮酒蟻醅初撥。」瓊斝：酒斝之美稱。

〔四八〕花輪遶畫屏：謂如花之紅粧美女圍繞環立。已見前注。

〔四九〕隴西家世：隴西爲李氏郡望，此謂李龍圖之家世。史記李將軍列傳：「李將軍廣者，隴西成紀人也。」仍雲：泛指遠孫。爾雅釋親：「子之子爲孫，孫之子爲曾孫，曾孫之子爲玄孫，玄孫之子爲來孫，來孫之子爲晜孫，晜孫之子爲仍孫，仍孫之子爲雲孫。」郭璞注「仍孫」：「仍亦重也。」注「雲孫」：「言輕遠如浮雲。」

〔五〇〕舊將軍：史記李將軍列傳：「霸陵尉醉，呵止廣。廣騎曰：『故李將軍。』尉曰：『今將軍尚不得夜行，何乃故也！』止廣宿亭下。」

〔五一〕承附：持弓把。附，通「拊」，亦通「弣」。禮記曲禮上：「凡遺人弓者，張弓尚筋，弛弓尚角，右手執簫，左手承弣。」鄭玄注：「弣，把中。」孔穎達疏：「把，音霸，手執處也。」禮記少儀：「弓則以左手屈韣執拊。」孔穎達疏：「韣，弓衣。拊，弓把也。獻弓則左手屈弓衣，并於把而執之，以其右手執簫，以將命曲。禮云『右手執簫，左手承附』是也。」

〔五二〕楚大邦：長沙古爲楚地，且爲大藩，故云。

〔五三〕中鵠：射中靶心。山谷内集詩注卷八次韻晁仲考進士試卷：「竊發或中鵠。」任淵注：「考工記梓人注曰：『鵠，所射也。以皮爲之。』射義曰：『射者各射己之鵠，射中則得爲諸侯。』」

〔五四〕笑挽雕弓如滿月：九家集注杜詩卷一二七月三日亭午已後校熱退晚加小涼穩睡有詩因論壯年樂事戲呈元二十一曹長：「突羽當滿月。」趙次公注：「以言箭其羽奔突而疾，故曰突羽。滿月，所以言挽弓之滿，箭當共挽滿之間也。」蘇軾江城子密州出獵：「會挽雕弓如滿月，西北望，射天狼。」此借用其語。

〔五五〕心降：猶心服。韋莊浣花集卷二和人歲宴旅舍見寄：「意合論文後，心降得句初。」語本詩召南草蟲：「亦既見止，亦既覯止，我心則降。」

〔五六〕細柳營：紀律嚴明軍營之美稱。史記絳侯周勃世家：「以河内守亞夫爲將軍，軍細柳，以備胡。上自勞軍，至霸上及棘門軍，直馳入，將以下騎送迎。已而之細柳軍，軍士吏被甲，鋭兵刃，彀弓弩，持滿，天子先驅至，不得入。先驅曰：『天子且至！』軍門都尉曰：『將軍令曰：軍中聞將軍令，不聞天子之詔。』居無何，上至，又不得入。於是上乃使使持節詔將軍：『吾欲入勞軍。』亞夫乃傳言開壁門。壁門士吏謂從屬車騎曰：『將軍約，軍中不得驅馳。』於是天子乃按轡徐行。至營，將軍亞夫持兵揖曰：『介胄之士不拜，請以軍禮見。』天子爲動，改容式車，使人稱謝：『皇帝敬勞將軍。』成禮而去。既出軍門，羣臣皆驚，文帝曰：『嗟乎，此真將軍矣！曩者霸上棘門軍，若兒戲耳，其將固可襲而虜也。至於亞夫，可得而犯邪？』稱善者久之。」

〔五七〕中的：猶中鵠，正中靶心。　萬人傑：班固白虎通義卷下聖人：「萬人曰傑。」已見前注。

〔五八〕飛觥：傳杯。唐孟棨本事詩事感載元稹題黄明府詩序曰：「昔年曾於解縣飲酒，余嘗爲觥録事。嘗於竇少府廳，有一人後至，頻犯語令，連飛十數觥，不勝其困，逃席而去。」劉禹錫歷陽書事七十韻：「興來從請曲，意墮即飛觥。」百壺傾：唐李紳到宣武三十韻：「戲鼙千卒躍，均酒百壺傾。」此借用其語。

〔五九〕三湘：代指荆湖南路。杜甫送魏二十四司直充嶺南掌選崔郎中判官兼寄韋韶州：「選曹分五嶺，使者歷三湘。」

〔六〇〕十郡：猶言十州。據元豐九域志卷六荆湖南路，潭州長沙郡爲武安軍節度，轄潭、衡、道、永、郴、邵、全七州，另有同下州桂陽監。此言十郡者，乃舉其成數。

〔六一〕桑弧蓬矢：男子出生，以桑木作弓，蓬草爲矢，射天地四方，以寓志在四方之意。禮記射義：「故男子生，桑弧蓬矢六，以射天地四方。天地四方者，男子之所有事也。故必先有志於其所有事，然後敢用穀也，飯食之謂也。」又見禮記内則。

〔六二〕扶路爭看踏月歸：蘇軾吉祥寺賞牡丹：「醉歸扶路人應笑，十里珠簾半上鈎。」此化用其意。

代夏均甫宴人致語一首　并序〔一〕

竊以帶分楚水，流萬古之雲濤；壁立峿臺〔二〕，上千尋之煙雨。號稱雄文妙墨棲宿之地〔三〕，是亦詞人遷客(居)感歎之墟㊀〔四〕。野迴天多，塵清霧斂。方羣木落盡之景，望四山之蒼然；送萬里獨歸之鞍，慶一尊之偶爾。恭惟某人，碩大而德貴〔五〕，魁壘而材高〔六〕。以忠義自結主知，故姓名長簡睿想〔七〕。立於縉紳之上，可謂萬人之英〔八〕；論於君臣之間，亦曰千載之遇〔九〕。念故都之下吏〔一〇〕，寔恩館之陳人〔一一〕。有一掬之歸心〔一二〕，餘滿簪之華髮。嗟孫寶曾爲主簿〔一三〕，容彭（朋）宣獨至後堂㈡〔一四〕。受知不減古人，報德尚慚今士。敢陳末札，少駐行旌。玉人成帀座之花輪〔一五〕，瓊液薦滿湘之春色。相逢一笑，不醉何歸〔一六〕。

九齡風度照峿臺〔一七〕，宴（寔）寢香凝晝戟開㈢〔一八〕。歸國已傾天下耳㈣〔一九〕，駐軒宜舉故人盃。青天白日心常在〔二〇〕，附驥攀鱗志未摧〔二一〕。累足待公成相業，更隨風馭看蓬萊〔二二〕。

【校記】

㈠客：原作「居」，誤，今改，參見注〔四〕。

㈡容：四庫本作「念」。　彭：原作「朋」，廓門本作「明」，皆誤，今據四庫本改，參見注〔一四〕。

㈢宴：原作「寔」，誤，今據四庫本、廓門本、武林本改。

㈣耳：四庫本作「士」。

【注釋】

〔一〕宣和二年秋九月作於永州祁陽縣。　夏均甫：夏倪字均父，蘄春人，時謫祁陽酒官。參見本集卷五予頃還自海外夏均父以襄陽別業見要使居之後六年均父謫祁陽酒官余自長沙往謝之夜語感而作注〔一〕。廓門注：「愚曰：『甫』當作『父』。」鍇按：「甫」同「父」，男子之美稱。本集卷二二遠游堂記曰：「公諱倪，字均甫。」「甫」字不誤。　宴人：爲人舉辦宴會。鍇按：序中「嗟孫寳曾爲主簿，容彭宣獨至後堂」，詩中「九齡風度照峿臺」皆用張姓三公宰相事，據宋詩人贈人詩用同姓事之慣例，可知所宴之人姓張。又序中謂「論於君臣之間，亦曰千載之遇」，考徽宗一朝，唯有張商英爲相可以當此語，其事可見宋史張商英傳。疑此詩代夏倪宴張商英而作，俟考。

〔二〕峿臺：在祁陽縣西南浯溪上。唐元結任道州刺史時築，并撰峿臺銘云：「湘淵清新，峿臺陗峻。登臺長望，無遠不盡。」

〔三〕號稱雄文妙墨棲宿之地：元豐九域志卷六永州零陵郡：「浯溪石崖上有元結中興頌碑。」方輿勝覽卷二五永州：「浯溪，在祁陽縣南五里，流入湘江，水清石峻。唐上元中，容管經略使元結家焉。結作大唐中興頌，顔真卿大書，刻於此崖。」雄文指元結大唐中興頌，妙墨指顔真卿大書。

〔四〕是亦詞人遷客感歎之墟：范仲淹岳陽樓記：「北通巫峽，南極瀟湘，遷客騷人，多會於此。」此化用其意。　鍇按：唐柳宗元謫永州司馬，宋黄庭堅謫宜州，途經浯溪，作書摩崖碑後，皆所謂「詞人遷客」。底本「客」作「居」，涉形近而誤。蓋此爲四六文之當句對，上聯「雄文」對「妙墨」，下聯「詞人」對「遷客」，若作「遷居」，則與「詞人」不相對仗。

〔五〕碩大：壯碩高大。本集卷一贈歐陽生善相：「何知婁師德，碩大非栽培。」宋史張商英傳稱其「長身偉然，姿采如峙玉」。

〔六〕魁壘：猶「魁壘」，壯偉貌，高超特出貌。漢書鮑宣傳：「朝臣亡有大儒骨鯁，白首耆艾，魁壘之士。」顔師古注引服虔曰：「魁壘，壯貌也。」宋史張商英傳稱其「負氣俶儻，豪視一世」。

〔七〕故姓名長簡睿想：謂其姓名長時爲皇帝所挂念。簡，承受，常用於受寵之義。宋强至祠部集卷二七回濱州經略馮端明書：「矧惟俊德，夙簡睿心。」蘇頌蘇魏公文集卷四八回知府觀察：「席公侯之餘慶，簡睿聖之深知。」　睿想：皇帝之懷想。本集卷一謁蔡州顔魯公祠堂：「公時風姿入睿想。」

〔八〕萬人之英：謂萬人中之英傑。白虎通義卷下聖人：「千人曰英，倍英曰賢，萬人曰傑。」已見前注。

〔九〕千載之遇：後漢書馬援傳論曰：「馬援騰聲三輔，遨游二帝，及定節立謀，以干時主，將懷負鼎之願，蓋爲千載之遇焉。」李賢注：「光武與竇融書曰：『千載之遇也。』」文選卷四七袁宏三國名臣序贊：「千載一遇，賢智之嘉會。」李善注：「東觀漢記太史官曰：『耿況、彭寵，俱遭際會，順時承風，列爲藩輔，忠孝之策，千載一遇也。』」鍇按：宋史張商英傳：「大觀四年，（蔡）京再逐。起知杭州，過闕賜對，奏曰：『神宗修建法度，務以去大害，興大利，今誠一一舉行，則盡紹述之美。法若有弊，不可不變，但不失其意足矣。』留爲資政殿學士、中太一宮使。頃之，除中書侍郎，遂拜尚書右僕射。京久盜國柄，中外怨疾，見商英能立同異，更稱爲賢，徽宗因人望相之。時久旱，彗星中天，是夕，彗不見，明日，雨。徽宗喜，大書『商霖』二字賜之。」

〔一〇〕下吏：屬吏，低級官吏。左傳哀公十五年：「寡君使蓋備説，弔君之下吏。」史記循吏列傳：「官有貴賤，罰有輕重。下吏有過，非子之罪也。」

〔一一〕寔：同「實」。　陳人：莊子寓言：「人而無以先人，無人道也。人而無人道，是之謂陳人。」林希逸莊子口義：「陳人，謂世間陳久無用之人也。」蘇軾述古以詩見責屢不赴會復次前韻：「肯對紅裙醉白酒，但愁新進笑陳人。」錯按：據此則夏倪嘗爲張商英之故吏。

〔一二〕有一掬之歸心：人心之大小恰爲一掬，然歸心實不可掬。此言一掬者，化虛爲實也。本集卷一〇上元宿百丈：「一掬歸心未到家。」

〔一三〕嗟孫寶曾爲主簿：漢書孫寶傳：「孫寶字子嚴，潁川鄢陵人也。以明經爲郡吏。御史大夫張忠辟寶爲屬，欲令授子經，更爲除舍，設儲偫。寶自劾去，忠固還之，心内不平。後署寶主簿，寶徙入舍，祭竈，請比鄰。」錯按：漢御史大夫（大司空）與丞相（大司徒）、太尉（大司馬）合爲三公。

〔一四〕容彭宣獨至後堂：漢書張禹傳：「禹性習知音聲，内奢淫，身居大第，後堂理絲竹筦弦。禹成就弟子尤著者，淮陽彭宣至大司空，沛郡戴崇至少府九卿。宣爲人恭儉有法度，而崇愷弟多智，二人異行。禹心親愛崇，敬宣而疏之。崇每候禹，常責師宜置酒設樂與弟子相娛。禹將崇入後堂飲食，婦女相對，優人筦弦鏗鏘極樂，昏夜乃罷。而宣之來也，禹見之於便坐，講論經義，日晏賜食，不過一肉卮酒相對。宣未嘗得至後堂。」此反其意而用之。蘇軾張子野年八十五尚聞買妾述古令作詩：「平生謬作安昌客，略遣彭宣到後堂。」此用其意。張禹封安昌侯，故稱。　錯按：孫寶之於張忠，彭宣之於張禹，猶夏侃之於所宴之人，故知其爲張姓高官。底本「彭」作「朋」，涉音近而誤。廓門注：「明宣，文字差誤也，當作彭宣。」

〔一五〕玉人成帀座之花輪：謂滿座美女環立圍繞，如花成輪。帀，周，遍。環繞一周爲一帀。同「匝」。莊子秋水：「孔子遊於匡，宋人圍之數帀。」

〔一六〕不醉何歸：詩小雅湛露：「厭厭夜飲，不醉無歸。」此用其語意。

〔一七〕九齡風度：新唐書張九齡傳：「張九齡字子壽，韶州曲江人。七歲知屬文。十三以書干廣州刺史王方慶，方慶歎曰：『是必致遠。』……九齡體弱，有醞藉。故事，公卿皆搢笏于帶而後乘馬，九齡獨常使人持之。因設笏囊，自九齡始。後帝每用人，必曰：『風度能若九齡乎？』初千秋節，公王並獻寶鑑，九齡上事鑒十章，號千秋金鑑録，以伸諷諭。及爲相，諤諤有大臣節。」

〔一八〕宴寢香凝畫戟開：韋應物郡齋雨中與諸文士燕集：「兵衛森畫戟，燕寢凝清香。」此借用其語。「宴」底本作「寔」，涉形近而誤。

〔一九〕歸國已傾天下耳：九家集注杜詩卷一三聽楊氏歌：「吾聞昔秦青，傾側天下耳。」趙次公注：「蓋傾天下之耳，則非特一知己而已。」此借用其語。錯按：本集卷五清臣先臣過余於龍安山出羣公詩爲示依天覺韻：「我公廊廟姿，王室久勤勞。只今天下望，北斗太山高。」卷七贍張丞相畫像贈宮使龍圖：「天下張荆州，乳兒識名譽。」卷二四送鑑老歸慈雲寺：「公以文章功業爲時名臣，天下想其風采而不可得。」卷二九答張天覺退傳慶書：「無盡居士道大德博，名聲徧華夏。」皆此意。

〔二〇〕青天白日：韓愈與崔羣書：「青天白日，奴隸亦知其清明。」

〔二一〕附驥攀鱗：喻依附有權勢之人。三國志吳書孫權傳黄武元年「此言之誠，有如大江」裴松之注引魏略孫權與浩周書曰：「當垂宿念，爲之先後，使獲攀龍附驥，永自固定，其爲分惠，豈有量哉！」

〔二二〕更隨風馭看蓬萊：暗寓願效十八學士登瀛洲之意。已見前注。

卷十四

五言絶句

余在制勘院晝卧念故山經行處用空山無人水流花開爲韻寄山中道友八首〔一〕

山岐蒙霜頂〔二〕，跏趺巖石中〔三〕。夜寒虎痾痒〔四〕，林靜月升空。

掃徑偶停箒，幽懷凝佇間。暮樵迷向背〔五〕，餘響答空山。

數峰横杳靄，空翠疑有無〔六〕。落日誰同看？啼猿我欲呼〔七〕。

新晴收雨脚，宿霧隔花身。睡美不知曉，啼禽解唤人〔八〕。

舍南一曲溪，春漲半篙水〔九〕。去作落崖聲，雪花濺山翠。

墮薪行且拾，愛此林徑幽。偶坐欹斜石，忽逢清淺流。

明白庵前路〔一〇〕，辛夷樹已花〔一一〕。竊香知犯律〔一二〕，匹練墨翻鴉〔一三〕。

棐几自香滑〔一四〕，寶書時一開〔一五〕。道根九連絡〔一六〕，清境更壅培〔一七〕。

【注釋】

〔一〕大觀四年（一一一〇）二月作於江寧府制獄。　制勘院：即詔獄，皇帝特命監禁罪人之處。亦稱制獄。宋史刑法志二：「詔獄本以糾大奸慝，故其事不常見。初，羣臣犯法，體大者多下御史臺獄，小則開封府、大理寺鞫治焉。神宗以來，凡一時承詔置推者，謂之制勘院，事出中書，則曰推勘院，獄已乃罷。」寂音自序：「運使學士吴幵正仲請住清涼。入寺，爲狂僧誣以爲僞度牒，且旁連前住僧法和等議訕事，入制獄一年。」初入制獄在大觀三年秋後，此組詩有「春漲半篙水」句，當作於次年春。參見本集卷一一金陵初入制院注〔一〕。　故山：當指惠洪嘗寓居之江西諸禪院，如廬山歸宗、靖安寶峰、新昌洞山、分寧黄龍、奉新百丈、臨川景德等處。　用空山無人水流花開爲韻：「空山無人，水流花開」八字出自蘇軾十八大阿羅漢贊，此組詩每首依次以此八字爲韻。

〔二〕山帔：山之披肩，此乃擬人描寫。釋名釋衣服：「帔，披也，披之肩背，不及下也。」

〔三〕跏趺：結跏趺坐，指坐禪。

〔四〕虎痾痒：廓門注：「『痾痒』當作『苛痒』。」其説甚是。山谷内集詩注卷九題伯時畫揩痒虎：

「猛虎肉醉初醒時，揩磨苛痒風助威。」任淵注：「禮記内則曰：『疾痛苛痒。』注云：『苛，疥也。』」退之畫記：『馬有痒磨樹者。』」鍇按：痾痒猶言痛痒，泛指疾病；苛痒指疥瘡之痒。此當爲後者。

〔五〕暮樵迷向背：歐陽修初出真州泛大江作：「山浦轉帆迷向背。」此借用其語。

〔六〕空翠疑有無：冷齋夜話卷四五言四句詩得於天趣：「王維摩詰山中詩曰：『溪清白石出，天寒紅葉稀。山路元無雨，空翠濕人衣。』」超然（希祖）謂其「得於天趣」。此化用其意。

〔七〕啼猿我欲呼：用僧慧理呼猿事。宋釋遵式白猿峰詩序：「西天慧理，畜白猿於靈隱寺，月明長嘯，清音滿室。」參見本集卷一懷慧廓然注〔一〇〕。

〔八〕啼禽解唤人：廓門注：「謂唤起鳥也。」苕溪漁隱叢話前集卷一七引冷齋夜話：「（韓愈）贈同游詩：『唤起窗全曙，催歸日未西。』……唤起，聲如絡緯，圓轉清亮，偏於春曉鳴，亦謂之春唤。」已見前注。

〔九〕春漲半篙水：蘇軾永和清都觀道士童顔鬢髮問其年生於丙子蓋與予同求此詩：「半篙清漲百灘空。」

〔一〇〕明白庵：惠洪自號庵堂，在撫州臨川景德寺。本集卷二〇明白庵銘序曰：「大觀元年春，結庵於臨川，名曰明白。」

〔一一〕辛夷樹已花：九家集注杜詩卷三偪仄行：「辛夷始花亦已落，況我與子非壯年。」注：「杜補遺：本草云：『陳藏器曰：此花江南地暖，正月開花，北地寒，二月開花。初發如筆，北人呼爲木筆花。』又蜀本圖經云：『正月二月，花似著毛小桃，色白而蔕紫，花落而無子。夏杪復著花，如小筆。』此詩云『辛夷始花亦已落』，蓋中春時。趙云：『言時花之開落，所以顯人之易老也。』」此化用其意。

〔一二〕竊香知犯律：戲言竊聞花香事涉犯比丘之色戒。竊香猶偷香，事出世説新語惑溺：「韓壽美姿容，賈充辟以爲掾。充每聚會，賈女於青瑣中看，見壽，説之。恒懷存想，發於吟詠。後婢往壽家，具述如此，并言女光麗。壽聞之心動，遂請婢潛修音問。及期往宿。壽蹻捷絶人，踰牆而入，家中莫知。自是充覺女盛自拂拭，説暢有異於常。後會諸吏，聞壽有奇香之氣，是外國所貢，一箸人，則歷月不歇。充計武帝唯賜己及陳騫，餘家無此香，疑壽與女通，而垣牆重密，門閤急峻，何由得爾？乃託言有盜，令人修牆。使反曰：『其餘無異，唯東北角如有人跡。而牆高，非人所踰。』充乃取女左右婢考問，即以狀對。充祕之，以女妻壽。」

〔一三〕匹練墨翻鴉：自謙作詩如涂鴉。唐盧仝示添丁：「忽來案上翻墨汁，塗抹詩書如老鴉。」匹練：作書畫之白絹。

〔一四〕棐几自香滑：晉書王羲之傳：「嘗詣門生家，見棐几滑淨，因書之，真草相半。」棐几，指榧木所作之几案。

〔一五〕寶書：佛經，佛書。

〔一六〕道根九連絡：蘇軾文登蓬萊閣下石壁千丈作詩遺垂慈堂老人：「明年菖蒲根，連絡不可解。」此借用其語。道根：修道之根底。此坐實爲草木之根，化虛爲實。

〔一七〕壅培：施肥培土，此喻指培育，謂清境可有助培育道根。廓門注：「『培』與『陪』同。左傳僖公二十年曰：『焉用亡鄭以陪鄰。』注：『陪，益也。』按字書：『培又壅也。』」

病中寄山中故舊八首〔一〕

室空無侍者，唯置一匡牀〔二〕。萬事俱衰落，但餘常寂光〔三〕。

身心俱寂滅，想念亦紛紜。此是維摩老，無生不二門〔四〕。

我心若有生，夢境堪把玩。目前今洞然〔五〕，底處藏憂患〔六〕。

雲門達法空〔七〕，玄沙見根蔕〔八〕。兩翁脱生死，一味多爽氣〔九〕。

心光本無礙，慳貪空蓋纏〔一〇〕。一切但仍舊〔一一〕，自然常現前〔一二〕。

靈源坐癡兀〔一三〕，萬事付天真。何事禪和子〔一四〕，相逢礙塞人〔一五〕。

臨濟十世孫〔一六〕，泐潭克家嗣〔一七〕。一唱主中賓〔一八〕，不容留意地〔一九〕。

本色出家兒〔二〇〕，機輪盤珠走〔二一〕。須學老華亭，用處無滲漏〔二二〕。

【注釋】

〔一〕大觀四年正月作於江寧府制獄。本集卷二三昭默禪師序：「大觀三年秋，余以弘法嬰難。越明年，春，病卧獄中。公之的子德逢上人以書抵余……大觀四年正月二十五日石門某序。」此組詩作於病中，當在正月間。

〔二〕「室空無侍者」二句：維摩詰經卷中文殊師利問疾品：「爾時長者維摩詰心念：今文殊師利與大衆俱來。即以神力空其室內，除去所有及諸侍者，唯置一床，以疾而卧。文殊師利既入其舍，見其室空無諸所有，獨寢一牀。」此化用其意以況己之卧病。匡牀：方正安適之牀。即筐牀。莊子齊物論：「與王同筐牀，食芻豢，而後悔其泣也。」陸德明釋文：「司馬云：『筐牀，安牀也。』崔云：『筐，方也，一云正牀也。』」

〔三〕常寂光：常指法身，本在常住；寂指解脱，一切諸相永寂；光指般若，照諸相之智慧。唐釋湛然維摩經略疏卷一：「此經云：若知無明，性即是明。如此皆是常寂光義。」

〔四〕「此是維摩老」二句：維摩詰經卷中入不二法門品：「文殊師利曰：『如我意者，於一切法無言無説，無示無識，離諸問答，是爲入不二法門。』於是文殊師利問維摩詰：『我等各自説已，仁者當説，何等是菩薩入不二法門？』時維摩詰默然無言。文殊師利歎曰：『善哉善哉！乃至無有文字語言，是真入不二法門。』説是入不二法門品時，於此衆中五千菩薩，皆入不二法門，得無生法忍。」

〔五〕洞然：透徹貫通貌。景德傳燈録卷三〇三祖僧璨大師信心銘：「但莫憎愛，洞然明白。」

〔六〕底處：何處。

〔七〕雲門達法空：謂雲門文偃禪師了達諸法皆空之理。雲門匡真禪師廣録卷中室中語要：「舉寶公云：『如我身空諸法空，千品萬類悉皆同。』師云：『爾立不見立，行不見行，四大五蘊不可得，何處見有山河大地來？是爾每日把鉢盂噇飯，唤什麽作飯？何處更有一粒米來？』」禪林僧寶傳卷二韶州雲門大慈雲弘明禪師傳：「又至僧堂中，僧爭起迎。偃立而語曰：『石頭道：「回互不回互。」』僧便問：『作麽生是不回互？』偃以手指曰：『這箇是板頭。』又問：『作麽生是回互？』曰：『汝唤什麽作板頭？永嘉云：「如我身空法亦空，千品萬類悉皆同。」汝立不見立，行不見行，四大五蘊不可得，何處見有山河大地來？是汝每日把鉢盂噇飯，唤什麽作飯？何處更有粒米來？』」

〔八〕玄沙見根蔕：謂玄沙師備禪師洞見學佛之根蔕。景德傳燈録卷一八福州玄沙師備禪師：「汝今欲得出他五蘊身田主宰，但識取汝祕密金剛體。」玄沙所謂「秘密金剛體」，便是學佛之根蔕。

〔九〕一味：即一味禪，指不立文字、見性成佛之禪。天聖廣燈録卷八筠州黄檗鷲峰山斷際禪師：「有僧辭歸宗，宗云：『往甚處去？』云：『諸方學五味禪去。』宗云：『諸方有五味禪，我者裏祇是一味禪。』僧云：『如何是一味禪？』宗便打。」本集卷五送稀上人還石門：「曾學關西一味禪。」卷二八爲雙林化六齋：「日陳一味之禪，歲仗千家之供。」

〔一〇〕慳貪：借物而不與人，貪求而無飽足之心，佛教所謂「六蔽」之一。中阿含經卷三一：「我見世間人，有財癡不施，得財復更求，慳貪積聚物。」此泛指阻礙滅度之六蔽。　蓋纏：佛教有五蓋十纏，皆煩惱之數，以其能覆蓋心性而不生善法，故曰蓋。以其煩惱纏繞心性，故曰纏。大智度論卷一七以貪欲蓋、瞋恚蓋、睡眠蓋、掉悔蓋、疑法蓋爲五蓋；同書卷七以瞋纏、覆罪纏、睡纏、眠纏、戲纏、掉纏、無慚纏、無愧纏、慳纏、嫉纏爲十纏。

〔一一〕一切但仍舊：禪林僧寶傳卷四金陵清涼益禪師傳載文益語：「但著衣喫飯，行住坐卧，晨參暮請，一切仍舊，便爲無事人也。」林間録卷上：「趙州曰：『一切但仍舊。』從上諸聖無不從仍舊中得。」同書卷下：「三祖大師作信心銘曰：『至道無難，唯嫌揀擇。但莫憎愛，洞然明白。毫釐有差，天地懸隔。』故知古之得道者，莫不一切仍舊。」

〔一二〕自然常現前：李通玄華嚴經合論卷九七：「但修法空達緣起寂一門，一切煩惱自然不現，一切明智自然現前。」楞嚴經合論卷末惠洪尊頂法論後叙：「祖師是佛，弟子若窮得佛語、祖師語，自然現前。」

〔一三〕靈源：指靈源惟清禪師，時住分寧縣黄龍山昭默堂。　坐癡兀：本集卷二三昭默禪師序：「公（靈源）亦移病，乃居昭默堂宴坐，一室頹然，人莫能親疏之。」癡兀，即頹然，癡呆無知貌。

〔一四〕禪和子：禪僧之俗稱。和，謂和尚。法演禪師語録卷中舒州白雲山海會演和尚語録：「有箇符使却來報白雲道：『諸處盡去遍，只爲神通小，不奈一件事何？』遂問他是甚事。使云：『禪和子鼻孔遼天。』白雲向伊説：『莫道爾，我尚不奈何。』」

〔一五〕礙塞人：指心性尚有滯礙、未徹悟禪理之人。林間録卷下：「福州善侍者，慈明高弟。真點胸自負親見慈明，天下莫有可意者。善與語，知其未徹，笑之。一日山行，真舉論鋒發，善取一瓦礫置石上，曰：『若向者裏下得一轉語，許你親見老師。』真左右視，擬對之，善喝曰：『佇思停機，識情未透，何曾夢見去？』真大愧悚，且圖還霜華。慈明見來，曰：『本色行脚人，必知時節。有什麽忙事？解夏未久，早已至此？』對曰：『被善兄毒心，終礙塞人，故復來見和尚。』」

〔一六〕臨濟十世孫：惠洪自稱。其法系爲：臨濟義玄—興化存獎—南院慧顒—風穴延沼—首山省念—汾陽善昭—石霜楚圓—黄龍慧南—寶峰克文—清凉惠洪。

〔一七〕泐潭克家嗣：亦惠洪自稱。泐潭，此指真淨克文禪師，晚住靖安縣泐潭寶峰禪院。禪林僧寶傳卷二三有泐潭真淨文禪師傳。克家嗣，能繼承家業之子。易蒙卦：「納婦吉，子克家。」孔穎達疏：「子孫能克荷家事，故云子克家也。」此指能荷擔老師佛法之弟子。

〔一八〕主中賓：四賓主之一，此代指臨濟宗禪法。智證傳：「臨濟宗有四賓主句，謂賓中賓，賓中主，主中賓，主中主。」人天眼目卷二臨濟門庭：「四賓主者，師家有鼻孔，名主中主；學人有鼻孔，名賓中主；師家無鼻孔，名主中賓；學人無鼻孔，名賓中賓。與曹洞賓主不同。」同書卷三曹洞門庭：「四賓主，不同臨濟。主中賓，體中用也；賓中主，用中體也；賓中賓，用中用，頭上安頭也；主中主，物我雙亡，人法俱泯，不涉正偏位也。」鍇按：臨濟、曹洞二宗皆有四賓主，惠洪屬臨濟宗，故此處「主中賓」當爲臨濟之主中賓。蓋禪門宗師和學人相見，其間言語往來，可勘辨主客雙方誰能堅持自證自悟之精神。故主與賓均有二義，「主中主」等四句之三字中，前者爲身份之主賓，即宗師（主）與學人（賓）；後者爲心性之主賓，即自信本心（主）與遷於外物（賓）。

〔一九〕不容留意地：禪家貴機鋒迅疾，反對擬議思索，故云。意地，猶心地。意乃第六識，爲支配一身之所，又爲發生萬事之處，故曰地。智證傳：「予作偈曰：『逼塞虛空，不行而至。而刹那中，寧容擬議。直下便見，不落意地。眼孔定動，則已不是。』」

〔二〇〕本色出家兒：謂真正本分之出家人。禪林僧寶傳卷三〇保寧璣禪師傳：「璣天姿精勤，荷擔叢林，不知寒暑，墾荒地爲良田，蒔松杉爲美幹。守一職，十年不易。南公稱以爲『本色出家兒』。」

〔二一〕機輪盤珠走：謂其禪法如珠走盤，縱橫自在，不留影跡。盤珠之喻，已見前注。參見本集卷二三無住字序。

〔二二〕「須學老華亭」二句：林間録卷下：「船子曰：『直須藏身處沒蹤跡，沒蹤跡處莫藏身是也。』」華亭德誠禪師，嗣法藥山惟儼，時號船子和尚。無滲漏，意謂無破綻。禪林僧寶傳卷九龍牙居遁禪師傳：「其對機峻峭，無滲漏，類如此。」

明白庵六首〔一〕

如來功德力，内外悉清淨〔二〕。念起勿隨之，自然心無病。

形與佛祖等，道致人天護。戒淨福人天，心空同佛祖〔三〕。

石火機鋒上，那容著意根〔四〕。透情名出世〔五〕，離念是知恩〔六〕。

瑞鹿吾所慕，勇決敦不勉〔七〕。夜來歸夢清，疑在啼猿巘〔八〕。

老去一庵深，聊將自淨心。要當酬佛祖，終不負叢林〔九〕。

歸路山花發，欣然折一枝。動容揚古路，不墮悄然機〔一〇〕。

【注釋】

〔一〕大觀元年春作於臨川北景德寺。　錯按：此組詩之一、二見於林間録卷下。林間録卷首謝逸洪覺範林間録序作於大觀元年十一月一日，則林間録編成於十一月前，而此組詩更當作於其前。又據本集卷二〇明白庵銘序：「大觀元年春，結庵於臨川，名曰明白。」而組詩有

「歸路山花發」之句，可知必作於春日初結庵時。

〔二〕「如來功德力」二句：林間録卷下：「世尊言：比丘生身不壞，發無垢智光者，善根功德之力，如來知見之力。故行住坐卧，須内外清淨。」中陰經卷下頌曰：「如來神足力，離苦不善有。諸法自瓔珞，内外悉清淨。」此借用其語。

〔三〕心空同佛祖：龐居士語録卷下：「十方同一會，各自學無爲。此是選佛處，心空及第歸。」此化用其意。

〔四〕「石火機鋒上」二句：謂禪機如電光石火，稍縱即逝，不容擬議思索。石火：燧石所出之火光，喻起滅之迅速。智證傳：「巖頭奯禪師曰：『但明取綱宗，本無實法，不見道無實無虚，若向上事覰即疾，若向意根下尋，卒摸索不著。』又曰：『此是向上人活計，只露目前些子，如同電拂，如擊石火，截斷兩頭，靈然自在。』」

〔五〕透情：透過情識，不爲情識所困。大慧普覺禪師語録卷七：「香嚴透語滲漏，被語言縛殺。石霜透情滲漏，被情識使殺。曹山透見滲漏，被見聞覺知惑殺。」

〔六〕離念：脱離念想。大乘起信論：「當知如來善巧方便，假以言説引導衆生，其旨趣者，皆爲離念，歸於真如，以念一切法，令心生滅，不入實智故。」

〔七〕「瑞鹿吾所慕」二句：禪林僧寶傳卷七瑞鹿先禪師傳：「祖師名本先，生鄭氏，温州永嘉人也。兒稚不甘處俗，去依集慶院沙門某。年二十五，爲沙彌，詣天台國清寺，受滿分戒。即造詔國師，服勤十年。住瑞鹿寺，足不歷城邑，手不度財帛，不設臥具，不衣繭絲，卯齋終日，宴坐申旦。誨誘門弟子，逾三十年，其志彌厲。」

〔八〕啼猿巘：用永明智覺延壽禪師詩意。冷齋夜話卷六誦智覺禪師詩：「智覺禪師住雪竇之中巖，嘗作詩曰：『孤猿叫落中巖月，野客吟殘半夜燈。此境此時誰得意？白雲深處坐禪僧。』詩語未工，而其氣韻無一點塵埃。予嘗客新吳車輪峰下，曉起臨高閣，窺殘月，聞猿聲，誦此句，大笑，棲鳥驚飛。」惠洪甚愛此詩，如本集卷一〇上元宿百丈：「夜久雪猿啼嶽頂，夢回清月在梅花。」亦化此意。

〔九〕「要當酬佛祖」二句：宋釋慶老補禪林僧寶傳南嶽石頭志庵主傳：「明年六月晦，問侍者日早莫。曰：『已夕矣。』笑曰：『夢境相逢，我睡已覺。汝但莫負叢林，即是報佛恩德。』言訖而寂。」此二句當用石頭志庵主語勉勵自己。志庵主法名懷志，嗣法真淨克文，爲惠洪師兄。本集卷三有贈石頭志庵主、卷一五有寄石頭志庵主、聞志公化悼之三首等。又本集卷一三送英長老住石谿：「真誠莫負叢林志，大願當追佛祖風。」亦此意。

〔一〇〕「動容揚古路」二句：廓門注：「僧寶傳首山念傳曰：『動容揚古路，不墮悄然機。』」鍇按：此二句語本景德傳燈録卷一一鄧州香嚴智閑禪師示悟偈：「一擊忘所知，更不假修治。動容揚古路，不墮悄然機。」禪林僧寶傳卷三汝州首山念禪師傳乃引用香嚴智閑偈。

粹中自郴江瑩中與南歸時余在龍山容泯齋爲誦唐詩入郭隨緣住思山破夏歸之句爲韻十首〔一〕

哀蟬滿風聽，草樹初茂密。空齋有奇事，屋角寒藤入。

客來理清言，客去依蒲褐〔二〕。道鄉知不遥，髣髴見城郭〔三〕。

希夷登嶽頂〔四〕，典子相追隨㊀〔五〕。天風落笑語，想見對談時。

子從兩人傑〔六〕，此游真勝緣。他年傳故事，一葉共湘川。

遥知歌座中，隨意吐十住〔七〕。海門妙蓮華〔八〕，應逐談詞吐。

我庵無量相，泯跡變清思。覺範如新故〔九〕，空華今盛衰。

松下朅來見〔一〇〕，依然冰雪顔〔一一〕。未須驚世故，且復卧看山。

高誼今照人，劇談舊驚座〔一二〕。别來如許久，一見千愁破。

無生師子窟〔一三〕，僧寶光照夜〔一四〕。我如龜六藏〔一五〕，一庵聊作夏〔一六〕。

千峰夕陽外，空翠摇煙霏。終古無求處，相看一笑歸。

【校記】

㊀ 典：武林本作「與」。

【注釋】

〔一〕崇寧五年夏作於分寧縣黃龍山，時與靈源惟清禪師同坐夏。　粹中：僧士珪字粹中，號竹庵。事具僧寶正續傳卷六，參見本集卷三珪粹中與超然游舊超然數言其俊雅除夕見於西興喜而贈之注〔一〕。　郴江：即郴水，此代指郴州。方輿勝覽卷二五湖南路郴州：「事要：郡名郴陽、郴江。」廓門注：「郴江，郴州郡名以郴江水而名。」　瑩中：陳瓘字瑩中，號了翁，亦號華嚴居士。崇寧二年正月貶謫至廉州，道經長沙，惠洪嘗從其游，參見本集卷三陳瑩中由左司諫謫廉相見於興化同渡湘江宿道林寺夜論華嚴宗。　鍇按：據宋史徽宗紀二，崇寧五年正月，彗出西方，以星變，毁元祐黨人碑，復謫者仕籍，赦天下，除黨人一切之禁。詔崇寧以來左降者，各以存歿稍復其官，盡還諸徙者。陳瓘亦自廉州量移郴州，得自便。時士珪自分寧黃龍山往迎之。參見本集卷三陳瑩中自合浦還郴州時余同粹中寓百丈粹中請迓之以病不果粹中獨行作此送之注〔一〕。未幾，陳瓘自郴州北歸，欲居明州，士珪與之同行，過黃龍山，惠洪爲作此組詩。此言「南歸」，實指北歸，乃自南歸之意。「入郭隨緣住，思山破夏歸」二句，出自唐詩僧善生送玉禪師詩，見全唐詩卷八二三，注曰：「過夏不終謂之破夏。」此組詩每首依次以此十字爲韻。

〔二〕依蒲褐：謂坐禪。蘇軾雨中過舒教授：「坐依蒲褐禪，起聽風甌語。」又次韻周長官壽星院同餞魯少卿：「困眠不覺依蒲褐，歸路相將踏桂華。」此借用其語。

〔三〕「道鄉知不遥」二句：喻即將達到入道之境界。華嚴經卷六淨行品：「當願衆生，常得正念，修行衆善，若見城郭。」　道鄉：指得道之境界。

〔四〕希夷：廓門注：「陳摶字圖南，賜號希夷先生。此以同姓比陳瑩中言也。」其説甚是。宋史隱逸傳陳摶傳：「陳摶字圖南，亳州真源人。……讀經史百家之言，一見成誦，悉無遺忘，頗以詩名。後唐長興中舉進士，不第，遂不求禄仕，以山水爲樂。……移居華山雲臺觀，又止少華石室。……周世宗好黄白術，有以摶名聞者，顯德三年，命華州送至闕下，留止禁中月餘，從容問其術。摶對曰：『陛下爲四海之主，當以致治爲念，奈何留意黄白之事乎？』世宗不之責，命爲諫議大夫，固辭不受。……太平興國中來朝，太宗待之甚厚。九年復來朝，上益加禮重，謂宰相宋琪等曰：『摶獨善其身，不干勢利，所謂方外之士也。』……下詔賜號希夷先生。」　嶽頂：指南嶽衡山之頂。陳瓘自郴州北上，途經衡山，本集卷一五有瑩中南歸至衡陽作六首寄之可證。

〔五〕典子：未詳其人。廓門注：「典子未分明，此謂粹中歟？且『典午』字誤歟？雲巖典午天游禪師，嗣泐潭文準，準嗣真淨，未知是。」鍇按：典子，疑爲「典牛」之誤。宋釋道融叢林盛事卷上：「典牛和尚，成都人，姓鄭氏，名天游。本仕族，初試郡庠，復試梓州。二處俱發，游不敢承受，竄名出關。適山谷道人西還，因見其風骨不凡，論議超卓，廼同舟而下。竟往廬山剃髮，不改舊名。首參死心，不契。乃依湛堂於泐潭，時妙喜爲侍者，游居書司，旦夕相從。

後往古藥山，發明大事，出世廬山小寶峰，後居雲巖。嘗和忠道者牧牛頌曰：『兩角指天，四蹄踏地。拽斷鼻圈，牧甚屎屁。』初，張無盡見其坦率，不事事，嘗慢之，謂之顛游。後妙喜持此頌獻之，無盡撫几稱賞。妙喜曰：『相公且道者頌是甚麼人做？』無盡曰：『此非彌勒大士，安能發此言？』妙喜曰：『此乃前日顛游所作。』無盡曰：『奇哉！奇哉！湛堂乃有此兒耶？臨濟一宗其在此矣。但將去質庫中典，也典得一百貫。商英肉眼不別，幾乎蹉過此人。』遂燒香望雲巖悔過。游後退雲巖，過廬山，棲賢長老見其堅老，又且川氣，不肯挂搭。却云：『老老大大，正是質庫裏典牛耶？』游聞之，乃述偈而去，曰：『質庫何曾解典牛，只緣價重實難酬。想君本領無多子，爭解能容者一頭。』因庵于武寧四十年，終身不出。」典牛爲湛堂文準禪師法嗣，惠洪法姪，五燈會元卷一八列臨濟宗黄龍派南嶽下一四世。

〔六〕子從兩人傑：廓門注：「『子』，『予』字誤歟？」錯按：底本不誤，「子」指士珪。「兩人傑」指陳瓘與典子（典牛）。

〔七〕隨意吐十住：謂隨意談吐華嚴經之妙理。十住：即十地，代指華嚴經，蓋因此經有十地品。錯按：陳瓘研習華嚴經，自號華嚴居士，參見前舉陳瑩中由左司諫謫廉相見於興化同渡湘江宿道林寺夜論華嚴宗。

〔八〕海門妙蓮華：指華嚴經妙義。華嚴經卷六二入法界品：「南方有國，名曰海門；彼有比丘，名爲海雲。……海雲言：善男子，若諸衆生不種善根，則不能發阿耨多羅三藐三菩提心。

要得普門善根光明，具真實道三昧智光，出生種種廣大福海，長白淨法無有懈息。……我住此海門國十有二年，常以大海爲其境界。……我作是念時，此海之下，有大蓮華忽然出現，以無能勝因陀羅尼羅寶爲莖，吠瑠璃寶爲藏，閻浮檀金爲葉，沈水爲臺，碼碯爲鬚，芬敷布濩，彌覆大海。」

〔九〕覺範：惠洪字覺範，此自稱。　如新故：隋釋吉藏大乘玄論卷三：「例如新故，何者第一念是新？第二念是故？譬如新米，初出者是新，次者非復是新。亦得第一念爲故，第二念爲新。先者名故，後始起者是新。是則先後皆得名新，故言新新生滅亦可。初後皆得名故，故言初故後亦故。新故既通初後，本有始有義亦復然。新故義通初後，但説初故名新，久新名故。定知何者爲新？何者爲故？故知都無新無故。」

〔一〇〕竭來：爾來，近來。

〔一一〕冰雪顔：喻指面頰潔白光滑，常形容養身得道之人。莊子逍遥遊：「藐姑射之山，有神人居焉，肌膚若冰雪，淖約若處子，不食五穀，吸風飲露。」白居易游悟貞寺詩：「西開玉像殿，白佛森比肩。抖擻塵埃衣，禮拜冰雪顔。」

〔一二〕舊鶩座：漢書游俠傳陳遵傳：「陳遵字孟公，杜陵人也。……時列侯有與遵同姓字者，每至人門曰『陳孟公』，坐中莫不震動。既至而非，因號其人曰『陳鶩坐』云。」宋王楙野客叢書卷一八陳鶩坐：「前漢書陳遵傳云：『時列侯有與遵同姓字者，每至門曰陳孟公，坐中莫不震動。既至而非，因目其人爲陳驚坐。』王僧虔名畫録説『陳驚坐』異是，曰：『陳遵，杜陵人，善篆書，每至，一坐皆驚，時人謂爲陳驚坐。』」此亦因同姓比陳瓘。

〔一三〕無生：不生不滅，即涅槃之境界。　師子窟：猶言法窟，特指有高僧之佛寺。佛涅槃後，弟子迦葉於伽蘭陀竹園大石窟内結集三藏經典，稱爲「窟内上座部」。後因以法窟指佛寺。又因佛號人中師子，故法窟亦可稱師子窟。

〔一四〕僧寶：佛教三寶之一，泛指僧衆。　光照夜：喻其如夜明珠。

〔一五〕龜六藏：取義佛經中龜藏頭尾四肢之寓言，以喻修行。雜阿含經卷四三：「世尊告諸比丘：過去世時有河中草，有龜於中住止。時有野干飢行覓食，遥見龜蟲，疾來捉取。龜蟲見來，即便藏六。野干守伺，冀出頭足，欲取食之。久守，龜蟲永不出頭，亦不出足。野干飢乏，瞋恚而去。諸比丘，汝等今日亦復如是。知魔波旬常伺汝便，冀汝眼著於色，耳聞聲，鼻嗅香，舌嘗味，身覺觸，意念法，欲令出生染著六境。是故比丘，汝等今日常當執持眼律儀住，執持眼根律儀住，惡魔波旬不得其便。隨出隨緣，耳、鼻、舌、身、意亦復如是。於其六根若出若緣，不得其便。猶如龜蟲，野干不得其便。」大般涅槃經卷四如來性品之一：「覆藏諸惡，如龜藏六。」同書卷七如來性品之四：「防護自身，如龜藏六。」

〔一六〕作夏：猶言坐夏。

和昭默堂五首〔一〕

相見自完全，分明透語言〔二〕。衲僧猶聽瑩㈠〔三〕，入户不知門。
道骨清如玉，閑拳瘦策時。鈍根並鶻眼〔四〕，到此自分歧〔五〕。
此堂常説法，亦是主中賓〔六〕。無地容啗啄〔七〕，緣渠徹骨貧〔八〕。
睡餘供漱盥，齒頰帶茶甘〔九〕。兄弟知家法，從教鶖子慚〔一〇〕。
倦依蒲褐坐〔一一〕，脱體露全機〔一二〕。曲篆風窗細〔一三〕，煙横一縷微。

【校記】

㈠ 瑩：武林本作「梵」，誤。

【注釋】

〔一〕崇寧五年夏作於分寧縣黄龍山。昭默堂：靈源惟清禪師方丈。惟清時居昭默堂，因以堂爲號。參見本集卷二三昭默禪師序。

〔二〕分明透語言：此釋「昭默」之意，昭同照，即分明，默即透語言。

〔三〕聽瑩：即「聽熒」，疑惑貌。莊子齊物論：「長梧子曰：『是黄帝之所聽熒也，而丘也何足以知之。』」成玄英疏：「聽熒，疑惑不明之貌也。」

〔四〕鈍根：根機愚鈍，不能領悟佛法者。　鶻眼：鶻之目光極鋭利，以喻根機聰慧伶俐，能領悟佛法者。　古尊宿語録卷四三寶峰雲庵真淨禪師住廬山歸宗語録：「任是鶻眼龍睛，也須遭伊繫絆。」智證傳：「明招謙禪師偈曰：『師子教兒迷子法，進前跳躑忽翻身。　羅文結角交加處，鶻眼龍睛失却真。』」

〔五〕到此自分歧：唐釋法藏大乘起信論疏卷首：「但以無住爲性，隨派分岐，逐迷悟而升沈，任因緣而起滅。」岐，此處同「歧」。

〔六〕主中賓：本指宗師爲學人所困，遷於外物，爲臨濟宗四賓主之一，此代指臨濟禪法。　參見本卷病中寄山中故舊八首注〔一八〕。

〔七〕無地容啗啄：謂惟清之禪法妙無罅隙，無處可置語言。　昭默禪師序曰：「至於授法，鉗椎鍛煉，則學者如於菟視水車然，莫知罅隙。」　啗啄：祖庭事苑卷一雲門室中語：「啗啄，當作鵮啄，竹咸切，鳥啄物。」禪門引申爲下口，喻指言説。　景德傳燈録卷一七高安白水本仁禪師：「師曰：『高山頂上，無可與道者啗啄。』」古尊宿語録卷一四趙州真際禪師語録之餘：「師因到臨濟，方始洗脚。　臨濟便問：『如何是祖師西來意？』師云：『正值洗脚。』臨濟乃近前側聆。　師云：『若會便會，若不會，更莫啗啄作麽。』臨濟拂袖去。」

〔八〕緣渠徹骨貧：羅湖野録卷上：「靈源禪師蚤參承晦堂於黄龍，而清侍者之名著聞叢林。　元祐七年，無盡居士張公漕江西，故欽慕之。　是時靈源寓興化，公檄分寧邑官同諸山，勸請出世於豫章觀音。其命嚴甚，不得已，遂親出，投偈辭免曰：『無地無針徹骨貧，利生深媿乏餘珍。廛中大施門難啓，乞與青山養病身。』」此寫惟清，正借用其語。鍇按：「無地無針徹骨貧」事見景德傳燈録卷一一袁州仰山慧寂禪師：「乃有偈曰：『去年貧，未是貧，今年貧，始是貧。去年無卓錐之地，今年錐也無。』」

〔九〕齒頰帶茶甘：蘇軾道者院池上作：「井好能冰齒，茶甘不上眉。」此借用其語。

〔一〇〕「兄弟知家法」二句：謂法兄惟清照之以默，以默爲照，離語言文字，謹守禪宗家法；而己則好論古今是非成敗，背離禪宗家法，故慚。　鶖子：即鶖鷺子，佛弟子舍利弗之别稱。祖庭事苑卷三雪竇祖英上：「鶖鷺：梵云舍利弗，此言鶖鷺子。以其母之眼如鶖鷺，因母得名，故云舍利子。智慧第一，辯捷無雙。」此惠洪自稱。

〔一一〕倦依蒲褐坐：謂倦來蒲團上坐禪。蘇軾雨中過舒教授：「坐依蒲褐禪，起聽風甌語。」又次韻周長官壽星院同餞魯少卿：「困眠不覺依蒲褐，歸路相將踏桂華。」

〔一二〕脱體露全機：謂其全身之行住坐卧均呈露禪機，無有隱藏。圓悟佛果禪師語録卷五：「進云：『恁麼則當陽無向背，覿體露全機。』師云：『無爾插嘴處。』」古尊宿語録卷三〇舒州龍門佛眼和尚語録：「通身無影像，脱體露堂堂。」　脱體：猶言通身，全身。

〔一三〕曲篆：盤香，即本集所謂「篆畦」。蓋盤香迴曲如篆字，形製如田畦，故稱。

又次韻五首〔一〕

擬心成剩法〔二〕，況復更隨言。試憑堂中几，閑看窈窕門〔三〕。
智識不到處，言詮路絶時〔四〕。欲藏還露骨，叶帶更多歧〔五〕。
瘦容無住著〔六〕，舉手評來賓。不是無言説，雖窮不諱貧。
夢裏尋音響，教休定不甘。忽知眉蓋眼〔七〕，開著替人慚。
言語皆爲病，全提刦物機〔八〕。更無遮掩處，兀坐笑微微〔九〕。

【注釋】

〔一〕崇寧五年夏作於分寧縣黄龍山。此五首乃次韻和昭默堂五首，當作於同時。

〔二〕擬心成剩法：林間録卷上：「晦堂曰：『纔入思惟，便成剩法。』」擬心即思惟。剩法，贅冗多餘之法。鍇按：晦堂，即黄龍寶覺祖心禪師，惟清乃其法嗣，故借晦堂語答之。

〔三〕窈窕：深邃貌。

〔四〕「智識不到處」二句：即佛典禪籍所謂「言語道斷，心行處滅」，謂禪之真理非智識言語所能理解把握。唐裴休集黄檗山斷際禪師傳心法要：「默契而已，絶諸思議。故曰『言語道斷，心行處滅』。」古尊宿語録卷二六舒州法華山舉和尚語要：「問：『智識不到處時如何？』師云：『三門不曾開。』」宗鏡録卷二八：「是以此重玄門，名言路絶。」

〔五〕叶帶：猶言挾帶，爲曹洞宗禪法。「叶」通「挾」。洞山良价禪師寶鏡三昧歌（即雲巖寶鏡三昧）：「正中妙挾，敲唱雙舉。通宗通途，挾帶挾路。」本集卷八游龍王贈雲老：「正中妙叶百怨門。」同卷餞枯木成老赴南華之命：「正中妙叶如何會。」龍王雲、枯木成均曹洞禪師，可證「叶」爲「挾」。

〔六〕瘦容無住著：杜甫戲爲雙松圖歌：「松根胡僧憩寂寞，龐眉皓首無住著。」此借用其詠胡僧語形容靈源。參見本集卷三游南嶽福嚴寺注〔一九〕。

〔七〕眉蓋眼：閉目狀。宋釋如本編佛海瞎堂禪師廣録卷一台州浮山鴻福禪寺語録：「相逢眉蓋眼，平地舞三臺。」宋釋宗先編慈受深和尚廣録卷一慧林禪寺語録：「也有凝眸看鶴，也有露齒吟經，也有百衲蒙頭，也有長眉蓋眼。」

〔八〕全提：全部舉出，完全提起。　却物機：此指臨濟宗三玄三要之宗旨。禪林僧寶傳卷二一薦福古禪師傳：「有玄有要者，臨濟所立之宗也。在百丈、黄蘗，但名大機大用；在巖頭、雪峰，但名陷虎却物。」宋釋宗杲集正法眼藏卷一：「巖頭和尚示衆云：『不見道却物爲上，逐物爲下，瞥起微情，早落地上。』」明林弘衍編雪峰真覺禪師語録卷上：「師云：『若言踞地，悉皆踞地；若言齧鏃，却物爲上，逐物爲下。』」

〔九〕兀坐：獨自端坐。建中靖國續燈録卷二〇湖州上方日益禪師：「黄面老周行七步，脚跟下正好一錐；碧眼胡兀坐九年，頂門上可惜一劄。」

李成德畫理髮搔背刺嚏明耳爲四暢圖乞詩作此四首〔一〕

經月得樓颼〔二〕，頭懶垢不靧〔三〕。樹間一梳理，道與精神會。

痒處搔不及，賴有童子手〔四〕。精微不可傳，齬齒一轉首〔五〕。

呿口眼尾垂〔六〕，欲嚏將未發㊀。竟以紙用事，快等船出閘㊁〔七〕。

耳痒欲拈去㊂，猛省須用明。注目深探之〔八〕，疏快滿鬢髮〔九〕。

【校記】

㊀將：重刊貞和類聚祖苑聯芳集卷八作「特」。

㊁快：祖苑聯芳集作「懌」。

㊂欲：祖苑聯芳集作「不」。

【注釋】

〔一〕崇寧四年春作於分寧縣。李成德：名公彥，臨川人，時知分寧縣。參見本集卷八白日有聞吏青原無惰民爲韻奉寄李成德十首注〔一〕。刺嚏：刺激鼻孔使打噴嚏。明耳：廓門注：「明，音月，墮耳。」漢語大字典「明」亦曰：「耳朵落掉。」鍇按：據後引諸書記載四暢圖所畫，惠洪所言「眀耳」，即剔耳，掏耳屎。元張之翰西巖集卷一〇有周文矩剔耳圖，所詠即周氏四暢圖之一。　四暢圖：據宣和畫譜卷三道釋三、卷五人物一、卷七人物三收録，有唐張萱四暢圖一幅，五代陸晃四暢圖四幅，宋周文矩四暢圖一幅。宋李昭玘樂靜集卷九書六逸四暢畫本：「世傳六逸、四暢畫本，人物清肆，不類世俗，多以此愛之。六逸者，或以謂嵇康、劉伶、阮籍之徒，四暢則不知奚人也。……嚏者引仰鶴飲而橋頞，爬者跼蹐鴟蹲而捉膝，拊背者據杖而伸足，剔耳者目駐而心凝。壅閼既攻，竅户流通；痟癢既祛，肌絡皆充。如噎得吐，如跛得走，如川決防，如馬脱羈，猶未足方其快，此四者之暢也。」蓋古人以理髮、搔背、刺嘖、剔耳爲人生理之四大快感，所謂小安樂法。苕溪漁隱叢話前集卷三〇：「又南唐畫，俗號四暢圖，其一剔耳者，曲肘仰面，作挽弓勢；一搔首者，使小青理髮，趺坐頻首，兩手置膝，作輪指狀。魯直題云：『剔耳厭塵喧，搔頭數歸日。』且畫工意初未必然，而詩人廣大之。乃知作詩者，徒言其景，不若盡其情，此題品之津梁也。」鍇按：李公彦所畫四暢圖，諸畫史未載，惠洪此詩可補其缺。

〔一一〕經月：整月。　褸颾：邋遢，不整潔。本集卷八贈羅道人：「鬔髮褸颾風露寒。」亦此意。廓門注「颾」謂「風聲也」，殊誤。鍇按：「褸颾」禪籍作「摟搜」。如宋釋文素編如淨和尚語録卷二源山主求贊頂相：「有時隨摟搜，若萬迴老子歡喜；有時放歇蹶，若布袋和尚顛狂。」禪宗頌古聯珠通集卷三收斷橋妙倫禪師偈曰：「狗走抖擻口，猴愁摟搜頭。」今四川方言猶謂不整潔爲「樓颼」。

〔三〕醴：洗臉。禮記内則：「其間面垢，燂潘請醴。」陸德明釋文：「醴，洗面。」

〔四〕童子手：即如意，搔背痒之具，亦稱木童子、爪杖、痒和子。蘇軾自海南歸過清遠峽寶林寺驚贊禪月所畫十八大阿羅漢第五諾矩羅尊者：「善心爲男，其室法喜。背痒孰爬，有木童子。高下適當，輕重得宜。使真童子，能如茲乎？」祖庭事苑卷七八方珠玉集：「痒和子，即如意也，古謂爪杖。或骨角竹木刻人手，指爪具焉。柄可三尺許。脊之痒，手不可及，用以搔爬，如人之意，故以名焉。」

〔五〕齬齒：上下牙參差不相應，此形容搔痒時呲牙咧嘴之情態。

〔六〕呿：張口貌。莊子秋水：「公孫龍口呿而不合，舌舉而不下。」陸德明釋文引司馬彪云：「呿，開也。」

〔七〕船出閘：以船出閘之快喻打噴嚏之快感。東坡詩集注卷二九出都來陳所乘船上有題小詩八首不知何人有感於余心聊爲和之：「船留村市鬧，閘發寒波漲。」注引趙堯卿曰：「説文謂開閉門曰閘。江淮之間，作堰閘以制水，而時放決之。」

〔八〕注目：凝神注視，形容剔耳時精神集中。李昭玘書六逸四暢畫本曰：「剔耳者目駐而心凝。」

〔九〕疏快：即暢快。

【集評】

日本東沼周曮云：李成德爲四暢圖，垂鬚佛嘗賦之，其理髮曰：「樹間一梳理，道與精神會。」其搔背曰：「精微不可傳，齬齒一轉首。」其刺噴、明耳亦云：「竟以紙用事，快等舡出閘。」「耳癢欲拈去，猛省須用明。」夫垂鬚佛也，山林而名重朝廷，於書無所不讀，於文無所不能，而尤工於詩。以故趙宋一時文人，翰墨之妙，拳拳伏膺。吁！必有大過人者乎！不然四暢之圖，千載之下，而豈有續之乎哉！（五山文學新集第三卷流水集五江西和尚賦四暢圖後跋）

【附録】

明鄭以偉云：宋李成德畫理髮、搔背、刺噴、明耳爲四暢圖，高僧覺範詠之，見石門文字禪。余笑祝髮息慈之人，何知梳櫛之適。然不害爲色絲也，揮筆爲和。（自注：明，音刖，墮耳也。兹仍覺範用。）

山窗向日卓，梳梳雪麩落。垢去頂輕鬆，清涼聖水瀹。早朝憶三點，不假櫛頭鬖。此適如箆馬，泥沙失風駿。（右理髮）

背向艮而止，癢處不可傳。忍之勝忍痛，蠢齟雄聳肩。恰好麻姑爪，應著徹髓快。能所適相中，是名樂受界。（右搔背）

詩願言則嚏，匭豈可爲哉？惘慌導之發，剥橘霧衝開。眼皮蓋地酸，如意涕洟密。蘇甦拭無暇，五臟僡隨出。（右刺噴）

兜玄有國土，隨有耳塵贈。□門不容豆，莫探耵聹㻎。注目施輕明，雷音脉淵默。玲利如穿鑛，樂觸在無塞。（右明耳，靈山藏杜吟卷四四暢詩）

余所居竹寺門外有谿流石橋汪履道過余必終日既去送至橋西履道誦笑別廬山遠何煩過虎谿之句作十詩以見寄因和之〔一〕

披雲斸奇峰〔二〕，稍稍墮危峭〔三〕。百年能幾何〔四〕，萬事付一笑〔五〕。

方經脱手春〔六〕，又復送餘熱〔七〕。懸知到故山〔八〕，定與秋風別。

故山久不歸，田園廢耕鉏〔九〕。但餘玉澗碧〔一〇〕，依舊繞吾廬〔一一〕。

吾廬亦何有，草屋八九間〔一二〕。牀頭挂瀑水，枕上見他山。

夫子固真亮〔一三〕，剛勁如何遠〔一四〕。玉骨定含秋〔一五〕，出語便清婉。

西齋君去後，别緒亂於莎〔一六〕。乃知長笑語，始奈客愁何。

我詩水清淺，隻鵠浴不煩〔一七〕。君才正豪邁，霜足擁華軒〔一八〕。

門前短石橋，日日送君過。歸來院落閒，還作北窗卧〔一九〕。

一從禿毛髮〔二〇〕，萬事成乖阻。貪食等飢鷹，酣眠如飽虎〔二一〕。與君游戲處，箇中無悟迷。冰華來脉正〔二二〕，不獨是曹谿〔二三〕。

【注釋】

〔一〕元符三年夏末作於常州。　汪履道：汪迪字履道，常州人。參見本集卷一汪履道家觀所蓄煙雨蘆雁圖注〔一〕。　「笑別廬山遠，何煩過虎谿」二句：出自李白別東林寺僧，李太白集注卷一五王琦注：「蓮社高賢傳：『遠法師居東林，其處流泉匝寺，下入於谿。每送客過此，輒有虎鳴號，因名虎谿。後送客未嘗過，獨陶淵明、陸修靜至，語道契合，不覺過谿，因相與大笑，世傳爲三笑圖。』」此組詩每首依次以此十字爲韻。

〔二〕披雲斲奇峰：陶淵明四時：「夏雲多奇峰。」此化用其意。　鍇按：許顗彦周詩話：「『春水滿四澤，夏雲多奇峰。秋月揚明輝，冬嶺秀孤松。』此顧長康詩，誤編入陶彭澤集中。」

〔三〕稍稍：隨即，已而。　危峭：危峻陡峭，形容奇峰。宋韋驤錢塘集卷一武夷游仙詠：「却看危峭無攀捫，下插萬丈深潭淪。」

〔四〕百年能幾何：李白悲歌行：「富貴百年能幾何，生死一度人皆有。」杜甫別唐十五誡因寄禮部賈侍郎：「九載一相逢，百年能幾何。」此借用其語。

〔五〕萬事付一笑：宋鄒浩道鄉集卷一送樓謙中赴江州德化主簿：「紛紛萬事付一笑，聊復爾耳姑隨緣。」毛滂東堂集卷一贈別講僧若水：「萬事付一笑，鉢飯飽亭午。」

〔六〕脱手春：無法把握挽留之春日。　脱手：離手。本集卷四送文中北還：「相逢春脱手，歸意不可擒。」

〔七〕送餘熱：蘇轍欒城集卷一二次韻子瞻感舊見寄：「秋風送餘熱，冉冉如人老。」此借用其語。

〔八〕懸知：料想，預知。庾信和趙王看伎：「懸知曲不誤，無事畏周郎。」　故山：此當指廬山。後一首有「但餘玉澗碧，依舊繞吾廬」二句，玉澗在廬山。鍇按：惠洪嘗隨真淨克文在廬山歸宗寺參禪，又多次訪東林寺。本卷履道見和復答之十首之三：「曾約還康山，披蓑共春鉏。東林縛我屋，西崦置子廬。」康山即廬山，亦可證。

〔九〕「故山久不歸」二句：陶淵明歸去來兮辭：「歸去來兮，田園將蕪胡不歸？」此化用其意。

〔一〇〕玉澗：廬山記卷二敘山南：「（羅漢院）院西之水曰玉澗，東入彭蠡湖十里。」廬山又有玉澗寺。禪林僧寶傳卷二五雲居祐禪師傳：「游廬山，南康太守陸公晦請住玉澗寺。……贊曰：余少時遊廬山，謁公於玉澗道林堂。」

〔一一〕依舊繞吾廬：白居易履道西門二首之一：「履道西門有弊居，池塘竹樹繞吾廬。」此借用其語。

〔一二〕草屋八九間：陶淵明歸園田居之一：「方宅十餘畝，草屋八九間。」此借用其句。

〔一三〕真亮：猶貞亮，忠貞誠信。漢王符潛夫論敘録：「夫讜直真亮，仁慈惠和，事君如天，視民如子。」

〔一四〕何遠：何遠字義方，南朝梁東海郯人。初仕齊，梁武帝踐祚，封廣興男，歷宣城太守，累遷給事黄門侍郎，公清爲天下第一。凡典郡所至，民爲立生祠。性剛嚴，厲廉節，處職嫉彊富如仇讎，視貧細如子弟。事具梁書良吏列傳本傳。

〔一五〕玉骨定含秋：喻氣質清朗純淨。本集卷一送充上人謁南山源禪師：「毛骨含秋眼睛碧。」

〔一六〕别緒亂於莎：以雜亂之莎草喻紛亂之别緒。莎，草名，多生於濕地，或代指草。因長勢雜亂，詩詞中常稱「亂莎」。司馬光次韻和鄰幾秋雨十六韻：「亂莎長被徑，荒蘚緑緣甍。」

〔一七〕「我詩水清淺」二句：淺水只能浴一隻鵠，而不容雙鵠，喻己詩格局之淺薄。蘇軾夜飲忠玉有詩次韻答之：「故應千頃池，養此一雙鵠。」此反用其意。

〔一八〕霜足：猶言霜蹄，即馬蹄，代指駿馬。　華軒：裝飾華美之車。杜甫驄馬行：「朝來少試華軒下，未覺千金滿高價。」

〔一九〕還作北窗卧：陶淵明與子儼等疏：「常言：五六月中，北窗下卧，遇涼風暫至，自謂是羲皇上人。」此用其意。

〔二〇〕秃毛髮：謂剃度出家。本集卷三南豐曾垂綏天性好學余至臨川欲見以還匡山作此寄之：「一從廢棄脱毛髮，乃與石田樗木同。」

〔二一〕「貪食等飢鷹」二句：形容飽食酣眠，無所事事。後漢書吕布傳：「（陳）登見曹公，言養將軍譬如養虎，當飽其肉，不飽則將噬人。公曰：『不如卿言。譬如養鷹，飢即爲用，飽則颺去。』其言如此。」此借用其語而不用其意。

〔二〕冰華：即井華，井泉水。

〔三〕曹谿：水名，在廣東曲江縣東南雙峰山下，禪宗六祖慧能於此寶林寺傳法。此以之雙關禪宗正脈。祖庭事苑卷一雲門録上：「曹溪：寶林傳：唐儀鳳中，居人曹叔良施地，六祖大師居之。地有雙峰、大溪，因曹侯之姓，曰曹溪。天下參祖道者，枝分派列，皆其流裔。」

履道書齋植竹甚茂用韻寄之十首〔一〕

君家清癯生〔二〕，風姿極孤峭。我欲爲傳真〔三〕，世豈無笑笑〔四〕。

笑笑解衣處〔五〕，酒後耳先熱〔六〕。筆端走精神，葉葉無差别。

汪郎工筆耕，萬卷供犁鉏〔七〕。我方買牛具〔八〕，賃屋鄰子廬。

胸中有奇趣，詩成談笑間〔九〕。往來無一事〔一〇〕，城郭似居山。

曉庭蒲葉翻，天涯歸夢遠。尚記泊舟時，隔水桑婉婉〔一一〕。

月華潑空壁，露顆壓庭莎〔一二〕。哦詩欲仙去〔一三〕，無計奈君何。

雖住城隍寺，而無迎送煩〔一四〕。清風如有素〔一五〕，時復到南軒。

南軒絶低小，亦無佳客過。相看兩無言，徑作對牀卧。

詩狂欲發言，因此難韻阻〔一六〕。君看短後兒〔一七〕，掉臂搏怒虎〔一八〕。

暫借人間路〔一九〕，未達忽如迷。石門端不遠〔二〇〕，歸思亂筇谿〔二一〕。

【注釋】

〔一〕元符三年夏末作於常州。此十首亦依次用「笑別廬山遠，何煩過虎谿」十字爲韻，乃和前十首而作。履道：即汪迪。

〔二〕清癯生：指竹。此擬竹爲人，故稱其爲「生」。本集卷一〇崇勝寺後竹千餘竿獨一根秀出呼爲竹尊者：「高節身長老不枯，平生風骨自清癯。」

〔三〕傳真：即寫真，傳神，摹寫人物形貌。唐杜荀鶴八駿圖：「丹雘傳真未得真，那知筋骨與精神。」

〔四〕笑笑：即宋畫家文同。文同（一〇一八～一〇七九）字與可，梓州梓潼人，漢文翁之後，蜀人以石室名其家。操韻高潔，自號笑笑先生，善詩文、篆隸、行草、飛白，又善畫竹，號湖州派。有丹淵集傳世。事具宋史文苑傳。參見本集卷一華光仁老作墨梅甚妙爲賦此注〔八〕。

〔五〕解衣：即解衣般礴，指脱衣箕坐，形容畫家不拘行跡，神閑意定。語本莊子田子方：「宋元君將畫圖，衆史皆至，受揖而立，舐筆和墨，在外者半。有一史後至者，儃儃然不趨，受揖不立，因之舍。公使人視之，則解衣般礴羸。君曰：『可矣，是真畫者也。』」

〔六〕酒後耳先熱：漢書楊惲傳：「酒後耳熱，仰天拊缶，而呼烏烏。」此用其語。

〔七〕「汪郎工筆耕」二句：謂汪迪以筆墨代耕種，以書籍爲農具，以文字爲生計。南朝梁任昉爲蕭揚州作薦士表：「既筆耕爲養，亦傭書成學。」鍇按：詩話總龜前集卷一九引王直方詩話：「張嘉甫云：余少年見人誦一詩，所謂『但存方寸地，留與子孫耕』，不知何人語。元符三年，過毗陵汪迪家，出所藏水部賀公手書，乃知此詩賀所作。」此或借汪迪所藏水部賀公詩以稱之。

〔八〕買牛具：因喻汪迪以萬卷書爲筆耕，故坐實以喻己置筆硯爲買牛具。蘇軾罷徐州往南京馬上走筆寄子由五首之五：「逝將解簪紱，賣劍買牛具。」此借用其語。

〔九〕「胸中有奇趣」二句：冷齋夜話卷五柳詩有奇趣：「東坡云：『詩以奇趣爲宗，反常合道爲趣。』」又天廚禁臠卷上詩分三種趣：「此二詩脱去翰墨痕跡，讀之令人想見其處，此謂之奇趣也。」

〔一〇〕往來無一事：王安石五柳：「五柳柴桑宅，三楊白下亭。往來無一事，長得見青青。」此借用其成句。

〔一一〕婉婉：柔嫩美好貌。山谷外集詩注卷二奉和王世弼寄上七兄先生用其韻：「宮槐弄黄黄，蓮葉緑婉婉。」史容注：「今以言新荷嫩緑也。」

〔一二〕庭莎：庭院中之莎草。唐李紳守滁陽深秋憶登郡城望琅琊：「深夜獨吟還不寐，坐看凝露滿庭莎。」晏殊有庭莎記，謂「是草耐水旱，樂蔓延，雖拔心隕葉，弗之絶也」。

〔一三〕哦詩欲仙去：因讀佳詩而飄飄欲仙，此乃本集常用之語，如卷二讀慶長詩軸：「讀之置卷欲仙去。」卷四次韻彭子長劉園見花：「詩成我讀輒起舞，自忘首秃衣紲袢。泠然馭風欲仙去，引手便覺天可捫。」卷六次韻蘇通判觀牡丹：「兩翁賦詩皆妙語，讀之令人欲仙去。」

〔一四〕「雖住城隍寺」二句：陶淵明飲酒二十首之五：「結廬在人境，而無車馬喧。」此化用其意。　城隍寺：城中之寺院，與山林之寺院相對。唐李咸用贈山僧：「榮枯雖在目，名利不關身。高出城隍寺，野爲雲鶴鄰。」

〔一五〕有素：有故交，久已相熟。蘇軾越州張中舍壽樂堂：「高人自與山有素，不待招邀滿庭户。」

〔一六〕難韻：難押之詩韻，猶險韻。楊億冬夕與諸公宴集賢梅學士西齋分得今夕何夕探得雲字序：「於是迭出巨題，互探難韻，構思如湧，弄翰若飛。」蘇轍和毛君新葺困庵船齋：「勸客巨觥那得避，和詩難韻不容探。」

〔一七〕短後兒：指武士。莊子説劍：「吾王所見劍士，皆蓬頭、突鬢、垂冠，曼胡之纓，短後之衣，瞋目而語難。」郭象注：「短後之衣，爲便於事也。」文選卷三五張協七命：「樵夫恥危冠之飾，輿臺笑短後之衣。」李周翰注：「短後服，戎士衣也。」

〔一八〕掉臂搏怒虎：孟子盡心下：「晉人有馮婦者，善搏虎，卒爲善士。則之野，有衆逐虎。虎負嵎，莫之敢攖。望見馮婦，趨而迎之。馮婦攘臂下車，衆皆悦之。其爲士者笑之。」趙岐注：

「攖，迫也。虎依陬而怒，無敢迫近者也。」此用其事，謂己作難韻詩，如武士馮婦再遇怒虎，聊作一搏。

〔一九〕暫借人間路：唐詩僧靈澈歸湖南：「山邊水邊待月明，暫向人間借路行。如今還向山邊去，只有湖水無路程。」此用其語。

〔二〇〕石門：此指筠州新昌石門寺。

〔二一〕筠谿：在筠州新昌縣，惠洪故鄉。本集卷五次韻思禹思晦見寄二首之一：「家在筠溪白石灘，後堂分得玉千竿。」

履道見和復答之十首〔一〕

怪君歸如山〔二〕，詩句最奇峭〔三〕。此篇如縛須，爲作陸雲笑〔四〕。

君馭秋風來，破我殘夏熱。方欣對榻眠，遽作虎谿别。

曾約還康山〔五〕，披蓑共春鉏。東林縛我屋〔六〕，西崦置子廬。

百年駒過隙〔七〕，世事撚指間〔八〕。誰能脱禿帽，從我歸故山。

公詩如淵明，語直氣益遠〔九〕。此篇猶可人，幽趣更清婉。

佳人如美玉〔一〇〕，華裾似春莎〔一一〕。百年被束縛，奈此青山何。

所居遠城市〔一二〕，已絶送迎煩。賴有隔橋子，時來過小軒。靜聞鬬牛犇，閑數羣蟻過〔一三〕。秋風拂庭槐，枕書欲酣卧。與君居相連，長恨笑談阻。作詩歌追蹤，人笑學畫虎〔一四〕。思澀不自勝，援筆真欲迷。那堪屋漏雨，供此不盡谿〔一五〕。

【注釋】

〔一〕元符三年初秋作於常州。此十首亦用「笑別廬山遠，何煩過虎谿」十字爲韻，作於前十首之後。

〔二〕巋：巋然，高峻獨立貌。

〔三〕詩句最奇峭：歐陽修六一詩話：「石曼卿自少以詩酒豪放自得，其氣貌偉然，詩格奇峭。」鍇按：喻其詩如山，復以奇峭形容之。

〔四〕「此篇如縛須」二句：謂汪迪之詩風格奇怪獨特，己讀之而大笑不已，如晉張華以繩纏鬚，而使陸雲大笑。晉書陸雲傳：「雲字士龍，六歲能屬文，性清正，有才理。少與兄機齊名，雖文章不及機，而持論過之，號曰二陸。……吴平，入洛。機初詣張華，華問雲何在，機曰：『雲有笑疾，不敢自見。』俄而雲至。華爲人多姿制，又好帛繩纏鬚，雲見而大笑，不能自已。先是，嘗著縗絰上船，於水中顧見其影，因大笑落水，人救獲免。」須：同「鬚」，鬍鬚。

〔五〕康山：即廬山，又名匡山。江西通志卷一二山川志六南康府：「廬山，在府城北約二十里。後人因匡君（匡俗）姓呼爲匡山，又謂之輔山、靖廬山。宋開寶中，避太祖諱，更名康山。」

〔六〕東林：即東林寺，在廬山。

〔七〕百年駒過隙：喻人生短暫，光陰迅速。莊子知北遊：「人生天地之間，若白駒之過郤，忽然而已。」成玄英疏：「白駒，駿馬也，亦言日也。隙，孔也。夫人處世，俄頃之間，其爲迫促，如馳駿駒之過孔隙，欻忽而已，何曾足云也。」陸德明釋文：「郤，去逆反。本亦作隙。隙，孔也。」

〔八〕撚指間：猶言彈指間，極言時間之短。本集卷六次韻朝陰二首之二：「此生彈指間，强半是悲戚。」

〔九〕「公詩如淵明」二句：冷齋夜話卷三諸葛亮劉伶陶潛李令伯文如肺腑中流出：「李洛非善論文章，嘗曰：『諸葛孔明出師表、劉伶酒德頌、陶淵明歸去來辭、李令伯陳情表，皆沛然從肺腑中流出，殊不見斧鑿痕。』是數君子在後漢之末、兩晉之間，初未嘗以文章名世，而其意超邁如此。吾是知文章以氣爲主，氣以誠爲主。」此評汪迪詩如淵明，亦是此意。

〔一〇〕佳人如美玉：詩小雅白駒：「生芻一束，其人如玉。」佳人指君子賢人。

〔一一〕華裾似春莎：李賀高軒過：「華裾織翠青如蔥，金環壓轡摇玲瓏。」此用其意。

〔一二〕所居遠城市：王令廣陵集卷九贈廬山老居訥：「所居遠城市，絶俗就閒暇。」此襲用其成句。

〔一三〕「靜聞鬬牛犇」二句：世說新語紕漏：「殷仲堪父病虛悸，聞牀下蟻動，謂是牛鬬。」此化用其意。參見本集卷一次韻胡民望小蟲墮耳注〔二〇〕。

〔一四〕學畫虎：喻好高騖遠而無所成。後漢書馬援傳載援誡兄子嚴、敦書曰：「效伯高不得，猶爲謹敕之士，所謂刻鵠不成尚類鶩者也。效季良不得，陷爲天下輕薄子，所謂畫虎不成反類狗者也。」時龍伯高以敦厚周慎、杜季良以豪俠好義著稱。

〔一五〕「那堪屋漏雨」二句：以屋漏雨注入溪流喻詩思如泉涌而不澀。屋漏雨：杜甫茅屋爲秋風所破歌：「牀頭屋漏無乾處，雨脚如麻未斷絶。」此點化其語意。不盡谿：蘇軾棲賢三峽橋：「長輸不盡溪，欲滿無底竇。」此借其語。

登控鯉亭望孤山〔一〕

大江自吞空，中流湧孤山。欲取藏袖中，歸置几案間〔二〕。

【注釋】

〔一〕紹聖元年春作於彭澤縣。控鯉亭：未詳所在，當在彭澤縣城邊。亭名取自仙人琴高乘赤鯉之事，見列仙傳卷上。本卷又有同題六言絶句登控鯉亭望孤山一首，當爲同時所作。孤山：太平寰宇記卷一一一江南西道九江州彭澤縣：「小孤山高三十丈，周迴一里，在古城西北九十里，孤峰聳峻，半入大江。」同卷德化縣：「彭蠡湖在縣東南，與都昌縣分界，湖心有大孤山。」　鍇按：此詩言大江「中流湧孤山」，當指彭澤縣西北之小孤山，非指彭蠡湖心之大孤山。

〔二〕「欲取藏袖中」二句：蘇軾文登蓬萊閣下石壁千丈爲海浪所戰（略）且作詩遺垂慈堂老人：「我持此石歸，袖中有東海。……置之盆盎中，日與山海對。」此化用其意。

因事〔一〕

太平無事僧，死時是今日〔二〕。逢緣不借中〔三〕，無間功不立〔四〕。

【注釋】

〔一〕作年未詳。

〔二〕死時是今日：禪林僧寶傳卷八南安巖嚴尊者傳：「禪師諱自嚴，生鄭氏，泉州同安人也。……淳化乙卯正月初六日，集衆曰：『吾此日生，今正是時。』遂右脇卧而化。」又贊曰：「其化時曰：『吾此日生。』於化時而曰生，最後之訓也。」化時即死時。

〔三〕逢緣不借中：用曹山本寂偈語。禪林僧寶傳卷一撫州曹山本寂禪師傳：「又曰：『以君臣偏正言者，不欲犯中，故臣稱君，不敢斥言是也。此吾法之宗要。』作偈曰：『學者先須識自宗，莫將真際雜頑空。妙明體盡知傷觸，力在逢緣不借中。出語直教燒不著，潛行須與古人同。無身有事超歧路，無事無身落始終。』」

〔四〕無間功不立：宋釋楚圓集汾陽無德禪師語録卷中注首山念禪師頌「攢梭不解織」句注曰：「無間功不立。」禪林僧寶傳卷九雲居簡禪師傳贊：「予爲作偈曰：『高高山上立，深深海底行。道人行立處，塵世有誰爭？無間功不立，渠儂尊貴生。酬君顛倒欲，枯木一枝榮。』」

叢秀軒〔一〕

幽軒如鏡淨，峰好彈雲鬟〔二〕。不用稱叢秀，爲君名照山〔三〕。

【注釋】

〔一〕作年未詳。叢秀軒：取義蘭叢之秀。本集卷九寄題行林寺照堂：「聞説行林寺，杳然叢秀間。」疑此軒即在行林寺，蓋其詩意頗有相類處。

〔二〕「幽軒如鏡淨」二句：寄題行林寺照堂：「堂清開水鏡，山好理烟鬟。」句意相似。彈：垂下貌。

〔三〕照山：因軒如鏡淨，峰如美人，美人對鏡，故可名照山。明一統志卷七二瀘州：「照山，在江安縣南四里，俗名鏡子山。」鍇按：行林寺照堂之「照」，亦取義於此。

次韻曾侯贈庵僧〔一〕

野僧自是閑，不復知閑味。譬如庵中人，不見庵外事〔二〕。

【注釋】

〔一〕約宣和五年作於長沙。曾侯：曾孝序，字逢原，時以判湖南路安撫使知潭州。

〔二〕「譬如庵中人」二句：謂當局者迷，身當其事反而糊塗。禪林僧寶傳卷二韶州雲門大慈雲弘明禪師傳：「又訪乾峰，峰示衆曰：『法身有三種病，二種光，須是一一透得，更有照用同時，向上一竅。』（文）偃乃出衆曰：『庵内人爲什麽不見庵外事？』於是乾峰大笑曰：『猶是學人疑處在。』」又見宋釋守堅集雲門匡真禪師廣録卷下。此借用文偃語。

次韻履道雨霽見月二首〔一〕

昨夜中庭樹，陰寒葉上稠。今宵掃疏影，寫出十分秋。

雨洗詩魂健，梅梢月色新。遥知愁絶處，對影只三人〔二〕。

【注釋】

〔一〕元符三年秋作於常州。履道：即汪迪。

〔二〕對影只三人：謂其孤獨無伴。李白月下獨酌：「花間一壺酒，獨酌無相親。舉杯邀明月，對影成三人。」

次韻資欽提舉二首〔一〕

雅志在丘壑〔二〕，不甘絲竹圍〔三〕。摩挲林下石，忽憶釣魚磯。

爽氣諸峰曉〔四〕，閑心古井波〔五〕。小樓新得句，清絕似陰何〔六〕。

【注釋】

〔一〕宣和六年作於長沙。資欽提舉：閻孝忠字資欽。據宋會要輯稿食貨三二之一五，孝忠於宣和六年提舉荆湖南路鹽香茶礬事。

〔二〕雅志在丘壑：謂素來志向在山水之間。晉書謝安傳稱其「放情丘壑」，又稱其「雖受朝寄，然東山之志始末不渝，每形於言色」。杜甫奉觀嚴鄭公廳事岷山沱江畫圖十韻：「從來謝太傅，丘壑道難忘。」蘇軾八聲甘州：「約他年、東還海道，願謝公雅志莫相違。」

〔三〕不甘絲竹圍：謂不滿足於擁妓聽曲之世俗享樂。本集卷五子偉約見過已而飲於城東但以詩來次韻：「付子後堂以清夜，料理絲竹圍酥胸。」錯按：晉書謝安傳稱其「雖放情丘壑，然每游賞必以妓女從」，此則恭維閻孝忠有丘壑之志，而無絲竹之好，勝似謝安。

〔四〕爽氣諸峰曉：世説新語簡傲：「（王子猷）以手版拄頰云：『西山朝來致有爽氣。』」

〔五〕閑心古井波：謂心情平靜如古井之水，波瀾不驚。白居易贈元稹：「無波古井水，有節秋竹竿。」

〔六〕清絶似陰何：謂詩句清新絶妙如南朝梁詩人陰鏗、何遜。杜甫與李十二白同尋范十隱居：「李侯有佳句，往往似陰鏗。」又解悶十二首之七：「孰知二謝將能事，頗學陰何苦用心。」

和珣上人八首〔一〕

生死鏡中像，非面亦非鏡〔二〕。像既無起滅〔三〕，心豈纏垢淨〔四〕。

不了號無明，了知名真智〔五〕。如人因地倒，而起亦因地〔六〕。

木頭與碌磚，拋出無巧妙〔七〕。無寔法於人，即是我綱要〔八〕。

句下無活路〔九〕，知渠見處偏。君看珠走地，不定始知圓〔一〇〕。

萬法如有功，夢事應存體。但知一月真，寧許墮非是〔一一〕。

既了超四句，自然絶百非〔一二〕。電光石火上，不許更追惟〔一三〕。毁譽不入念，方知心已空。魔宫并虎穴，還與道場同〔一四〕。問訊跛挈師〔一五〕，汝今亦知有。棒打不回頭〔一六〕，乃爾能掣肘〔一七〕。

【注釋】

〔一〕宣和元年作於長沙谷山。珣上人：僧彦珣，汀州長汀人，時與僧璲從惠洪於谷山，當爲惠洪弟子。本集卷一八南安巖主定光古佛木刻像贊：「僧彦珣自汀州來，出示定光化身木刻像、平生偈語百餘首。」卷二六題珣上人僧寶傳：「晚歸谷山，遂成其志。時長汀璲、珣二衲子來從予游，録此副本。」廓門注：「開先智珣禪師，嗣法於法雲秀，即雲門宗也。」其説無據。

〔二〕「生死鏡中像」二句：大智度論卷六：「『如鏡中像』者，如鏡中像，非鏡作，非面作，非執鏡者作，亦非自然作，亦非無因緣。何以非鏡作？若面未到，鏡則無像，以是故非鏡作。何以非面作？無鏡則無像。何以非執鏡者作？無鏡無面則無像。何以非自然作？若未有鏡，未有面，則無像，像待鏡、待面然後有，以是故非自然作。何以非無因緣？若無因緣應常有，若常有，若除鏡、除面，亦應自出，以是故非無因緣。諸法亦如是，非自作，非彼作，非共作，非無因緣。」此化用其意。

〔三〕像既無起滅：法華經卷五行安樂品：「一切諸法，空無所有，無有常住，亦無起滅。」

〔四〕心豈纏垢淨：大智度論卷一九：「智者雖觀是心生滅相，亦不得實生滅法，不分别垢淨，而得心清淨。」

〔五〕「不了號無明」二句：華嚴經卷三七十地品之第六地金剛藏菩薩曰：「於第一義諦不了，故名無明。」李通玄解迷顯智成悲十明論：「智慧之體，是一切衆生之本源也。爲真智慧無體性，不能自知無性。故爲無性之性，不能自知無性，故名曰無明。如華嚴經第六地：『不了第一義，故號曰無明。』將知以真智慧本無性，故不能自了。既不自了，是以諸佛更須示現，出世説法，利樂人天。本無衆生可度，既先賢得道，利樂世間，明知真智，要得了緣，方能現也。」惠洪對此頗有心得，其楞嚴經合論卷一論曰：「唯雜華曰：『以不了第一義，故號爲無明。』棗柏曰：『以真智無性故，不能自知無性，故名無明。』倘能了知，則無生死。」又於法華經合論卷七、智證傳再三申説。

〔六〕「如人因地倒」二句：景德傳燈録卷一第四祖優波毱多偈曰：「若因地倒，還因地起。離地求起，終無其理。」

〔七〕「木頭與碌磚」二句：景德傳燈録卷一四石頭希遷大師：「問：『如何是禪？』師曰：『碌磚。』又問：『如何是道？』師曰：『木頭。』」本集卷二五題雲居弘覺禪師語録：「古人純素任真，有所問詰，木頭、碌磚隨意答之，實無巧妙。大底渠脚跟下穩當，苟不如此，雖説得如花錦，無益也。」

〔八〕「無寔法於人」二句：林間録卷下：「巖頭和尚曰：『汝但識綱宗，本無是法。』」禪林僧寶傳卷七筠州九峰玄禪師傳贊曰：「巖頭曰：『但識綱宗，本無寔法。』玄言語忌十成，不欲斷絶，機忌觸犯，不欲染汙者，綱宗也。」智證傳：「巖頭奯禪師曰：『但明取綱宗，本無實法。不見道無實無虚，若向上事覷即疾，若向意根下尋，卒摸索不著。』」寔，同「實」。

〔九〕句下無活路：禪林僧寶傳卷二七金山達觀穎禪師傳：「穎嘆曰：『纔涉脣吻，便落意思。皆是死門，終非活路。』」

〔一〇〕「君看珠走地」二句：萬首唐人絶句卷七韋應物詠露珠：「秋荷一滴露，清夜墜玄天。將來玉盤上，不定始知圓。」此借用其語形容禪機之圓轉無礙。

〔一一〕「但知一月真」二句：楞嚴經卷二：「佛告文殊及諸大衆：『如第二月，誰爲是月？又誰非月？文殊，但一月真，中間自無是月非月。是以汝今觀見與塵，種種發明，名爲妄想，不能於中出是非是。由是精真妙覺明性，故能令汝出指非指。』」

〔一二〕「既了超四句」二句：佛名經卷三：「第四觀如來身，無爲寂照，離四句，絶百非。」四句指「有」、「無」、「亦有亦無」、「非有非無」。百非指「非有」、「非無」、「非有爲」、「非無爲」等等若干否定概念。禪宗尚簡捷，故主張「離四句，絶百非」。景德傳燈録卷七虔州西堂智藏禪師：「僧問馬祖：『請和尚離四句，絶百非，直指某甲西來意。』祖云：『我今日無心情，汝去問取智藏。』」

〔一三〕「電光石火上」二句：謂禪機如電光石火，轉瞬即逝，不許追索思量。汾陽無德禪師語録卷上五位頌：「正中偏，霹靂鋒機著眼看。石火電光猶是鈍，思量擬擬隔千山。」　追惟：追憶回想。

〔一四〕「魔宮并虎穴」二句：極言危險之處即同於修道之處。羅湖野録卷上載金陵俞道婆頌婆子偷趙州筍因緣曰：「虎穴魔宮到者稀，老婆失脚又懷疑。趙州喫掌無人會，直至如今成是非。」

〔一五〕跛挈師：當指藥山惟儼禪師。景德傳燈録卷一四澧州藥山惟儼禪師：「師曰：『我跛跛挈挈，百醜千拙，且恁麽過。』」禪門多祖述其語。　跛挈：站立欹斜不正。禮記曲禮上：「遊毋倨，立毋跛。」孔穎達疏：「跛，偏也，謂挈舉一足，一足蹋地。」廓門注曰：「跛挈謂雲門也。」禪林僧寶傳卷二韶州雲門大慈雲弘明禪師傳雖謂文偃「以足跛，嘗把拄杖行見衆」，然「足跛」並非等同「跛挈」，且景德傳燈録卷一九韶州雲門山文偃禪師亦無「跛挈」之語。

〔一六〕棒打不回頭：用德山宣鑒禪師事。景德傳燈録卷一九朗州德山宣鑒禪師：「龍潭謂諸徒曰：『可中有一箇漢，牙如劍樹，口似血盆，一棒打不迴頭，他時向孤峰頂上立吾道在。』」

〔一七〕掣肘：指掣肘徑去，而不回顧。

六言絶句

夏日睡起步至新豐亭觀雲庵墨妙與僧坐松下作五詩明日阿振試冰(沐)華矮牋請録之因序焉〔一〕

五月十六日大熱，亭上忽雨如翻盆，枕書而寢。乃覺，日向夕，隔牆荷氣，俱風而至。卧見窗間遠峰，點點可數，爲之詩曰〔二〕：

疏牖自分山翠，矮牆不隔荷香。睡美不知雨過，覺來一有微涼。

要阿振出門，山已暝，而煙翠重重，一抹萬疊。秀峰缺處，日脚横度，紅碧相通，餘暉光芒倒射，作虹霓色。微風忽興，新秧翻浪，如卷輕羅。坐新豐亭，流目而長吟。

讀雲庵老人戲墨，爲詩〔三〕：

壁上龍虵飛動〔四〕，坐中金玉鎗然〔五〕。起望微雲生處，一聲相應殘蟬。

扶杖而東渡五位橋，曲折而北，松下逢道人賢公，喜爲之詩曰〔六〕：

賢也嶔嵚（嵌）歷落㊁〔七〕，軒然頤頰開張〔八〕。松下偶然相值，立談愛子清狂。

乃相與濯足於落澗泉，語笑不相聞，於是聽其聲於習觀亭，爲之詩曰〔九〕：

臥聽石間流水，起尋洞口歸雲。但願一生如此，閑游更復同君。

須臾，月出疊石峰側，散坐於知隱橋以遲之。余謂二子曰：「茲游也，與存豁輩何遠，所恨倔强嗟不及耳。」乃詠而歸。鐘已絶，而廊廡寂無聲，爲之詩曰〔一〇〕：

月在留雲峰上〔一一〕，人行落澗聲中。歸去殷牀鐘歇〔一二〕，滿庭風露濛濛。

【校記】

㊀冰：原作「沐」，誤，今改。參見注〔一一〕。

㊁嵚：原作「嵌」，誤，今改。參見注〔七〕。

【注釋】

〔一〕政和七年五月十六日作於筠州新昌縣洞山。　新豐亭：在洞山。江西通志卷一一一寺觀志一：「洞山寺，即普利寺，在新昌縣太平鄉，唐大中時良价禪師募雷衡地建。中有新豐、洞雲二亭、逢渠橋、考功泉、夜合石諸勝。」　雲庵：即真淨克文禪師。　阿振：振禪師，當爲惠洪晚輩，生平法系不可考。　冰華：紙之美稱。本集好用此詞，如卷一洞山祖超然生辰：「理毫聊爲試冰華，小字明窗看揮肘。」次韻寄吴家兄弟：「筆鋒落處風雷趁，冰華百番一揮盡。」底本「冰」作「沐」，誤。　矮牋：矮紙，短紙。陸游老學庵筆記卷三：「然牋啓不廢，但用一二矮紙密行細書，與劄子同，博封之，至今猶然。」陸游初夏幽居之三：「古紙硬黄臨晉帖，矮牋匀碧録唐詩。」　錯按：「夏日睡起」至「點點可數爲之詩曰」，底本連排未分行，今以「夏日睡起」至「因序焉」爲詩題，以下「五月十六日」、「要阿振出門」、「扶杖而東」、「乃相與濯足」、「須臾月出」等五處文字，爲五首詩序。

〔二〕雨如翻盆：杜甫白帝：「白帝城下雨翻盆。」此借用其語

〔三〕要：邀請。　暝：通「瞑」，暮，黄昏。　日脚：夕陽透雲隙之光。岑參送李司諫歸京：「雨過風頭黑，雲開日脚黄。」杜甫羌村三首之一：「崢嶸赤雲西，日脚下平地。」

〔四〕龍虵飛動：指雲庵留題之戲墨，即所謂「墨妙」。龍虵，形容草書之勢。虵同「蛇」。

〔五〕金玉鎗然：指吟誦雲庵留題之聲，謂其如金聲玉振。鎗然，形容金玉等器物響亮清脆之聲。管子輕重甲：「鎗然擊金。」

〔六〕五位橋：當爲洞山名勝。洞山良价嘗作五位君臣頌，此橋因以爲名。　道人賢公：賢禪師，時在洞山，法名生平不可考。參見本集卷一一春日同祖賢二道人步雲歸亭忽憶東坡此日詩有懷其人次韻注〔一〕。

〔七〕嶔嵚歷落：猶言嶔崎歷落，喻人品卓異出羣。世説新語容止：「桓茂倫，嶔崎歷落可笑人。」廓門注：「『嵌』當作『嵚』。按字書：嶔嵚，山不正貌。」其説甚是。　錯按：「嶔崎」，高峻貌。

「嶔」同「崎」，底本作「嵌」，不辭，今據世説新語改。

〔八〕軒然：笑貌。蘇軾聞公擇過雲龍張山人輒往從之公擇有詩戲用其韻：「軒然就一笑，猶得好飲力。」

〔九〕落澗泉：洞山名勝。黄庭堅題榮州祖元大師此君軒：「王師學琴三十年，響如清夜落澗泉。」和東坡送仲天貺王元直六言韻五首之三：「筆似出林鳥翼，詩如落澗泉聲。」泉或取名於黄詩。　習觀亭：亦洞山名勝，失考，取名於學佛者修習觀道之意。

〔一〇〕知隱橋：亦爲洞山名勝。本集卷二一重修龍王寺記：「洞山悟本禪師价公游方時，與密師伯者偕行。嘗經陽陂，迷失道路，見谿流菜葉，知有隱者。並谿深入，叢薄間有茅茨，僧出迎，貌臞而老，索爾虛閑。」橋或取名於此。　存豁輩：指唐雪峰義存、巖頭全豁二禪師，均爲德山宣鑒之法嗣。景德傳燈録卷一六鄂州巖頭全豁禪師：「優游禪苑，於雪峰、欽山爲友。一日，與雪峰義存、欽山文邃三人聚話，存驀然指一椀水，邃曰：『水清月現。』存曰：『水清月不現。』師踢却水椀而去。自此，邃師洞山，存、豁二士同嗣德山。」　詠而歸：論語先進：「莫春者，春服既成，冠者五六人，童子六七人，浴乎沂，風乎舞雩，詠而歸。」此借用其語。

〔一一〕留雲峰：即洞山，山有留雲洞，故名。禪林僧寶傳卷六雲居弘覺膺禪師傳：「造新豐，謁悟本价禪師。膺深入留雲峰之後，結庵而居。」同書卷二三泐潭真淨文禪師傳：「分建塔於泐潭寶蓮峰之下，洞山留雲洞之北。」

〔三〕殷牀鐘：九家集注杜詩卷二大雲寺贊公房四首之一：「梵放時出寺，鐘殘仍殷牀。」趙次公注：「殷，上聲，而殷其雷之殷。」殷：震動，震動聲。

登控鯉亭望孤山〔一〕

水面微開笑靨〔二〕，山形故作横陳〔三〕。彭澤詩中圖畫，爲君點出精神〔四〕。

【注釋】

〔一〕紹聖元年春作於彭澤縣。　孤山：指小孤山。參見本卷同題五言絶句登控鯉亭望孤山注〔一〕。

〔二〕水面微開笑靨：謂水面微波盪漾如美人微笑，此擬人化描寫。宋庠元憲集卷九寶鑑：「電微開笑靨，珠滑入歌喉。」此借用其語。

〔三〕山形故作横陳：謂山形故意如睡美人般作横卧狀，亦擬人化描寫。楞嚴經卷八：「我無欲心，應汝行事，於横陳時，味如嚼蠟。」楞嚴經合論卷八：「問曰：『於横陳時，何義也？』曰：『女子躶形時也。』司馬相如好色賦曰：『華容自獻，玉體横陳。』譯者用此土美詞，緣節吾聖人之意耳。」冷齋夜話卷五王荆公詩用事：「舒王晚年詩曰：『紅梨無葉庇華身，黄菊分香委路塵。歲晚蒼官纔自保，日高青女尚横陳。』又曰：『木落岡巒因自獻，水歸洲渚得横陳。』山谷謂予曰：『自獻、横陳事，見相如賦，荆公不應完用耳。』予曰：『首楞嚴經亦曰：於横陳時，味如嚼蠟。』」

〔四〕「彭澤詩中圖畫」二句：謂陶淵明詩如畫，點染出小孤山之精神。淵明嘗任彭澤令，故稱。君，指小孤山，擬人之稱。苕溪漁隱叢話前集卷一五：「東坡云：『味摩詰之詩，詩中有畫；觀摩詰之畫，畫中有詩。』」鍇按：陶淵明集中實無描寫孤山之詩，此乃泛言之。

悼山谷五首〔一〕

蘇黄一時頓有〔二〕，風流千載追還〔三〕。竟作聯翩仙去〔四〕，要將休歇人間〔五〕。

人間識與不識，爲君折意消魂〔六〕。獨入無聲三昧〔七〕，同聞阿字法門〔八〕。

自顧面無四目〔九〕，何止心雄萬夫〔一〇〕。和得靈源雅曲〔一一〕，繡繻更綰流蘇〔一二〕。

鬚鬢滄浪夢幻，江湖猒飫平生〔一三〕。一旦便成千古〔一四〕，壞桐絃索縱横〔一五〕。

平昔馭風騎氣〔一六〕，如今夜雨荒丘。欲動西州華屋〔一七〕，空餘南浦漁舟〔一八〕。

【注釋】

〔一〕崇寧四年冬作於奉新縣百丈山。山谷年譜卷三〇崇寧四年乙酉：「九月三十日，先生卒。」

惠洪聞黄庭堅之訃，當在數十日後，作詩悼之已在冬日。

〔二〕蘇黄一時頓有：謂蘇軾、黄庭堅爲一時頓有之玉人，此乃時人公論。語本南史謝晦傳：「時謝琨風華爲江左第一，嘗與晦俱在武帝前，帝目之曰：『一時頓有兩玉人耳。』」宋王直方名其園亭曰「頓有」，以置蘇、黄墨寶。謝逸溪堂集卷一王立之園亭七詠頓有亭：「蘇黄兩玉人，落筆傳九縣。」僧道潛參寥子詩集卷一一賦王立之承奉園亭十首頓有亭：「是中富墨妙，偉哉蘇與黄。」

〔三〕風流千載追還：謂蘇、黄直追千載之風流人物。黄伯思東觀餘論卷下跋張長史帖後載張旭語：「賀八清鑑風流，千載人也。」

〔四〕聯翩仙去：指蘇、黄二人相繼過世。聯翩，前後相接。鍇按：蘇軾卒於建中靖國元年七月二十八日。

〔五〕要將休歇人間：意謂世間萬物不再受蘇、黄筆墨驅遣，可暫得休歇。何光遠鑑戒録卷八載韓愈贈賈島二十八字詩：「孟郊死葬北邙山，日月風雲頓覺閑。天恐文章聲斷絶，再生賈島向人間。」此化用前二句詩意。本集卷七次韻：「醉翁昔仙去，人間暫休息。」亦是此意。

〔六〕「人間識與不識」二句：語意本李廌（豸）弔東坡文：「識與不識，誰不盡傷？」文見朱弁曲洧舊聞卷五。折意消魂：此指傷心悲痛。

〔七〕獨入無聲三昧：謂黄庭堅之卒，如禪宗古德圓寂。景德傳燈録卷九福州古靈神贊禪師：

「師後住古靈，聚徒數載，臨遷化，剃沐，聲鍾告衆曰：『汝等諸人還識無聲三昧否？』衆曰：『不識。』師曰：『汝等靜聽，莫别思惟。』衆皆側聆，師儼然順寂。」 無聲三昧：高僧死亡之婉稱。庭堅學佛，故借以稱之。

〔八〕同聞阿字法門：佛説華手經卷一〇法門品：「是名諸藏，以阿字門入。」宗鏡録卷一九釋曰：「阿字者，即無生義。若了心無生，則無法可得。悟此唯識，乃入道之初門。」

〔九〕面無四目：王荆公詩注卷四一成字説後：「湖海老臣無四目，漫將糟粕污修門。」李壁注：「倉頡四目，與沮誦皆黄帝之史，睹鳥迹，遂制字。」此點化其語。 鍇按：古稱倉頡有四目。論衡骨相：「蒼頡四目，爲黄帝史。」倉頡亦作蒼頡，傳説始創文字。庭堅善書，故以之比類。

〔一〇〕心雄萬夫：李白與韓荆州書：「雖長不滿七尺，而心雄萬夫。」此借用其語。

〔一一〕和得靈源雅曲：謂庭堅與靈源惟清禪師詩偈唱和之事。釋曉瑩羅湖野録卷上：「太史黄公魯直，元祐間丁家艱，館黄龍山，從晦堂和尚游，而與死心新老、靈源清老尤篤方外契。……及在黔南，致書死心曰：『往日嘗蒙苦口提撕，常如醉夢，依稀在光影中。蓋疑情不盡，命根不斷，故望崖而退耳。謫官在黔州道中，晝卧覺來，忽然廓爾。尋思平生被天下老和尚謾了多少，唯有死心道人不肯，乃是第一相爲也。』靈源以偈寄之曰：『昔日對面隔千里，如今萬里彌相親。寂寥滋味同齋粥，快活談諧契主賓。室内許誰參化女，眼中休自覓瞳人。東西南北難藏處，金色頭陀笑轉新。』公和曰：『石工來斲鼻端塵，無手人來斧始親。白牯狸奴心即佛，龍睛虎眼主中賓。自攜瓶去沽村酒，却著衫來作主人。萬里相看常對面，死心寮裏有清新。』黄公爲文章主盟，而能鋭意斯道，於黔南機感相應，以書布露，以偈發揮，其於清、新二老道契可槩見矣。」又山谷内集詩注卷一六自巴陵略平江臨湘入通城無日不雨至黄龍奉謁清禪師繼而晚晴邂逅禪客戴道純款語作長句呈道純：「靈源大士人天眼，雙塔老師諸佛機。」任淵注：「惟清禪師自號靈源叟，即雙塔之法嗣。已具贈鄭交詩注。初，晦堂祖心禪師得法於黄龍山惠南。南死，塔於山中。其後心亦葬南公塔東，號雙塔。事具洪覺範僧寶傳。山谷嘗參問晦堂，爲之塔銘。其於靈源待以師友，嘗與徐師川書曰：『平生所見士大夫，人品未有出此公之右者。』」山谷内集詩注卷二〇又有寄黄龍清老三首，其一：「萬山不隔中秋月，一雁能傳寄遠書。深密伽陁枯戰筆，真成相見問何如。」其二：「風前橄欖星宿落，日下桄榔羽扇開。昭默堂中有相憶，清秋忽遣化人來。」其三：「騎驢覓驢但可笑，非馬喻馬亦成癡。一天月色爲誰好？二老風流只自知。」

〔二〕繡繻更縮流蘇：喻庭堅、靈源詩偈唱和之華美，一如繡繻，一如流蘇，此亦詩文如錦繡之意。　繡繻：彩帛之邊飾。　流蘇：五彩羽毛或絲綫所製車馬、帷帳之垂飾。

〔三〕「鬚鬢滄浪夢幻」二句：黄庭堅次韻張詢齋中晚春：「想乘滄浪船，濯髮晞翠嶺。」又題子瞻寺壁小山枯木二首之一：「白髮千丈濯滄浪。」鍇按：冷齋夜話卷二韓歐范蘇嗜詩：「山谷寄傲士林，而意趣不忘江湖，其作詩曰：『九陌黄塵烏帽底，五湖春水白鷗前。』又曰：『九衢塵土烏靴底，想見滄洲白鳥雙。』又曰：『夢作白鷗去，江湖水貼天。』又作演雅詩曰：『江南野水碧於天，中有白鷗閑似我。』」　厭飫：飽足滿意。

〔一四〕一旦便成千古：指庭堅之死。新唐書薛收傳：「卒，年三十三。王哭之慟，與其從兄子元敬書曰：『吾與伯褒共軍旅間，何嘗不馳驅經略，款曲襟抱，豈期一朝成千古也。』」

〔一五〕壞桐絃索縱横：説苑説叢：「鍾子期死，而伯牙絶絃破琴，知世莫可爲鼓也。」此以古琴絃斷喻庭堅死後而世無知音，蓋崇寧三年惠洪在長沙日，嘗從庭堅論詩。　壞桐：琴之别稱。後漢書蔡邕傳：「吴人有燒桐以爨者，邕聞火烈之聲，知其良木，因請而裁爲琴，果有美音，而其尾猶焦，故時人名曰焦尾琴焉。」蓋古以桐木製琴。書禹貢：「嶧陽孤桐。」孔傳：「孤，特也。嶧山之陽，特生桐，中琴瑟。」

〔一六〕馭風騎氣：莊子逍遥遊：「夫列子御風而行，泠然善也……若夫乘天地之正，而御六氣之辯，以遊無窮者，彼且惡乎待哉！」馭，同「御」。蘇軾次韻答張天覺二首之二：「馭風騎氣我何勞，且要長松作土毛。」此借用其語。

〔一七〕欲動西州華屋：動，當作「慟」。晉書謝安傳：「羊曇者，太山人，知名士也。爲安所愛重。安薨後，輟樂彌年，行不由西州路。嘗因石頭大醉，扶路唱樂，不覺至州門，左右白曰：『此西州門。』曇悲感不已，以馬策扣扉，誦曹子建詩曰：『生存華屋處，零落歸山丘。』慟哭而去。」

〔一八〕南浦：在洪州南昌縣。方輿勝覽卷一九江西路隆興府：「南浦亭，在廣潤門外，往來艤舟之所，唐已有之。」王勃秋日登洪府滕王閣餞别序：「畫棟朝飛南浦雲。」即指此。庭堅爲洪州人，嘗往來艤舟於此，詩故有此嘆。

李端叔自金陵如姑谿寄之五首〔一〕

東坡坐中醉客，讓君翰墨風流〔二〕。爲作羊曇折意，莫年淚眼山丘〔三〕。

老去田園可樂，秋來禾黍登場。相見雞豚社飲，諠譁暖（暖）熱谿堂㊀〔四〕。

數疊夕陽秋巘，雨餘眼力衰時。可是招要歸思〔五〕，故應醞造新詩。

月下一聲風笛，尊前萬頃雲濤。玉堂他年圖畫，卧看今日漁舠〔六〕。

舉世誇君筆語，霧豹渠知一斑〔七〕。莫問人間非是，且看醉裏江山。

【校記】

㊀暖：原作「暖」，誤，今改。參見注〔四〕。

【注釋】

〔一〕大觀三年秋作於江寧府。李端叔：李之儀字端叔，已見前注。金陵：即江寧府。

姑谿：在當塗縣。宋吴芾姑溪居士前集序：「乾道丁亥假守當塗，因訪古來文士居此邦而卓然有聲於世者，惟李太白、郭功父與端叔三人。端叔名之儀，其先景城人，既謫而南，始居姑溪，自號姑溪居士，今以名其集。」據曾棗莊李之儀年譜（宋人年譜叢刊第五册，四川大學出版社二〇〇三年版），大觀二年戊子，李之儀六十一歲，移家金陵。大觀三年己丑，復居當塗（頁三一四四～三一四五）。此詩作於之儀自金陵復居當塗時。姑溪居士前集卷一一次韻贈答洪覺範五首并序六言曰：「覺範以余有收成之行，作六字詩五首叙别，既邂逅於崇因，遂出以相示，而句中謂余東坡客也，頗復推借浮實舊章，又有玉堂之約，因次韻：『念盡已知木偶，多聞早慰詩流。北海幸君知舉，東家未我爲丘。』『豈爲彌天蓋世，却來作戲逢場。可是因人爾爾，要非皆我堂堂。』『問舍求田底事，乘流遇坎方時。且向忙中作璽，敢從作者論詩。』『立玉無因再倚，坐荆偶此同班。老去誰開東閣，朝來空對西山。』『俛仰誰爲荆棘，峥嶸漫自波濤。休説花磚步日，且尋煙雨飛舠。』」

〔二〕「東坡坐中醉客」二句：王明清揮麈後録卷六：「李端叔之儀，趙郡人，以才學聞於世。弟之純亦以政事顯名，爲中司八座，終以老龍帥成都。兄弟頡頏於元祐間，端叔於尺牘尤工，東坡先生稱之，以爲得發遣三昧。東坡帥定武，辟爲簽判以從，朝夕酬唱，賓主甚歡。」又吴芾姑溪居士前集序：「昔二蘇于文章少許可，尤稱重端叔，殆與黄魯直、晁無咎、張文潛、秦少游輩頡頏于時。」

〔三〕「爲作羊曇折意」二句：參見前悼山谷五首注〔一七〕。此指李之儀痛悼蘇軾事，姑溪居士前集卷一一有東坡挽詞、卷一二有東坡先生贊，又卷四有再領玉局昔東坡翰林作詩送戴蒙有玉局他年第幾人之句後自嶺外歸遂領玉局予復官亦得之坡今亡矣悵然有懷。

〔四〕誼譁暖熱：熱鬧而富有人情。本集卷三乾上人會余長沙：「一室誼譁終暖熱。」底本「暖」作「暧」，誤。廓門注：「暧，當作『暖』也。」其説甚是，今據改。

〔五〕招要：招邀，邀請。要，通「邀」。

〔六〕「玉堂他年圖畫」二句：設想李之儀他年於學士院值宿，卧看玉堂圖畫而憶今日江湖漁舟。黄庭堅次韻子瞻題郭熙畫山：「黄州逐客未賜環，江南江北飽看山。玉堂卧對郭熙畫，發興已在青林間。」此化用其意。舠：刀形小船。詩衛風河廣：「誰謂河廣？曾不容刀。」鄭箋：「不容刀，亦喻狹。小船曰刀。」刀，即舠。

〔七〕「舉世誇君筆語」二句：謂世人稱讚李之儀善屬文，不過如管中窺豹，時見一斑而已，未能睹其全體。筆語，泛指文字著述。東都事略卷一一六李之儀傳：「李之儀，字端叔，姑熟人也。少力學舉進士，元祐中爲樞密院編修官，能詩，善屬文，工於尺牘，蘇軾嘗謂得發遣三昧。」宋史李之純傳附之儀傳：「之儀能爲文，尤工尺牘，軾謂入刀筆三昧。」霧豹：文選卷二七謝朓之宣城出新林浦向版橋：「雖無玄豹姿，終隱南山霧。」李善注引列女傳：「（陶答子）妻曰：『妾聞南山有玄豹隱霧，而七日不食，欲以澤其衣毛，成其文章。』」一斑：世説新語方正：「王子敬數歲時，嘗看諸門生摴蒱，見有勝負，因曰：『南風不競。』門生輩輕其小兒，哂曰：『此郎亦管中窺豹，時見一斑。』」此合二事而用之。

戲呈師川駒父之阿牛三首〔一〕

今代南州孺子〔二〕，要是萬人之英〔三〕。安得際天汗漫，著此海上長鯨〔四〕。

風鑒晴雲霽月〔五〕，衣冠紫陌黄塵〔六〕。勿笑鐸馳長卧，起來便自過人〔七〕。

阿牛骨相似舅〔八〕，文章定能世家。差勝宗武不韈〔九〕，猶作添丁畫鵶〔一〇〕。

【注釋】

〔一〕崇寧五年秋作於南昌。　師川：徐俯字師川，號東湖居士，洪州分寧人，黄庭堅外甥。參見本集卷四勸學次徐師川韻注〔一〕。　駒父：洪芻（一〇六六～？）字駒父，南昌人，亦黄庭堅外甥。元祐中任黄州推官，紹聖元年進士及第。　清陸心源元祐黨人傳卷八洪芻傳：「坐元符上書邪下，降兩官，監汀州酒稅。崇寧三年入黨籍，五年叙復宣德郎。靖康中諫議大夫。」洪芻詩入江西宗派，有老圃集傳世。　老圃集卷下次韻徐師川喜余來還之作：「謫去暫經牛斗分，歸來重賦豫章行。」豫章即洪州，可知崇寧五年洪芻遇赦，自汀州還洪州，惠洪與之唱和當在此年。　老圃集卷上有再次洪上人雲巢韻，參見本集卷三魯直弟稚川作屋峰頂名雲巢附録。　阿牛：名不可考，生平未詳。　此三首詩分詠徐俯、洪芻、阿牛，故詩題中「之」字疑衍。

〔二〕南州孺子：後漢書徐穉傳：「徐穉字孺子，豫章南昌人也。家貧，常自耕稼，非其力不食。恭儉義讓，所居服其德。屢辟公府，不起。及（郭）林宗有母憂，穉往弔之，置生芻一束於廬前而去。衆怪，不知其故。林宗曰：『此必南州高士徐孺子也。詩不云乎：「生芻一束，其人如玉。」吾無德以堪之。』」此譬指徐俯，以其姓徐，且爲南昌人，所謂「贈人詩用同姓事」。

〔三〕萬人之英：周書蘇綽傳：「古人云：『千人之秀曰英，萬人之英曰儁。』」

〔四〕「安得際天汗漫」二句：此化用蘇軾和王斿二首之二「聞道騎鯨游汗漫」句。參見本集卷一贈汪十四注〔一三〕。　汗漫：渺茫廣大，漫無邊際。淮南子道應：「吾與汗漫期於九垓之外，吾不可以久住。」

〔五〕風鑒晴雲霽月：謂其鑒識高明。晴雲喻高，霽月喻明。黄庭堅濂溪詩序曰：「春陵周茂叔，人品甚高，胸中灑落，如光風霽月。」此化用其語。

〔六〕衣冠紫陌黄塵：謂其不得已奔走仕途。錯按：宋人多以紫陌紅塵爲山林江湖之對立物。如張詠登黄鶴樓：「何年紫陌紅塵息，終日空江白浪聲。」司馬光新買疊石溪莊再用前韻招景仁：「鹿裘藜杖偏宜老，紫陌紅塵不稱閑。」趙抃題毛維瞻懶歸閣：「紫陌紅塵行不顧，白雲青嶂坐忘歸。」黄庭堅呈外舅孫莘老：「九陌黄塵烏帽底，五湖春水白鷗前。」黄塵，同

「紅塵」。

〔七〕「勿笑鐸駞長卧」二句：謂長卧之駱駝一旦起立，則高過毛羣獸衆。鐸，駝鈴。蘇軾百步洪二首之二：「擾擾毛羣欺卧駞。」此借其語而引申之。參見本集卷三喜會李公弱注〔一〇〕。

〔八〕骨相似舅：南史宋本紀上：「(桓)玄曰：『劉裕足爲一世之雄，劉毅家無擔石之儲，摴蒱一擲百萬。何無忌，劉牢之甥，酷似其舅。共舉大事，何謂無成。』」

〔九〕宗武不韈：杜甫北征：「平生所驕兒，顏色白勝雪。見耶背面啼，垢膩脚不韈。」此以脚不韈者爲宗武。宗武，杜甫子。杜集中有熟食日示宗文宗武、宗武生日、元日示宗武等詩。

〔一〇〕添丁畫鴉：盧仝示添丁：「忽來案上翻墨汁，塗抹詩書如老鴉。」添丁，盧仝子。

陳瑩中居合浦余在湘山三首寄之〔一〕

心在青牛城下〔二〕，身行白鶴泉西〔三〕。何日相逢一笑，看君飽食蛤蜊〔四〕。

海門何啻千里〔五〕，行人替我生愁。遠爾妄生分別，閻浮等是一漚〔六〕。

聞道希夷處士〔七〕，今居訶梨仙村〔八〕。要看筆端三昧，重談醫國法門〔九〕。

【注釋】

〔一〕崇寧二年冬作於長沙。陳瑩中：陳瓘字瑩中，號了翁。據陳了翁年譜，崇寧二年正月，陳瓘移送廉州編管。　合浦：即廉州合浦郡，治合浦縣。　湘山：泛指潭州湘西之山。

〔二〕青牛城：代指廉州合浦。太平寰宇記卷一六九嶺南道一三：「太平軍理海門，本廉州。按郡國志云：（陳）伯紹平夷，至合浦，見三青牛，圍之，不獲，即於其處置城，俗號青牛城。」

〔三〕白鶴泉：在潭州湘西。張舜民畫墁集卷八郴行録：「（潭州）升中寺法華臺下有白鶴泉，涓涓有聲，味極甘冷。」李綱梁谿集卷二九宿嶽麓寺：「步上法華堂，試酌白鶴泉。」又清一統志卷二七六長沙府：「白鶴泉，在善化縣西十里清風峽上。泉出巖石中，僅一勺許，最甘冽，冬夏不竭。嘗有白鶴飛止其上，故名。」似爲另一處，然亦在湘西。

〔四〕飽食蛤蜊：謂陳瓘如古時倨龜殼而食蛤蜊之高人。淮南子道應：「盧敖游乎北海，經乎太陰，入乎玄闕，至於蒙穀之上，見一士焉，深目而玄鬢，淚注而鳶肩，豐上而殺下，軒軒然方迎風而舞。顧見盧敖，慢然下其臂，遯逃乎碑。盧敖就而視之，方倦龜殼而食蛤梨。」高誘注：「楚人謂倨爲倦。龜殼，龜甲也。蛤梨，海蚌也。」蛤梨，即蛤蜊。

〔五〕海門：代指廉州合浦。參見注〔二〕。

〔六〕「遠爾妄生分別」二句：謂閻浮提世界如同一漚之微，故不必以合浦、湘山相距之遠而妄生分別。本集卷三陳瑩中司諫謫廉相見於興化同渡湘江宿道林寺夜論華嚴宗：「世驚海隅在萬里，我視閻浮同一漚。」即此意。　鍇按：維摩詰經卷中觀衆生品：「是華無所分別。仁者自生分別想耳。若於佛法出家有所分別，爲不如法；若無所分別，是則如法。」楞嚴經卷六：「空生大覺中，如海一漚發。」蘇軾文登蓬萊閣下石壁千丈作詩遺垂慈堂老人：「閻浮一漚耳，真妄果安在。」此化用其語。

〔七〕希夷處士：本指陳摶，此代指陳瓘。廓門注：「希夷謂陳摶，以同姓而言。」其説甚是。參見本卷前粹中自郴江瑩中與南歸時余在龍山容泯齋爲誦唐詩入郭隨緣住思山破夏歸之句爲韻十首注〔四〕。鍇按：本集卷八六月十五日夜大雨夢瑩中亦稱：「希夷先生海門住，久不見之想眉宇。」可參見。

〔八〕訶梨仙村：指閻浮提林外之訶梨勒林，亦雙關訶梨勒之産地廉州合浦。本集卷一三余往漢上清修白鹿二老送至龍牙作此別之：「閻浮掌上訶梨勒，去住休纏愛見悲。」唐釋澄觀華嚴經隨疏演義鈔卷二六華藏世界品：「依立世阿毗曇論第一云：閻浮提林外有二林，一名訶梨勒，二名阿摩勒。」法苑珠林卷六三樹果部：「是人重禮佛足，右繞三匝，更向北行。重度前七山，更度後七山，又度六大國，又度七大樹林。林間有七大河，渡是七河。又度阿摩羅林及訶梨勒林，乃至閻浮南枝，從南枝上行至北枝。是人俯窺，見下水相與常水異，澄清洞徹，都無障礙。」晉嵇含南方草木狀卷中：「訶黎勒，樹似木梡，花白，子形如橄欖，六路，皮肉相著，可作飲，變白髭髮令黑，出九真。」據漢書地理志下，合浦、九真二郡相鄰，草木之産亦當相類。

〔九〕「要看筆端三昧」二句：謂陳瓘在廉州著書，陳治國之方略。此以三昧、法門之佛語稱陳瓘著書救國之儒行。本集卷一九華嚴居士贊亦稱陳瓘「醫國法門，筆端三昧」。國語晉語八：「文子曰：『醫及國家乎？』對曰：『上醫醫國，其次疾人，固醫官也。』」錯按：陳了翁年譜崇寧二年，陳瓘在廉州著合浦尊堯集。又政和元年九月「公亦有勒停台州之命」條下注曰：「初，王安石嘗著日録八十卷。初，公謂安石此書詆訕宗廟，誣薄神考，蓋著撰在退居鍾山、懟上熱中之時。讀其書，論其事，不考其時可乎？及公貶廉州，乃著合浦尊堯集，以日録詆誣之罪歸於蔡卞。……『尊堯』所以立名者，蓋以神考爲堯，以主上爲舜，而助舜尊堯也。」

寄巽中三首〔一〕

屋角早梅開徧，牆陰殘雪消遲。簾卷一場春夢，窗含滿眼新詩。

文章風行水上〔二〕，歲月舟藏壑中〔三〕。自怪頂明玉鉢〔四〕，人疑筆夢春紅〔五〕。

舅相決予十□㊀〔六〕，塵埃羨子清閒。孤坐定非禪病〔七〕，剃頭猶有詩斑〔八〕。

【校記】

㊀ 舅相決予十□：缺字「□」，天寧本作「載」，未知何據。

【注釋】

〔一〕作年未詳。　巽中：僧善權字巽中，靖安人。工詩，入江西宗派圖。參見本集卷二贈巽中注〔一〕。

〔二〕文章風行水上：謂文章如風吹水面，自成漣漪，自然而有文采。此語本易涣卦：「象曰：風行水上涣。」蘇洵仲兄字文甫説首發揮其意以論文：「故曰『風行水上涣』，此亦天下之至文也。」參見本集卷二南昌重會汪彦章注〔三〕。

〔三〕歲月舟藏壑中：謂歲月於不知不覺中流走。莊子大宗師：「夫藏舟於壑，藏山於澤，謂之固矣。然而夜半有力者負之而走，昧者不知也。」參見本集卷二高安會諒師出諸公所惠詩求予爲賦用祖原韻注〔四〕。

〔四〕頂明玉鉢：似謂醍醐灌頂，頓得智慧。

〔五〕筆夢春紅：開元天寶遺事卷二：「李太白少時夢所用之筆，頭上生花。後天才贍逸，名聞天下。」

〔六〕舅相決予十□：未詳其意，疑有誤字。

〔七〕孤坐定非禪病：六祖大師法寶壇經頓漸品：「師曰：『汝師若爲示衆？』對曰：『常指誨大衆，住心觀靜，長坐不卧。』師曰：『住心觀靜，是病非禪。長坐拘身，於理何益？聽吾偈曰：生來坐不卧，死去卧不坐。一具臭骨頭，何爲立功課。』」此反用其意。

〔八〕剃頭猶有詩斑：施注蘇詩卷二一次韻道潛留别：「已喜禪心無别語，尚嫌剃髮有詩斑。」注：「唐僧詩：『髮爲作詩斑。』」

送實上人還東林時余亦買舟東下四首〔一〕

世事但堪眼見，此生何殊夢游。未倩青山掩骨〔二〕，且牽黄衲蒙頭。

有客惠然過我〔三〕，疏眉秀骨巖巖〔四〕。且復揉（柔）搓（槎）凍耳㊀，聽君放意高談。

説盡廬山勝處，寂然相對無言。東崦峰頭月出，依約如聞白猿〔五〕。

我已作成行計，喜君亦有歸期。何日虎谿松下〔六〕，却説江海别時。

【校記】

㊀ 揉：原作「柔」，誤，今從古今禪藻集卷一〇改。搓：原作「槎」，誤，今從四庫本、武林本、古今禪藻集改。

【注釋】

〔一〕建中靖國元年冬作於南康軍。實上人：續傳燈録卷二三目録黄龍清禪師（靈源惟清）法嗣下有法輪實禪師，疑即此僧，屬臨濟宗黄龍派南嶽下十四世，爲惠洪法姪。僧寶正續傳卷三黃龍逢禪師傳：「法輪實禪師圓寂。師上堂曰：『緬想當年皖水濱，師門同叩幾經春。分燈各副全提令，荷衆俱爲第一人，寶月俄驚收慧焰，曇花何處現迷津。遥知白塔藏雲際，千古遺蹤孰與隣？大衆，起滅全身，去來何有？切忌情中作解，須知淨地無塵。諸人還識法輪禪師麽？』豎起拂子云：『八字眉分新月樣，霜髯白髮健精神。』實蓋南昌人，於靈源之道，最先悟入。生平苦節力道，叢林以頭陀名之。」本集卷二七跋珠上人山谷酺池詩：「閱三年，游石門，林下識君實，骨面善談笑，相從最久。時珠禪垢面不襪，然已超卓。後二十餘年，予還自海外，而君實化去久矣。」疑實上人即君實，俟考。

〔二〕青山掩骨：蘇軾予以事繫御史臺獄獄吏稍見侵自度不能堪死獄中不得一别子由故作二詩授獄卒梁成以遺子由：「是處青山可埋骨。」

〔三〕惠然過我：詩邶風終風：「終風且霾，惠然肯來。」毛傳：「言時有順心也。」鄭箋：「惠，順也，肯可也。有順心然後可以來至我旁。」唐盧綸喜從弟激初至：「儒服策羸車，惠然過我廬。」

〔四〕巖巖：高峻貌。世説新語容止：「山公曰：『嵇叔夜之爲人也，巖巖若孤松之獨立，其醉也，傀俄若玉山之將崩。』」

〔五〕「東崦峰頭月出」二句：李白别東林寺僧：「東林送客處，月出白猿啼。」此化用其意。

〔六〕虎谿：在廬山東林寺旁。廬山記卷二叙山北：「流泉匝寺，下入虎溪。昔遠師送客過此，虎輒號鳴，故名焉。陶元亮居栗里，山南陸脩静亦有道之士，遠師嘗送此二人，與語道合，不覺過之，因相與大笑。今世傳三笑圖，蓋起於此。」李白別東林寺僧：「笑別廬山遠，何煩過虎谿。」

余游鍾山宿石佛峰下因上人自歸宗來贈之六首〔一〕

曾共故山寒食，忽驚廬嶽重陽。想見洞庭橘柚〔二〕，纍垂又出青黄〔三〕。

世議嗟嗟迫隘〔四〕，白頭相視如新〔五〕。只有淵明似我，逢人數（故）面成親㊀〔六〕。

君住青鸞谿上〔七〕，我留石佛峰前。捉手粲然一笑〔八〕，秋容□更撑天㊁。

却度來時危徑，斷崖落照孤煙。分手更無可奈，相看只有淒然。

已是浮雲身世〔九〕，更餘一鉢生涯〔一〇〕。是處青山可老，何妨乘興爲家。

西風夜吹客夢〔一一〕，霜清更入鍾山。且作跳魚縱壑〔一二〕，會看倦鳥知還〔一三〕。

【校記】

㊀ 數：原作「故」，誤，今改。參見注〔六〕。

㊁ □：原闕，天寧本作「那」。

【注釋】

〔一〕大觀二年九月九日作於江寧府。 鍾山：又名蔣山。已見前注。 石佛峰：未詳，俟考。 因上人：僧淨因字覺先，法雲杲禪師法嗣，惠洪法姪。已見前注。 歸宗：即廬山歸宗寺。 鍇按：嘉泰普燈録卷七東京法雲佛照杲禪師：「後依真淨。一日，讀祖師偈曰：『心同虛空界，示等虛空法。證得虛空時，無是無非法。』豁然大悟。後謂人曰：『我於紹聖三年十一月二十一日，悟得方寸禪。』出住歸宗。」淨因從其參學，亦在歸宗。

〔二〕洞庭橘柚：山谷集外集卷九雜書：「韋蘇州詩云：『憐君卧病思新橘，試摘才酸亦未黄。書後欲題三百顆，洞庭須待滿林霜。』余往以謂蓋用右軍帖云：『贈子黄柑三百者。』比見右軍一帖云：『橘三百枚，霜未降，不可多得。』蘇州蓋取諸此。」東坡詩集注卷九洞庭春色：「二年洞庭秋。」趙次公注：「洞庭秋，言柑也。太湖洞庭山上出美柑，所謂『洞庭柑熟欲分金』也。」

〔三〕纍垂又出青黄：蘇軾東坡八首之六：「遺我三寸柑，照坐光卓犖。百栽儻可致，當及春冰渥。想見竹籬間，青黄垂屋角。」此化用其意。

〔四〕世議嗟嗟追隘：蘇軾游徑山：「近來愈覺世議隘。」此用其意。 嗟嗟，歎詞，表憂歎、感歎。楚辭九章悲回風：「增歔欷之嗟嗟兮，獨隱伏而思慮。」

〔五〕白頭相視如新：謂久交而不相知，與新交無異。史記魯仲連鄒陽列傳：「諺曰：『有白頭如新，傾蓋如故。』」

〔六〕「只有淵明似我」二句：陶淵明答龐參軍序：「自爾鄰曲，冬春再交，款然良對，忽成舊游。俗諺云：『數面成親舊。』況情過此者乎？」本集好用「數面」語，如卷四懷忠子：「忠也新數面，義已到刎頸。」卷七贈别通慧選姪禪師：「相親出數面，别袂聊一挽。」卷一〇悼性上人：「與君數面自成親。」底本「數」作「故」，涉形近而誤，今改。

〔七〕青鸞谿：即鸞溪，在歸宗寺旁。廬山記卷三叙山南：「昔人卜其基曰：『是山有翔鸞展翼之勢。』院（歸宗禪院）東之水故名鸞溪。」

〔八〕粲然一笑：蘇軾大雪青州道上有懷東武園亭寄孔周翰：「粲然一笑玉齒頰。」此用其語。

〔九〕浮雲身世：維摩詰經卷上方便品：「是身如浮雲，須臾變滅。」

〔一〇〕一鉢生涯：指游方行脚之生活。

〔一一〕西風夜吹客夢：李白江上寄巴東故人：「東風吹客夢，西落此中時。」此化用其意。

〔一二〕跳魚縱壑：魚縱游於大川，喻所至如意。文選卷四七王褒聖主得賢臣頌：「翼乎如鴻毛遇順風，沛乎若巨魚縱大壑。」蘇軾游廬山次韻章傳道：「野性猶同縱壑魚。」此化用其意。

〔一三〕倦鳥知還：陶淵明歸去來兮辭：「鳥倦飛而知還。」

和人春日三首〔一〕

冰缺涓涓嫩水〔二〕，柳渦剪剪柔風〔三〕。滓色盡情澄曉，游絲放意垂空。

暖壓催花小雨，晴宜到面和風。鶯舌管絃合調〔四〕，蘭芽雪玉分叢。

攬衣欲起還眠，杜宇一聲春曉。家童走報新事，山茶昨夜開了〔五〕。

【注釋】

〔一〕作年未詳。

〔二〕涓涓：水緩流貌。陶淵明歸去來兮辭：「泉涓涓而始流。」　嫩水：細細流水。王安石至開元僧舍上方次韻舍弟二月一日之作：「溪谷濺濺嫩水通。」

〔三〕剪剪：風拂貌。王安石夜直：「金爐香盡漏聲殘，剪剪輕風陣陣寒。」

〔四〕鶯舌管絃合調：吳幵優古堂詩話：「蔡絛西清詩話云：黃魯直貶宜州，謂其兄元明曰：『庭堅年老矣，始悟抉章摘句爲難，要當于古人不到處留意，乃能聲出衆上。』元明問其然，曰：『庭堅六言近詩「醉鄉閑處日月，鳥語花間管絃」是也。』此優入詩家藩閫，宜其名世如此。以上皆蔡語。余按，此説出於魯直，是否雖未敢必，然上句本於唐皇甫嵩『醉鄉日月發』之意，下句本於唐崔湜應制詩『庭際花飛錦繡合，枝間鳥囀管絃同』。」此用其意。

〔五〕山茶昨夜開了：宋扈仲榮等編成都文類卷一一王覿望日與諸公會於大慈聞海雲山茶合江梅花開遂相邀同賞雖無歌舞實有清歡因成拙詩奉呈：「野寺山茶昨夜開，江亭初報一枝梅。」錯按：據宋詩紀事卷二五王覿小傳：「覿字明叟，如皋人。第進士，哲宗朝擢右正言，進司諫。徽宗朝遷御史中丞，改翰林學士。安置臨江軍，卒。入黨籍。」其人略早於惠洪，此當化用其詩句。

山居四首〔一〕

深谷清泉白石，空齋棐几明窗。飯罷一甌春露〔二〕，夢成風雨翻江〔三〕。

鍊盡人間機巧〔四〕，却能隨處安閑。雲深舊迷歸路〔五〕，木落今見他山〔六〕。

讀書不求甚解，偶爾會意欣然〔七〕。點筆疾書窗紙，倚蒲却看罏煙。

負日自然捫虱，看山不覺成詩。快暖啼禽歸去，受風林影參差〔八〕。

【注釋】

〔一〕作年未詳。　山居：禪宗特有之詩題，五代釋貫休禪月集卷二三有七言律詩山居詩二十四首，爲僧人製作山居詩之始。

〔二〕一甌春露：黄庭堅阮郎歸效福唐獨木橋體作茶詞：「一杯春露莫留殘，與郎扶玉山。」

〔三〕夢成風雨翻江：山谷内集詩注卷一一六月十七日晝寢：「馬齕枯萁喧午枕，夢成風雨浪翻江。」任淵注：「聞馬齕草聲遂成此夢也。楞嚴經曰：『如重睡人，眠熟牀枕，其家有人于彼睡時擣練舂米，其人夢中聞舂擣聲，別作他物，或爲擊鼓，或爲撞鐘。』此詩略采其意，以言江湖之念深，兼想與因，遂成此夢。」此兼用其語意。

〔四〕鍊盡人間機巧：謂終將人世間一切聰明巧智鍛鍊殆盡。本集卷四次韻公弱寄胡强仲：「三年鍛百巧，遂成瘖與聾。」即此意。

〔五〕雲深舊迷歸路：喻舊時爲世間外在假象所迷惑，不知心靈之歸宿。景德傳燈録卷一六澧州樂普山元安禪師：「師曰：『一片白雲横谷口，幾多歸鳥夜迷巢。』」此化用其意。

〔六〕木落今見他山：喻遮蔽皆盡分明見道之意。山谷外集詩注卷一一登快閣：「落木千山天遠大，澄江一道月分明。」史容注：「李白詩：『水寒夕渡急，木落秋山空。』柳子厚詩：『木落寒山静，江空秋月明。』」

〔七〕「讀書不求甚解」二句：陶淵明五柳先生傳：「好讀書，不求甚解，每有會意，便欣然忘食。」

〔八〕受風林影參差：柳宗元南磵中題：「迴風一蕭瑟，林影久參差。」此用其語意。

夏日三首〔一〕

鳥啼不妨意寂〔二〕，日長但覺身閒。掃地要延遺照，掩扉推出青山。

軒借誰家脩竹，簟留滿眼清秋。手倦拋書枕臥，一聲殿角風甌〔三〕。

掩卷高眠客去，望雲乞食僧歸。秋近柳陰低瘦，年高瘴髮能稀〔四〕。

【注釋】

〔一〕作年未詳。

〔二〕鳥啼不妨意寂：冷齋夜話卷五詩置動靜意：「荆公曰：『前輩詩云「風定花猶落」，靜中見動意；「鳥鳴山更幽」，動中見靜意。』」此句即動中見靜意。

〔三〕風甌：懸於殿角塔簷之瓷質風鈴。蘇軾雨中過舒教授：「坐依蒲褐禪，起聽風甌語。」

〔四〕瘴髮：鬚髮有瘴癘之色。東坡詩集注卷一八次韻王鞏南遷初歸二首之一：「逢人瘴髮黃，入市胡眼碧。」堯卿注：「嶺南人瘴癘所感，則鬢髮皆黃，其眼皆作胡人碧色，風土使然也。」惠洪因政和年間嘗流放海南，故稱。　能稀：何其稀少。

和人夜坐三首〔一〕

句好真堪供佛〔二〕，泉幽欣更同僧。閑塵自横涼簟，飛蚊故遶篝燈〔三〕。

行道疾於轉馬〔四〕，坐禪危若蹲鴟〔五〕。瓜皮能作地獄〔六〕，荷香解破毗尼〔七〕。

忠子定應詩瘦〔八〕，隆禪甘作書癡〔九〕。兩客絕無消息，千峰見我棲遲〔一〇〕。

【注釋】

〔一〕作年未詳。

〔二〕句好真堪供佛：謂好詩可作爲供養佛寶之物品。釋貫休懷武昌棲一二首之二：「得句先呈佛。」蘇軾謝人見和前篇二首之一：「漁蓑句好真堪畫。」此合二句而用之。

〔三〕篝燈：廓門注：「詩格注：『篝音鈎，薰衣竹籠也。』」

〔四〕行道疾於轉馬：十住經卷三不動地：「人是智慧門，行道疾無礙。」 轉馬，掉轉馬頭，極言其快速。

〔五〕坐禪危若蹲鴟：禪定時危坐如鴟梟蹲踞般不動。歐陽修對雪十韻：「兒吟鶵鳳語，翁坐凍鴟蹲。」

〔六〕瓜皮能作地獄：謂地獄唯心識所造。唯識論：「又毗尼中有一比丘，夜蹈瓜皮，謂殺蝦蟇，死入惡道。是故偈言：『依種種因緣，破失自心識。』故『死依於他心，亦有依自心』者。」本集卷二〇座右銘：「大丈夫當期出生死，生死皆由心所造，心滅生死乃壞。心滅則髑髏是水，心生則瓜皮是罪。」

〔七〕荷香解破毗尼：謂蓮花香氣會使僧人破戒律。毗尼，梵語，佛教各戒律之統稱。大智度論卷一七：「云何呵香？人謂著香少罪，染愛於香，開結使門；雖復百歲持戒，能一時壞之。」又云：「復次，有一比丘在林中蓮華池邊經行，聞蓮華香，其心悦樂，過而心愛。池神語之言：『汝何以故捨彼林下禪淨坐處，而偷我香？以著香故諸結，使卧者皆起。』時更有一人，來入池中，多取其花，掘挽根莖，狼籍而去。池神默無所言。比丘言：『此人破汝池，取汝花，汝都無言；我但池岸邊行，便見呵罵，言偷我香。』池神言：『世間惡人常在罪垢糞中，不淨没頭，我不共語也。汝是禪行好人，而著此香，破汝好事，是故呵汝。譬如白疊鮮淨，而有黑物點污，衆人皆見；彼惡人者，譬如黑衣點墨，人所不見，誰問之者？』如是等種種因緣，是名呵香欲。」

〔八〕忠子：惠洪弟子本忠，字無外，撫州金溪人。已見前注。

〔九〕隆禪：僧彦隆字無諍，善書。參見本集卷一隆上人歸省覲留龍山爲予寫起信論作此謝之注〔一〕。

〔一〇〕棲遲：詩陳風衡門：「衡門之下，可以棲遲。」毛傳：「棲遲，遊息也。」

即事三首〔一〕

目誦自應引睡〔二〕，手談聊復忘紛〔三〕。一曲青林門巷，數聲白鳥江村。

茶味尚含（舍）春意㊀，鳩鳴忽覺村深。掃地風能施手，過門月解論心〔四〕。

妙語欲澆舌本〔五〕，故人忽到眉尖〔六〕。雲薄茶煙索石，浪寒竹色侵簾。

【校記】

㊀含：原作「舍」，誤，今從寬文本、四庫本、廓門本、武林本、天寧本改。

【注釋】

〔一〕作年未詳。

〔二〕目誦：以眼吟誦。乃以眼爲口，蓋佛教所謂「六根互通」。本集卷二至豐家市讀商老詩次韻：「目誦匡山商老詩。」

〔三〕手談：指弈棋，下圍棋。世説新語巧藝：「王中郎以圍棋是坐隱，支公以圍棋爲手談。」黄庭堅弈棋二首呈任公漸之一：「坐隱不知巖穴樂，手談勝與俗人言。」

〔四〕月解論心：廓門注：「寒山詩『我心似秋月』之意。」

〔五〕妙語欲澆舌本：戲謂欲得妙語，須有香茶滋潤舌根。黄庭堅以雙井茶送孔常父：「故持茗椀澆舌本。」此用其語意。

〔六〕故人忽到眉尖：戲謂茶味香甘可達眉頭，如對故人。蘇軾道者院池上作：「井好能冰齒，茶甘不上眉。」此反其意而用之。錯按：本集卷一〇謝性之惠茶：「上眉甘作乳花繁。」卷一一將登南嶽絶頂而志上人以小團鬬夸見遺作詩謝之：「先飛微白上眉端。」皆此意。

用高僧詩云沙泉帶草堂紙帳卷空牀靜是真消息吟非俗（浴）肺腸園林坐清影梅杏嚼紅香誰住原西寺鐘聲送夕陽作八首㊀〔一〕

江素塵泥疏遶〔二〕，泉清晝夜澄明。氣入茅堂蕭爽，潤滋草木鮮榮。

松榻獨安枕簟，紙幃長隔埃塵。輝映夜窗明月，下藏夢蝶幽人〔三〕。

煩擾自茲深隱，寂寞相與沉冥〔四〕。淡泊既諧真性，恬頤復順生經〔五〕。

風月冥搜秀句〔六〕，詩家肺腑同期。自古人間俗物〔七〕，此心雖死奚知〔八〕？

舍後樹林深秀，日中陰影繁濃。宴坐時來有籟，炎威欲入無從〔九〕。

杏實殘籠金色，楊梅爛染臙脂〔一〇〕。氣味新鮮可口，清甘喉舌多時。

源塢似甘西畔，精廬於此相鄰〔一一〕。迎接喜能忘我，住山知是何人。

林外鳴鵶零亂，山頭落日微紅。樓臺迴然瞑色，谷幽已答疏鐘。

【校記】

㊀ 俗：原作「浴」，誤，今據四庫本改。參見注〔一〕。

【注釋】

〔一〕作年未詳。　高僧詩：指釋齊己詩，白蓮集卷一夏日草堂作：「沙泉帶草堂，紙帳卷空牀。靜是真消息，吟非俗肺腸。園林坐清影，梅杏嚼紅香。誰住原西寺，鐘聲送夕陽。」鍇按：此組詩以其五言八句每句爲題，敷衍其意，共八首，乃「賦得」詩之變體，爲惠洪首創。底本「俗」作「浴」，乃涉形近而誤。

〔二〕疏遶：稀疏環繞。唐釋皎然杼山集卷六五言妙喜寺逵公院賦得夜磬送呂評事：「細和虛籟盡，疏繞懸泉發。」此借用其語。

〔三〕夢蝶幽人：莊子齊物論：「昔者莊周夢爲胡蝶，栩栩然胡蝶也。自喻適志與？不知周也。」

〔四〕沉冥：晦跡，泯滅無跡。揚雄法言問明：「蜀莊沉冥。」宋咸吳祕注：「莊遵字君平，蜀人也，晦迹不仕，故曰沉冥。」司馬光注：「三輔決録曰：『君平名遵。』光謂沉冥，言道德深厚，人不能測。」

〔五〕恬頤復順生經：謂恬淡頤神而遵循養生之道。　生經，指衛生之經，養生之經。莊子庚桑楚：「行不知所之，居不知所爲，與物委蛇，而同其波，是衛生之經已。」蘇頌蘇魏公文集卷四八回知府觀察：「願順生經之固，少符善祀之勤。」

〔六〕冥搜：搜尋至極幽遠處，指作詩時深思苦想。唐詩僧尚能中秋旅懷：「冥搜清絶句，恰似有神功。」

〔七〕俗物：世説新語排調：「嵇、阮、山、劉在竹林酣飲，王戎後往。步兵曰：『俗物已復來敗人意。』」

〔八〕此心雖死奚知：謂有誰知我苟且世間之心已死。本集卷二三昭默禪師序：「今之學者，多不脱生死者，正坐偷心不死耳。」

〔九〕炎威：劉禹錫裴祭酒尚書見示春歸城南青松塢别墅寄王左丞高侍郎之什命同作：「吟風起天籟，蔽日無炎威。」

〔一〇〕臙脂：即胭脂，亦作燕支，此指紅藍色。晉崔豹古今注卷下草木：「燕支，葉似薊，花似蒲公。出西方，土人以染，名爲燕支。中國人謂之紅藍，以染粉爲面色，謂爲燕支粉。今人以重絳爲燕支，非燕支花所染也。燕支花所染，自爲紅藍爾。舊謂赤白之間爲紅，即今所謂紅藍也。」

〔一一〕精廬：猶精舍，指佛寺。北齊書楊愔傳：「至碻磝戍，州内有愔家舊佛寺，入精廬禮拜。」

【附録】

元方回云：「沙泉帶草堂，紙帳捲空牀。静是真消息，吟非俗肺腸。園林坐清影，梅杏嚼紅香。誰住原西寺？鐘聲送夕陽。」此齊己自賦草堂中事也。洪覺範取此八句，賦爲八詩，以其句句有味故耶？此詩爲僧徒所重，其來久矣，實亦清麗。（瀛奎律髓卷四七釋梵類僧齊己夏日草堂作）

明釋圓修云：古澗清流澄澈，茅簷緑樹深濃。窗對亂山成翠，沙明長瀉如虹。（其一）竹榻蕭然無夢，梅幮不染清虛。夜靜光含孤月，從教輝映吾廬。（其二）偶脱諸緣小隱，寥寥一事無求。個中半點不得，比之明月中秋。（其三）巖石堪題秀句，肺腸差擬秋雲。信口閒歌適興，無心琱琢自文。（其四）山家隨處種樹，竹籬就地成園。溽暑支頤小坐，清陰枕钁長眠。（其五）脱核杏纔可口，鮮紅梅又甘唇。笑古應機未達，聞香空自吞津。（其六）幻住東山巖下，那邊誰結幽林？相看覿面不遠，只是呼之不應。（其七）我道住此深山，不意山深尤甚。晚來忽地鐘聲，疑是方廣相近。（其八，天隱修禪師語録卷一九效覺範禪師用唐高僧詩作八絶）

臨清閣二首〔一〕

泯泯下窺軟碧〔二〕，泂泂忽作驚湍〔三〕。時看稚子對浴〔四〕，少陵詩眼長寒〔五〕。

邑勢自然藏勝，江空表裏含秋。夜棹近人明月〔六〕，襄陽應在漁舟。

【注釋】

〔一〕靖康元年初秋作於襄州。　臨清閣：當在襄陽漢水邊，無考。

〔二〕泯泯：水無聲貌。杜甫漫成二首之一：「野日荒荒白，春流泯泯清。」　軟碧：指江水，質軟而色碧。本集卷三贈王聖侔教授：「汝江軟碧摇寒空。」

〔三〕洄洄：水漩流貌。孟郊弔盧殷十首之三：「夢世浮閃閃，淚波深洄洄。」王安石壬戌正月晦與仲元自淮上復至齊安：「風暖柴荆處處開，雪乾沙淨水洄洄。」

〔四〕時看稚子對浴：杜甫進艇：「晝引老妻乘小艇，晴看稚子浴清江。」

〔五〕少陵詩眼長寒：蘇軾續麗人行：「杜陵飢客眼長寒，蹇驢破帽隨金鞍。」

〔六〕夜棹近人明月：羅大經鶴林玉露卷一三：「孟浩然詩曰：『江清月近人。』杜陵云：『江月去人只數尺。』子美視浩然爲前輩，豈祖述而敷衍之耶？浩然之句渾涵，子美之句精工。」鍇按：孟浩然，襄陽人。此詩作於襄陽，故化用其詩意。

贈珠侍者二首〔一〕

我是布毛侍者〔二〕，解藏陷虎鋒機〔三〕。勘破諸方歸去〔四〕，一藤深鎖煙霏。

一等心華自照〔五〕，不煩春色須開。安用翻瀾千偈〔六〕，却輸枯木寒灰〔七〕。

【注釋】

〔一〕宣和四年八月作於長沙。珠侍者：即曇珠，湛堂文準禪師弟子，惠洪法姪。參見本集卷六送珠侍者重修真淨塔注〔一〕。

〔二〕布毛侍者：景德傳燈録卷四杭州鳥窠道林禪師：「有侍者會通，忽一日欲辭去。師問曰：

『汝今何往?』對曰:『會通爲法出家,以和尚不垂慈誨,今往諸方學佛法去。』師曰:『若是佛法,吾此間亦有少許。』曰:『如何是和尚佛法?』師於身上拈起布毛吹之,會通遂領悟玄旨。」同卷杭州招賢寺會通禪師:「鳥窠即與披剃具戒。師常卯齋晝夜精進,誦大乘經,而習安般三昧。尋固辭游方,鳥窠以布毛示之,悟旨。時謂布毛侍者。」此借以稱譽珠侍者。

〔三〕陷虎鋒機:喻言句中深藏之禪機。天聖廣燈録卷八筠州黃檗鷲峰山斷際禪師:「仰山云:『不然,須知黃檗有陷虎之機。』」此借用其語。參見本集卷一三送英長老住石谿注〔三〕。

〔四〕勘破諸方:謂其看破禪林諸山門之宗旨。景德傳燈録卷九潭州潙山靈祐禪師:「仰山云:『莫道無人會禪好。』歸舉似潙山云:『今日二禪客被慧寂勘破。』師云:『什麼處被子勘破?』仰山便舉前話,師云:『寂子又被吾勘破。』」

〔五〕一等:一樣,一般。　心華:即心花。圓覺經:「心花發明,照十方刹。」

〔六〕翻瀾千偈:謂以千偈暢演佛法禪旨。蘇軾金山妙高臺:「機鋒不可觸,千偈如翻水。」此化用其意。　翻瀾,當作「瀾翻」,言辭滔滔不絶貌。韓愈記夢:「絜攜陬維口瀾翻,百二十刻須臾間。」蘇軾戲用晁補之韻:「知君忍飢空誦詩,口頰瀾翻如布穀。」

〔七〕枯木寒灰:喻心念已絶,即偷心已死之狀態。禪林僧寶傳卷四福州玄沙備禪師傳:「必須對其塵境,如枯木寒灰,但臨時應用,不失其宜。」圓悟佛果禪師語録卷一〇小參三:「有時冷啾啾地,如枯木朽株,寒灰死火,一念萬年,萬年一念,也只不出此一秋毫。」

誠上人試手游方二首〔一〕

隨處千巖萬壑，一鉢雲行鳥飛〔二〕。歲月却還驚浪，蒙頭破衲同歸。

跡要風蟬蛻殼〔三〕，道愧泥龜六藏〔四〕。面上唾痕莫拭〔五〕，自然知見含香〔六〕。

【注釋】

〔一〕作年未詳。誠上人：生平法系不可考。本集卷一一有誠心二上人見過，或即此僧。

〔二〕一鉢雲行鳥飛：喻游方僧之來去無跡。鍇按：惠洪好用此喻，如禪林僧寶傳卷二五大溈真如喆禪師傳：「遂游湘中，一鉢雲行鳥飛，去留爲叢林重輕。」又如本集卷二三嘉祐序：「一匹夫雲行鳥飛天地之間。」卷二八又諸禪疏：「雲行鳥飛，川流嶽峙。」後世禪林多襲用其喻，如釋慶老補禪林僧寶傳南嶽石頭志庵主傳：「石頭道人以夷粹之資，入道穩實。其去新豐而游湘西也，以水聲林影自娱，謹守其師之言，不爲世用。譬之雲行鳥飛，去留無礙。」釋道融叢林盛事卷上：「嗚呼！吾沙門釋子一缾一盋，雲行鳥飛，非有凍餒之迫，子女玉帛之戀。」

〔三〕風蟬蛻殼：喻解脱，脱去世間塵勞之跡。史記屈原賈生列傳：「蟬蛻於濁穢，以浮游塵埃之外，不獲世之滋垢，皭然泥而不滓者也。」黄庭堅次韻子瞻送李廌：「願爲霧豹懷文隱，莫愛風蟬蜕骨仙。」此借用其語而反其意。

〔四〕泥龜：莊子秋水：「莊子釣於濮水。楚王使大夫二人往先焉曰：『願以竟内累矣。』莊子持竿不顧曰：『吾聞楚有神龜，死已三千歲矣。王巾笥而藏之廟堂之上。此龜者寧其死爲留骨而貴乎？寧其生而曳尾於塗中乎？』二大夫曰：『寧生而曳尾塗中。』莊子曰：『往矣，吾將曳尾於塗中。』」唐李咸用物情：「莊叟泥龜意已堅。」　六藏：取義佛經中龜藏頭尾四肢之寓言。大般涅槃經卷四如來性品之一：「覆藏諸惡，如龜藏六。」又卷七如來性品之四：「防護自身，如龜藏六。」此合二事而用之。參見本卷粹中自郴江瑩中與南歸時会在龍山容泯齋爲誦唐詩人郭隨緣住思山破夏歸之句爲韻十首注〔一五〕。

〔五〕面上唾痕莫拭：新唐書婁師德傳：「其弟守代州，辭之官，教之耐事。弟曰：『人有唾面，潔之乃已。』師德曰：『未也，潔之是違其怒，正使自乾耳。』」

〔六〕自然知見含香：猶黃庭堅詩所言「自薰知見香」。參見本集卷四次韻彦由見贈注〔一一〕。

拄杖寄子因二首〔一〕

百節紫藤風骨〔二〕，得自溈潭石門〔三〕。不受雲居勾絡〔四〕，定知臨濟兒孫〔五〕。

作伴經游已徧，住山尚存典刑〔六〕。寄與毗耶作戲〔七〕，當場攧出驚人〔八〕。

【注釋】

〔一〕作年未詳。子因：蔡仍字子因，號夢蝶居士，蔡卞子。嘗官符寶郎，以恩倖爲徽猷閣學士。參見本集卷三寄蔡子因注〔一〕。

〔二〕百節紫藤風骨：指拄杖。山谷内集詩注卷一九勝業寺悦亭：「不見白頭禪，空倚紫藤杖。」任淵注：「退之有赤藤杖歌。」

〔三〕泐潭石門：當指真淨克文禪師。惠洪嘗隨克文在靖安縣石門山泐潭寶峰寺參禪。寂音自序：「依真淨禪師於盧山歸宗。及真淨遷洪州石門，又隨以至，前後七年。」

〔四〕不受雲居勾絡：謂此拄杖不願懸於雲居禪師腰帶。雲居，疑指了元禪師，嘗四住雲居寺，屬雲門宗。勾絡，疑當作「鈎絡」。太平御覽卷六九三服章部十三帶引吴書：「陸遜破曹休於石亭，上脱御金校帶以賜遜，又親以帶之，爲鈎絡帶。」鍇按：禪林僧寶傳卷二九雲居佛印元禪師傳：「(東坡)自是常著衲衣。故元以裙贈之，而東坡酬以玉帶，有偈曰：『病骨難堪玉帶圍，鈍根仍落箭鋒機。會當乞食歌姬院，奪得雲山舊衲衣。』又曰：『此帶閲人如傳舍，流傳到我亦悠哉。錦袍錯落尤相稱，乞與佯狂老萬回。』」據此，雲居了元有玉帶，即鈎絡之類。

〔五〕定知臨濟兒孫：此以拄杖擬人，謂其不屬雲門之了元，故而定爲臨濟之法裔。蓋惠洪屬臨濟宗黄龍派南嶽下十三世，故云。

〔六〕住山尚存典刑：本集卷八游龍王贈雲老：「即今住山典刑存，木蛇且無刀斧痕。」則此拄杖亦如木蛇，爲禪僧住山之象徵。參見注〔八〕。

〔七〕毗耶：即維摩詰居士，因住毗耶離城中，故稱。此代指蔡子因，以其號夢蝶居士，在家而學佛，身份如維摩詰。已見前注。

〔八〕當場攛出驚人：禪林僧寶傳卷二韶州雲門大慈雲弘明禪師傳：「謁雪峰存。存方堆桅坐，爲衆説法。偃犯衆出，熟視曰：『項上三百斤鐵枷，何不脱却？』存曰：『因甚到與麽？』偃以手自拭其目，趨去，存心異之。明日，陞座曰：『南山有鼈鼻蛇，諸人出入好看？』偃以拄杖攛出，又自驚慄，自是輩流改觀。」攛出：擲出。

分韻得風字〔一〕

鷗寒爭浴暮雨，舟閑放縱江風。一幅花光平遠〔二〕，誰藏覺範詩中〔三〕。

【注釋】

〔一〕宣和年間作於長沙。

〔二〕花光平遠：謂風景如同花光仲仁禪師所畫平遠山水。本集卷二六又宣上人所蓄：「華光滴露寫寒枝，幻出平遠。士大夫厭飫富貴之餘見之，收蓄可也。」同卷又惠子所蓄：「宣和元年十二月初五日，惠子出其師所作湖山平遠，曰：『此蓋老人得意時筆也。』」卷三〇祭妙高仁禪師文：「瀟湘平遠，煙雨孤芳。舉以贈我，不祕篋箱。」

〔三〕誰藏覺範詩中：謂誰將花光所畫平遠山水置於己之詩中。覺範，惠洪字。　鍇按：以上二句視風景既是畫亦是詩，非僅詩中有畫而已。

歸九峰道中〔一〕

四五疊峰深處〔二〕，歸去開荒南畝。是非不得扶犁〔三〕，春曉一蓑煙雨〔四〕。

【注釋】

〔一〕政和六年春作於筠州上高縣。輿地紀勝卷二七江南西路瑞州：「九峰山，在上高縣西五十里，其峰有九，奇秀峻聳，因以名之。」本集卷四追和帛道猷一首序：「政和六年正月十日，余已定居九峰。」

〔二〕四五疊峰：四峰五峰相疊，代指九峰。

〔三〕扶犁：東坡詩集注卷一三次韻錢穆父以軾得汝陰用杭越酬唱韻作詩見寄：「玉堂不着扶犁手。」注：「歐陽永叔詩云：『收取玉堂揮翰手，却尋南畝把鋤犁。』」此兼用歐、蘇詩。

〔四〕一蓑煙雨：蘇軾定風波：「一蓑煙雨任平生。」此借用其語。

贈誠上人四首〔一〕

煴火扶持清境〔二〕，篝燈點破黄昏。凍耳欣聞軟語，冷齋忽變春温〔三〕。

銜雪來尋覺範〔四〕，思山時（時山）説靈源㊀〔五〕。此夕蔣陵二老〔六〕，畫出韋郎五言〔七〕。

覓句初聞試手，吐詞果復驚人。夜覺千巖晝永〔八〕，曉看萬瓦生春〔九〕。

對書只圖遮眼〔一〇〕，題詩何必須編。巨看無情説法，羣山雪盡蒼然〔一一〕。

【校記】

㊀山時：原作「時山」，誤，今改。參見注〔五〕。

【注釋】

〔一〕大觀二年冬作於江寧府。誠上人：生平法系不可考。

〔二〕煴火：無火苗之火堆。漢書蘇建傳附蘇武傳：「鑿地爲坎，置煴火，覆武其上，蹈其背以出血。」顔師古注：「煴，謂聚火無焱者也。」

〔三〕冷齋：庵堂名，惠洪自號，隨其所住而稱焉，此在江寧府鍾山。

〔四〕覺範：自稱，惠洪字覺範。

〔五〕思山時説靈源：謂思山林時言及靈源禪師。底本「思時山説」句意不通，當爲「思山時説」之倒乙。本集頗有「思山」之用例，如卷八送僧歸雲巖：「憶昨思山林下來。」卷一六次韻五首之二：「正爾思山想歸路。」介然館道林偶入聚落宿天寧兩昔雨中思山遂渡湘飯於南臺口占兩絶戲之其一：「徑作思山破雨歸。」皆本唐詩僧善生送玉禪師「入郭隨緣住，思山破夏歸」之語。　靈源：黄龍靈源惟清禪師。已見前注。

〔六〕蔣陵：即蔣山，又名鍾山。太平寰宇記卷九〇江南東道二昇州上元縣：「蔣山在縣東北十五里，周迴六十里，面南顧東。……按輿地志云：蔣山古曰金陵山，縣之名因此山立。漢輿地圖名鍾山。吴大帝時，有蔣子文發神驗於此，封子文爲蔣侯，改曰蔣山。」　二老：指惠洪與誠上人。語本杜甫寄贊上人：「與子成二老，來往亦風流。」

〔七〕畫出韋郎五言：謂蔣山雪中己與誠上人對坐之畫面，如韋應物五言詩所描繪。鍇按：明嘉靖本韋刺史詩集卷三示全真元常：「寧知風雪夜，復此對牀眠。」東坡詩集注卷一一和鮮于子駿鄆州新堂月夜二首之二：「獨作五字詩，清絶如韋郎。」厚注：「樂天傳：韋蘇州五言詩高雅閑澹，自成一家之體。」

〔八〕夜覺千巖晝永：謂因雪之映照，夜晚千山亦如白晝。蘇軾雪後書北堂壁二首之一：「五更曉色來書幌。」此不易其意而造其語。

〔九〕曉看萬瓦生春：黄庭堅祕書省冬夜宿直寄懷李德素：「姮娥攜青女，一笑粲萬瓦。」此規模其意而形容之。生春，謂雪花飄舞如春花開放。

〔一〇〕對書只圖遮眼：景德傳燈録卷一四澧州藥山惟儼禪師：「師看經，有僧問：『和尚尋常不許人看經，爲什麽却自看？』師曰：『我只圖遮眼。』曰：『某甲學和尚還得也無？』師曰：『若是汝，牛皮也須看透。』」

〔一一〕「且看無情説法」二句：謂雪後羣山便是無情説法之範例。景德傳燈録卷二八南陽慧忠國師語：「問：『無情既有心性，還解説法否？』師曰：『他熾然常説，無有間歇。』曰：『某甲爲什麽不聞？』師曰：『汝自不聞。』曰：『誰人得聞？』師曰：『諸佛得聞。』曰：『衆生應無分邪？』師曰：『我爲衆生説，不爲聖人説。』曰：『某甲聾瞽，不聞無情説法，師應合聞？』師曰：『我亦不聞。』曰：『師既不聞，爭知無情解説？』師曰：『我若得聞，即齊諸佛，汝即不聞我所説法。』曰：『衆生畢竟得聞否？』師曰：『衆生若聞，即非衆生。』曰：『無情説法有何典據？』師曰：『不見華嚴云：刹説衆生説，三世一切説。衆生是有情乎？』曰：『師但説無情有佛性，有情復若爲？』師曰：『無情尚爾，況有情耶？』」

書阿慈意消室〔一〕

風過淵明卧處〔二〕，林閒子厚來時〔三〕。睡起一杯春露〔四〕，壁間數句坡詩〔五〕。

【注釋】

〔一〕宣和年間作於長沙。　阿慈：惠洪弟子覺慈，字季真。已見前注。　意消室：莊子田子方稱東郭順子「使人之意也消」，室名取自此。

〔二〕風過淵明卧處：晉書陶潛傳：「夏月虚閒，高卧北窗之下，清風颯至，自謂羲皇上人。」

〔三〕林閒子厚來時：廓門注：「此句未考。」鍇按：柳宗元南磵中題：「迴風一蕭瑟，林影久參差。」此句本此。柳宗元字子厚。

〔四〕一杯春露：黄庭堅阮郎歸效福唐獨木橋體作茶詞：「一杯春露莫留殘，與郎扶玉山。」

〔五〕坡詩：指蘇軾詩。

愿監寺自長沙游清修依元禪師興發復入城余口占四首贈之〔一〕

過江問大潙路〔二〕，失脚到小廬山〔三〕。慚愧没箇虜子〔四〕，滿堂都是鄉關〔五〕。

自笑乾陪奉漢〔六〕，人誇熱肺腸僧〔七〕。飯了脱剥打睡〔八〕，椎門擊撼不應。

秋來又入重城，滿腹憨腮驚人〔九〕。只欠一個布袋，便是彌勒化身〔一〇〕。

閑裏雖無白業〔一一〕，笑中自有丹沙〔一二〕。啜我同游蓬島，箇中棗大如瓜〔一三〕。

【注釋】

〔一〕宣和五年秋作於長沙。　愿監寺：生平法系未詳。監寺，寺院主事僧。釋氏要覽卷下住持：「主事四員：一、監寺。會要云：『監者，總領之稱。所以不稱寺院主者，蓋推尊長老。』」　清修：益陽縣清修寺。方輿勝覽卷二三潭州：「小廬山，在益陽，似九江廬山，故曰小廬山。上有清修寺。」　元禪師：字希一，宣和四年冬自長沙鹿苑寺移住清修寺。參見本集卷七送元老住清修注〔一〕。

〔二〕過江：指過湘江。　大潙：即大潙山，有密印禪寺，在湘西。明一統志卷六三長沙府：「大潙山，在寧鄉縣西一百四十里。」

〔三〕失脚：舉步不慎而跌倒，此戲稱走錯路。景德傳燈録卷二二益州青城香林院澄遠禪師：「曰：『照用事如何？』師曰：『行路人失脚。』」

〔四〕慚愧：感幸之詞，表多謝、難得、僥倖之意。蘇軾浣溪沙：「慚愧今年二麥豐，千畦翠浪舞晴空。」　虜子：蜀人對中原人之貶稱。蘇軾送筍芍藥與公擇二首之一：「久客厭虜饌，枵然思南烹。」自注：「蜀人謂東北人虜子。」此借用。參見本集卷一三燈禪師出蜀住此山十年爲作南食且約同住作此以贈注〔五〕。

〔五〕鄉關：本指故鄉，此代指同鄉，故鄉人。

〔六〕乾陪奉漢：有名無實之陪奉者。乾，没來由。漢，漢子。禪宗俗語好以「漢」稱男子，如擔枷鎖漢、瞎漢、擔板漢、打野榸漢、擔屎漢、噇酒糟漢、少叢林漢、尿牀漢、鼾郎當漢之類，不勝枚舉，此亦仿其語而自嘲。

〔七〕熱肺腸：熱心腸。宋趙令時侯鯖録卷八：「張文潛戲作雪獅絶句云：『六出裝來百獸王，日頭出後便郎當。爭眉霍眼人誰怕，想汝應無熱肺腸。』」

〔八〕飯了脱剥打睡：東坡志林卷一一：「有二措大相與言志。一云：『我平生不足，惟飯與睡耳。他日得志，當飽喫飯了便睡，睡了又喫飯。』一云：『我則異於是，當喫了又喫，何暇復睡耶？』吾來廬山，聞馬道士善睡，於睡中得妙。然吾觀之，終不如彼措大得喫飯三昧也。」此戲用一措大意。　脱剥：脱掉剥去，此指脱衣。宋王令夢蝗：「脱剥虎豹皮，假借堯舜趨。」　打睡：打瞌睡，睡覺。景德傳燈録卷一八信州鵝湖智孚禪師：「曰：『如何即是？』師曰：『妨我打睡。』」

〔九〕滿腹：猶言皤腹，大腹便便。　憨腮：憨厚粗大之臉龐。本集卷一九東坡畫應身彌勒贊：「了無一事，荷囊如奔。憨腮皤腹，行若不聞。」

〔一〇〕「只欠一個布袋」二句：景德傳燈録卷二七禪門達者雖不出世有名於時者：「明州奉化縣布袋和尚者，未詳氏族，自稱名契此。形裁腲脮，蹙額皤腹，出語無定，寢卧隨處。常以杖荷一布囊，凡供身之具盡貯囊中，入廛肆聚落，見物則乞。或醯醢魚菹，才接入口，分少許投囊中。時號長汀子布袋師也。……梁貞明二年丙子三月師將示滅，於嶽林寺東廊下端坐磐石，而説偈曰：『彌勒真彌勒，分身千百億。時時示時人，時人自不識。』偈畢，安然而化。其後他州有人見師，亦負布袋而行，於是四衆競圖其像。今嶽林寺大殿東堂全身見存。」山谷内集詩注卷一四病起荆江亭即事十首之九：「形模彌勒一布袋。」任淵注：「文潛素肥，晚益甚。彌明聯句詩：『形模婦女笑。』傳燈録：『明州布袋和尚形裁腲脮，蹙額皤腹，蓋彌勒化身也。』」

〔一一〕白業：善業。大乘義章卷七黑白四業義兩門分別：「言白白者，是其善業。善法鮮淨，名之爲白。因果俱白，名白白業。」

〔一二〕丹沙：亦作丹砂，即硃砂，入藥，久服通神明不老。史記孝武本紀：「少君言於上曰：『祠竈則致物，致物而丹砂可化爲黄金。』」漢書郊祀志作「丹沙」。山谷内集詩注卷一九次韻德孺惠貺秋字之句：「未應白髮如霜草，不見丹砂似箭頭。」任淵注：「言未應鬢髮遽白，豈不見有却老之丹砂耶？本草圖經曰：『丹砂生石上，狀若芙蓉頭、箭鏃連牀者，紫黯若鐵色，而光明瑩徹，真辰砂也。』老杜詩：『本無丹竈術，那免白頭翁。』此反而用之。」

〔一三〕「啜我同游蓬島」二句：史記孝武本紀載李少君言曰：「臣嘗游海上，見安期生，食巨棗大如瓜。安期生，僊者，通蓬萊中，合則見人，不合則隱。」又見漢書郊祀志。蘇軾次韻致政張朝奉仍招晚食：「曾經丹化米，親授棗如瓜。」又次韻送徐大正：「去歲渡江萍似斗，今年並海棗如瓜。」

答慶上人三首〔一〕

連日顛風斷渡〔二〕，一番花信催春〔三〕。殘夜華鯨吼粥〔四〕，夢回窗月窺人。

米嶺脊吞西嶽〔五〕，筠谿尾插漳江〔六〕。興發扁舟尋子〔七〕，夜晴風揭蓬窗。

雨後哦君佳句，華氣如川方增〔八〕。石出水生微渚，雲閒山露寒層。

【注釋】

〔一〕作年未詳。慶上人：僧傳、燈録未載，法系不可考。鍇按：李彭日涉園集卷一慶上人以再聞誦新作突過黄初詩爲韻作十詩見寄次韻酬之之一：「鄱陽山水國，東南一都會。朗玉得斯人，駸駸越流輩。島可不足吞，支許欲追配。新詩如紘簧，窈眇歌一再。」之九：「子居招隱巖，妙解招隱詩。濟勝良有具，幽討捷若馳。秀峙王郎子，嘶句時相依。異世得岳湛，連璧真妍姿。」同卷有慶上人數以詩見贈慶始學詩於祖可爾來擺脱故步進而不已未可量也作短句以報之：「晝公無恙時，句吐春空雲。筆端斂萬壑，中聞清夜猿。門生霑賸馥，派别自淵源。深嶺蘿月妙，縱觀嵐氣昏。時蒙一顧重，騰驤空馬羣。大師於越秀，幽氣如芳蓀。玉笈發金籥，闊步登詞門。脱略塵外躅，摩霄鬱飛翻。豈惟足風露，定復多皇墳。昨枉招隱句，深靚麗且温。挽我誘松桂，要移北山文。諸郎短兵接，此事獨策勳。慙非鍾嶸評，更休知音論。」詩中所言招隱巖，當在廬山。廬山記卷三叙山南：「九江録云：『古招隱寺在黄石巖下。』」即此。合而考之，慶上人爲鄱陽人，居廬山招隱巖。爲江西宗派詩僧祖可弟子，與惠洪、李彭、王銍（王郎子）等唱酬。

〔二〕連日顛風斷渡：蘇軾大風留金山兩日：「塔上一鈴獨自語，明日顛風當斷渡。」此借用其語。

〔三〕一番花信催春：演繁露卷一花信風：「三月花開時風，名花信風。初而泛觀，則似謂此風來報花之消息耳。」已見前注。

〔四〕殘夜華鯨吼粥：山谷内集詩注卷一一題淨因壁二首之二：「催粥華鯨吼夜闌。」任淵注：「華鯨，謂齋魚之藻飾者。釋氏要覽曰：『今寺院木魚，或取鯨魚，一擊蒲牢，爲之大鳴也。』」此襲用其語意。

〔五〕米嶺：即米山。太平寰宇記卷一〇六江南西道四筠州高安縣：「米山，在縣北四十里，山有神靈，能興雲雨，著在祀典，歲時祈禱。」元豐九域志卷六江南西路筠州古蹟：「米山。豫章記云：『生禾香茂，爲食精美。』」

〔六〕筠谿尾插漳江：方志未載。本集卷二二寶峰院記：「余家筠谿，谿出新吴車輪峰之陽。」考其源出奉新縣百丈山之南車輪峰，南流經新昌縣，入錦江，即蜀水，東流注入漳水。太平寰宇記卷一〇六江南西道筠州：「蜀水，在縣北三里。按漢地理志云：『蜀水源出縣小界山，東流五百九十里入南昌縣，與漳水合。』」漳江，即今之贛江。已見前注。蘇軾兩橋詩東新橋：「首摇翻雪江，尾插崩雲谿。」此借用其語意。

〔七〕興發扁舟尋子：用世説新語任誕山陰王子猷雪夜棹扁舟訪戴事。已見前注。

〔八〕如川方增：詩小雅天保：「如川之方至，以莫不增。」毛傳：「云川之方至，謂其水縱長之時也。萬物之收，皆增多也。」此化用其語。

贈潙山湘書記二首〔一〕

山學春愁眉黛〔二〕，水如含笑花香〔三〕。睡起憑高凝睇，淺紅數筆殘陽〔四〕。

住山心已老大，看雲情轉虚閑。東華軟紅縱好〔五〕，無因飛到窗間。

【注釋】

〔一〕宣和三年春作於長沙。潙山湘書記：法名不可考。本集卷二八請湘公住神鼎：「少小偶家潙山，寅緣親承空印。」即此僧。可知其爲空印元軾禪師弟子，屬雲門宗青原下十四世。書記，禪院中執掌文翰書寫之職事僧，由儒釋兼通者充任。

〔二〕山學春愁眉黛：謂春山彷彿模仿美女之眉黛。張説奉和同玉真公主游大哥山池題石壁二首之一：「池如明鏡月華開，山學香爐雲氣來。」此化用其句法。

〔三〕含笑花：東坡詩集注卷二三廣州蒲澗寺：「而今只有花含笑。」注：「山中多含笑花。器先遯齋閒覽云：『南方花木北地所無者，大含笑、小含笑。其花常若菡萏之未敷者，故有含笑之名。』」

〔四〕淺紅數筆殘陽：擬殘陽爲畫，故曰數筆。林逋湖山小隱二首之二：「數筆湖山又夕陽。」

〔五〕東華軟紅：東坡詩集注卷一一次韻蔣穎叔錢穆父從駕景靈宫二首之一：「軟紅猶戀屬車塵。」注：「前輩戲語有『西湖風月，不如東華軟紅香土』。」東華指京師，已見前注。

偶書〔一〕

屋破不至露寢〔二〕，食乏不至餐氈〔三〕。此身投老未死，萬事一切隨緣。

【注釋】

〔一〕作年未詳。

〔二〕露寢：晉皇甫謐高士傳卷下焦先傳：「焦先字孝然，世莫知其所出也。或言生漢末，及魏受禪，常結草爲廬於河之湄，獨止其中。冬夏袒不著衣，卧不設席，又無蓐，以身親土，其體垢汗，皆如泥滓，不行人間。或數日一食，行不由邪徑，目不與女子，迕視口，未嘗言，雖有警急，不與人語。後野火燒其廬，先因露寢，遭冬雪大至，先袒卧不移，人以爲死，就視如故。後百餘歲卒。」參見三國志魏書管寧傳裴松之注引。本集卷一六書寂音堂壁：「永懷焦管愧平生，任運無心更道情。野火燒廬成露寢，暑天因浴亦江行。」

〔三〕餐氈：漢書蘇建傳附蘇武傳：「單于愈益欲降之，迺幽武置大窖中，絶不飲食。天雨雪，武卧，齧雪，與旃毛并咽之，數日不死。」蘇軾浣溪沙：「雪裏餐氈例姓蘇。」旃，毛織物，通「氈」。

登洪崖橋與通端三首〔一〕

行盡幾重深（添）秀㊀〔二〕，雷犇響落晴空。散坐煮茶爲別，雲間一徑微通。

谿（雞）聲亂人語秀㊁〔三〕，山色涴我衣裳〔四〕。洗盡人間熱惱〔五〕，還君坐上清涼。

同到洪崖橋上，水光射著山寒。爲君更吐妙語，乞與西山老端〔六〕。

【校記】

㊀深：原作「添」，誤，今改。參見注〔二〕。

㊁谿：原作「雞」，誤，今改。參見注〔三〕。

【注釋】

〔一〕政和七年秋作於洪州新建縣。洪崖橋：明一統志卷四九南昌府：「洪崖橋，在府治西翠巖寺側洪井之上。」輿地紀勝卷二六江南西路隆興府：「洪崖，洪井，去郡三十里。左右石壁，飛湍奔注其下，曰洪井。洪崖先生得道處，故號洪崖。」通端：當爲翠巖寺禪僧。本集卷一五有詩題曰：「立上人北游五頂，南還，畫文殊雲間之相。余政和（七）年秋游翠巖，立持以展洪崖橋上。時山雲廓清，萬峰劍立，谿轉雷驚，行人悚動。忽瞻瑞相，如見於岱嶽時。余聞文殊爲根本智，智無不立，豈獨現於五頂耶？」立上人疑字通端，續傳燈録卷二六目録廬山圓通可僊禪師法嗣有祥符立禪師，或即此僧。可僊嗣法東林常總，則立禪師當屬臨濟宗黄龍派南嶽下十四世，爲惠洪法姪。

〔二〕幾重深秀：指重重幽深秀麗之山色，此代指南昌西山。本集卷二四送嚴修造序曰「南昌千嶂深秀處」，即指此。本集好以「深秀」形容山色，如卷一五次韻空印遊山九首之四：「知有芙蓉更深秀，振筇何幸獲追陪。」卷二二吉州禾山寺記：「城南有山，巋然深秀。」卷二四送脩彦通還西湖序：「東吴山川清勝，甲於天下，而湖山深秀。」以「深秀」形容山色，皆本歐陽修醉翁亭記：「望之蔚然而深秀者，琅琊也。」底本「深」作「添」，句意不通，涉形近而誤，今改。

〔三〕谿聲亂人語秀：謂溪流之聲震耳，使人語混雜不清。方輿勝覽卷一九江西路隆興府：「洪崖，去郡三十里。楊傑記西山：洪崖在翠巖、應真宫之間，石壁峭絶，飛泉北來其下，井洞深不可測。每歲六七月時，水高一二丈，湍激可畏，其傍人語不相聞。及過井洞，即聲勢斗殺，鑠流出山。」此即所謂「谿轉雷驚，行人悚動」。底本「谿」作「雞」，涉形近而誤，蓋洪崖橋上不當聞雞也。廓門注：「首句『雞聲』當作『溪聲』。」其説甚是，今據改。

〔四〕山色涴我衣裳：謂青山之色染人衣裳。王維書事：「坐看蒼苔色，欲上人衣來。」此化用其意。涴，本指污染，此指侵染。

〔五〕洗盡人間熱惱：東坡詩集注卷二八雪齋：「人間熱惱無處洗，故向西齋作雪峰。」注：「華嚴經云：『以白旃檀塗身，能除一切熱惱。』又樂天詩：『既無白旃檀，何以除熱惱。』」此反其意而用之。

〔六〕西山：輿地紀勝卷二六江南西路隆興府：「西山，在新建西大江之外，高二千丈，周三百里，壓豫章數縣之地。寰宇記云：『又名南昌山。』」老端：即通端禪師。

湘山偶書〔一〕

暖壓催花小雨，晴宜到面和風。鶯舌管絃合調，蘭芽雪玉分叢。

【注釋】

〔一〕此首已見本卷和人春日三首之二，此爲重收。

和人二首〔一〕

玉骨解藏歲月〔二〕，肌（飢）膚不受塵埃㈠〔三〕。落筆驚鴻掠紙〔四〕，延僧春露浮杯〔五〕。

寂寥空山獨夜，蕭條古木清秋。風月誰家搗練〔六〕？江頭何處釣舟？

【校記】

㈠ 肌：原作「飢」，誤，今改。參見注〔三〕。

【注釋】

〔一〕作年未詳。

〔二〕玉骨解藏歲月：謂其骨相藏匿歲月，看似年輕。本集卷一一別天覺左丞：「共驚玉骨解藏年。」卷一三蔡藏用生辰：「更覺藏年玉骨清。」皆此意。

〔三〕肌膚不受塵埃：宋向子諲酒邊詞卷下江北舊詞浣溪沙：「冰雪肌膚不受塵。」底本「肌」作「飢」，涉形近而誤，今改。

〔四〕落筆驚鴻掠紙：喻書寫草書之狀。東坡詩集注卷一七次韻趙景貺督兩歐陽詩破陳酒戒：「總角出銀鈎。」程縯注：「索靖作草書狀云：『婉若銀鈎，飄若驚鴻。』」本集卷八和杜撫勾古意六首之五：「玉纖弄彩筆，落紙翩驚鴻。」

〔五〕春露：茶之美稱。

〔六〕風月誰家搗練：杜甫暮歸：「客子入門月皎皎，誰家搗練風淒淒？」此借用其語。